유령 리스트

ⓒ 방진호 2015

초판1쇄 인쇄   2015년 8월 5일
초판1쇄 발행   2015년 8월 10일

지은이   방진호

펴낸이   박대일
편집   이문영 · 임유리 · 신지연 · 박현주
교정   최민석
마케팅   송재진
일러스트   김희수

펴낸곳   새파란상상
출판등록   2004년 9월 14일 제313-2004-00214호

주소   121-897 서울시 마포구 성지1길 32-36 (합정동)
전화   02.3141.5589(영업부) 070.4616.2012(편집부)
팩스   02.3141.5590
전자우편   paranbook@gmail.com
카페   http://cafe.naver.com/paranmedia
트위터   @paranmedia

ISBN   978-89-6371-221-5(03810)

유령리스트

방진호 장편소설

새파란상상

Contents

프롤로그
PROLOGUE

　새옹지마塞翁之馬. '변방 노인의 말[馬]'이란 뜻으로, 말 한 마리 때문에 여러 번 맘고생을 한 중국 노인의 이야기다. 의미는 인생의 길흉화복은 예측하기가 어렵다는 것. 지금 이 순간, 내가 믿는 것은 인생사 예측하기 어렵다는 당연한 얘기가 아니라, 그 노인의 이야기가 해피엔딩으로 끝난다는 것이다.

　사장 늙은이에게서 연락이 온 것은 마당 청소를 하고 있을 때였다. 잔뜩 찌푸린 인상으로 우리 집 개 새끼들이 싸질러 놓은 똥을 치우고 있었기에 유쾌한 어조로 전화를 받을 수는 없었다.
　"누구요?"
　"날세."

단 한마디만 듣고도 누군지 알 수 있었다. 허파의 바람으로 성대를 긁는 듯한 이 목소리는 사장 늙은이밖에 없으니까. 살인청부회사인 '다이스컨설팅'을 운영하다 지금은 은퇴하고 절에서 속죄의 나날을 보내고 있는 그 정 사장 말이다.

"벌써 촛불 값 드릴 때가 됐나요? 이거 월급날도 아니고 뭐 이렇게 자주 오는지 모르겠네요."

"그렇구먼."

늙은이가 이상하다. 평소엔 실없는 농담도 잘 받아 주던 늙은이가 오늘은 왠지 시크했다. 마당 한가운데 모아 놓은 개똥을 쓰레기봉투에 담고는 화단에 걸터앉아 자리를 잡았다. 어슬렁거리는 주식이와 수표(키우는 개 새끼들 이름이다)의 뒤통수를 쓰다듬으며 밝은 목소리로 물었다.

"목소리가 왜 이렇게 늘어져요? 절에 오래 계시니까 고기 생각나세요?"

저질 개그란 건 인정하지만 이렇게라도 해서 밝은 기운을 끌어내고 싶었다.

"정 실장이."

늙은이는 '정 실장'이란 말만 꺼내고 한동안 말이 없었다. 그는 떨리는 듯한 불규칙한 소리를 내며 큰 숨을 길게 쉬고는 말을 이었다.

"죽었네."

그의 말을 듣는 순간 진실이라는 것을 알았다. 동시에 무슨 말인지 이해가 가지 않는 묘한 느낌을 받았다.

'동네 형의 친구' 정 실장. 그가 어떤 사람인지 아는 자라면 누구나 나와 같은 느낌을 받았을 것이다. 잘 알려진 두 개의 거대 살인청부회사를 무너뜨려 업계에 지각변동을 일으킨 장본인 아닌가. 동시에 나에게 살인청부업계의 모든 것을 가르친 그 사람이 죽었다고? 누구보다 실력자이자 생존력이 뛰어난 그가?

"무슨 말씀인지 못 알아듣겠습니다."

"어제, 치상이가 죽었네."

난 잠시 혼란스러운 머릿속을 진정시켰다. 있을 수 없는 일이다. 아니 있어서는 안 되는 일이 벌어졌다. 세상을 쥐락펴락하는 재력가들이 배후에 버티고 있는 청부회사들을, 보란 듯이 분해시킨 그가 이렇게 쉽게 죽었을 리가 없다. 적어도 이렇게 전화로 통보받을 정도로 쉽게 일어나서는 안 되는 일이다.

"마지막 길인데 배웅해 줄 수 있겠나?"

늙은이의 청을 들어줘야 할 의리 같은 건 없다. 정 실장의 죽음이 믿기지 않을 뿐 애통하게 느껴지는 것도 아니다. 하지만 난 어느새 차를 몰고 절을 향해 가고 있었다. 오랜만에 꺼내 입은 흰 와이셔츠와 검은색 정장이 어색했다. 룸미러를 보며 새까만 넥타이의 매듭을 몇 번이고 고쳐 매면서도 왜 가고 있는지 알 수 없었다. 어쩌면 정 실장에게 일어난 일이 내게도 일어날 수 있다는 막연한 불안감 때문인지도 몰랐다. 그의 죽음 자체보다 왜, 어떻게 죽었는지가 내 관심사였다.

오늘따라 길도 막히지 않는다. 시원스레 뚫린 서해안고속도로를 따라 마음껏 속도를 올렸다. 마누라에게 전화로 인사를 하고 나온 것이 걸렸지만 복잡해진 잡념 아래로 가라앉아 버렸다. '동네 형의 친구'가 나의 죽음까지 멘토링 할 필요는 없다. 절대로.

가는 길
ON MY WAY

늙은이는 절 입구에서 행자용 승복을 입고 나를 맞았다. 하얀 운동화에 회색 옷을 입은 모습을 보니 십 년은 더 늙어 보인다. 차에서 내려 마중 나온 늙은이를 맞았다.

"오랜만입니다."

잠시 바라보던 늙은이가 그만의 인사 방식으로 물었다.

"식사는 했나?"

늙은이를 올려다보며 대답했다.

"예, 대충."

나이가 들면 응당 빠져나가야 할 칼슘도 늙은이는 고스란히 품고 있나 보다. 늙은이 주제에 나보다 키가 크다는 사실에 새삼 기분이 언짢아졌다. 늙은이는 나를 절 안쪽으로 안내했다. 처진 어깨와 굽은 등을 펴면 키가 한 뼘은 더 추가로 늘어날 것 같았다.

"어째 키가 더 자라신 것 같네요."

"매직을 신발 밑에 깔았거든."

"깔창이요?"

"농담이네."

늙은이의 키를 인정하고 싶지 않은 관계로, 당장 엎어치기로 쓰러뜨리고 신발을 벗겨 확인하고 싶은 충동이 일었지만 참았다. 난 지금 문상객으로 여기 와 있는 것이니까.

"이제 좀 괜찮아진 모양입니다. 아까 통화할 땐 금방 울 것 같더니."

늙은이는 입술만 비틀어 웃으며 대답했다.

"내 나이가 되면 뭐든 빨리 정리된다네."

산사의 별채로 가는 동안 '동네 형의 친구'에 대해서는 한마디도 묻지 않았다. 늙은이 또한 말이 없었기에 굳이 먼저 말을 꺼낼 필요는 없으니까. 늙은이의 권유로 별채 툇마루에 자리를 잡고 앉았다. 그는 벽 쪽에 있던 찻상을 끌어와 커피를 잔에 따르고 내 앞에 놓았다. 절에서 원두커피는 좀 언밸런스잖아.

"입맛을 바꾸려고 했는데 잘 안 되더군. 절이라고 해서 전통차만 마셔야 한다는 법도 없고."

듣고 보니 그 말도 맞다. 신맛이 강한 게 에티오피아 원두인 모양이었다. 내가 유일하게 구분할 수 있는, 그리고 좋아하는 커피였다.

"원두는 어디서 사 오세요?"

"인터넷."

늙은이의 단답형 대답 때문에 대화를 계속 이어 갈 기력을 잃고 커피만 홀짝거렸다. 늙은이가 잔을 상에 내려놓고는 벌떡 일어나는 바람에, 나도 모르게 품속에 지니고 있던 나이프를 뽑아 들 뻔했다. 외계인 같은 인간이 긴 팔다리를 허우적거리며 갑작스럽게 움직이면 나도 모르게 방어 본능이 발동하기 때문이다. 제발 내 앞에서는 갑자기 움직이지 말라고.

늙은이가 방에서 자기로 만들어진 요강을 들고 나와 상 위에 올려놓았을 땐 적잖이 당황했다. 운학문 상감기법으로 제작한 고급 요강이긴 했지만 찻상에 올라올 물건은 아니었다. 뭘 하자는 걸까?

"이거 뭡니까?"

"정 실장이네."

그의 말을 듣고 나서야 유골 단지라는 것을 깨달았다. 유골을 요강에 담아 두지는 않았을 테니까.

"사연 많은 인생도 이렇게 단지 하나로 정리가 되더군."

이 조그만 단지 안에 '동네 형의 친구'가 들어가 앉았다는 게 놀랍다. 늙은이는 우는 것도, 웃는 것도 아닌 눈빛으로 단지를 내려다보았다. 어쩌면 졸고 있는 건지도 몰랐지만 분위기상 흔들어 볼 수는 없는 일이었다.

"연락은 하고 지냈어요?"

늙은이의 시선이 그제야 나에게로 향했다.

"전화로 한 번."

서로에게 총질을 해 댔던 부자지간이라는 걸 감안하면 그것
도 다행이라 여겨졌다.

"여자가 생겼다더군."

'동네 형의 친구'도 혼인 문제에 있어서는 부모님에게 알려
야 할 의무감을 느낀 모양이다.

"아, 그래요?"

내 시큰둥한 반응이 맘에 안 들었는지 늙은이가 힐끗 쳐다
보았지만 입을 열진 않았다. 다 큰, 아니 크다 못해 늙어 가는
아들에게 여자가 생겼다는데 내게 무슨 의견이 있겠는가. 그
모난 성격으로 여자를 만났다는 게 놀랍기는 했다. 늙은이의
시선이 부담스러워 마지못해 한마디 거들었다.

"손주는 보셨어요?"

늙은이는 이제야 대화가 좀 된다는 듯 품 안에 손을 넣고 뒤
적거리다 뭔가를 꺼내 들었다. 살아생전의 '동네 형의 친구'
와 웬 여자가 밝게 웃는 모습이 담겨 있는 사진이었다. 그것도
1980년대나 유행했을 법한 전신 샷.

"단골 다방에 남겨 뒀더군."

사진을 받아 자세히 살폈다.

"일회용 카메라로 찍은 거네요? 웬만하면 디지털카메라 좀
사지. 얼마 하지도 않는데……."

늙은이의 한쪽 눈썹이 꿈틀거리는 걸 보고서야 재빨리 사진
속의 인물들을 살펴보았다.

우와, '동네 형의 친구'가 이렇게 해맑게 웃을 수가 있다니.

예전엔 박장대소를 해도 얼굴에 사악한 기운이 감도는 인간이었는데. (사실 그가 박장대소하는 건 본 적이 없다.) 그에 비해 그 옆에서 함께 웃고 있는 여인은 태어날 때부터 웃고 태어난 듯한 인상이었다. 자연스럽게 웃고 있는 모습이 속세를 한 번도 겪어 보지 못한 부잣집 외동딸 이미지였다. 하얀 피부와, 건강한 입술 사이로 보이는 고른 치아는 단발머리와 잘 어우러져 세련미를 뿜었다. 그녀가 신고 있는 발랄한 나이키 운동화는 좀 안 어울리는 것 같지만.

"예쁘네요. 제 타입은 아니지만."

늙은이는 사진을 채 가며 말했다.

"평가해 달라고 보여 준 거 아닐세."

자랑하고 싶었겠지. 난, 허여멀건 부잣집 이미지 며느리가 있는 격식 있는 늙은이라고!

"그……."

사진 속에 있는 여자의 호칭에 대해 잠시 고민했다. '동네 형의 친구'와의 얇디얇은 친분 관계를 생각하면 '형수'라는 호칭도 맞지 않는 것 같고, 그렇다고 그냥 '그 여자'라고 하기엔 너무 매정하게 느껴졌다.

"잘 살고 있어요?"

"누구?"

난 턱으로 사진 쪽을 가리키며 다시 한 번 얼버무렸다.

"거기, 그."

늙은이는 그제야 사진을 바라보며 대답했다.

"아, 이 친구?"

"예, 그 친구."

늙은이는 사진을 상 위에 올려놓으며 말했다.

"그래서 자넬 부른 거네."

뭔 소리야, 늙은이. 난 분명 문상객이라고, 문상객. 게다가 늙은이가 불러서 온 게 아니라 절대로 내 의지로 찾아온 문상객.

"무슨 말씀이세요?"

그는 사진을 내 앞쪽으로 밀며 말했다.

"이 친구를 좀 찾아 주게."

내가 왜? 내 속내 따위는 애초에 관심도 없었다는 듯 늙은이는 아무렇지도 않게 말을 이었다.

"내게 남아 있는 거라곤 외아들 유골 단지뿐이네. 이대로 죽기엔 너무 비참하지 않은가."

자업자득自業自得. 늙은이는 사진 속의 아들과 며느리의 얼굴을 어루만지며 말을 이었다.

"내게도 혈육이 남아 있을지도 모르잖나."

왜 나이가 들수록 혈육에 연연할까? 난 생각이 다르다. 소나말처럼 태어난 지 몇 개월 만에 일어나서 스스로 이것저것 주워 먹으며 자란다면 애를 낳아 볼 생각이 들 수도 있다. 하지만 사람은 그게 아니잖은가?

거의 이십 년을 쫓아다니면서 처먹여 키우는데, 감사하기는커녕 '엄마 아빠가 나한테 해 준 게 뭐 있어!' 이렇게 외치며 반항과 가출을 밥 먹듯 하면 환장하는 거다. 성인이 되어 투표권

이 생기면 그제야 비로소 사람 구실 비슷하게 할 수 있다지만, 신문을 보면 나이 마흔에 부모님이 용돈 안 준다고 구타하고 불을 지르는 등신들도 부지기수인 걸 보면, 성인이 되어도 사람 구실을 할 거란 보장도 없다. 나의 나머지 인생이 전부 소요되는 중대한 프로젝트에 뻔히 보이는 위험 요소를 그냥 받아들이라고? 항상 말하지만 난 안전제일주의다.

그의 말을 먼 산 바라보기로 자연스럽게 못 들은 척하고는 내가 여기까지 온 궁극적인 목적을 떠올렸다. 손가락으로 유골 단지에 새겨져 있는 학과 구름 문양을 따라가며 말했다.

"바람피우다 걸린 거 아니에요?"

늙은이의 동태눈에 노기가 서리는 것이 보였기에 바로 말을 돌렸다. 맘만 먹으면 세상의 여자란 여자는 다 품어 봤을 그 인간에게 바람의 가능성은 아무래도 낮아 보였다. 원래 모든 문란한 생활을 일찍부터 겪어 온 사람들일수록 나이 들어서는 흥미를 잃기 마련이니까.

사진을 집어 들며 말했다.

"역시 바람은 아닌 것 같죠? 어쩌다 이렇게 된 거예요?"

그제야 늙은이의 눈빛도 풀리며 단지로 시선이 돌아갔다.

"나도 몰라."

시체가 입 꽉 다물고 혼자 걸어와 불가마에 뛰어들어서 이렇게 됐나 보다.

"화장은 어떻게 한 거예요? 시신을 어딘가에서 찾았을 거 아닙니까."

"몰라."

궁금해하는 건 한마디도 안 해 주고 혈육 타령이나 하고 있는 늙은이 얼굴을 한 대 치고 싶어졌다. 나도 모르게 빈정대는 말투가 튀어 나갔다.

"아니 그럼, 유골 단지를 택배로 받기라도 한 거예요?"

늙은이는 처음엔 놀란 눈으로 날 바라봤지만 점점 의심하는 눈빛으로 변했다. 황당하다. 설마 진짜로 택배로 받은 거였냐.

"진짜 택배로 받았어요?"

여전히 의심 어린 눈빛.

"사장님이 주셨던 재산, 정 실장에게 고스란히 돌려준 사람이 누군지 잊은 건 아니시죠?"

그제야 늙은이의 눈에서 힘이 빠졌다.

"미안하네. 전부 갑자기 닥친 일이라……."

노쇠한 데다 자식까지 앞세워 보냈으니 판단력이 흐려지는 것도 무리는 아니다. 늙은이는 거칠게 찢어 낸 택배 용지를 찾아 건넸다. 발신인의 자리에 '이철수'라는 이름과 휴대폰 번호가 적혀 있었다.

"누구예요?"

"망자亡者."

정리해 보면 유령이 시체를 택배로 보냈다는 말이다. 대체 뭔 소리야?

"우리 회사에서 관리하던 유령 중에 하나더군."

늙은이가 운영했던 다이스컨설팅은 전문 살인청부회사였던

만큼 불법으로 해야 할 일이 많았고 자연히 위장할 신분도 필요했다. 그런 때 사용하기 위해 청부 대상자 중에 특별히 연고가 없는 자들을 선별하여 문서상으로 그 신분을 계속 살려 둔다. 실제로는 죽었지만 문서상으로는 대출도 받고 렌터카도 빌리며 항공권 구매 기록도 남겨서 살아 있는 것처럼 위장하는 것이다. 그런 자들을 '유령'이라 부른다. 맘대로 죽지도 못하는 불쌍한 존재들.

"그래서 내가 더 신경 쓰이는 거네."

유골 단지를 보낸 인물은, 늙은이와 '동네 형의 친구'는 물론 그들이 걸어온 길까지 잘 알고 있는 인물이다. 당연히 그들 곁에서 잠시 동안이지만 함께 지냈던 나에 대해서도 잘 알고 있을 게 분명했다. 택배를 보낸 자와 '동네 형의 친구'를 죽인 자가 동일 인물이라는 증거는 없지만 아니라는 증거도 없다.

등골에 전기가 흐르고 털이 곤두섰다. '동네 형의 친구'를 죽인 자가 나를 노리고 있을지도 모른다는 생각에 심장이 울렁거리며 불규칙적으로 뛰었다.

일단은 그자를 찾아내는 것이 급선무다.

"얼른 찾아내야겠군요."

"이제야 내 말귀를 알아듣는군. 어서 찾아주게."

늙은이가 내게 또다시 내민 것은 아들과 여자가 찍혀 있는 그 망할 사진이었다. 내 말을 제대로 알아듣고 있는 건지 의심스러웠다.

"제 말은, 그 택배 보낸 놈을 찾자는 겁니다."

늙은이는 예전 현역 때의 싸늘한 표정으로 나를 바라보았다. 나도 모르게 위축되는 것을 느꼈지만 절대로 티를 내지는 않았다.

"치상이 놈 유산 상속자가 누구일 것 같나?"

'동네 형의 친구'가 가진 재산은 십여 개 상장 기업 주식을 합해 약 천오백억 원. 거대한 자본이 이동하는 건 일반 계좌 이체하고는 차원이 다르다. 게다가 자신이 그 돈의 원주인이라는 생각을 버리지 못하는 큰손들에게는 재산을 회수할 수 있는 더할 나위 없는 기회인 것이다. 그렇게 되면 당연하게도 유산 상속자가 위험해진다.

누군가는 유산 상속자를 노릴 것이고 바로 그놈이 '동네 형의 친구'를 죽였을 가능성이 높은 것이다. 늙은이는 단순히 혈육을 가졌을지도 모르는 며느리를 찾아 달라는 것이 아니었다. 이 모든 것을 꿰뚫어 보고 있었던 것이다. 역시, 사장 늙은이다.

그가 내민 사진을 받아 들었다. 해맑게 웃는 '동네 형의 친구'를 보니 여자에게 간이라도 다 빼 준 것 같은 얼굴이다. 간을 빼 줘도 행복한 얼굴.

"그래서 이 며느님을 찾아야 한다는 말씀이군요."

'며느님'이라는 말에 기분이 좋아졌는지 늙은이가 표정을 풀고 대답했다.

"그래, 내 며느리를 찾아 주게."

결국 며느리를 찾는 게 내가 발 뻗고 사는 길이 된 꼴이다.

도대체 내가 왜 남의 집 며느리를 찾으러 다녀야 하는 걸까? 어째 일이 이렇게 돌아가는 걸까?

"이름하고 연락처 좀 알려 주세요."

늙은이는 한쪽 입술만 추켜올려 웃으며 말했다.

"그걸 알면 자넬 불렀겠나?"

난 탐정도 아니고 경찰은 더더욱 아니다. 그냥 아는 사람 상 갓집에 온 문상객이란 걸 늙은이가 잠시 잊은 모양이다.

"세상에 며느리 이름도 모르는 시아버지가 어디 있어요?"

늙은이는 대답하지 않고 딴청을 부렸다. 건어물 같은 얼굴이지만 저 표정이 뭘 의미하는지 난 알고 있다. 시커먼 다른 꿍꿍이가 있는 것이다.

"사장님도 모르는데 제가 알겠어요?"

"그러니까 알아내라는 거지."

그래 그만 묻자. 어차피 이 늙은이는 자기가 내키기 전까지는 절대로 대답 안 할 테니까. 결국 늙은이가 내게 준 정보는 일회용 카메라로 촬영한 사진 한 장이 전부였다. 사진을 스마트폰 카메라로 근접 촬영을 하며 물었다.

"며느님 데려오면 얼마 주실 거예요?"

"얼마를 원하나?"

"십억."

늙은이는 나를 힐끗 보더니 큰 소리로 웃었다. 아들 유골 앞에서 할 짓은 아니지 싶은데 말이다.

"치상이 재산이 얼마나 되는지는 누구보다 자네가 잘 알잖

나. 그런데 십억?"

물론 더 요구할 수도 있다. 내가 욕심 많은 놈이었다면 절반을 요구했을지도 모른다. 하지만 절대 과욕을 부리지 않는다. 그게 장수의 비결이라는 것을 알기 때문이다.

"아시잖아요. 지난번 일로 저도 먹고살 만해진 거. 이번에 건물 올리려는데 견적이 십억 나왔거든요."

늙은이는 어울리지도 않는 미소를 지어 보이며 입을 열었다.

"자네는 돈이 없을 때나 있을 때나 한결같아서 좋다고 말했던가?"

그딴 고백 따위 듣고 싶지 않다고 늙은이.

"한결같이 거지꼴이지. 어허허!"

늙은이는 자기 농담에 혼자 웃음이 터졌다. 다시 말하지만 아들 유골 앞에서 할 짓은 아니지 싶다. 잠깐, 농담이 아닌가? 이런 개 같은……

한참을 웃던 늙은이가 내 눈치를 힐끗 보고는 웃음을 멈추며 유골 단지를 팔걸이 삼아 상에 기대앉은 자세로 말했다.

"며느리 일억, 치상이 죽인 범인은 생사 관계없이 십억, 배후 알아 오면 이억, 배후 인물 살려 오면 삼십억, 죽여 오면 십억."

늙은이는 견적서 뽑듯 옵션을 쭉 읊어 주었다. 사층짜리 내 건물이 방금 십이층으로 올라갔다.

"단가표라도 있는 거예요?"

"이렇게 비싼 단가표는 갖고 있지 않네. 어때, 수용하겠나?"

내 목숨 부지를 위해서라도 어차피 해야 할 일이다.

"어차피 해야 할 일이니까요."

"그럼 계약서를 쓰지."

"뭘 써요?"

"늘 말하지만 비즈니스는 깔끔하게 시작하는 게 좋지."

못 말리는 늙은이다.

"이번 일만큼은 날 코치로 생각해도 좋네. 꼭 치러야 할 리턴 매치니까."

'리턴 매치'란 말은 내게는 해당되지 않는다. 난 당한 게 없으니까.

오랜 친구
OLD FRIEND

　누군가를 찾아야 한다면 제일 먼저 떠올리게 되는 인물이 있다. 어떤 정보든 액수만 맞으면 찾아 주는 '정보군' 박정길이다. 그에 대해 알고 있는 마지막 소식은 '인포맥스'라는 회사를 차려 청부업을 하고 있다는 것이다. 아직 살아 있을까? 그의 생존력이라면 지구가 망해도 바퀴벌레와 함께 최후까지 살아 남아 있을 것 같긴 하다.

　"전화 왜 했습니까?"

　전화로 오랜만에 하는 대화인데 정보군답지 않게 왠지 시크한 반응이다. 예전의 일로 아직 토라져 있는 걸까?

　"어떻게 지내요?"

　"덕분에 사업 말아먹고 푼돈이나 챙기면서 살고 있습니다."

　내가 뭘 했다고 이런 반응일까?

"사업 접었어요?"

"정 실장님이 절 가만 놔뒀겠어요? 눈물 콧물 다 쏟으면서 목숨 구걸한 걸 생각하면……."

목이 멘 소리를 지나 울먹이는 목소리다.

"이게 다 당신 때문이라고. 알겠어?"

이젠 말도 놓는다. 못 본 사이에 많이 세졌다.

"밥줄 때문에 내 전화번호는 못 바꾸니까 연락하지 마세요."

이제 보니 정보군도 유력한 용의자다. 살해 동기도 충분하고. 하지만 내 작은 허풍에도 금세 무릎을 꿇었던 그가 '동네 형의 친구'를 해칠 만한 위인이 될까? 정보군이 〈The Usual Suspect〉의 카이저 소제만큼의 치밀한 성격을 가지고 있다면 한 번쯤 의심해 볼 수 있지만, 내가 아는 그는 연기력을 가지고 있기엔 얼굴에 성격이 너무 드러나는 타입이다.

"전화 끊습니다."

"정 실장 소식은 들었어요?"

"제가 미친놈이에요? 정 실장한테 죽을 뻔했다는 말을 듣기나 한 거예요?"

"연락 안 하고 지낸 거예요?"

"그럼 추석 때 선물이라도 주고받는 사이인 줄 알았어요?"

이놈, 뒤끝 작렬이다.

"정 실장, 죽었습니다."

중요한 얘기를 할 때 반드시 무게를 잡고 말하거나 큰 소리로 강조해서 말할 필요는 없다. 중요한 얘기라면 그 자체로 집중시키는 힘을 갖고 있으니까. 내가 처음 그 말을 들었을 때처럼 정보군도 잠시 말이 없어졌다. 하지만 그가 보인 반응은 나와 달랐다.

"제가 안 그랬어요."

대단한 놈. 자기 살길 찾는 데는 본능적으로 도가 튼 인물이다.

"제가 왜 그랬겠어요? 안 그래요? 물론, 정 실장님한테 서운한 게 없는 건 아닙니다만 그래도 그동안 제게 주신 일이 얼마나 많은데요. 영원히 서로 안 보고 살 사이도 아니고 사소한 꾸지람 때문에 제가 그런 말도 안 되는 짓을 할 리가 없잖아요. 안 그렇습니까, 형님?"

이제 다시 형님이란다. 이제야 좀 정보군답다.

"글쎄. 모르는 일이죠."

정보군은 말문이 막혔는지 끙 소리를 낸 후 한층 격앙된 목소리로 말했다.

"모르는 일이라뇨, 형님! 저 잘 아시잖아요! 제가 그럴 위인이나 됩니까? 저는요, 유통기한이 일 초라도 지난 건 안 먹는 놈이란 말입니다. 아시잖아요?"

유통기한과 살인이 무슨 관계인지는 모르겠지만 말의 의미는 충분히 알아들었다.

"좀 만나서 얘기하고 싶은데."

"아, 형님, 진짜 제가 안 그랬어요. 죄도 없는데 형님을 제가 왜 만나야 됩니까. 안 그렇습니까?"

어이, 내가 경찰인 것도 아니잖아? 대화가 왜 이런 방향으로 흐르는 건데?

"죽을지도 모른다는 생각은 안 해 봤어요?"

"형, 형님, 뭔가 오해하신 거 같은데요. 형님이 보자면 당연히 봬야죠. 제 말은 개기겠다는 뜻이 아니라 저는 정 실장님 죽음하고는 아무런……."

정보군 감 많이 떨어졌다. 늙어 가는 걸지도 모른다. 잠깐, 그러고 보니 정보군 나이가 어찌 되더라? 나를 형님이라 부를 나이가 맞던가?

"정 실장 유골 단지가 택배로 왔어요. 예전 다이스컨설팅에서 쓰던 유령 신분 중에 하나가 발송인이고요. 누군지 몰라도 우리 내부 사정에 꽤 밝은 친구인 듯하네요. 어쨌든 꽤 위험한 상황이란 건 확실합니다. 어쩌면 다이스컨설팅 관계자를 한 명씩 죽여 나가고 있는 걸지도 모르죠."

"죄송한 말씀이지만 저는 다이스컨설팅하고 일한 적도 없고 아무런 관계도 없는데요."

"저하고 일도 하셨고, 정 실장하고도 일하셨고, 다이스컨설팅 뒷조사도 직접 하시고. 관계가 없다고요?"

"아무튼 저는 빼 주세요. 저는 모르는 일입니다."

빼 달라고? 내가 살인자협회 회장쯤 되는 줄 아는 모양이다.

"박 사장님, 제가 지금 회원 가입 권하고 있는 것처럼 보이세요?"

"유령이 택배를 보내든 이메일을 보내든 관심 없으니까 그냥 놔두시라고요."

너무 그러지 말라고. 상처받잖아.

"좋습니다. 생각 바뀌면 연락 주세요. 물론 그때까지 살아 있을 때 얘기지만."

전화를 끊었다. 이 인간 성향으로 봐서는…… 하나, 둘, 셋. 다시 전화벨이 울렸다. 정보군이다.

"형님, 저 박 사장입니다."

"압니다."

"아하하, 아니 대화하다가 갑자기 끊어지니까 아쉬워서요. 근데 형님은 성격이 그대로시네요. 뭐가 이렇게 급하세요."

이제 이야기가 좀 될 것 같다.

"사람들을 좀 알아봐 주셔야겠습니다."

"어떤 사람들이요?"

"다이스컨설팅 직원 명단 좀 확보해 주세요."

"네? 무슨 명단이요?"

"자꾸 말 두 번씩 하게 하지 말고 집중하시죠."

달라진 내 목소리 톤에 정보군도 태도가 달라졌다.

"형님은 진짜 왜 이렇게 어려운 것만 시키세요."

"쉬운 거였으면 제가 했죠."

"정도껏 어려워야죠. 이미 불타서 없어진 회사 자료를 무슨 수로 구해요."

"그건 박 사장님이 생각해 봐야 할 일이죠."

"형님, 대체 무슨 사단이 일어난 겁니까?"

"명단 찾으면 연락하세요. 그때 얘기합시다."

정보군과 달리 할 얘기는 없었다. 우리 사이에 정보와 돈 말고 할 얘기는 날씨뿐이었으니까. 난 을지로로 발걸음을 옮겼다. 업자에게 가서 대포폰을 몇 대 구입해야 한다. 이제 본격적인 업무가 시작된 것이다.

SCD서비스
SCD Service Co., Ltd.

누군가 자랑거리 하나 말해 보라고 하면 꼭 말하고 싶은 것이 하나 있다. 바로 수백억 원의 매출을 올리는 회사 두 개를 망가뜨렸다는 것이다. 본인 사업은 말아먹기 쉬워도 수익을 내는 안정적인 회사를 제삼자가 망하게 하는 일은 쉽게 일어날 수 있는 일이 아니다. 무엇보다 가장 자랑스러운 것은 그 회사들이 전문 살인청부회사였다는 사실이다.

그렇다. 합법을 가장한 청부회사 두 개를 바로 이 손으로 없애 버린 것이다. 물론 정 실장의 어시스트가 조금 있었지만. 아주 조금.

회사들을 그렇게 만든 건, 알다시피 사회정의를 구현하려고 그랬거나 뭔가 깊은 뜻이 있어서 그랬던 것은 아니다. 살려고 발버둥 치다 보니 운이 따라 줬던 것뿐이다. 하지만 그것은 어디까지나 내 입장에서 얘기고, 역으로 그들 입장에서는 가장 괴롭고 끔찍했던 기억이었을 것이다. 특히 그들을 그렇게 만든 게 나같이 부족한 인간이었다는 사실을 아는 순간 만 배로 분노했을 것이 틀림없다.

정 실장의 뼛가루를 보고 가장 먼저 이 회사를 떠올린 것은 바로 그런 이유에서다. 정 실장이 자살한 게 아니라면(자살이 아니란 증거도 없지만) 제일 먼저 죽이고 싶었던 게 정 실장이 아니었을까? 내 머릿속에서 그런 훌륭한 전략이 나왔을 리 없다는 걸 그들도 알아낸 게 틀림없다면 말이다. 그래서 첫 번째 용의선상에 다이스컨설팅과 함께 바로 이 'SD서비스'를 올려놓은 것이다.

예전에 SD서비스를 작업하기 위해 사전 조사를 할 때의 일이다. 그 회사로 전화를 걸어 정말 궁금한 걸 물어본 적이 있다.

"SD서비스의 SD가 무슨 약자인가요?"

여직원은 상냥한 목소리로 이렇게 대답했다.

"산은 산이고 물은 물인 것처럼 SD서비스는 그냥 SD서비스입니다. 고객님을 소중히 생각하는 SD서비스가 되겠습니다. 답변이 되셨기를 바랍니다."

답변이 됐을 리가 없잖아. 그딴 거에 인용하라고 성철 스님께서 말씀을 남긴 게 아니란 말이다.

그때 알아 뒀던 연락처를 떠올리고는 휴대폰을 뒤졌다. 내 휴대폰의 주소록에는 전화번호가 오천 개 가깝게 저장되어 있다. 어떤 사람이 전화번호를 바꾼다면 번호를 수정하는 것이 아니라 다른 이름으로 저장하기 때문이다. 휴대폰의 구조가 그냥 새 번호로 저장하는 것이 훨씬 쉽게 되어 있기 때문이다. 나의 게으름 덕분에 죽은 사람들의 연락처도 고스란히 들어 있다. 지우기 귀찮아서.

그 덕에 SD서비스의 과거 연락처도 바로 알아낼 수 있었지만 이미 해체된 것을 알고 있었기 때문에 번호도 이미 죽었을 것이 뻔했다. 상식적으로 쫄딱 망한 회사의 연락처가 살아 있을 리 만무하니까 말이다. 그래서 아무 부담 없이 통화 버튼을 눌렀다. 간만에 그런 번호는 없다는 여인 목소리도 듣고 싶었고.

"안녕하십니까, 고객님. SCD서비스입니다. 무엇을 도와 드릴까요?"

당황해서 나도 모르게 전화를 끊었다. 기계음이 아니었다. 나이스한 여자 사람 목소리였다! 그런데 'SCD서비스'라고? SD서비스 짝퉁인 건가? 난 호흡을 가다듬고 이번엔 대포폰으로 전화를 걸었다.

"안녕하십니까, 고객님. SCD서비스입니다. 무엇을 도와 드릴까요?"

기계음도 아닌데 토씨 하나 틀리지 않고 그대로 말했다.

"죄송한데 제 휴대폰에 번호가 찍혀 있어서 전화 드린 건데, 거기가 뭐하는 회사죠?"

"아, 그러세요? 아마 특수 배송 때문에 연락을 드린 모양입니다. 배송 번호를 말씀하시면 조회해 드리겠습니다."

특수 배송?

"아, 전화가 잘못 걸린 모양이네요. 저는 배송 시킨 적 없거든요."

"네 알겠습니다. 좋은 하루 되세요."

전화를 끊고 잠시 멍한 표정으로 서 있었다. SD서비스에서 가운데 'C' 자만 하나 더 들어갔을 뿐 이름도 똑같고, 특수 배송이라는 사업 모델도 똑같다. SD서비스와 관련이 있는 게 분명했다.

정보군에게 SCD서비스라는 곳의 연락처를 문자로 보냈고 잠시 후에 주소가 찍힌 문자가 날아왔다. 정말 주변 배경 정보 같은 거 없이 내가 요청한 대로 딱 주소만 날아왔다. 정말 나랑 얽히기 싫은 모양이다. 계속 이러면 상처받는다고.

택시를 잡아타고 주소를 보여 줬다. 모든 차에 달린 내비게이션에 찍으면 서로 피곤하지 않으련만 기사는 끝까지 내비게이션을 쓰지 않았다. 출발하기 전에 내게 두 번을 다시 보여 달라고 했고 강변북로를 타고 한참을 달리다가 다시 한 번 요청했다.

"주소 한 번만 더 보여 주실래요?"

어이, 그러니까 진작 내비게이션에 찍었으면 좋았잖아. 기사는 외우기라도 하듯 한 번 더 보고는 다시 운전에 열중했다. 난 그 시간 동안엔 한강을 보며 잠깐 생각을 정리할 수가 있었다.

우선 SCD서비스가 SD서비스의 뒤를 잇는 회사라면, 내가 그곳에 가는 것이 잘하는 짓인지 확신이 서지 않았다. 만약 구성원까지 동일하다면 난 컵라면이 익을 시간 동안 이백 번은

찔려서 죽을지도 모를 일이었다. 하지만 다른 방법이 없었다. 지금 이것만이 내가 잡고 있는 유일한 단서니까.

"주소 한 번 더 보여 주시겠어요?"

기사의 목을 노려보았다. 이 자세에서는 어떻게 잡아 뽑아야 즉사시킬 수 있을지 나도 모르게 계산하고 있었다. 나는 머리를 흔들고 휴대폰을 다시 보여 주었다.

"기사님, 내비게이션에 찍지 그러세요."

"귀찮아요. 그리고 제가 경력이 십 년이 넘는 사람이에요. 저런 거 없어도 길 다 알아요."

아, 그래서 나를 네 번이나 귀찮게 하신 거예요? 난 화를 억누르느라 떨리는 손으로 휴대폰을 꺼내 보여 주었다. 기사는 휴대폰을 아예 빼앗아 들더니 골목골목 들어가더니 함석으로 대충 벽을 만들어 놓은 건물 앞에 차를 세웠다.

철망으로 만든 대문 위에 붙어 있는 간판이 아니었다면 직원이 출퇴근하는 회사라고는 생각하기 어려운 곳이었다. 이층짜리 건물 앞은 포장되지 않은 공터가 넓게 자리하고 있었고 그 한구석에 빈 1톤 트럭 몇 대와 승용차 서너 대가 주차되어 있었다. 짐을 싣는 곳엔 2.5톤 트럭 한 대에 두 명의 직원이 짐을 싣고 있었다.

허술해 보이는 담장 위엔 약 10미터 간격으로 CCTV가 돌아가고 있었다. 특히 건물 입구에 있는 것은 내가 움직일 때마다 미세한 모터 소리를 내며 따라 움직였다. 내가 알기로 저건 사람이 조종해서 보는 건데, 직원 중 누군가가 내 등장에 흥미를 느낀 모양이었다.

농구에서 페이크를 하듯 왼쪽으로 가는 척하며 오른쪽으로 가자 당황한 CCTV가 미처 내 동작을 못 따라왔다.

1970년대에 유행했던 싸구려 인조석이 깔린 복도를 따라 걸어가 사무실로 보이는 곳으로 들어갔다.

그곳은 역시 1970년대에 썼을 법한 철제 캐비닛으로 둘러싸여 있었다. 캐비닛 위엔 대학교 학과 사무실에나 어울리는 소품인 전투경찰 안전모와 진압용 방패가 얹혀 있었다. 저건 어디서 난 걸까?

"실례합니다. 여기가 SCD서비스인가요?"

듬성듬성 앉아 있는 직원들은 나를 힐끗 보는 것으로 대답을 대신했다. 즉, 그들은 아무도 대꾸조차 하지 않았다.

"여기 SCD서비스 아닌가요?"

더 이상 무시할 수 없었는지 내게 등을 보이고 앉아 있던 사내가 뒤를 돌아보며 물었다.

"어떻게 오셨죠?"

그의 험악한 표정에 나는 순간적으로 흠칫 놀랐다. 너 같은 산적은 꺼지고 어서 전화를 받던 여자 사람을 데려오란 말이다!

"배송을 좀 하려고 왔습니다."

그는 여전히 한쪽 팔을 의자 등받이에 걸친 모습으로 대답했다.

"무슨 배송이요?"

"좀 중요한 거라서 특수 배송을 시키려고 합니다만."

그는 나를 위아래로 훑어보고는 다시 물었다.

"어디서 듣고 온 거요?"

전화로 친절하게 안내까지 하드만 뭘 이렇게 비밀스러운 것처럼 굴어?

"그냥 아는 사람한테 들었는데."

"아는 사람 누구?"

시건방진 취조에 손님인 척 가장하기가 점점 힘들어지기 시작했다.

"엄마 친구 아들."

그의 표정이 잠시 멍해지더니 얼굴이 더욱 험악하게 구겨졌다.

"뭐라고?"

"당신 여기 직원 맞아? 손님한테 안내는 안 해 주고 뭐 이렇게 질문이 많아?"

돌변한 내 태도에 놈도 자리에서 일어났다.

"이 양반이 뭘 잘못 자시고 왔나, 아침부터 뭐야?"

그제야 건성으로 앉아 있던 직원들의 이목이 내게 집중되었다. 심장이 살짝 쪼그라들었지만 표정만큼은 화난 얼굴을 유지했다. 설마 여기 직원들이 모두 청부업자들은 아니겠지? 에이, 설마…….

놈이 내게 또 질문을 했다.

"당신 장난하는 거야? 어디서 갑자기 나타나서 행패야?"

문맥상 질문이 아니라 위협이다. 저 두꺼운 입술을 네 갈래로 찢어 놓고 싶었지만 참았다. 난 택배 회사 직원의 불친절한 태도에 화가 난 손님이어야 했으니까.

"이 사람이 정말……."

내가 대꾸를 하려고 할 때 옆 사무실 문이 벌컥 열리며 내 또래로 보이는 남자가 모습을 드러냈다. 까무잡잡한 피부 톤에, 문을 잡고 있는 오른손의 손가락 관절에 생긴 굳은살이 인상적인 남자였다.

"뭐야? 무슨 일이야?"

"죄송합니다, 본부장님. 여기 이 사람이 다짜고짜 들어와서 특수 배송 해 달라고 해서……."

본부장은 나를 돌아보았다. 역시 위아래로 훑어보고는 다시 직원에게 말했다.

"손님 와 계시니까 소란스럽게 하지 마라."

그는 나를 한 번 더 힐끗 보고는 방문을 닫고 들어갔다. 장담하는데 저 인간은 절대로 일반인이 아니다. 게다가 현역으로 활동 중인 게 틀림없었다.

왼쪽 팔만 밀려 있는 털, 손가락 관절의 굳은살, 검지와 엄지 사이에 깊게 베인 자국은 칼을 사용하는 사람들에게서 종종 볼 수 있는 특징이었다.

내 경험으로 비춰 보면, 실전에서는 아주 가끔 더럽게 걸리면 개싸움처럼 되어 버려, 정신없이 뒹굴다 보면 잡고 있는 게 칼자루인지 칼날인지 알 수 없게 되는 경우가 있다. 또 좁은 공간에서 휘두르다 보면 칼을 쥐고 있는 손이 벽에 쓸려 엉망이 되는 경우가 있다. 이게 반복되면 결국 주름 없는 굳은살로 자리를 잡게 되는 것이다.

본부장이라면 오히려 말하기가 편할 것 같았다. 내가 본부장실 문을 열려고 하자 놈이 다가왔고 더 이상 놈의 말투가 듣기 싫었기에 턱을 올려쳐서 기절시켜 버렸다. 다른 직원들이 놀라 벌떡 일어났지만 내게 뭐라고 말하는 사람은 아무도 없었다.

난 노크를 하고는 대답을 기다리지도 않고 문을 벌컥 열었다. 본부장이 곱지 않은 시선으로 나를 돌아보았다. 그의 맞은편엔 비슷한 또래의 남자가 앉아 있었는데 본부장과는 달리 벨트를 덮는 뱃살에 하얀 피부를 가진, 전형적인 사무직으로 보이는 남자가 나를 바라보고 있었다.

"실례합니다. 특수 배송 좀 부탁드리려고 왔는데 직원이 안내를 안 해 주네요."

본부장은 불쾌한 기색을 감추지 않고 인상을 찌푸렸다.

"직원 교육을 어떻게 시키기에 저따위로 서비스를 하는지 이해가 안 가는데요?"

본부장은 한숨을 쉬고는 직원을 부를 생각으로 방문을 열었다. 직원을 향해 큰 소리를 지르려던 본부장은 그 앞에 기절해 있는 직원과 그의 상태를 살피는 다른 직원들의 모습을 보고는 고개를 홱 돌려 나를 돌아보았다. 역시 시위는 폭력을 써야 관심을 가져 준다. 그러니까 맨날 시위하는 사람들이 돌 던지고 화염병 던지는 거다. 도대체가 말로만 하면 들으려고도 하질 않는다니까.

나의 도발에도 본부장은 예상과 달리 침착하게 대응했다.

"김 대리, 손님 물건 좀 접수시켜 드려. 불편을 드려서 죄송합니다. 저희 직원이 접수해 드릴 겁니다."

그는 나가라는 듯 문을 연 채 나를 돌아보았다. 이를 어쩐다? 이런 착한 반응은 생각도 안 했는데. 일단은 이렇게까지 해 주니 조용히 나가야겠다는 생각이 들었다. 저렇게 침착한 사람들이 한 번 화나면 화분도 깨고 개도 죽이고 고양이도 죽이고 앵무새도 죽이는 타입이 많으니까 말이다.

"아, 네. 그럼."

방에서 나가기 직전에 밖에서 굵은 목소리와 함께 인기척이 느껴졌다.

"씨발, 에어컨 좀 켜라! 애새끼가 이렇게 될 때까지 에어컨도 안 틀고 뭐하는 거야? 사무실서 더위 처먹고 쓰러졌다는 소문 나면 알바도 안 구해진다고! 야! 창문 닫고 켜야 할 거 아냐!"

본부장은 옆으로 비켜서며 "사장님"이라는 간단한 인사와 함께 목례를 했다. 앉아 있던 사무직 사내도 일어나 인사를 했다. 거대한 체구의 사장은 연신 손수건으로 땀을 닦았다.

"아, 씨발 아침부터 좆나 덥네. 벗고 출근할 수도 없고. 추우면 껴입기라도 하지. 더우면 방법이 없어, 방법이."

그때까지도 내 존재를 모르던 사장은 본부장의 헛기침 소리에 나를 돌아보았다.

"저 사람 뭐야?"

"손님입니다. 지금 나가시려던 참입니다."

사장의 덩치에 질린 나는 최대한 조용히 사무실 밖으로 나가려 했다. 왠지 뒷골이 찌릿찌릿한 것이 조용히 나갈 수 있을 것 같지가 않았다.

"어이 손님 양반, 잠깐!"

심장이 덜컥 주저앉았다. 조금 전까지의 강렬했던 나의 기세는 말끔히 사라져서 흔적 찾기도 어려웠다.

"네?"

돈 뺏기던 중학생 시절의 목소리가 나오고 말았다. 사장이 의자에 앉은 채 《업종별편람》이라는, 두께가 7센티미터는 되어 보이는 책으로 부채질을 하는 모습은 내 머릿속을 하얗게 만들었다. 저 손목이라면 양악 수술도 맨손으로 할 수 있을지도 모른다.

"당신, 나 본 적 없어?"

"아뇨, 처음⋯⋯."

"이상하네. 낯이 익은데⋯⋯. 본부장, 저 사람 본 적 없어?"

"네, 없습니다."

"윤 변호사도 저 친구 본 적 없고?"

"글쎄요."

사장은 부채질하던 책을 책상에 탁 내려놓으며 말했다.

"아, 맞다! 예전에 내가 고 상무님 심부름 갔다가⋯⋯."

사장은 뭐가 생각났는지 말을 하다 말고 갑자기 자리에서 벌떡 일어났다. 그의 얼굴에 핏기가 가시며 식은땀이 배어 나오기 시작했다. 사장의 예상치 못한 모습에 본부장과 변호사는 놀란 얼굴로 사장을 바라보고 있었다.

"어디 편찮으십니까?"

본부장의 말에도 사장은 움직이지를 못했다. 난 혼란한 틈을 타 빠져나가기 위해 조심스럽게 발길을 돌렸다. 그때 사장의 굳은 목소리가 들렸다.

"여, 여긴 무슨 일이십니까?"

나를 알고 있는 말투다. 우호적이진 않지만 공손한 말투. 하지만 왜 공손하게 말했는지는 모른다. 내 주변은 온통 날 죽이려는 놈뿐이라고 생각해 왔기에 더욱 수상했다.

"특수 배송 좀 맡기려고 왔다가 직원이 불친절해서 불평 좀 하고 있었습니다."

내 말에 사장은 더욱 놀란 얼굴로 나를 바라보았다. 본부장은 사장과 나의 눈치를 살피며 옷걸이에 걸려 있던 재킷을 집어 들었다. 아마도 재킷 안에 나이프가 들어 있겠지. 내 손도 반사적으로 품속으로 들어갔다. 그의 행동 때문에 내 머리도 바쁘게 돌아갔다.

윤 변호사라는 인간은 일단 통과. 제일 먼저 본부장을 찌른다. 정확하지 않아도 된다. 공격할 시간만 벌 정도면 되기 때문에 면적이 넓은 몸통을 노린다. 이어서 책상 위로 뛰어 올라가 사장보다 높은 위치를 확보한다. 나보다 덩치가 큰 상대를 정면으로 맞설 땐 높은 곳이 유리하다. 이 방의 경우엔 책상이 걸림돌이 되기 때문에 내게 선택의 여지는 없다. 상대도 그걸 알고 있다는 가정하에 난 책상에 머무는 시간을 최소화해야 한다. 책상을 밟고 뛰어넘을 때는 위가 아닌 앞으로 튀어나가 듯……

"여기 차 좀 내와라."

그의 말에 내 생각도 중단되었다. 사장의 말을 들은 본부장은 나를 힐끗 보고는 재킷을 도로 옷걸이에 걸고 직원에게 차를 내오라고 시켰다. 사장은 책상에서 걸어 나와 소파 있는 곳으로 왔다. 그가 창문을 등지고 서 있으니 사무실 전체가 어두워지는 듯했다. 저 손목으로 내 턱을 가격하면 0.1초 만에 V라인이 생기겠지.

사장은 소파에 앉으며 변호사에게 손을 휘저어 보였다. 변호사가 일어나 사무실을 나가자 사장이 내게 권했다.

"일단 앉으시죠."

설마 앉은 채로 불꽃 싸다구를 날리지는 않겠지?

난 그의 신경을 거슬리게 하지 않는 최대한 공손한 태도로 자리에 앉았다. 돈 뺏기는 중학생 모습이 나오지 않기를 소망할 뿐이었다. 사장은 소파에 기대지 않고 꼿꼿한 자세로 입을 열었다.

"여긴 어떻게 알고 오신 겁니까?"

아까 직원에게 했던 '엄마 친구 아들'이라는 대답이 갑자기 떠올라 나도 모르게 웃음이 나왔다. 내 웃음을 본 사장은 흠칫 놀랐다가 어색한 미소를 지으며 말을 이었다.

"혹시 기분 언짢게 해 드렸다면 죄송합니다. 그냥 궁금해서 여쭤 본 거지 다른 뜻은 없습니다."

사장의 공손한 태도가 어색하기는 본부장도 마찬가지인 모양이었다. 본부장은 세상에서 제일 이상하게 생긴 물건을 보기라도 한 표정으로 사장을 바라보고 있었다.

"저희 이제 청부업 같은 건 취급 안 하고 있습니다."

사장의 입으로 금기어를 들은 본부장은 경악한 표정이 되었지만 입을 열진 않았다. 사장은 말을 계속했고 난 듣고만 있었다. 이 상황에서 내가 달리 할 말이 없었기 때문에.

"보시다시피 입에 풀칠이나 하려고 몇 명이서 만든 작은 회사입니다. 제대로 돌아가기 시작한 건 한 일 년 정도밖에 안 됐고요."

직원이 내온 녹차를 한 모금 마셨다. 혹시 몰라 입술만 적시고는 다시 내려놓았다. 내 모습을 본 사장은 겸허하게 웃으며 말했다.

"안심하십시오. 제가 설마 작가님께 수작을 부릴 리가 있겠습니까."

사장은 날 '작가'라 불렀다.

작가는 다이스컨설팅 시절에 썼던 내 접속 아이디다. 여기까지 사장의 말로 유추해 보면 사장은 예전 SD서비스 시절부터 일했던 청부업자가 확실했다. 난 몰랐지만 다이스컨설팅과 SD서비스 간에 교류가 있었던 것 같기도 하고. 하지만 나를 어떻게 알고 있는 걸까? 갑작스러운 두려움에 뇌에서 호르몬이 빠져나가 건조해지는 느낌이었다.

좋지 않다. 업계에 내 얼굴이 알려져 있다는 건 언제 어디서든 죽을 수 있다는 걸 의미했으니까.

사장의 작가라는 말에 본부장은 나를 보며 놀란 듯 벌떡 일어났다. 두려움으로 인해 예민해진 나는 품속에 손을 넣고 본부장을 노려보았다. 사장은 재빨리 본부장을 혼내며 말했다.

"어수선하게 굴 거면 나가 있어."

"아, 죄, 죄송합니다."

본부장은 내게 시선을 떼지 않고 조심스럽게 다시 자리에 앉았다. 사장은 최대한 나를 자극하지 않으려는 듯 손을 조심스럽게 휘저었다.

"그날 이후로 저희 다 흩어졌습니다. 어떻게 지내는지도 모르고 있고요."

왜 사장이 저런 변명을 계속 늘어놓는지 모르겠지만 지금 상황이 내가 협상하기에 유리한 상황인 것은 확실했다. 난 다소 연출된 무게를 잡고 입을 열었다.

"'그날'이 언제를 의미하는 겁니까?"

사장은 난처한 듯 머뭇거리다 입을 열었다.

"고 상무님하고 조 팀장님…… 돌아가신 날이죠."

내 기억과 사장의 말이 일치하긴 했지만 어딘지 모르게 서로 어긋나 있는 느낌을 지울 수가 없었다.

"내 얼굴은 어떻게 알고 있는 겁니까?"

"그야……."

사장은 통상적으로 대답을 하려다 말고 무슨 생각에선지 손

사래를 치며 말했다.

"아, 아닙니다, 아니에요! 작가님 얼굴 알려져 있는 거 절대 아닙니다! 제가 소문 낸 것도 아니고요. 오해 마세요. 예전에 고 상무가 다이스컨설팅에 심부름 시킨 적이 있어서 갔다가, 정 사장님 방에 계신 거 봤습니다. 문서 사본이 직원 책상에 있던 걸 봤는데 아이디가 특이해서 기억하고 있었던 것뿐입니다."

보안이 목숨인 것처럼 굴더니 개인 정보를 책상에 방치해서 개나 소나 볼 수 있었단 말이지. 칠칠맞은 늙은이 같으니라고.

"어디서 어떻게 시작되었는지는 모르지만 작가라 불리는 청부업자를 회사가 배신해서 그렇게 되었다는 소문이었죠. 업계에서는 이젠 사실처럼 알려진 새삼스러울 것도 없는 이야기가 됐습니다만."

내가 전면에 나서길 두려워했던 것이 바로 이런 것이다. 또 바로 이런 것 때문에 정 실장이 나를 전면에 내세웠던 것이다. 물론 죽은 건 정 실장이 먼저지만.

"보시다시피 저는 그럴 만한 사람이 못 됩니다."

사장은 본부장을 힐끗 보고는 말했다.

"정말 작가님이 하신 일이 아닌가요? 다 헛소문이란 말씀인가요?"

"원래 소문은 과장되기 마련이니까요."

사장은 빙긋 웃으며 고개를 끄덕였다.

"일단 부정하시는 건 아니군요."

부정을 해야 할지, 하지 말아야 할지 판단이 서지 않았다. 늘 그렇듯 이럴 땐 사실대로 말하는 게 좋다.

"그런 일들이 있었던 건 사실이죠."

본부장의 표정엔 흥미로운 기색이 떠올랐고 사장도 조금 전보다 약간은 들뜬 느낌이었다.

"정말 궁금한 거 딱 두 가지만 여쭤 봐도 되겠습니까?"

어려울 것 없다. 난 속일 생각도, 솔직할 생각도 없다. 이곳에서 내가 원하는 정보를 얻고 걸어 나갈 수 있는 답안을 제출할 생각이니까.

"최 회장하고 일할 때 은장파 애들 열세 명을 한 번에 작업했다는 게 사실인가요?"

금시초문이다. 난 놀란 눈으로 사장을 바라보았지만 사장에게는 내 표정이 '그걸 어떻게 알았지?'라는 얼굴로 보인 모양이다. 사장은 왠지 멋쩍어하는 얼굴로 말했다.

"제가 정보력이 좀 있거든요."

아마 '흰 얼굴' 기천의 이야기일 것이다. 내가 제시한 돈을 받고 바로 배신하긴 했지만 '흰 얼굴'이 잠시 최 회장과 일했던 것은 사실이니까. 열세 명을 한 번에 처리할 수 있는 사람은, 내가 알기론 '흰 얼굴'밖에 없었다.

이제야 소문이 과장되는 과정을 어렴풋이 깨달았다. 정 실장의 두뇌와 '흰 얼굴'의 전투력이 나에게 몰려 투영된 것이다. 왜냐면 전면에 나서서 나댄 것은 나밖에 없으니까 말이다.

내가 한 일이라고 하기엔 너무 뻔뻔하고, 아니라고 하기엔 내가 얕보일 수 있기에 적절한 대답을 하기로 했다. 떠올리기 싫어서 하는 대답처럼. 그리고 허풍쟁이가 아닌 것처럼.

"노코멘트."

예상대로 그들은 고개를 크게 끄덕였다. 사장은 손을 비비며 입을 열었다.

"그럼 최 회장이 거느리고 있는 회사 지분 대부분을 담판으로 가져왔다는 얘기도 사실입니까? 우리 같은 청부업자가 '그' 최 회장에게서 뭘 빼앗아 온다는 게 믿어지지가 않아서요."

왜곡되긴 했지만 최 회장 지분 얘기가 이자의 입에서 나올 정도면 이미 이 바닥엔 퍼질 대로 퍼진 소문인 모양이었다. 최 회장이 독기 좀 올랐을 거란 생각이 들었다. 다시 만나는 일이 없기를.

"아닙니다."

"아. 역시 그건……."

"대부분이 아니라 40퍼센트였죠."

실망하던 사장과 본부장이 표정이 다시 밝게 펴졌다. 굳이 말할 필요도 없었고 그 지분은 금세 정 실장에게 넘겨 내 수중에 있던 시간은 얼마 되지도 않았지만, 조금은 잘난 척을 하고 싶었다. 뒷골목 큰손 돈을 차지하는 건 아무나 할 수 있는 일은 아니니까 말이다.

사장은 흥분한 듯 테이블을 주먹으로 내려치며 말했다.

"바로 그겁니다! 그게 사나이 인생 아니겠습니까!"

왠지 초딩에게 폭력이 난무하는 히어로 영화를 보여 준 기분이다. 나로 인해 이들이 다시 청부업에 손대는 일이 없기를 바랄 뿐이다. 슬슬 지루해진 나는 사장에게 궁금한 걸 질문했다.

"사람을 찾고 있습니다."

"사람이요? 사진 있으면 놓고 가십시오. 최대한 찾아보겠습니다."

말은 고맙지만 이들에게 알려 줘도 될지 판단이 서지 않았다. 때에 따라서는 사장 늙은이의 며느리가 위험해질 수도 있기 때문이다. 난 말을 돌렸다.

"다이스컨설팅 출신 직원들이 어디 있는지 알 수 있습니까?"

"글쎄요, 저희가 그쪽이랑 교류가 있었던 것도 아니어서 잘 모르겠네요. 같이 일했던 사람들이 아니라 수소문하기도 좀 그렇고. 그쪽이랑 얽힌 일인가요?"

"그걸 알아보는 중입니다."

사장은 고개를 끄덕이며 말했다.

"다이스컨설팅 그렇게 되고 나서 뿔뿔이 흩어졌다는 것만 들었습니다. 원래 모이기 힘든 종자들이니까요."

"SD서비스 직원들과도 연락 안 하나요?"

사장은 본부장을 가리켜 보였다.

"여기 이 친구뿐이죠."

"정말 그런가요?"

그는 진지한 얼굴로 말했다.

"아직 작긴 하지만 저도 사업체 이끌고 있는 사람입니다. 그럴 이유도 없지만 제가 거짓말할 처지가 안 된다는 거죠."

사장은 도망가서 숨을 수 있어도 회사는 그럴 수 없다. 만약 일이 잘못되거나 하면 내가 언제든지 화풀이할 곳이 있다는 얘기이기도 했다. 천천히 고개를 끄덕였다. 사장은 남은 차를 비우며 말을 이었다.

"혹시 다이스컨설팅은 가 보셨습니까? 거기 한번 가 보시죠. 로펌이 그 자리에 들어왔다는데 이상한 소문도 같이 떠돌기 시작했거든요."

"이상한 소문이요?"

"이혼 전문이라는데 거기서 상담을 받고 나면 이혼까지 가는 일은 드물다는군요."

아직 도리를 아는 변호사가 남아 있는 모양이다.

사장은 씩 웃으며 말을 이었다.

"둘 중 하나가 죽어 나가서 이혼이 성립이 안 되는 거죠. 어디까지나 소문일 뿐입니다."

마누라에게 잘해야겠다는 결심을 다시 한 번 했다.

난 더 이상 알아낼 것이 없다는 생각에 자리에서 일어났다.

"여러 가지로 고맙습니다."

"무슨 일이신지는 모르겠지만 잘 해결되길 바랍니다, 작가님."

"그리고 저에 대해서는 얘기 안 하셨으면 합니다."

"아, 물론입니다. 그래야 하고말고요."

난 철망으로 만들어진 예의 그 허름한 대문을 벗어나고 나서야 긴장했던 몸이 풀리며 갑자기 배가 아파 오기 시작했다.

다음 목적지가 된 옛 다이스컨설팅 사무실에 먼저 가서 똥을 쌀지, 아니면 똥 싸고 출발할지를 놓고 갈등하는 와중에 휴대폰이 울렸다. 정보군이다.

"네, 박 사장님."

"통화 가능하십니까?"

평소와 다르게 목소리에 힘이 들어가 있다.

"네, 명단은 구했어요?"

"네, 구했습니다."

"그럼 이메일로……."

"직접 만나서 드리죠."

"그냥 이메일로 주세요. 귀찮게 무슨……."

"늘 그랬듯이 제 사무실에서 커피나 한잔하시죠."

누구나 외로워서 미칠 순 있다. 하지만 나한테 이러는 건 아니잖아. 이건 외로운 개가 내 다리를 잡고 온몸으로 하소연하는 것과 같은 거다. 조심하라고. 그러다 죽는 수가 있으니까.

"뭘 하자고요?"

"그럼 기다리겠습니다."

내게 통보만 남기고 전화를 일방적으로 끊었다. 나는 황당함에 배가 아픈 것도 잊고 택시부터 잡아탔다. 정보군이 뭔가 사연이 있기를 간절히 빌었다. 그렇지 않다면 내게 큰 봉변을 당할지도 모르니까.

빌딩 사냥
BUILDING HUNTING

정보군의 사무실로 가던 택시의 방향을 돌려 집으로 향했다. 집에 도착해서는 택시를 잠시 잡아 두고 장비를 챙겨 다시 정보군의 사무실로 향했다. 가는 동안 장비를 풀어 방검 셔츠를 입고 셔츠에 부착되어 있는 홀스터에 나이프를 순서대로 꽂아 넣었다.

택시 기사는 호기심과 두려움 사이에 갈등하는 표정으로 룸미러를 통해 종종 바라보았지만 내 분위기가 진지했기에 아무 말도 하지 않았다.

방검 셔츠 위에 재킷을 걸쳤다.

"에어컨 좀 높여 주시겠습니까?"

기사는 내 말이 끝나기도 전에 에어컨 바람을 세게 했다. 방검 셔츠의 유일한 단점은 통풍이 잘 되지 않는다는 것이다. 예전에 내 부탁으로 정 실장이 만들어 준 X11 원단의 방검 셔츠에 케블라를 덧대어 개조했더니 안전성은 높아진 대신 엄청나게 더운 내복이 되어 버렸다.

기사가 계속 힐끗거리는 꼴이 거슬려 눈에 힘을 주고 한 번 노려보았더니 경주마처럼 앞만 보고 운전했다. 이럴 때는 내 차를 끌고 나올까도 싶지만 어느새 CCTV 공화국이 되어 버린 길을 다니기엔 노출될 위험이 높았다. 특히 잠시 후에 벌어질 음지의 일을 할 땐 더더욱.

그게 내가 택시를 이용하는 이유다. 택시 기사가 떠벌리고 다닐 위험? 그건 괜찮다. 언제든 입막음할 수 있으니까.

자, 이젠 정보군의 전화 태도에 대해서 생각해 보자. 난 '늘 그랬듯이' 정보군 '사무실'에서 '커피'를 마셔 본 적이 없다. 단 한 번도. '늘 그랬듯이'도 틀렸고, '사무실'도 틀렸다. '커피'? 가당치 않다.

정보군과 나는 만날 일이 있으면 팔레스 호텔에서 더럽게 비싼 딸기주스를 마셨다. 딱히 약속한 것은 아니었지만 돌아보면 언제나 그랬다. 첫 만남부터가 거기였기에 자연스럽게 그렇게 된 것이다. 그런데 정보군이 그런 말을 했다면 둘 중 하나다. 내가 처음 생각했던 것처럼 외로움에 미쳤거나 아니면 위협을 당하고 있는 상황이다.

한 문장에서 거짓이 한 개만 들어가 있다면 헷갈릴 수 있겠지만 정보군은 세 개나 집어넣었다. 분명 의도적인 것이고 위협을 받고 있는 상황일 확률이 90퍼센트 이상이라고 확신했기에 이렇게 중무장을 하고 나온 것이다. 오늘은 총까지 들고 나왔다.

여전히 힐끗거리는 기사를 향해 총을 꺼내 보이며 최대한 상냥한 톤으로 말했다.

"오늘 서바이벌 게임이 있어서 가는 거예요. 이것도 장난감 총이고."

"아, 역시 그렇군요. 설마 했지만 칼도 진짜 같고 해서 약간 긴장했는데. 아하하하!"

"하하, 요새는 기술이 좋아져서 진짜처럼 잘 나오죠."

그때부터 기사는 더 이상 힐끗거리지 않았다. 그러나 그때부터 말을 걸기 시작했다. 역시 정치 얘기와 요새 애들 싸가지 얘기다. 난 과묵한 기사님들이 좋다.

정보군 사무실을 지나 약 백 미터 떨어진 곳에서 내렸다. 내 얼굴이 알려졌을 것에 대비해 안경을 쓰고 허리를 약간 구부정하게 해서 걸었다.

정보군의 사무실은 칠층에 있었다. 몇 명이 사무실에 있는지, 어느 포지션에 각각 위치해 있는지 알아내야 했다. 시계를 보니 잠시 후면 점심시간이다. 오늘 아침부터 아무것도 안 먹고 부지런히 돌아다녔더니 배가 고팠다.

사무실 누군가 식사를 일찍 시켰는지 도시락 배달원이 엘리베이터 앞에 서 있었다. 난 그에게 다가가 말했다.

"그거 몇 층에 가는 거죠?"

"오 층 육 호에 가는 건데요."

"아, 그거 저한테 주시면 돼요. 얼마죠?"

"이만 팔천 원입니다."

내가 지갑을 꺼내자 그는 무선 카드 결제기를 꺼냈다. 아마도 카드 결제를 요청한 모양이다. 난 현금 삼만 원을 내밀었다.

"카드 결제 하신다고 해서 잔돈을 안 가져왔는데요."

"잔돈은 됐습니다. 수고하셨습니다."

난 도시락을 받아 들고 내 복장을 살폈다. 작업하기 좋은 복장으로 입고 왔기에 도시락을 들고 있어도 어색하지 않았다. 엘리베이터에 올라타고 칠층을 눌렀다. 엘리베이터도 널찍하니 나쁘지 않았다. 정보군은 내게 입에 풀칠이나 하고 산다더니 금가루 섞인 풀인 모양이다.

칠층에서 내려 복도를 둘러보았다. 크지 않은 건물로는 드물게 엘리베이터가 중앙에 배치되어 있어서 복도가 'ㅁ' 자 모양으로 되어 있었다.

호수를 확인하며 정보군 사무실 앞에 도착했다. 재킷의 앞섶을 약간 풀고 뒤춤에 꽂아 둔 총을 확인하고 문을 열고 들어갔다.

20평 남짓한 사무실에 책상 네 개가 마주 보며 놓여 있었고 오른편엔 별실로 통하는 문이 있었다. 네 개의 책상 중 유일하게 자리를 차지하고 있던 여직원에게 말했다.

"도시락 가져왔습니다."

"시킨 적 없어요."

그건 나도 알아. 여직원의 태도는 싸늘했지만 극히 자연스러웠다. 전혀 위협받고 있는 것처럼 보이지 않았다.

"어떤 남자 분이 시키셨는데."

"잠시만요."

여직원은 별실 문을 노크하고 살짝 열었다.

"사장님, 혹시 도시락 시키셨어요?"

난 여직원 뒤로 몰래 다가가 별실 안쪽을 들여다보았다. 정보군이 자기 자리에 앉아 있고 앞쪽 소파에 두 명의 사내가 마주 앉아 있었다. 등받이에 팔을 걸친, 똬리를 튼 모습으로 보아 정보군을 모시는 사람들은 아닌 것처럼 보였다. 여직원의 목소리에 정보군과 남자들의 시선이 집중되었다.

"도시락이요?"

그는 여직원 뒤에 서 있는 나를 알아보았는지 큰 소리로 말했다.

"아, 내가 시켰어요. 이리 가져오세요."

당찬 여직원은 말했다.

"손님들 계시니까 밖에 두겠습니다."

"아니 이쪽으로……."

여직원은 한층 더 단호한 목소리로 말했다.

"밖에다가 두겠다고요."

여직원은 문을 닫고 내게서 도시락 봉지를 받았다.

직원을 존중하는 사장의 모습은 바람직하다. 그런 사장들은 반말도 하지 않고 인격적으로 대우해 준다. 하지만 어디까지나 사장은 사장이다. 사장이 월급을 주는 한 아무리 인격적으로 대우하고 대우 받는 분위기라고 해도 사장에게 이런 태도를 취하는 직원은 없다. 그녀가 지갑을 꺼내기 위해 허리를 숙였을 때 짧은 치마 아래, 허벅지 안쪽에 부착되어 있는 권총 홀스터의 끝부분이 보였다.

궁금했다. 저기에 꽂아 두면 도대체 총을 어떻게 꺼내는 것일까? 아, 실은 그게 궁금한 게 아니라 평범한 사무실 여직원이 총을 차고 다닐 확률이 얼마나 될지 궁금했다. 하지만 정보군의 회사가 특수 목적의 회사라는 걸 감안하면 직원의 무장은 충분히 가능한 일이었다.

머릿속이 복잡해졌다. 여직원을 죽여도 되는 이유를 좀 더 찾아야 했다.

"얼마죠?"

"이만 팔천 원입니다."

여직원은 내게 삼만 원을 건넸다.

"카드 결제 하신다고 해서 잔돈을 안 가져왔습니다만."

"뭐요?"

"카드 결제 하신다고 해서요."

그녀는 자신의 지갑을 다시 한 번 열었다. 신용카드는 하나도 보이지 않았다.

청부업자들은 작업을 나갈 때 만약을 대비해 자신의 신원이 드러날 만한 물건은 모두 놓고 나간다. 신분증, 영수증, 이니셜이 새겨진 액세서리 등. 물론 신용카드도 마찬가지다. 지금 여직원의 지갑이 그 상태다. 평소의 습관대로 지갑을 열었지만 놓고 나왔기에 있을 리가 없는 것이다.

"잔돈 진짜 없어요?"

나 같으면 이천 원 포기한다. 이천 원 때문에 작업을 망칠 수는 없는 일 아닌가?

"네, 죄송합니다."

잠시 망설이던 여직원은 포기하듯 말했다.

"가 보세요."

이대로 나가면 정보군 구출 작전은 다시 원점으로 돌아간다. 뭔가를 해야 했다.

가장 먼저 판단해야 할 일은 여직원의 아군 여부다. 정보군의 진짜 직원이라면 무장에 대해서는 이해를 할 수 있다. 하지만 정보군을 대하는 태도와 그 이후의 일련의 의심스러운 행동은 뭔가 석연치 않았다. 또한 정보군이 위협을 받고 있는 상황이라면 이 직원은 위협하는 쪽 아니면, 눈치 없는 직원인 거다.

그런 리스크 때문에 내 정체를 솔직하게 밝힐 수가 없다. 무엇보다, 도시락 배달원 행세를 한 내가 뭐가 되겠는가? 그냥 죽일까? 그게 제일 속 편한 방법이긴 하다. 일단 사무실 밖으로 나와 정보군에게 문자를 보냈다.

직원 심부름 시켜서 아이스 아메리카노 하나 사다 주시죠. 날씨가 덥네.

문자도 감시받고 있다는 전제하에 문자를 보냈다. 이제 기다리면 된다. 여직원이 나오면 아군 여부를 떠나 자리가 빌 거고 그 사이에 처리를 하면 된다. 여직원이 나오지 않으면 아군이 아닐 확률이 높다.

문자가 왔다.

직원이 없어서 심부름을 시킬 수가 없습니다. 조금 서둘러서 와 주시면 좋겠습니다. 제가 병원에 좀 가야 해서요.

정보군은 아까 분명 내가 사무실에 있었던 걸 봤다. 그런데도 문자가 이렇게 왔다는 건 모두 적이라는 의미였다.

나이프를 빼 들고 뒤로 감춘 채 안으로 들어갔다. 여직원이 올려다봤다.

"뭐죠?"

"아, 네."

나는 배달원의 미소로 다가가 여직원의 목에 칼을 꽂았다. 목에서 쏟아지는 피는 기도를 지나 폐를 가득 채울 것이다. 몇 번 헐떡이던 여직원은 조용히 숨을 거뒀다. 피가 터져 나오지 않도록 꽂은 칼을 그대로 둔 채 여직원을 의자째로 구석으로 밀었다. 여직원 치마 속에서 총을 꺼냈다. 베레타 Px4. 뜻밖의 수확이다. 이런 권총을 반입하려면 배후 없이는 힘들다. 도대체 배후가 누굴까? 정 실장을 죽인 놈과 동일 인물일까?

나이프를 꺼내 왼손에 상대방 목 높이로 파지했다. 권총을 든 오른손으로 별실 문을 노크하고 한쪽으로 비켜섰다. 안쪽

놈들도 총을 가지고 있을 확률이 높기 때문에.

낯선 자가 얼굴을 내밀었다. 문이 열리는 순간 정보군이 아니란 것만 확인하고 바로 목에 칼을 꽂으며 방패 삼아 밀고 들어갔다. 뒤쪽에 있던 놈이 나를 향해 총을 꺼내는 것이 보였다.

최대한 놈에게 다가가 탄창이 빌 때까지 총을 쏘았다. 놈의 움직임이 완전히 멈추기를 기다려 방패막이용 시체를 옆으로 치웠다. 그제야 책상 밑에 숨어 있던 정보군이 머리를 내밀었다. 뒤춤에서 내 권총을 꺼내 시체 이마를 향해 한 번 더 총을 쐈다. 총소리에 놀란 정보군이 흠칫하며 나를 돌아보았다. 화약 연기 때문에 눈이 따가웠다.

"여기 방음장치는 했죠?"

정보군은 얼떨떨한 표정으로 고개를 끄덕였다. 난 소파에 앉았다. 짧은 시간에 극도의 긴장을 했기에 몸살이 난 것처럼 나른해졌다.

"밖에 여자, 제발 직원이 아니라고 해 주세요."

"저런 싸가지 없는 년을 채용했을 리가 없잖아요."

다행이다. 조금 전까지도 확신이 서지 않아서 불안했는데.

정보군은 맞은편 소파에 앉으려다 시체로 피범벅이 되어 있는 걸 보고 인상을 찌푸리며 내 옆자리에 앉았다. 그도 이제야 긴장이 풀렸는지 등받이에 머리까지 기댔다.

"작업하는 거, 직접 보긴 처음이네요. 생각했던 것보다 훨씬 살벌한데요?"

"박 사장님은 이런 경험 없어요?"

"정보나 팔아먹던 놈이 무슨 경험이 있겠어요. 지금도 중개나 하는 거지. 그나저나 총은 언제부터 그렇게 쓰기 시작한 거예요? 살벌하던데."

"트렌드 따라가는 거죠. 이젠 양아치들도 총질하는 세상인데 뭘. 그건 그렇고 이 친구들은 뭐하는 놈들이에요?"

"글쎄요."

"글쎄요?"

"다 죽여 놨으니 알 길이 없죠."

"아니, 그럼 정체도 모르는 놈들한테 협박당한 거요?"

"형님, 협박하는 놈이 꼭 신분 밝히는 건 아니죠."

"청부회사 사장님이 누군지도 모르는 놈한테 이유도 모르고 협박당하는 건 좀 아니지 않나?"

"그게 궁금했으면 한 명 정도는 살려 두셨어야죠, 형님. 아까 막 거의 미친……."

정보군은 내 눈치를 힐끗 보고는 말을 이었다.

"…… 듯이 총질하시더만. 사람 하나 죽이는 데 탄창 하나를 다 쓰는 건 좀 심하셨어요, 형님."

정보군이 겁쟁이라고 비난하는 것 같아 나도 모르게 발끈했다.

"내가 여기 놀러 왔어? 구해 주러 온 거잖아!"

흠칫 놀란 정보군이 기어 들어가는 목소리로 말했다.

"왜 화를 내고 그러세요. 그리고 솔직히 말해서 형님 때문에 제가 이런 고초를 겪는 거 아닙니까."

그건 또 무슨 말이냐.

"이놈들이 날 찾는 거였어요?"

정보군은 기분 상한 목소리로 대답했다.

"아니면 제가 형님을 왜 불렀겠어요? 제 개인 사정으로 도와달란다고 형님이 도와줄 분이에요?"

"누구처럼 청부업자를 보내지도 않죠."

뜨끔한 정보군이 다시 웃음을 띠며 말했다.

"이 형님, 은근 뒤끝 있으시네. 그거 정 실장 의뢰라 어쩔 수 없었다니까요. 의뢰 안 받으면 피부를 벗겨서 거꾸로 입힌다는데 어떻게 안 합니까. 안 그래요?"

정 실장은 이미 죽은 놈이라 이거지. 그래서 죽은 놈만 억울하다는 말이 있는 거다.

"이놈들이 뭐라고 하던가요?"

"앞뒤 없이 쳐들어와서 형님 부르라고 하더라고요."

"왜 찾는 것 같았어요?"

"그야 모르죠. 하지만 그동안 조용했던 형님이 활동한 직후에 나타난 거니까 뭔가 사정을 아는 쪽 아니겠어요?"

뻔한 말이긴 한데 일리는 있다. 나의 행적을 아는 놈의 소행이 분명하다. 나 하나 죽이자고 뜨내기들이 만나서 동호회를 만든 게 아니라면 체계적인 놈들이 배후에 있는 것은 틀림없다.

시체의 몸을 한 구씩 뒤졌으나 몸에서 나온 거라곤 정보군 사무실 주소가 적혀 있는 카페 냅킨 한 장이 전부였다. 그걸 주머니에 집어놓고 일어나자 정보군이 생각난 듯 책상에서 뭔가를 주섬주섬 챙겨 내 앞에 내려놓았다. 알루미늄 하드케이스다. 마이크로 SD를 별도로 건네며 말했다.

"여기에 명단 들어 있어요. 회사 그렇게 되기 육 개월 전 명단이니까 오차는 있을 수 있습니다."

"이 가방은 뭐예요?"

정보군은 손수 열어 보이며 말했다.

"초보 업자들을 위해서 제가 패키지 상품 하나 만들었습니다. 여기 이게 마이크로 카메라, 이건 전에 드렸던 그 패치 폭탄, 마취제와 자극제 세트, 그리고 이건 도청기. 이 도청기는 개별 주파수 대역을 사용해서 웬만한 탐지기로는 못 잡을 겁니다. 간혹 간섭을 일으키면 순간적으로 잡힐 수도 있는데 워낙 짧은 순간이라 눈치채기는 어려울 겁니다. 한 가지 아주 작은 단점이 있다면, 범위가 좁아서 20미터 이내에서 도청해야 한다는 거죠."

그게 도청이냐? 그 거리면 속삭이는 소리도 그냥 들리겠다.

"갑자기 이건 왜? 저한테 팔려고요?"

정보군은 가방을 닫아 내 앞으로 밀어 놓으며 말했다.

"선물입니다. 마지막 선물."

"무슨 말이에요?"

"제가 형님 좋아하는 거 아시죠? 이 업계 특성상 좋은 관계로 오래 지내기는 어렵거든요. 그런데 정 실장님이나 형님이나 저를 믿고 일 맡겨 주셔서 감사하기도 합니다. 그런데 형님,

저 이제 그냥 조용히 살고 싶습니다. 평온한 제 인생에 파도 일으키는 건, 이젠 형님밖에 없습니다. 더 이상 엮이고 싶지가 않아요."

그동안 들었던 정보군의 말 중에 가장 진심이 느껴지는 말이었다. 매번 나 때문에 죽을 고비를 넘겼으니 그런 생각이 들 만도 하다. 이런 기분을 느끼는 것 자체가 이상하긴 하지만 왠지 씁쓸했다. 난 내 총을 꺼내 들었다. 화들짝 놀라는 정보군 앞에 탄창을 빼고 장전된 탄도 꺼내 테이블 위에 총과 함께 나란히 올려놓았다. 그 옆에 돈도 한 묶음 올려 두었다. 약간 갈등하긴 했지만 어차피 나중에 늙은이한테 청구하면 되니까 그냥 쿨하게 쓰기로 했다.

"이 총은 '글록'이라고 그냥 당기면 나가는 거니까 익히는 게 어렵지 않을 겁니다. 그리고 이건 의뢰비하고 여기 정리할 때 보태시고."

"저 주시는 거예요?"

"명색이 청부회사 사장인데 자기 몸 정도는 지킬 수 있어야죠."

정보군은 약간은 감동받은 표정으로 총으로 손을 뻗었다. 정보군의 손목을 잡으며 말했다.

"하나만 약속해요. 이 총으로 날 쏘진 않겠다고."

"에이, 그럴 일이 있을 리도 없지만, 있다고 해도 설마 제가 형님을 쏠 수 있겠습니까?"

너란 인간은 그러고도 남지. 난 그제야 손을 풀어 주며 자리에서 일어났다.

"가시게요?"

"몸조심해요."

정보군은 일어선 채 나가는 나를 지켜보았다. 피비린내가 점점 진해지는 관계로 이별 장면은 최대한 짧게 해야 했다. 나가는 길에 여직원의 목에 박혀 있던 나이프를 뽑아 그녀의 옷에 대충 문질러 닦고는 밖으로 나왔다.

로펌
LAW FIRM

옛날 다이스컨설팅 건물은 완전히 바뀌었다. 화재가 일어났던 탓에 뼈대만 빼고 건물 외장까지 몽땅 갈아치운 모양새였다. 한 가지 바뀌지 않은 것이 있다면 지금 타고 있는 이 엘리베이터다.

비싼 거라 불에 안 탄 건지 아니면 똑같은 모델로 주문을 한 것인지는 모르겠지만 여전히 반짝거리는 금장은 나를 주눅 들게 했다. 그 옛날, 이 엘리베이터를 처음으로 탔던 때가 생각났다. 내가 이 엘리베이터에 올라타지 않았다면 지금쯤 뭘 하고 있을까.

사무실에 들어서니 안내하는 직원이 변호사 방으로 나를 안내했다. 내가 들어가고 나서도 안경 낀 변호사는 눈인사만 잠시 했을 뿐 서류에 코를 처박고 있었다. 책상은 쓸데없이 커서

대각선에 끝에 있는 전화를 집으려면 일어서야 할 것 같았다. 굳이 돈을 써서 왜 저렇게 불편하게 사는지 나로서는 이해가 가지 않았다. 그는 손짓 하나로 소파에 앉을 것을 권하고는 다시 서류를 들여다보았다. '변호사 강성기'라고 적혀 있는 책상 명패로 대가리를 후려치고 싶었지만 심호흡으로 분노를 가라앉혔다.

"성함이?"

나를 한 번이라도 제대로 보게 할 수만 있다면 눈깔을 파서 손에 들게 하고 싶었다.

"방의강입니다. 전화 드렸었죠?"

"그러니까 이 시간에 제 방에 계실 수 있는 거죠."

이 자식 대단하다. 말 두 마디 만에 살의를 느끼긴 처음이다. 놈은 왼손으로 서류에 서명을 하고는 파일을 덮어 한쪽으로 밀어 놓았다. 이 자식으로 인해서 왼손잡이에 대해 내게 편견이 생기지 않기를 빈다. 잘나지도 않은 얼굴을 이제야 제대로 볼 수 있었다.

"가정에 어려움이 있다고요?"

내 가정엔 아무 문제가 없다. 마누라 입장은 잘 모르겠지만 적어도 나는 그렇다. 물론 작은 문제들은 있다. 가끔 마누라가 영문도 설명해 주지 않은 채 쌀쌀맞게 대하거나 집에 개 새끼들이 용의주도하게 탈출해서 찾으러 다니는 일은 있지만 그 정도 문제야 어느 집에나 있는 거니까.

"이혼하고 싶습니다."

마누라 미안해. 일 때문에 하는 연기니까 이해해 줘.

"뭐 그 얘기는 안 하셔도 압니다. 그거 아니면 이곳에 계실 이유가 없죠."

내 의뢰를 받고 싶지 않은 건지 아니면 원래 재수 없는 스타일인지, 말끝마다 열 받게 만드는 묘한 매력이 있었다.

"왜 이혼을 하시려는 거죠?"

"성격 차이가 좀 심하게⋯⋯."

변호사는 안경을 벗고 눈을 비비며 말했다.

"저한테는 솔직하게 말씀하셔야 상담이 원활하게 진행될 수 있습니다."

이곳에 오면서 생각해 뒀던 시나리오를 꺼냈다.

"원래 사랑하지도 않았습니다. 그 여자 돈 보고 결혼했거든요."

변호사는 안경을 닦다가 멈칫하고는 나를 바라보았다.

"사랑도 하지 않는 사람하고 매일 말과 살을 섞으며 사는 기분 아세요? 원래 사랑하던 여자와 헤어지고 이 여자를 택했죠. 돈 때문에."

좀 지나쳤다. 삼류 드라마 작가도 이제 이런 시나리오는 안 쓴다. 요새 시나리오는 사랑했는데 알고 보니 헤어진 남매였고, 좀 더 깊이 파 보니 사실은 형제였더라⋯⋯. 뭐 이런 스토리가 대세라고나 할까.

"아내 분은 선생님 상태 아세요?"

"아직 모릅니다. 그래서 상담하러 온 거고요."

"아내 분이 외도를 했거나 아니면 인격적으로 무시를 하거나 그런 적이 있나요?"

여기까지는 내 시나리오에 없었다. 그냥 되는대로 하자.

"없습니다."

"아, 그건 쉽지가 않아요. 일방적인 이혼 통보로는 잘되어 봐야 돈 한 푼 없이 몸만 떨어져 나오는 수준일 겁니다."

어이, 너무 단정적이잖아. 드라마 보니까 그래도 위자료는 챙길 수 있는 것 같던데.

"아내 분 재산이 얼마나 되시죠?"

"대략 오십억 정도 됩니다."

변호사의 눈빛이 또 한 번 달라졌다. 자신은 아닌 척했지만 눈빛을 읽어야만 살아갈 수 있는 청부업자 세계의 사람을 속일 순 없다.

"그럼 보험도 많이 가입하셨겠네요."

"네, 그런데 보험은 왜 묻는 거죠?"

"본래 소유하고 있던 재산보다 보험이 상대적으로 쉽거든요. 자, 이제 조금 더 솔직히 여쭤 보지요. 원하시는 게 아내 분과 헤어지는 겁니까, 아니면 아내 분의 재산입니까?"

내가 원하는 반응을 얻어 내기 위해서는 막가는 놈이 될 필요가 있었다.

"둘 다."

뭔가를 기대하고 있던 변호사의 입가에 미소가 떠올랐다. 월척을 낚은 낚시꾼의 미소가 딱 저렇게 생겼는데.

"선생님, 욕심이 많으시군요. 하지만 전 욕심 많은 사람을 좋아합니다. 욕심 없이 산다는 건 의미 없이 산다는 거나 마찬가지거든요. 전 그렇게 낭비하는 인생들 별로 좋아하지 않습니다."

응, 그래. 알겠어. 하나도 귀에 안 들어오니까 어서 진행하자고.

"가끔 아내가 죽었으면 하는 생각이 든 적은 없나요? 오해는 마십시오. 원래 '강박'은 누구나 겪는 것이거든요. 예를 들어 난 부모님을 사랑하고 있고 잘 지내고 있는데 문득 '다 죽어 버렸으면 좋겠다'라든가 하는……."

"네, 아내가 죽었으면 좋겠습니다."

"어유, 너무 시원하게 대답을 하시니까……."

"지금 제 대답은 강박도 아니고 헛소리도 아닙니다. 그냥 지금 제 심정입니다."

우리 사이에 잠시 침묵이 흘렀다. 변호사는 날 지켜보았고 나도 그런 놈의 얼굴을 지켜보았다. 놈은 머릿속으로 나에 대해 판단하느라 에너지를 퍼붓고 있을 것이다. 연기인지 아닌지, 돈 되는 고객인지 아닌지, 뒤탈은 날 만한 고객인지 아닌지 등등.

나의 단호한 표정을 보고 변호사는 씩 웃었다.

"제가 무슨 말씀을 드리든 놀라지 않으시겠습니까?"

"네."

"무슨 말씀을 드리든 비밀을 지키시겠습니까?"

어이, 비밀 지키는 건 변호사가 해야 할 일이잖아. 얼렁뚱땅 넘기지 말라고.

"그러죠."

변호사는 책상 서랍에서 냅킨을 한 장 꺼내 펜으로 숫자를 적어 내게 건넸다. 카페 냅킨에 적은 파란색 펜글씨. 정보군 사무실을 습격했던 놈들이 가지고 있던 것과 같은 냅킨이다. 당장 똥물까지 토하도록 족쳐서 캐내고 싶었지만 아직은 그럴 수 없었다.

변호사란 직업은 양지에서는 먹이사슬 위쪽에 랭크되어 있지만, 음지에서는 그가 알고 있는 비밀 때문에 언제나 가장 먼저 입막음당하는 불쌍한 종족이었다. 지금 이 꼴 보기 싫은 쌍판을 냅다 치면 몸통을 놓치게 되는 것이다.

"창가 쪽 자리에 앉아 계시면 사람이 갈 겁니다. 그분하고 상의하세요."

"변호사님은요?"

"저보다는 그분이 상담을 더 잘해 드릴 겁니다."

정보군을 습격한 놈들에 대해 심문하는 건 자연스럽게 다음 기회로 미뤄졌다.

카페는 로펌에서 가까운 곳에 있었다. 그가 시키는 대로 창가에 앉아 테이블 한가운데 변호사가 준 냅킨을 올려놓고 그 누군가를 기다렸다.

카페 내부를 둘러보았다. 지금은 습관적으로 출입구와 출입구 대용으로 쓸 만한 곳을 먼저 살피게 되었지만 옛날 백수 시절에는 이렇게 하루 종일 앉아 인테리어 비용과 유동 인구 체크에 여념이 없었다. 그땐 정말 하늘이 무너지는 것 같았고 하루하루가 숨도 쉬기 싫을 정도로 갑갑하고 우울했는데.

지금도 가끔 그때를 생각하지만 그때보다 지금이 더 나은 삶을 살고 있는지는 확신이 서지 않는다. 배부른 범죄 인생과 배고픈 백수 인생은 기준 자체가 달라서 비교 자체가 어렵기도 하고.

"방의강 씨 되십니까?"

불쑥 끼어든 목소리에 상념이 흩어졌다. 그는 테이블 위에 두었던 냅킨을 집어 주머니에 넣었다. 마른 체형의 그는, 얼굴에도 살이 없어 광대뼈가 유독 튀어나와 보였다. 회색 정장을 말끔하게 차려입고 구두는 하얀색을 신었지만 생각보다 튀어보이진 않았다. 귀에는 독특하게 생긴 무선 이어폰을 꽂은 채 자리에 앉았다.

"네, 맞습니다."

그는 선글라스를 벗어 상의 주머니에 넣으며 말했다.

"강 변호사 소개로 왔습니다."

광대뼈에 선글라스 자국이 그대로 남았다. 광대뼈 빼면 얼굴에 눈만 남을 것 같은 인상이었다.

"아, 네."

"날씨도 더운데 여러 가지로 신경 쓸 일이 많으시겠네요. 유감입니다. 강 변호사에게 듣자 하니 요새 많이 힘들다고?"

"네, 더 이상은 못 참겠어요. 이젠 그런 모욕은 더 이상 못 참겠어요. 갈라서고 싶습니다."

"저런, 많이 힘드셨겠습니다. 제 친한 친구 놈이 하나 있는데 그 친구도 그랬지요. 가진 거라곤 반반하게 생긴 얼굴밖에 없는데 야심이 큰 놈이었지요. 주변에 여자는 늘 끊임없이 많았는데 다 사정이 비슷한 처자들뿐이었죠. 아시다시피 원래 처지 비슷한 사람들끼리 모일 수밖에 없잖아요. 어느 날 이놈이 무슨 결심이 섰는지 저에게 서울로 간다는 연락 하나 남기고 사라진 겁니다."

요점을 놓치지 않는 성격임에도 난 녀석의 이야기에 빠져들기 시작했다. 녀석의 적당한 톤과 속도, 그리고 적절한 제스처는 흡입력이 꽤 있었다.

"그 이후로 연락이 뚝 끊어졌는데 몇 개월 전에 연락이 된 겁니다. 그러니까 거의 삼 년 만이죠. 어떻게 지내냐니까 느닷없이 이혼을 하겠다는 겁니다. 그냥 웃었죠. 결혼 소식도 들은 적 없는데 이혼이라니 웃기잖아요. 만나서 술 한잔했는데 인생 참 파도 타면서 살았더라고요. 집에서 훔쳐 가지고 나온 돈으로 강남에 원룸 얻고 외제차 빌리는 데 다 쓴 거예요. 그 녀석 입장에서는 배수진을 친 거죠. 리스크 높은 투자 말입니다. 촌동네에서나 잘나가던 놈이지 서울 강남에서 통할 거란 보장은 없는 거잖아요."

"그렇죠."

나도 모르게 반응을 해 버렸다. 광대뼈 이 자식, 보기 드문 이야기꾼이다.

"그런데 해낸 거죠. 너무 뻔하긴 하지만 중견 기업 회장님 딸을 클럽에서 만나, 여자 쪽 집안의 반대에도 불구하고 결혼까지 한 거죠."

"어떻게 결혼까지 한 거죠?"

"뻔하죠. 집안 반대, 딸의 좌절과 자살 시도, 순정파 같은 지극정성의 보살핌, 부모의 흔들리는 마음, 반 포기의 허락."

머리에 쏙쏙 들어오게 요약도 잘한다. 배우기만 했다면 과외를 해도 대성했을 텐데.

"그런데 결혼이란 건 현실이죠. 연애는 영화를 따라 할 수 있어도 결혼이란 건 그게 어렵잖아요. 슬슬 시작된 거죠. 신분 차이에 따른 마찰들. 여자가 무심코 한 말에 남자는 상처받고, 그 상처 달랜답시고 밖으로 나돌고, 그럼 여자는 상처를 받고 그만큼 되돌려 주고. 그런 인생이 반복되면 같이 살 수가 없죠. 안 그래요?"

"아내를 조금도 사랑 안 했대요?"

광대뼈는 상냥한 얼굴로 웃으며 말했다.

"그 친구, 클럽에서의 작업 기준 첫 번째가 뭔 줄 아십니까? '재수 없는 년'이었대요. 경험상 재수 없는 년들일수록 집안이 잘나간다는 통계가 있다나. 후후, 미친놈."

"그래서 이혼을 했나요?"

"아니요. 이혼을 할 수 있는 상태가 아니었거든요."

"그러면 원만히 잘……."

"여자 입장에서 보면 그렇다고 볼 수는 없지요."

"네?"

광대뼈는 잠시 말을 끊었다가 다시 입을 열었다.

"녀석이 저에게 부탁을 했습니다. 여자에 대해서 조사 좀 해 달라고. 친구 좋다는 게 뭡니까. 조사해 줬죠. 서비스로 그 집 안 전체를 조사해 줬습니다. 그리고 멋진 걸 찾아냈지요."

"멋지다는 게 좋은 의미로는 안 들리는데요?"

"눈치 빠르신데요? 그 집안을 조사하면서 든 생각은, 왜 대한 민국은 깨끗하게 돈 번 사람이 없을까? 그런 생각이었습니다."

"범죄라도 저질러서 집안이 돈을 번 건가요?"

"범죄는 최소한 양심이라도 있는 거잖습니까. 범죄라는 단 어 자체가 자기가 잘못하고 있다는 걸 안다는 의미를 내포하고 있는 거니까. 그런데 대한민국 부자들은 그렇지 않아요."

"에이, 그래도 모든 부자가 다 그런 건 아니지 않을까요?"

"저는 생각이 다릅니다. 다른 사람에게 상처 주는 깊이와 기간이 다를 뿐 근본적으로는 다 똑같다는 게 제 생각입니다. 왜냐면, 대한민국에서는 그렇게 해야만 돈을 벌 수 있는 구조 니까."

"다른 나라 부자는요?"

"다른 나라 부자는 조사해 본 적이 없어서 잘 모릅니다."

"그 집안은 어떻게 돈을 벌었는데요?"

"공장에서 폐암으로 직원이 죽어 나가도 보상 한번 해 준 적 이 없죠. 상식적으로 사 년 간 일곱 명이 같은 병으로 죽었으면 업무 환경에 문제가 있는 거 아닙니까? 더 웃긴 건, 시민 단체와 소송비용으로 쓴 돈이, 요구했던 보상 금액보다 두 배가 더 많았다는 겁니다. 그게 무슨 짓입니까? 체면이 그렇게 중요한 건가요?"

열정적인 광대뼈의 말에 나도 모르게 잠자고 있던 정의감이 불끈했다.

"그 여자도 한몫했죠. 그러니까 제 친구 마누라 말입니다. 그 회사 공장에서 부모가 다 죽은 집이 있어요. 그 여자가 비서실에 근무하고 있을 때였는데 시민 단체를 의식했는지 애들 집에 찾아가서 돈 몇백만 원 쥐여 주면서 위로하는 척하더니 한 달 뒤에, 복지랍시고 임대해 줬던 집을 빼 버린 겁니다. 애들이 길에 나앉게 된 거죠. 세상에 그런 개 같은 경우가 어디 있습니까?"

광대뼈의 말이 사실이라면 정말 개 같은 경우가 맞다. 흔적도 없이 사라진 줄 알았던 정의감이 다 비운 참치 캔 바닥에 깔린 면실유만큼은 남아 있었던 모양이다. 살짝 화가 났으니까.

"법을 어긴 것도 아니니 응징할 방법이 없잖아요. 하지만 참을 수는 없었습니다. 그래서 사회정의를 조금이나마 구현하고 싶었습니다. 어릴 때 파출소마다 붙어 있던 '정의 사회 구현'이란 말을 참 좋아했는데."

"그래서 어떻게 했나요?"

"친구가 부인과 사별을 하게 됐죠."

친구가 이혼을 할 수 있는 상태가 아니었다는 말이 이 뜻이었구나.

"근로자 피를 빨아서 만든 재산도 받고, 보험까지 받았지요. 친구 놈은 다시 자유가 되었는데 전과 다른 것은 부유해졌다는 것뿐입니다. 길에 나앉았던 애들도 작은 집을 얻게 됐고요."

그는 선글라스를 다시 쓰며 말했다.

"이게 세상의 균형이죠. 법으로는 할 수 없는 균형. 선생님도 균형을 잡으실 수가 있을 겁니다."

"아, 네⋯⋯."

"생각 좀 해 보시겠습니까?"

"네, 시간이 좀 필요할 것 같군요."

"생각을 오래할수록 망설임은 커지고 균형 잡기는 점점 더 어려워진다는 것만 명심하십시오. 연락처 하나 남겨 주시겠어요?"

"연락처를 주시면 제가 연락드리죠."

"신중하시네."

광대뼈는 변호사가 준 냅킨 뒷면에 연락처를 적어 내게 내밀었다.

"먼저 일어나십시오. 저는 여기서 약속이 있어서요."

이제 일어나야 할 타이밍이란 것을 깨닫고 테이블 밑에 도청기를 붙이며 일어섰다.

"그럼 먼저 일어나겠습니다."

나는 카페를 나오자마자 올 때 봐 두었던 옷 가게에 들어갔다. 재킷과 모자를 하나 사서 착용하고는 다시 카페로 향했다. 빌어먹을 도청 범위가 20미터였기 때문에 카페 안으로 들어가야 했다. 그래서 내 돈을 써서 변장을 한 거고. 리시버에 연결된 이어폰을 귀에 꽂고 카페 안으로 들어섰다. 카페의 잡음이 이어폰을 통해 그대로 전달이 되었다.

광대뼈는 스마트폰으로 게임인지 뭔지를 열심히 하더니 덥수룩한 머리를 한 사내가 다가오자 알은척을 했다. 덥수룩한 머리는 맞은편 의자에 다리를 꼬고 앉았다. 광대뼈는 그를 바라보며 핀잔을 줬다.

"그 머리 좀 어떻게 할 수 없어? 안 어울린다고 몇 번을 말해?"

광대뼈의 목소리가 선명하게 들렸다.

"대가리 큰 놈은 파마머리 하면 안 된다니까. 멀리서 보면 삼등신으로 보인다고."

"돈이 있어야 미용실을 가지. 일거리나 주면서 그딴 소리 하소."

"그래서 불렀잖아."

"저번처럼 또 찌질한 일은 아니죠?"

"배가 불렀네, 배가 불렀어. 백반 한 그릇에 얼만 줄이나 알아?"

"얼만데요?"

"백반은 안 팔아 자식아! 요새 세상이 백반도 안 파는 세상이 됐다고! 손님들이 먹다 남긴 김치 쓸어 담아서 만든 찌개가 칠천 원이라고. 말이 돼? 좆같은 세상 진짜!"

"아, 왜 또 흥분하고 그래. 이 형 진짜 대화하기 어렵다니까?

흥분은 집에 가서 하고, 자, 어떤 일이우?"

"배달 좀 갔다 와. 성진병원에서 장수병원으로. 작은 사이즈니까 어려울 거 없을 거야."

"그런 건 좀 퀵으로 보내. 그런 푼돈 벌자고 형하고 일하는 거 아니잖아. 나 빨리 집 잔금 치러야 된다고 몇 번을 말해."

"매번 큰일만 맡을 수는 없잖아."

"에이, 쯧."

"잠깐, 잠깐. 앉아 봐."

광대뼈는 주위를 잠시 둘러보고는 입을 열었다.

"곧 건수 하나 생길 것 같으니까 기다려 봐. 오늘 손님을 만났는데 드라마 같은 커플이야. 돈 많은 아내한테 팔려 간 남편인데, 마누라가 남편을 지 꼴리는 대로 휘두르나 봐. 그래서 이혼을 생각하고 있고. 문제는 이혼을 곱게 해 줄 리도 없지만 해준다고 해도 빈털터리로 나와야 한다는 거지."

"거 뭐 뻔한 이야기구만. 그 여자 재산이 얼만데?"

"오십억."

"확인은 한 거야?"

"그것도 돈 들어 자식아. 계약 확정되면 확인해야지. 사실만 확인되면 그 여자 앞으로 들어 있는 보험도 타 먹고, 그 여자 재산도 뽑아 먹고. 일석이조지."

"투타치 하자고? 전에 커플도 그런 식으로 뽑아 먹으려다가 남편 자식이 신고하는 바람에 허탕 쳤잖아. 보수도 없이 시체만 두 구 생기고 난 잡힐 뻔했던 거 기억 안 나?"

"이번엔 괜찮을 거야. 내가 유령 하나 갖고 있거든."

유령. 다이스컨설팅의 그 유령인지 아니면 또 다른 의미의 은어인지는 확실하지 않지만 내 관심을 끌기엔 충분했다. 정 실장 유골 단지를 택배로 보낸 것이 유령이었으니까.

유령은 아무나 가지고 있을 수 있는 게 아니다. 유령은 신분 유지에 꽤 많은 비용이 든다. 회사가 없어진 지금까지도 유령 리스트가 돌고 있다면 누군가는 유지를 하고 있다는 뜻이었고 난 그 돈을 따라가면 누군가를 만날 수 있을 것이다. 그럼 난 가장 유력한 용의자를 찾아낸 것이 된다.

"또 유령 타령이네, 또! 그게 무슨 필살의 무기도 아니고!"

"이게 뭔지 네가 제대로 알면 그딴 소리 못 하지. 내가 이거 얻으려고 얼마나…… 에이, 됐고! 지금 우리 완전히 바닥인 거 알지? 찬밥 더운밥 가릴 때가 아니라고 자식아!"

남자는 테이블을 손바닥으로 내려쳤다. 광대뼈도 놀란 듯 말을 멈췄다.

"형! 다이스컨설팅 직원이 장기나 배달하고 부부들 등이나 치고 다닌다고 업계에 소문나면 이 일 어떻게 할 거야? 나한테 맞는 일을 가져와. 알겠어?"

귀가 다시 한 번 번쩍 뜨였다. 또 다른 단서. 전직 다이스컨 설팅 직원이 눈앞에 있다. 물론 놈을 잡아서 족친다고 해도 뭔 가 알아낸다는 보장은 없지만.

광대뼈는 테이블을 손가락으로 두드리며 말했다.

"다이스컨설팅은 너만 다녔냐? 언제까지 망한 회사만 찾고 앉아 있을 거야? 철 좀 들어라."

남자는 화가 났는지 벌떡 일어나 광대뼈를 노려보다 밖으로 나가 버렸다. 광대뼈는 콧방귀를 뀌며 팔짱을 꼈다.

"무능력한 새끼, 쯧."

광대뼈는 스마트폰을 꺼내 이어폰을 연결하고는 음악을 틀었다. 그 순간 내 이어폰에 잡음이 섞여 나왔다. 동시에 광대뼈의 표정도 굳었다.

정보군이 경고했던 그 현상이다.

광대뼈는 날카로운 얼굴로 카페 내부를 둘러보았다. 방금 알게 된 것이지만 놈도 다이스컨설팅 출신 청부업자다. 시스템 안에서 체계적으로 작업을 해 온 것이다. 방심은 금물이다.

잡음은 없어졌지만 광대뼈는 여전히 불편한 표정으로 둘러보다가 자리를 떴다. 나도 서둘러 도청 장치를 회수하고 그의 뒤를 따르기 시작했다.

놈은 자신의 사무실까지 걸어갔다. 도보로 15분 거리니까 담배 사러 편의점 가는 수준의 아주 가까운 거리는 아닌 것이다. 영화에서는 킬러들이 작업하러 갈 때 폼 나는 차를 끌고 가는 모습을 종종 볼 수 있다. 나도 다이스컨설팅에 입사하기 전에는 그렇게 생각했다. 적어도 미국에서는 그게 현실적일 수 있다. 워낙 자동차 문화가 발달한 나라이기도 하고 차 없이는 이동이 어려운 곳도 있으니까.

하지만 우리나라는 다르다. 전체 인구의 4분의 1이 수도권에 몰려 있고 그만큼의 차량이 함께 몰려 있다. 차를 타고 이동하다가 출퇴근 시간에라도 걸리면 길에서 앞 차 번호판이나 외우면서 앉아 있어야 한다. 결정적으로 서울 시내는 CCTV의 천국이다. 주정차 감시용, 속도위반 감시용, 버스전용차로 감시용, 신호위반 감시용, 보안용 등 셀 수가 없다. 작업을 아무리 깔끔하게 해도 그 시간대에 속도위반이라도 하면 말짱 도루묵이 되는 거다. 그런 이유로 장거리 이동이나 미행이 필요한 경우가 아니면 차는 거의 사용하지 않는다.

물론 킬러들이 차가 없는 것은 아니다. 벌이가 좋은 친구들은 벤틀리나 페라리, 람보르기니를 몰고 다니기도 한다. 다만 작업 시에는 그런 차를 사용하지 않는다. 작업의 핵심은 바로 눈에 띄지 않는 것이다. 실제 국가 첩보원들을 선발할 때 기준 중에 하나가 눈에 띄지 않는 외모다. 큰 키도 안 되고 지나치게 잘생겼거나 개성이 강해서도 안 된다. 언제든지 대중에 녹아들면 찾을 수 없는 그런 인물이어야 한다. 이 기준은 킬러들에게 가장 중요한 덕목이다. 작업을 하고 도망치는 것이 아니라 대중에 스며드는 것이기 때문이다.

광대뼈도 다이스컨설팅의 가르침을 충실히 따르고 있었다. 그는 큰길에서 작은 길로 방향을 바꿨다. 두 번을 더 코너를 돌아 들어가니 이층짜리 건물이 있었다. 작은 규모에 어울리지 않게 두 대의 CCTV가 바깥쪽을 향해 돌아가고 있었고 출입구도 아날로그식 잠금장치로 되어 있었다.

나는 성큼성큼 그의 뒤로 다가갔다. 그가 인기척을 느끼고 뒤를 돌아보려 할 때 허리를 밀어 찼다. 중심을 잃은 그가 버티려고 버둥거리다 결국은 넘어졌다. 지체하지 않고 쓰러진 그의 늑골을 걷어차 그가 반격할 틈을 주지 않았다. 그가 어떤 능력이 있는지, 또 어떤 무기를 지니고 있을지 모르기에 내가 할 수 있는 최선은 전의를 꺾어 놓는 것이었다.

광대뼈의 오른손 새끼손가락 관절을 꺾었다. 이래야 당장은 주먹을 쥐거나 칼을 들 수가 없기 때문이다. 늑골을 걷어차여 숨을 못 쉬던 그는 껄떡거리며 놀란 눈으로 노려볼 뿐 말을 하지 못했다. 그의 등에 무릎을 대고 양 어깨를 뒤로 잡아당겨 숨을 쉴 수 있도록 했다. 그는 급한 숨을 토해 내며 말했다.

"당신은……. 젠장."

"그래, 나요."

그는 화를 내기 보다는 오십억짜리 호구 작업 건이 날아간 것에 대해 실망하는 눈치였다.

"당신 누구요?"

"왜, 변호사가 자세히 안 알려 줬나?"

"진짜 신분을 알려 줬을 리가 없잖아."

그는 일어서려다가 아직 다리가 풀려 있는지 다시 앉았다. 광대뼈는 위아래로 나를 천천히 살펴보다 물었다.

"형사도 아니고 흥신소도 아닌 것 같고, 이 구역에서 나를 막 대할 정도면 사채 쪽도 아닌 것 같은데……. 정체가 뭐요?"

"당신하고 대화가 필요해."

"그런 거라면 말로 해도 되는 거잖아?"

"내가 대화하자고 했으면 안 했을 거 아냐."

광대뼈는 다리에 힘이 생겼는지 천천히 일어서며 말했다.

"솔직한 대화는 어려웠겠지."

그는 자신의 부러진 새끼손가락을 한참 동안 내려다보다 스스로 뼈를 맞추며 말했다.

"하지만 결국은 하게 됐을 것 같군. 내 사무실로 올라갈까?"

"좋은 생각은 아닌 것 같은데."

그는 자신의 사무실을 힐끗 돌아보고는 발걸음을 돌렸다.

"그럼 어디로?"

"우선 쇼핑이나 합시다. 옷 한 벌 맞춰 줄 테니까."

"사람 패 놓고 옷을 사준다? 허허, 웃기지도 않는군. 무기도 없고 도청 장치도 없으니까 용건만 간단히 하자고. 이유 없이 그런 것 같진 않으니까."

난 형식적으로 그의 재킷을 벗겨 확인하는 척하며 칼라에 도청기를 부착하고는 돌려줬다.

우리는 큰길가에 있는 카페에 갔다. 들어 본 적이 없는 매장이었지만 아메리카노 한 잔에 오천 원 하는 럭셔리한 곳이었다. 커피 값은 내가 냈다. 느닷없이 허리 걷어차이고 손가락 부러진 놈에게 부담시키는 건 너무한 것 같아서.

"자 빨리 말하쇼. 내가 회복되면 당신 내장으로 견적 뽑고 있을지도 모르니까."

"찾는 사람이 있어."

"뭐야, 흥신소 쪽이었어?"

"정 사장 개인적인 부탁을 들어주고 있을 뿐이오."

"어느 정 사장?"

"당신한테 얘기할 정 사장이 다이스컨설팅 사장 늙은이 말고 또 있나?"

광대뼈의 눈이 커졌다. 전혀 예상치 못한 이야기를 들었을 때의 통상적인 반응이었다.

"당신이 내게 도움을 좀 줄 수 있을 것 같아서. 다이스컨설팅 출신이면 알 수 있는 거니까."

광대뼈는 나를 빤히 바라보다 코웃음을 쳤다.

"어디서 주워듣고 팔고 다니는 건지는 모르겠지만 그렇게 다이스컨설팅 함부로 팔고 다녔다간 당신 쥐도 새도 모르게 죽어. 그 회사는 개나 소나 입에 담고 다닐 그런 회사가 아니라고. 알아듣겠어?"

자부심이 대단한 모양이다. 그래봐야 나하고 똑같은 살인 청부 쓰레기 인생 주제에 말이다. 광대뼈는 잠시 입을 다물었다가 뭔가 설명을 더 해야겠다는 생각이 들었는지 잔뜩 거만한 태도로 입을 열었다.

"아직 감이 안 오는 모양인데, SD서비스에 대해서는 들어봤나?"

난 고개를 가로저었다. 광대뼈는 또다시 콧방귀를 뀌었다. 한 번만 더 하면 맹세컨대 콧구멍을 항문으로 만들어 줄 생각이다.

"SD서비스는 삼백 명이 넘는 컨설턴트를 보유한 회사지. 의뢰하면 반드시 처리하거든. 그런데 네가 팔고 다니는 다이스컨설팅은 말이야, 인원이 삼십 명밖에 안 되는데 업계 1위라고. 무슨 말인지 알겠어? 업계엔 이런 말이 있지. 누군가의 시체가 필요하면 SD서비스에 연락하고, 사라지길 원하면 다이스컨설팅에 연락하라는 말. 알아듣겠어?"

저 '알아듣겠어?'라는 말을 나도 모르게 세고 있었다. 다섯 번째에는 저 주둥이마저 항문으로 만들어 주리라. 광대뼈는 한층 더 거만한 포즈로 말했다.

"주워들었으면 알겠지만 업계의 양대 산맥인 그 두 회사가 단 한사람에 의해서 망했지. 가장 중요한 건 그 사람이 바로 다이스컨설팅 출신이라는 거야. 이제 네가 광 팔고 다니는 다이스컨설팅이 어떤 회사인지 감이 오나?"

이젠 광대뼈의 이야기도 흥미가 떨어지기 시작했다. 이야기에 과장이 심해질수록 흥미도 반감되는 법이다. SD서비스 직원이 삼백 명도 아닐뿐더러 단 한 사람에게 망한 것도 아니라고, 이 사기꾼 자식아. 난 건성으로 고개를 끄덕이며 물었다.

"알았으니까, 이제 묻는 말에나 대답해. 그 유령 리스트 어떻게 입수했어?"

내 말에 광대뼈는 또 한 번 뜨끔했다. 그래, 그래, 그 마음 다 알아. 자기만 알고 있는 기밀을 다른 놈이 아무렇지도 않게 말하면 원래 당황스러워.

"유, 유령?"

"생각하는 것보다 내가 주워들은 게 많아."

광대뼈는 여전히 당황한 건지 망설이는 건지 알 수 없는 표정으로 바라보았다.

"유령은 회사 내에서도 기밀이었어. 너 같은 말단 직원이 함부로 입수할 수 있는 게 아니라고."

"누, 누가 말, 말단이라는 거야?"

"내 말을 못 알아듣는 거 자체가 네가 말단이라는 증거라고."

사장 늙은이가 내게 다이스컨설팅을 넘겨줄 때 건넸던 직원 명부를 떠올렸다. 이력서 어디에도 이런 인상적인 광대뼈를 가진 얼굴은 없었기에 단언할 수 있었다.

"말해. 어떻게 입수했어. 대답 못 하면 네놈이야말로 이미 망한 회사 팔고 다니는 양아치란 것밖에 안 되는 거다."

"이 새끼가 감히 누구한테 양아치라고……."

난 테이블을 내려쳐 그의 말을 막았다. 그에게 위압감을 주기 위해 최대한 표정을 가공하며 말했다.

"손발 오그라드는 얘기 하나 해 주지. 사냥꾼이 키우던 들개가 있어. 사냥꾼이 자기를 잡아먹으려는 걸 알게 된 들개가 살기 위해서 사냥꾼을 먼저 죽이지. 사냥꾼을 죽인 들개 이야기는 순식간에 전 숲 속에 퍼졌어. 그런데 들개를 본 적도 없는 놈들이 퍼뜨리는 소문은 들개를 호랑이로 둔갑시켜 놓았지. 소문이란 건 원래 과장되기 마련이니까. 소문만 들은 숲 속의 친구들은 정작 그 들개가 눈앞에 있어도 못 알아보고 업신여기게 되지. 사냥꾼을 죽인 호랑이 전설이 오가는 판에 청승맞은 들개 따위가 눈에 들어오겠어? 그런데 중요한 건 말이야, 사냥꾼을 죽인 건 바로 그 들개라는 사실은 변함없다는 거야. 들개는 소문하고 관계없이 계속 들개였거든. 태어날 때부터 들개.”

광대뼈가 끊임없이 눈동자를 굴리는 것이 보였다. 눈동자가 굴러간 회수만큼 머리도 돌아갈 것이다.

“너는 그런 실수를 하지 않았으면 좋겠는데.”

이리저리 굴러가던 눈동자가 내 앞에서 우뚝 멈췄다. 그리고 그의 눈동자에서 익숙한 눈빛이 스미는 것이 보였다. 두려움 어린 그 눈빛. 하지만 입은 여전히 기가 살아 있었다.

“본인이 지금 그 작가라는 거야? 아주 대단한 소설가 납시었구면. 어른들 노는 곳에 왜 그렇게 끼려고 껄떡거리는지는 모르겠지만 적당히 해라. 구라 함부로 까고 다니다간 산 채로 포를 뜨일 수도 있어.”

학력 위조 스캔들에 휘말렸던 유명한 가수가 한 말이 생각난다. 그는 울면서 이렇게 말했다.

‘못 믿는 게 아니라, 안 믿는 거잖아요.’

못 믿는 사람은 증명해서 믿게 만들 수 있지만, 안 믿는 사람은 방법이 없다.

난 재킷을 천천히 벗었다. 그런 내 모습을 광대뼈가 경계심을 갖고 지켜보았다. 난 딴전을 피우다 그의 손을 낚아채 테이블 위에 내려놓고 나이프를 꽂아 고정시켰다.

광대뼈의 작지 않은 비명 소리로 이목이 집중되기 전에 벗은 재킷으로 그의 손을 덮었다. 매장 안의 다른 사람들이 쳐다봤지만 이내 흥미를 잃고 자신들의 대화로 돌아갔다. 덮어 놓은 재킷 밖으로 피가 흘러나오기 전까지 아직 시간이 있었다.

"내가 갈 길이 멀어서 여기서 보낼 시간이 없어. 손가락 마디마다 잘리고 싶지 않으면 어서 말해."

광대뼈는 고통으로 식은땀을 흘리면서도 악문 이빨 사이로 말했다.

"내가 이깟 걸로 겁먹을 거라 생각하면 착각이다, 이 근본 없는 새끼야."

갑자기 귀찮아졌다. 그냥 끝내고 싶었지만 그러기엔 사람이 너무 많았다.

"그래, 말하기 싫으면 관둬."

자리를 일어서며 나이프를 뽑아 재킷과 함께 챙기고는 지폐 몇 장을 테이블 위에 던졌다.

"치료나 해라."

갑작스럽게 바뀐 내 태도에 녀석이 당황한 것 같았다. 카페 밖으로 나와 그의 시야가 닿지 않는 곳으로 향하며 이어폰을 꺼내 귀에 꽂았다.

잠시 기다리니 손을 품속에 넣은 채 밖으로 나오는 광대뼈의 모습이 보였다. 이어폰을 통해 놈이 내게 퍼붓는 욕을 고스란히 들었다. 복권 당첨된 지 2분 만에 뒈져 버리라는 말에 발끈하기도 했지만 곧 진정할 수 있었다. 다친 건 내가 아니라 놈이니까.

놈은 난생처음 듣는 욕을 잠시도 쉬지 않고 쏟아 내며 자신의 사무실로 향했다.

사무실로 들어간 광대뼈가 어딘가로 전화를 하는 소리에,

난 밖에서 도청만 하려던 애초의 생각을 바꿔 건물 안으로 들어섰다.

"나머지 돈 줘."

도청기를 통해 광대뼈가 통화하는 소리가 들렸다. 아쉽게도 전화 건 상대방의 목소리까지 들을 순 없었다. 놈은 가볍게 떨리는 목소리로 말을 이어 갔다.

"내가 날짜를 몰라서 하는 소리가 아니잖아, 멍청아! 말일까지 못 기다린다고! 니미럴 내가 내 돈 쓰겠다는데 뭐가 문제야? 뭐? 야, 이 새끼야, 누가 맘대로 펀드를 하래! 변호사 새끼들은 왜 다 지들이 더 똑똑하다고 생각하는지 이해가 안 간단 말이야? 네 내장을 팔아서 메꾸든지 그건 꼴리는 대로 하고 당장 돈 입금하라고!"

광대뼈는 잔뜩 흥분한 목소리로 말을 이었다.

"선수하고 호구하고 구분도 못 하는 새끼가 법률 자문을 한다고? 네 개소시지 같은 눈깔이나 개병원 가서 자문 구해 이 새끼야! 뭐? 막말? 이 새끼가 창자를 똥구멍으로 싸 봐야 내가 누군지 생각날라나? 네가 호구랍시고 보낸 인간이 누군지 알아? 당연히 모르니까 보냈겠지! 알고 보냈으면 내가 지금 여기서 전화기에 대고 욕하고 있겠냐, 이 멍청한 새끼야! 네가 보낸 그 인간이…… 아니 됐고, 돈이나 당장 넣어, 알겠어? 그리고 당분간 연락하지 말고. 알아듣겠어!"

난 그의 사무실 문 앞에 도착해 휴대폰을 꺼내 들었다. 도청기에서 나오는 소리와 휴대폰 소리 때문에 정신이 하나도 없었다.

"뭣 좀 알아냈나?"

사장 늙은이는 늘 그렇듯 건조한 목소리로 물었다.

"알아 가는 중이에요. 그보다 뒤처리해 줄 사람이 필요해요."

"왜."

"내가 지나갈 때마다 시체를 여기저기 늘어놓고 다니길 원하진 않을 거 아녜요."

"그러니까 왜 시체가 생기냐고."

늙은이가 산의 맑은 공기 마시고 기력 좀 회복한 모양이다. 침만 흘리면 영락없는 식물인간처럼 생겼었는데 이젠 판단도 한다.

"그런 건 나중에 얘기하죠."

난 통화를 유지하며 사무실 문을 열고 들어섰다. 변호사와 통화를 하던 광대뼈가 놀란 얼굴로 나를 돌아보았다. 놈도 사무실 전화기를 귀에 댄 채로였다. 난 광대뼈에게 전화를 끊으라는 듯 손짓을 해 보이며 휴대폰에 대고 말했다.

"사람 보내 줄 거예요?"

"어디로 보내야 되는데?"

아직 당황한 채 서 있는 광대뼈에게 주소를 물었지만 그는 선뜻 대답하지 못했다. 난 그의 책상 위에 있는 명함을 집어 들고 주소를 불러 주었다. 그동안 사장 늙은이의 숨소리만 조용히 들렸다. 제발 외우느라 애쓰지 말고 메모를 하고 있는 것이길 빌었다. 난 충분히 시간을 주고 물었다.

"얼마나 걸려요?"

"뭐가?"

"아, 사람 보내는 거요."

"아, 그거. 한 일주일쯤?"

난 내가 잘못 들은 줄 알고 되물었다.

"방금 일주일이라고 그랬어요?"

"직원 뽑는 게 금방 되는 줄 알아? 이력서 접수만 이틀은 걸린다고."

늙은이가 기력을 회복한 대신 정신이 멀어져 가고 있구나. 사장 늙은이는 허파가 찌그러드는 듯한 웃음소리를 내며 말을 이었다.

"여유 좀 가지라고 농담한 거야."

어이쿠, 재미있어라!

"30분이면 도착할 거야."

나도 모르게 주변을 둘러보았다. 늙은이가 미리 사람을 준비해 두고 나를 지켜보고 있는 건 아닌지 갑자기 불안해졌다. 더불어 시체를 빨리 만들어 놔야 할 것 같은 압박감도 들었다.

"그 친구 실망하지 않게 한 구 정도는 빨리 만들어 두라고."

미친 늙은이 같으니라고. 난 전화를 끊고 소파에 앉아 광대뼈를 바라보았다. 광대뼈는 어느새 욕지거리가 주 내용이었던 통화를 끝내고 불안한 눈으로 서 있었다. 손을 감은 수건은 피로 검게 물들어 금방이라도 핏방울이 떨어질 것 같았다.

"이리 와서 좀 앉아. 당신 사무실이잖아."

안절부절못하는 모습을 보니 놈은 내가 누군지 어렴풋이 짐작하고 있는 것 같았다. 그래, 나같이 평범하고 후줄근하게 하고 다니는 인간이 그 들개라는 사실은 믿고 싶지 않겠지. 나도 네놈 기대에 부응하기 위해서 메이크업도 하고 연예인 헤어스타일도 하고 싶다고.

광대뼈는 두려움을 애써 감춘 태연한 얼굴로 맞은편에 앉았다.

"아까 했던 질문을 할 거야. 이게 마지막 질문일 거고. 만약 대답을 하지 않으면 이 자리에서 널 죽이고 변호사에게 찾아가서 네 장례식에 대해서 상의할 거야. 어떻게 할래?"

광대뼈의 입꼬리가 처지며 눈썹이 치켜 올라갔다. 변호사는 광대뼈가 죽었다는 소식을 듣자마자 놈의 돈을 몽땅 뽑아서 자기 통장에 집어넣겠지. 광대뼈도 나와 똑같은 생각을 한 게 분명했다. 그의 광대뼈가 터질 것처럼 올록볼록하더니 웅얼거리듯 입을 열었다.

"등신."

이봐, 이봐. 내가 발끈할 것 같은 말은 하지 않는 게 좋지 않겠어?

"그 등신 같은 변호사 새끼가 줬어. 오천만 원이나 받아 처먹더군, 그 개새끼가."

아, 변호사 얘기였군. 광대뼈는 늙은이가 들으면 통곡할 얘기를 아무렇지도 않게 했다. 유령 하나 유지하는 데 연간 비용이 얼마가 깨지는지 알았다면 저런 소리는 못 하지.

"언제?"

"일 년 전에."

"그 친구는 어디서 입수했는데?"

"몰라. 더 가지고 있는 눈치였는데 절대 말 안 하더군."

그걸 다 팔았다면 진작 고인이 되어 있었을 것이다. 그때 문이 열리며 검은색 군용 재킷을 입은 남자가 들어섰다. 비니를 눌러쓴 모습이 껄렁하게 보였지만 그의 미간에 세로로 접혀 있는 주름만큼은 프로답게 보였다. 그는 사무실을 둘러보다 광대뼈를 힐끗 보고는 나를 보며 입을 열었다.

"살아 있는 건 취급 안 해."

그러고는 팔짱을 끼며 벽에 기대섰다. 광대뼈의 놀란 눈알이 거의 반쯤은 튀어나올 것 같았다. 난 광대뼈를 빤히 바라보다 입을 열었다.

"변호사한테 갈 생각인데, 넌 어떻게 할래?"

광대뼈는 상관없다는 듯 양손을 들어 보이며 대답했다.

"내 돈만 온전하면 상관없어."

나도 네 돈이 온전하든 말든 상관없거든.

"좋아, 그럼 사이좋게 이별하자고."

내가 문 쪽으로 가자 벽에 기대고 섰던 남자가 말했다.

"주문 취소하는 거야?"

"필요도 없는 걸 막 살 필요는 없는 거잖아."

"취소 수수료는 30퍼센트야."

"그건 늙은이한테 청구해."

"착불이라던데?"

아 나, 이 늙은이 진짜…….

"그래서 얼만데?"

"삼백."

어이가 없었다. 금액이 많아서라기보다 그 많은 돈을 내가 현금으로 갖고 다닐 리가 없잖아. 난 광대뼈를 돌아보며 말했다.

"내가 현금이 없어서 그러는데 현금 좀 있나? 삼백."

멍한 표정으로 바라보는 그에게 말을 이었다.

"쿨하게 내는 게 좋지 않겠어?"

광대뼈는 침을 삼키며 말했다.

"아, 아니, 그게 아니라. 나도 지금 가진 현금이……."

팔짱을 끼고 있던 남자가 주머니에서 무선 카드 결제기를 꺼내며 말했다.

"카드는 부가세 별도야."

광대뼈에게 고개를 끄덕여 보이고는 돌아서자 남자가 내게 명함을 내밀었다.

"이제 난 필요 없을 것 같은데."

남자는 내 재킷 주머니에 명함을 넣어 주며 말했다.

"넣어 둬. 자주 보게 될 것 같으니까."

난 알겠다는 듯 고개를 끄덕이며 사무실 밖으로 나섰다. 삑삑거리는 카드 결제기의 비프 음이 희미하게 들렸다. 이젠 자기 목숨 값도 카드로 결제하는 시대인 것이다. 법은 인간의 존엄성을 최우선시했지만 자본주의 현실은 그게 아니다. 돈의 존엄성이 최우선이다.

곧바로 등신 같은 변호사 사무실을 찾아갔다. 변호사하고는 자주 만나서 좋을 거 없다는데.

"강 변호사님 뵈러 왔습니다."

"방금 전에 나가셨는데요?"

"언제 들어오시나요?"

"현지에서 퇴근하신다고 하셨습니다. 약속하고 오신 건가요?"

"그럼 다음에 찾아뵙죠."

난 빠른 걸음으로 일단 지하 주차장으로 향했다. 이곳 주차장이야 실눈 뜨고도 돌아다닐 수 있다. 세입자마다 할당된 주차 공간도 다르기 때문에 어디로 가야 할지 알고 있었다. 화재 이후로 건물의 룰이 바뀌지 않았다면 말이다.

"그게 누군지 당신도 몰라?"

지하 사층 주차장 입구에서부터 싸가지 없는 변호사의 목소리가 들렸다.

"아니, 내가 소개해 준 놈이 뭔 짓을 했는지 지랄발광을 하잖아. 뭐? 말이 되는 소리를 하세요. 의뢰인마다 신원 조회하면 장사가 되겠어?"

당연하게 생각했지만, 변호사 입으로 직접 장사라는 말을 들으니 세상에서 가장 못난 등신처럼 보였다. 빨지 않고 계속 말려 신다가 더 이상 신을 수 없는 양말을 보는 기분이라고 하면 적당할까? 사법시험을 통과한 인간이라면 가져야 할 최소한의 자부심도 느껴지지 않았다. 저건 좋지 않은 신호다. 내가 그랬으니까. 막장 인생의 시작.

변호사는 여전히 통화를 하며 자신의 승용차에 올라탔다. 그가 문을 닫기 직전에 뒷좌석에 올라탔다. 변호사는 놀란 눈으로 나를 돌아보았고 나는 조용히 하라는 뜻으로 손가락을 입에 댔다. 그는 내 눈치를 보며 서둘러 인사말을 했다.

"어, 그래. 조금 있다가 전화하지."

그는 전화를 끊고 아주 천천히 손을 내리며 내게 말했다.

"예약은 사무실 통해서만 잡고 있습니다만."

날 못 알아본 건지, 아님 일부러 그러는 건지 모르겠다. 하지만 내게는 관계없다. 연기가 필요한 시간도 아니니까.

"짧게 물어볼 거니까 예약까지는 필요 없을 겁니다."

"좋습니다."

"유령 리스트 어디서 났어요?"

"무슨 리스트요?"

놈의 표정을 살펴봤지만 역시나 진짜 모르는 건지, 아님 알고도 모른 척하는 건지 알 수가 없었다. 지난 몇 년을 사람 표정으로 외줄 타기를 하며 살아온 나였지만 이 인간의 표정은 읽을 수가 없었다. 이렇게 수완 좋은 작자들을 대할 때의 내 전략은 언제나 한 가지밖에 없다. 돌직구 전략.

"예전 다이스컨설팅에서 재배했던 유령들 리스트 말이야."

변호사는 상체까지 돌려 나를 돌아보며 말했다.

"제 전문적인 소견을 말씀드리자면 지금 상담해야 할 사람은 변호사가 아니라 의사일 것 같군요."

"전문적인 소견? 당신 이혼 전문 아니었나?"

변호사의 미간이 미묘하게 흔들렸다. 거짓말에 능숙한 놈들의 장점 중 하나는 화를 참는 데도 도가 텄다는 것이다. 놈은 곧 미소를 띠며 말했다.

"제 시간을 너무 많이 빼앗고 계신 것 같은데 여기까지는 무료로 해 드리죠. 그러니 이만 놔주시겠습니까?"

"시간은 당신이 소비하고 있잖아."

그의 표정이 미묘하게 싸늘해졌다. 그의 표정에 나도 모르게 등골이 오싹해졌다. 몸이 먼저 반응하는 경우가 전에도 있었고 난 그때마다 몸의 반응을 존중했다.

변호사는 여전히 미소를 지었지만 오싹한 표정 그대로 천천히 말했다.

"그러니까 나는 그쪽이 무슨 말을 하는 건지 모르겠다고 말했잖아."

말이 짧아졌다. 왠지 위험하게 느껴졌다. 토끼 사냥꾼이 늑대를 만난 것 같은 기분이다. 약간의 두려움과 당혹감. 나의 비겁함이 다시 스멀거리며 올라오는 게 느껴졌다.

"진짜 모르는 게 아닌 것 같아서 묻는 거잖아."

변호사의 표정에서 가짜 미소가 사라졌다.

"중요한 건 내가 모른다고 말하고 있다는 거지."

자신의 차에 괴한이 올라타서 협박하고 있는데 저렇게 여유를 부릴 수 있는 인간이 몇이나 될까? 대체 믿는 게 뭘까? 미지의 그 '믿는 구석'이 나를 불안하게 만들었다.

변호사의 왼쪽 어깨가 미세하게 움직였다. 저 움직임은 품속에서 뭔가를 천천히 꺼내는 매우 익숙한 모습이었다. 놈이 왼손잡이라는 사실이 떠올랐다. 그의 어깨가 튕기듯 갑자기 빨라졌다.

난 운전석 뒤쪽으로 재빨리 누웠다. 소음기 소리와 함께 차 유리가 박살이 났다. 다리를 접었다가 운전석 등받이를 밀어 찼다. 놈의 몸이 들썩이며 중심이 흐트러졌을 때 총을 꺼내 시트 등받이에 겨눴다. 주차장 전체에 내가 쏜 총소리가 세 번 울렸다.

피를 흘리고 있어야 할 놈은 어느새 미끄러지듯 문을 열고 나가 출구를 향해 달리고 있었다.

진작 깨달았어야 했다.

왜 놈이 유령 리스트를 누군가에게서 얻었을 거라고만 생각했을까.

나 또한 광대뼈처럼 다이스컨설팅 출신이라는 같잖은 자부심 비슷한 뭔가를 가지고 있었던 건 아닐까? 아무도 알아주지도 않는 '군복의 다림질 선'처럼 말이다.

나도 차에서 내려 그를 뒤쫓기 시작했다. 그동안 해 온 꾸준한 운동으로 뛰는 건 힘들지 않았지만 입고 있는 방검 셔츠와 나이프가 거치적거렸다. 대충 놈의 몸을 겨눠서 쏴 버릴까도 했지만 그러다 머리통이라도 날리면 단서가 없어져 버린다.

변호사는 구두를 신고서도 엄청나게 잘 뛰었다. 가끔씩 돌아서서 총을 쏘기를 기대했지만 녀석은 그러지 않았다. 놈의 행동에 나의 추측은 의심이 되었고, 그 의심은 확신이 되었다.

놈은 나와 같은 부류였다.

다이스컨설팅 직원 출신.

다이스컨설팅에서는 도망칠 땐 확실히 도망치는 것에만 집중하기를 권장한다. 달리면서 뒤로 총을 쏴 봐야 자신의 도주 속도만 더 늦어지기 때문이다. 위협사격에도 나 같은 부류들은 절대 속도를 늦추지 않는다. 더구나 총구의 방향이 선명하게 보이는 이런 거리에서는 말이다. 최근에 만들어진 권총일수록 정확도가 높아 방향 읽기가 훨씬 용이할 땐 더더욱 그랬다.

변호사는 나선 모양의 차량 진입로를 따라 달리다가 처음으로 내게 총을 쏘았다. 나는 벽 쪽으로 방향을 틀었을 뿐 달리는 속도를 늦추지는 않았다.

날카로운 브레이크 소리와 둔탁한 충돌 음이 들렸다. 그리고 희미한 신음 소리. 조금 더 달려 올라가고 나서야 헤드라이트를 켠 채 멈춰 서 있는 차가 보였다. 그 앞엔 비틀거리며 일어서는 변호사가 보였다. 계속 도주할 생각인 것이다.

난 호흡을 멈추고 전속력으로 달려가 놈의 옆구리를 걷어찼다. 쓰러진 녀석의 손을 밟아 총을 빼앗았다.

"괜, 괜찮으세요?"

그제야 정신을 차린 운전자가 차에서 내려 조심스럽게 다가왔다. 난 케이블타이를 꺼내 놈의 팔을 뒤로 돌려 묶으며 운전자에게 말했다.

"방금 살인 용의자 체포에 도움을 주셨네요. 감사합니다. 그냥 가셔도 좋습니다."

운전자는 머뭇거리며 물었다.

"정말 그래도 되나요? 혹시나, 그, 뺑소니 이런 거로 되면……."

난 주머니에서 명함을 하나 꺼내 운전자에게 건넸다.

"문제 생기면 이쪽으로 연락하세요."

운전자는 명함을 받아 들고도 머뭇거리다가 차로 돌아갔다. 정보군의 소개로 만났던 강서경찰서 박 형사는 황당한 연락을 하나 받을지도 모르게 됐지만, 아마도 운전자는 연락하지 않을 것이다. 누구도 자신이 사람을 친 일에 대해서 적극적으로 나서고 싶어 하진 않으니까 말이다.

변호사를 끌고 그의 차로 가는 동안 놈의 호흡 소리가 심상치 않은 것이 느껴졌다. 피가 폐에 들어차면 거품 속에서 호흡하는 것 같은 소리가 들린다. 나이프를 폐에 찔러 넣을 때 많이 들어 본 소리다. 심하지는 않았지만 지금 변호사의 숨소리가 딱 그랬다.

변호사를 조수석에 앉혀 안전벨트를 채우고 나는 운전석에 앉아 차를 몰았다. 밖으로 나오자 햇빛이 차 안 전체를 환하게 밝혔다. 좀 전까지의 치열했던 시간은 있지도 않았던 것처럼 느껴졌다. 날씨는 확실히 사람의 기분에 영향을 미친다. 비 오는 날의 자살률이 높은 이유도 무관하지 않을 것이다.

"폐에 피가 고이는 것 같다."

"아마도."

변호사는 자신의 폐를 내려다보며 말했다.

"깊게 찌른 것 같지는 않아. 지금이라도 병원에 가면 살 수 있다는 얘기야. 병원으로 데려가 줄 수도 있어."

"원하는 게 뭐야."

"네가 나한테 총질하기 전부터 말했잖아."

"그건 말할 수 없어."

"아마 갈비뼈로 폐를 뚫어서 자살한 케이스로는 네가 처음으로 기록될 거다."

놈은 입을 다물었지만 표정은 확실히 복잡해 보였다. 흘리고 있는 식은땀이 고통 때문인지 다른 곤란한 상황 때문인지는 모르겠지만. 난 주머니에서 다이스컨설팅 직원 리스트를 꺼내 놈에게 던져 주었다. 놈은 그걸 천천히 펼쳐 보았다. 미묘하지만 놀란 표정으로 나를 돌아보았다.

"네가 지금 대답하지 않아도 결국 찾아내게 될 거야. 지금 네 손으로 네 이름에 빨간 선을 그을 기회를 주고 있는 거라고."

변호사는 창밖을 돌아보았다. 응급실이 딸려 있는 큰 병원이 보였지만 난 멀찌감치 떨어져 지나갔다. 변호사는 여태까지 들은 깐죽거리는 목소리와는 다르게 차분하게 물었다.

"대체 정체가 뭐야?"

이런 젠장. 나의 자만심에 다시 한 번 실망해야 했다. 이쪽 바닥에서 난 유명 인사라고 은근히 생각하고 즐기고 있던 걸 부정할 수가 없었다.

"뭐야. 내가 누군지도 모르고 있었단 말이야?"

"널 어떻게 알겠어?"

"추측이라도 해 봤을 거 아냐. 아니야?"

"내가 하루에 만나는 인간이 몇 명인 줄 알아? 내가 관리하는 쭉정이 머릿수만 세도 열 명이 넘는다고."

광대뼈를 빼고도 그런 놈들이 최소한 아홉 명은 넘는다는 얘기다. 광대뼈가 들으면 슬퍼하거나 화낼 얘기다.

"나한테 보낸 놈은 다이스컨설팅 직원도 아니었던 거야?"

변호사는 기가 막힌 듯 콧방귀를 뀌며 말했다.

"이미 알고 있는 것 같은데, 뭐하러 묻는 거야?"

그는 다시 창밖으로 시선을 돌렸다. 호흡이 불편한지 늑골을 만지며 말했다.

"직원 시절에 내가 쓰던 정보원들이지. 그런 애들은 내가 일을 시키는 것만으로도 다이스컨설팅에 소속된 것처럼 믿고 싶어 하거든. 그런 부류는 조금만 띄워 주면 정말 열심히 일하지."

결국은 변호사도 청부회사를 운영하고 있는 셈이었다.

"회사 그렇게 되고 나도 먹고는 살아야 했으니까."

"변호사로 먹고살면 되잖아."

"장난해? 내가 자격증이 있었으면 합법적으로 사기 치면서 살 수 있었을 텐데 굳이 다이스컨설팅 같은 곳에 갈 이유가 있었겠어?"

듣고 보니 맞는 말이다.

"유령 신분 하나 쓰고 있는 것이겠군."

"회사 시절에 업무차 유령 신분을 두 개 받았었는데 그냥 그렇게 쓰기엔 아까웠지. 우리나라에서는 변호사라면 거의 다 통하잖아. 그래서 사비로 신분 유지하고 있었던 거야. 돈이 정말 많이 들어서 잠깐 후회한 적도 있었지만."

"다른 하나는?"

"쭉정이 한 놈한테 오천에 넘겼어. 법인 세울 자본금이 필요했거든."

난 직원 명단을 집어 다시 품속에 넣으며 말했다.

"머리 좋군. 난 그런 건 생각해 본 적도 없는데."

"당신 도대체 누구야? 다이스컨설팅에 다녔던 것처럼 훤히 알고 있는 걸 보면……."

변호사는 말을 하다 말고 갑자기 놀란 표정으로 나를 돌아보았다.

"당신 설마……. 그 작가야?"

내 자만심에 다시 불씨를 당겼다. 이래선 안 된다고. 이쪽 바닥에선 겸손해야 오래 살아남는 법이라고. 거만해지지 말자, 거만해지지 말자!

"그래, 바로 내가 그 작가지."

이 대사를 할 때의 표정이 룸미러를 통해 슬쩍 비쳤다. 거만한 표정이 얼굴 가득 피어 있었다. 인간은 간사한 존재다. 내 자신을 포함해서 말이다.

변호사의 표정이 경악과 고통이 어우러진 절묘한 형상으로 바뀌었다.

"내가 들은 작가는…… 당신일 리가 없어."

불길이 한창 일어나고 있는 자만심에 찬물을 끼얹었다. 나로서는 절대로 다행인 일이다.

"잊고 있는 게 있는데 당신 지금 죽어 가고 있다고. 그건 내가 작가든 아니든 관계가 없잖아."

"유령 리스트는…… 회사 사무실에서 주웠어."

유령 리스트는 사장 늙은이 말고는 손댈 수 없는 최고 기밀 사항이었다. 복사도 안 되고 스캔도 안 되며 카메라로 찍어도 빛을 반사해 찍히지 않는 그런 비싼 용지에 인쇄된 하드 카피 자료였다. 당연하게도 컴퓨터 해킹 따위는 의미도 없었다. 심지어 사장 늙은이가 사무실이 몽땅 불에 타서 없어지고 은퇴 선언을 하고 내게 자료를 넘길 때도 주지 않은 자료였다. 그 자료를 얻을 수 있는 유일한 방법은 눈으로 보고 직접 키보드를 두드려서 새로 만드는 것뿐이었다. 그런데 그런 걸 그냥 사무실에서 주웠다고? 이거 너무하잖아. 내가 지금 금붕어로 보이는 거지?

난 팔꿈치로 그의 코를 후려쳤다. 코뼈가 주저앉는 소리와 함께 피가 한없이 흘러나와 그의 옷을 적셨다.

"코피 기도로 안 들어가게 조심하라고. 피가 위아래로 들어가면 더 빨리 죽을 거 아냐."

변호사는 주유소 휴지로 코를 막으며 말했다.

"젠장, 말할 수가 없다고 몇 번을 말해!"

"그래 그럼. 네 숨이 끊어질 때까지 드라이브나 하지 뭐. 동해 바다 좋아해?"

"얼마면 합의하겠어?"

나도 모르게 웃음이 나왔다. 이 역시 자만심에서 비롯된 웃음이란 걸 알았지만 그냥 신경 쓰지 않기로 했다.

"그 작가가 최 회장하고의 지분 경쟁에서 이겼다는 것도 들었을 거 아냐."

나는 그를 돌아보며 역시나 거만한 표정으로 말했다.

"네가 작가라면 돈이 필요하겠냐?"

물론 지금 내 수중엔 돈이 없지만 놈은 그 사실은 모를 테니 상관없었다. 나는 한남대교 방향으로 차를 돌리며 말했다.

"이대로 가면 속초로 갈 건데 계속 즐거운 대화 할래, 아님 병원 갈래."

"시체하고 드라이브가 기분 좋진 않을 텐데."

과거에 SD서비스 조 팀장의 시체를 태운 채 고속도로를 달렸던 생각이 났다.

"괜찮아. 경험은 충분하니까."

변호사는 줄곧 입을 닫고 있다가 내가 고속도로에 올라타기 직전에 다급하게 말했다.

"말할 테니까 차 세워."

"운전을 귀로 하는 건 아니잖아. 차를 세워야 하나?"

고속도로 분기점이 몇십 미터 앞으로 다가오자 큰 소리로 외쳤다.

"최 회장이야! 최 회장!"

난 운전대를 왼쪽으로 꺾어 일반 도로로 직진했다. 변호사의 얼굴을 보니 '난 망했다'는 표정이었다.

그래, 최 회장 정도는 되어야 변호사가 죽어 가면서도 버틴 이유가 되지.

"나머지 명단은 어디에 있어?"

"사무실에."

"전부 가지고 있는 거야?"

"그럴 리가. 남은 건 세 개뿐이야."

명단이 아무래도 여러 개로 쪼개져서 돌고 있는 모양이다.

"직원 시켜서 가져오라고 해."

변호사는 손목시계를 힐끗 보고는 입을 열었다.

"퇴근 시간 다 됐어. 지금 심부름 시키면 날 죽이려 들걸."

변호사는 자신이 한 말이 스스로 웃겼는지 픽 웃으며 말을 이었다.

"제기랄, 이래저래 날 죽이려는 인간들뿐이군."

"직원은 돈으로 막을 수 있을 거야. 그 리스트는 더 이상 당신 손에 없는 게 좋을 거야. 이 충고 안 들으면 장담하건데 후회하게 될 거야."

그는 나를 빤히 바라보다 휴대폰을 꺼내 직원에게 용건을 말했다. 직원의 짜증 섞인 목소리가 나에게까지 들렸다. 통화를 끝낸 변호사가 내게 말했다.

"지금 일을 하면서 확실히 느낀 건, 월급쟁이 시절이 맘은 편했다는 거지."

동감이다. 나도 사업 경험은 두 번 다시 하고 싶지 않으니까. 동업을 했던 그 빌어먹을 선배 모가지를 따 놓고도 여전히 그때의 기억은 불편하다.

"이제 병원으로 가 줘. 정말 죽을 것 같아."

그제야 미뤄 뒀던 판단을 해야 했다. 변호사는 나를 빤히 보다가 쓴웃음을 지었다.

"그 표정 알아. 내겐 다행이라고 해야겠지. 처음부터 살려둘 생각이 없었다면 그런 갈등하는 표정은 없었을 테니까."

트레이닝이 된 킬러들은 누가 가르쳐 주지 않아도 감각적으로 표정을 잘 읽는다. 영화에 나오는 멋진 킬러와는 달리 현실에서 킬러 짓을 해 먹으려면 즉흥연기를 해야 했고, 그러려면 상대방의 표정을 미리 읽어야 가능하기 때문에 감각이 발달할 수밖에 없다.

"당신을 살려 둬야 할 이유를 말해 봐."

"최 회장에게서 도망치려면 다른 짓 할 시간이 없을 테니까."

"다시 붙을 수도 있겠지."

"최 회장하고 맞장 뜬 분이, 일이 어떻게 돌아가게 될지 몰라서 그렇게 말하는 거야?"

최 회장이 유령 리스트를 어떻게 입수했는지는 둘째치고, 왜 풀었는지를 먼저 생각해 봐야 한다. 나를 수면 위로 끌어올리려고 그런 것인지 아니면 사장 늙은이를 노린 것인지는 모르지만 어찌 되었건 변호사는 리스트를 풀기 위한 도구였을 뿐이다.

다시 말하면, 변호사는 최 회장에게는 사용가치가 없어진 소모품일 뿐이다. 어쩌면 이렇게 돌아갈 것도 미리 예상했을지도 모른다. 내 손에 변호사가 죽기를 바라면서 말이다.

갑자기 머리가 아파졌다. 복잡한 문제는 단순하게 생각해야 한다는 것을 떠올리며 차를 돌렸다.

변호사가 약간은 들뜬 목소리로 물었다.

"세브란스로 가는 거야?"

"내 결정을 후회하지 않게 하라고."

"걱정 마. 나도 이쯤에서 좀 쉴 필요가 있으니까."

"직원은 어디로 오는 거야?"

"이제 문자 보내야지. 세브란스로 오라고."

죽음을 목전에 두고도 차선책을 준비하는 변호사의 행동에 나도 모르게 픽 웃음이 나왔다. 변호사는 기분이 상한 표정으로 말했다.

"그래, 그래. 귀엽게 보였겠지. 하지만 난 나름대로 최선을 다하고 있는 거라고."

"진심으로 하는 충고인데, 다음에 변호사 역할 하려면 좀 더 친절하게 하라고. 그 말투 하나 때문에 목을 꺾어 버리고 싶은 충동을 느끼긴 처음이었거든."

잠시 잠자코 있던 변호사가 말했다.

"도도해 보인 게 아니고?"

"그냥 재수 없는 등신이었어."

"젠장."

병원 앞에 차를 세웠다. 서둘러 차에서 내리려는 그의 어깨를 잡으며 품속에서 정보군 사무실 주소가 적힌 냅킨을 꺼냈다.

"이거 당신 거야?"

그는 무심한 표정으로 냅킨을 보다가 입을 열었다.

"내 것은 아니지만 유난히 휴지에 메모하기 좋아하는 인간을 알긴 하지."

그는 자신의 주머니에서 구겨진 냅킨을 하나 꺼내 내게 건네고는 곧바로 병원으로 들어갔다. 난 차를 주차장에 넣고 병원 앞에 서서 직원이 오기를 기다리며 아까 받은 냅킨을 펼쳐보았다. 냅킨엔 역시 어딘지 모를 주소가 하나 적혀 있었다.

휴대폰을 꺼내 사장 늙은이에게 전화를 걸었다. 늙은이는 역시 인사도 없이 먼저 입을 열었다.

"좋은 소식을 들었어."

"무슨 소식이요?"

"시체 안 만들었다더군. 자네의 그 반사회적 성격이 좀 바뀐 것 같아 뿌듯하군."

늙은이가 뭐라는 거야?

"일부이긴 하지만 유령 명단을 누가 배포했는지 알아냈어요."

"누군가?"

"참 희한한 건, 사장님 말고는 접근 불가 자료가 외부에 누설됐다는 거죠."

잠시 말이 끊어진 늙은이가 진중한 목소리로 물었다.

"날 의심하는 건가?"

"그럴 리가요. 전 사장님을 믿었던 적이 한 번도 없거든요."

허파를 긁는 듯한 웃음소리가 들렸다. 저 소리를 전화벨 소리로 하면 노인들 사이에서는 잘 팔릴까?

웃음을 멈춘 늙은이가 말했다.

"맑은 공기 한번 쐬러 오지 않겠나? 지금쯤 머리도 아플 것 같은데."

늙은이가 이미 알고 있는 뭔가를 내가 뒤늦게 알아낸 거라면 맹세코 죽을 때까지 목젖을 손가락으로 튕겨 줄 생각이다.

"그러죠. 아 그리고, 요새 제가 위가 상했으니까 커피 말고 생과일주스로 준비해 주세요."

"올 때 사 와. 그러면 시원하게 대접하지."

이 늙은이를 한 번만이라도 말로 이길 수 있다면 영혼이라도 팔 수 있다. 늙은 개 같은 늙은이 같으니라고……. 지금 말이 좀 이상하지 않았나?

산중 대화

CONVERSATION IN THE MOUNTAIN

내가 절에 도착했을 땐 오전 10시가 막 지날 때였다. 사장 늙은이는 주차장까지 뛰어나왔던 지난번과는 대조적으로 내가 방 앞 툇마루까지 가서 큰 소리로 부르고 나서야 눈곱을 떼며 방에서 기어 나왔다. 똥 누기 전과 후가 이렇게 다른 거다.

"사 왔나?"

"뭘요?"

"생과일주스 사 온다며."

마시고 싶다고 했지 사 온다는 말은 하지 않았다.

"별로 안 내켜서요."

"젠장, 마시고 싶었는데 말이지. 산에만 있었더니 비타민이 좀 부족한 것 같아."

광합성이나 해, 늙은이.

어디서 났는지 용케도 갈퀴 모양의 나뭇가지로 등을 긁으며 하품을 했다. 순간적으로 숨을 참기는 했지만 구취의 잔향을 피할 수는 없었다.

"이제 풀어 놔 봐."

다시 숨을 참았기 때문에 바로 대답할 수가 없었다.

"며늘아기 위치는 알아냈나?"

이젠 대놓고 며늘아기란다. 어이가 없네. 난 맑은 공기를 마시는 척하며 마당으로 걸어 나와 참았던 숨을 크게 내쉬었다. 늙은이에게 필요한 건 본 적도 없는 며느리보다 구취를 없애 줄 칫솔이다.

"아직 갈 길이 멀었습니다. 더럽게 큰 산이 나타났거든요."

"산이야 돌아가면 그만이고."

"그건 사장님에게 달렸죠. 리스트 가지고 계시죠?"

"무슨 리스트?"

"유령."

"그건 자네한테 있겠지. 회사 넘길 때 다 줬잖아."

늙은이가 이제 나이를 이용해서 치매 걸린 척을 할 모양이다. 도대체가 이용 못 하는 게 없다. 이마에 겹쳐 있는 주름을 이용해서 아코디언 연주를 할 수 있을지도 모르는 늙은이다.

"왜 또 이러세요. 그때 회사 지분 관련 자료 말고는 받은 적이 없는데."

"직원 리스트 줄 때 같이 줬잖아."

저 주둥이를 딱 한 대만 때렸으면 좋겠다.

"뭘 줘요? 그놈의 직원 리스트 때문에 몇 명이 죽은 줄 아세요?"

"죽은 게 아니라 죽인 거겠지. 저승 가서 그 사람들을 무슨 낯으로 보려고 그러는 건가?"

"어이, 보살님. 제 며느리 찾는 거 아니잖아요. 의뢰한 사람이 솔직히 말하지 않으면 어떻게 일을 해요. 그 리스트 누구한테 주셨어요?"

"자네가 누구 준 거 아니야?"

"받았어야 누굴 주든지 말든지 하죠!"

"잠깐만 있어 봐."

늙은이가 다시 방으로 들어갔다. 그 뒷모습을 보니 왠지 불안해졌다. 내가 아는 인간 중에 저 늙은이만큼 꼼꼼한 인간은 본 적이 없다. 잠시 후에 늙은이는 문서 한 장을 들고 나와 툇마루에 펼쳐 보였다. 회사 지분 양수도 계약서였다.

"이거 기억나지?"

당연하지. 천문학적인 규모의 주식을 양도받는 계약서를 어떻게 잊을 수가 있겠는가. 늙은이는 문서의 가장 뒷장을 펼치고 문구 하나를 손가락으로 짚어 보였다. 거기엔 붙임 문서의 제목들이 길게 늘어서 있었다. 그중 늙은이의 손가락 아래 깔려 있는 글씨가 또렷하게 보였다.

'다이스컨설팅 직원 명부 사본 1부.'

하지만 유령 리스트에 대한 문구는 어디에도 없었다.

"저는 둘 다 받은 기억이 없는데요."

"여기엔 분명히 적혀 있잖나."

"유령 리스트는 없잖아요."

"불법 자료를 계약서에 어떻게 첨부를 하겠나?"

갑자기 기억력에 자신이 없어졌다. 듣다 보니 받았던 것 같기도 하지만 이럴 땐 오리발이 최고다.

"저는 둘 다 받은 기억이 없어요. 이 계약서 저 주신 원본 맞아요?"

"내가 위조라도 했다는 건가?"

"불가능한 일도 아니죠."

늙은이는 서명란을 펼쳤다. 내 인감도장과 서명이 선명하게 찍혀 있었다.

"자기 나쁜 기억력 때문에 다른 사람이 다치는 건 그냥 지나칠 문제가 아니잖나?"

이럴 때가 있다. 할 말이 있는 것처럼 입은 열었지만 그 순간 갑자기 창피해져서 도저히 뱉을 수가 없는 경우 말이다. 이마엔 땀이 배어 나오고 얼굴에는 열이 올라와 붉게 상기된다.

"정당방위였다고요."

"물론 그랬겠지."

동의하는 대답인데도 왠지 엄청나게 기분이 나쁘다. 늙은이는 서류를 접어 다시 방 안으로 사라졌다가 다시 나타나며 말했다.

"그렇다고 살인이 정당화되지는 않는다는 거 잘 알고 있잖나."

"그렇다고 얌전히 죽을 수도 없는 일이죠."

"물론 나도 그 상황에서라면 똑같이 했을 거네. 하지만 그렇게 된 걸 따져 본다면 옳은 일은 아니라는 걸 알 걸세."

늙은이는 자신의 머리를 두드려 보였다.

"열쇠 찾느라 이웃집 사람하고 실컷 싸워 놓고 들어왔는데 그 열쇠가 주머니에 들어 있었다면 낯 뜨거워지지 않겠는가?"

틀린 말은 아니지만 더 이상 듣기 싫어졌다. 이미 벌어진 일에 대해서 반복해서 얘기하는 건 정말 짜증 나는 일이다. 더구나 그 사실을 빨리 잊고 싶어 하는 사람은 더더욱.

"생명은 말이네, 이 세상 그 무엇보다 존중받아야 하는 거네."

나는 손을 흔들며 말했다.

"충분히 알아들었으니 이제 일 얘기로 돌아가시죠. 일단 직원 명부하고 유령 리스트는 제가 가지고 있지 않습니다. 정 실장에게 계약서 넘길 때 사장님이 주신 자료 그대로 봉투째로 넘겼거든요. 봉투 안에 직원 명부하고 유령 리스트가 들어 있었다면 정 실장에게 그대로 넘어갔을 겁니다. 하지만 제 기억에는 봉투에 명단 비슷한 건 하나도 없었습니다."

"확실한가?"

나도 모르게 정색을 했다. 반복해서 의심하는 건 상당히 불쾌했으니까.

"마지막으로 말씀드리는데 사장님께 받은 봉투 그대로 정 실장에게 넘겼습니다. 사장님이 말씀하시는 그 명단을 애초에 제게 주신지도 의심스럽지만, 현재 제 수중에 없는 건 확실합니다."

"자네 아니면 내가 그 명단을 누구에게 넘기겠는가?"

"그건 모르는 일이죠. 사장님 회사 지분부터 애초에 제게는 필요도 없는 것들이었으니까."

잠시 나를 바라보던 늙은이는 알겠다는 듯 손을 흔들며 말했다.

"알겠네. 어쨌든 지금 자네가 하는 모든 일이 내 며느리 찾는 것과 관계가 있으면 좋겠군."

늙은이의 이 마지막 말에도 상당히 열이 받았지만 심호흡으로 간신히 감정을 가라앉히며 화제를 돌렸다. 안 그러면 저 외계인 같은 낯짝을 뭉개 놓을지도 모르니까.

"예전 사무실에 가 보신 적 있어요?"

"거길 뭐하러 가겠나. 좋을 게 뭐 있다고."

"예전 사무실 자리에 법무법인이 들어와 있더군요."

"음, 그래? 그 자리에도 해가 들 때가 있구면."

"그렇지도 않아요. 직원 출신이 변호사 노릇 하면서 사기 치고 있었으니까."

늙은이는 조금은 달라진 눈빛으로 돌아보았다.

"직원 출신? 우리 회사 출신 직원 말인가?"

"이혼 전문 변호사 사칭하면서 돈 많은 배우자 없애고 유산 상속받게 해서 털어먹는 방식이죠."

"에이, 그런 빌어먹을 놈을 봤나."

어이, 어이! 살인청부업자 30명을 앵벌이 돌리던 사람이 할 말은 아니잖은가, 늙은이!

"유령 리스트, 그놈에게서 흘러나온 겁니다."

"뭐? 유령 리스트를? 그 친구는 리스트가 어디서 난 건가?"

난 사장 늙은이의 표정을 제대로 살피기 위해 다리를 굽혀 그와 눈높이를 맞추고는 말했다.

"최 회장이 보냈다더군요."

늙은이도 놀라는 기색이 역력했다. 물론 겉으로 드러나는 것만 봐서는 평소의 표정과 크게 다르지 않았지만 그의 눈동자로 봐서는 놀란 게 분명했다. 어쩌면 당황한 것일지도 모르고.

"아니, 그게 왜……. 자네가 넘겼나?"

젠장! 이 짜증 나는 늙은이가!

난 발끈하는 심장을 죽을힘을 다해 달래며 최대한 부드럽게 말했다.

"사장님, 다시 한 번 말씀드리는데, 저는 그 명단 가지고 있지 않다고요. 가지고 있다고 해도 그걸 왜 최 회장에게 팔겠어요."

"최 회장이 원했다면 팔았을 수도 있겠지."

"물론이죠. 하지만 최 회장이 그런 게 필요할까요? 전화 한 통이면 사람 하나 만들고 없애는 데 오 분도 안 걸릴 텐데."

"유령이란 게 그렇게 쉽게 만들 수 있는 게 아니야."

"사장님이야 작업 대상자 중에서 만드니까 어려운 거고요. 최 회장은 다르죠. 유인한다. 죽인다. 그자의 신분을 쓴다. 끝. 이게 어렵다고요?"

늙은이는 불편한 표정으로 입맛을 다시며 화제를 돌렸다.

"최 회장에게서 받은 게 확실한 건가?"

"시한부 인생 만들어 놓고 물어본 거니까 확실할 겁니다."

"최 회장이 왜 그 친구한테 넘긴 걸까?"

"그야 저도 모르죠. 그보다 그 리스트를 어디서 어떻게 구했느냐는 것이 더 관건입니다. 유출될 리 없는 자료가 유출됐다면, 그 경로만 따라가도 뭔가 나올 것 같거든요."

"글쎄, 그게 내 며느리 찾는 데 도움이 되는 일인지는 잘 모르겠네만."

나는 한동안 입을 다물고 늙은이를 바라보았다. 늙은이가 처음으로 내 시선을 피해 다른 곳으로 눈을 돌렸다. 나는 툇마루에 다시 걸터앉으며 말했다.

"사장님, 지금 되게 수상하게 보이는 거 아세요?"

"무슨 뜻인가?"

"계속 제 관심을 유령 리스트에서 떼어 놓으려고 하시는 것 같은데, 아닌가요?"

"내가 왜 그러겠나?"

"지금 며느님에 대한 단서라고는 그거밖에 없는데, 제가 계속 엉뚱한 곳 파고 다니는 것처럼 말씀하시잖아요."

"아주 부정할 수는 없구먼."

나는 더 이상 참지 못하고 폭발했다.

"정 실장 유골 보낸 게 유령이라면서요. '유출될 리 없는' 그 빌어먹을 유령 리스트 유출 경로 쫓는 거 말고 며느리 찾을 수 있는 다른 방법 있으면 얘기하시죠. 혼자 세상 모든 이치 다 통달한 신선처럼 구는 거 이제 그만하시고."

늙은이의 눈이 가늘어졌다.

"자네, 말이 좀 거칠군."

"글쎄요, 그놈의 예의가 며느리 찾는 데 도움이 되는 일인지는 잘 모르겠습니다만."

늙은이의 말을 그대로 흉내 내며 말하자 그의 표정이 굳었다. 하지만 입을 열지는 않았다.

"여자라는 거 말고 사장님이 며느리에 대해서 아는 게 뭐예요? 아, 맞다! 여자가 아닐 수도 있겠네요. 그동안 정 실장 취향이 바뀌었는지는 제가 모르는 일이니까요."

늙은이가 이글거리는 눈으로 고함을 질렀다.

"입조심해!"

"사장님이나 태도 명확히 하란 말입니다!"

나도 지지 않고 소리 질렀다. 산사에 나의 고함 소리가 크게 울려 퍼졌지만 주변엔 밖으로 나와 보거나 하는 사람은 아무도 없었다.

우리 두 사람은 한동안 말없이 노려보기만 했다. 사장 늙은이의 늘어진 목주름이 가늘게 떨리는 것으로 보아 상당히 많이 열 받은 모양이었다. 하지만 나 또한 사장 늙은이의 불명확한 태도 때문에 열이 받아 있었기에 노인 공경 따위는 이미 개나 줘 버린 상태였다.

"도대체가 며느리를 찾고 싶다는 건지 아닌지 알 수 없는 그 모호한 태도는 뭐예요? 남들이 보면 내 며느리 찾는 데 사장님이 도와주는 줄 알겠네. 개뿔도 없는 정보 가지고 열심히 방법 찾고 있는 사람한테 계속 그런 태도로 대할 거면 지금이라도 다른 놈 알아보세요. 그 돈이면 지리산에서 이백 년간 도 닦은 도사까지 질질 싸면서 개떼처럼 몰려들 테니까."

나는 자리를 박차고 일어섰다.

"다시는 전화하지 마세요."

내가 화난 발걸음으로 주차장까지 걸어 내려올 때까지 늙은이는 나를 부르지 않았다. 나 또한 단 한 번도 돌아보지 않고 성난 손놀림으로 차에 올라타 시동을 걸었다.

내 며느리 구하는 것도 아니고, 지금 생활에 만족하는 내겐 그깟 돈 없어도 그만이다.

저 빌어먹을 늙은이는 분명 내게 말하지 않은 게 있다. 이젠 늙은이 손바닥에서 놀아나는 짓거리는 사양할 생각이다. 이건 군대에서 중대장이었던 인간이 사회 나와서도 중대장 노릇을 하려는 것과 같은 거다. 세상에서 가장 꼴불견인 짓거리 중 하나 말이다.

그렇게 잘났으면 지가 찾지 왜 날 부르냐고. 빌어먹을 늙은이.

붉은 얼굴
THE RED FACE

서울 서쪽 북단에는 연신내라는 곳이 있다. 행정구역상 정식 명칭은 아니지만 오래전부터 불려 왔던 지명으로 3호선과 6호선 지하철역 이름으로는 사용된다. 자동차를 가지고 이동하는 시간을 따져 보면 강남 지역보다 의정부가 가까울 정도로 상당히 위쪽에 치우쳐 있는 곳이다. 평소 활동 범위가 상당히 좁은 내 성향을 고려하면, 지금의 마누라와 결혼을 하지 않았다면 평생 모르고 살다 죽었을 것이다. 하지만 이제 이곳은 나와 마누라의 생활 터전이 되었다.

이곳은 먹자골목이 발달했다. 결혼하고 체중이 급속도로 불어난 이유 중 하나이기도 하다. 잠옷 차림에 코트 하나 걸치고 50미터만 걸어가면 떡볶이에서부터 샤브샤브까지 음식 선택의 스펙트럼이 꽤나 넓어진다. 야식의 묘미는 신혼 생활의 상당

부분을 차지하기 때문에 그때는 마냥 신 났고 좋았다. 하지만 십여 년이 지난 지금은 저주나 마찬가지다. 콜레스테롤을 원하는 시간, 원하는 만큼 마음대로 섭취해서 사망할 수 있으니까. 그래서 건강을 위해 야식 대신에 커피를 마시기로 했다. 물론 야식에 커피가 더해진 꼴이 되긴 했지만.

먹자골목의 한 블록 옆 거리에는 패션 매장이 꽤 많아서 '로데오거리'로 불린 적이 있었다. 하지만 이 년 전부터 매장이 하나둘 망해 나가더니 그 자리를 카페들이 채우기 시작했다. 지금은 그 거리에만 아홉 개의 카페가 들어서 있다.

패션 매장에는 미안한 말이지만 그런 모습이 좋았다. 난 카페를 참 좋아하기 때문이다.

그 카페 중에 제일 좋아하는 카페는 비교적 최근에 들어온 '카페B'라는 곳이다. 알파벳 B에 여자가 기대서 있는 문양 때문에 한참 후에야 '카페IB'가 아니란 것을 알 수 있었지만.

사실 이곳이 특별한 건 없다. 어딘지 모르게 차분한 인테리어나 시끄럽지 않은 공간에 끌렸을 수도 있다. 하지만 내가 가장 매력을 느낀 건 이곳을 운영하는 분들이다. 나와 비슷한 연배의 커플이 운영을 하는데 그 모습 자체가 참 예뻐 보였다.

어쩌면 내가 생각했던 평온한 삶을 그들에게서 느꼈기 때문일지도 모른다. 손님이 적으면 심란해하고 정산이 맞지 않으면 서로 다툴 때도 있겠지만 그건 인생사 당연한 거니 패스.

중요한 건, 이곳이 이젠 내 생활의 일부가 되어 있다는 것이다.

그것은 곧, 맑고 밝고 청명해야만 하는 나의 양지 영역의 일부가 되었음을 의미하는 것이고 그런 곳에는 음지의 습한 인간들이 들어와서는 안 되는 것을 의미한다.

절대로.

그날은 마누라 요청으로 일을 돕다가 욕만 잔뜩 처먹고 짜증 난 날이다. 이상하게 같은 말을 들어도 마누라에게 들으면 왜 그렇게 열 받고 몇 배는 더 서글픈 건지.

그래서 섭섭함을 달랠 겸 이곳 카페에 와서 커피를 한잔할 때 그가 들어서는 것을 보았다. 그때, 난 그의 정체를 직감적으로 알았다. 얼굴에 분을 처바르고 낮에 돌아다니는 어색한 뱀파이어처럼, 양지를 돌아다니는 음지 인간들의 동작은 어딘지 모르게 어색하고 티가 났다. 맑고 밝고 청명한 양지가 편안할 리가 없잖은가?

남자는 카페 안을 둘러보지도 않고 곧장 내게 다가왔다. 이른 시간인 만큼 카페 안엔 나 혼자밖에 없었기에 둘러볼 필요가 없었으니까. 그는 내가 올려다볼 때까지 앞에 서서 한참을 보기만 했다.

"앉아도 될까?"

정중하게 묻는데 반말이다. 이런 반만 예의 있는 놈을 봤나. 나는 그를 보며 대답했다.

"안 돼."

내 대답을 건성으로 들었는지 의자를 빼고 앉으려다가 흠칫

하며 멈추고는, 피식 웃으며 의자에 앉았다.

"잠시 앉도록 하지."

그래, 네 집처럼 편안하게 꼴리는 대로 앉아.

"나는 말이야……."

난 그의 말을 자르며 먼저 말했다.

"카페 들어와서 앉았으면 뭐라도 시켜야지."

그는 어이없는 표정으로 바라보다 손을 들어 사장을 부르려고 했다.

"여기 셀프야."

남자의 평온했던 표정이 일그러지기 시작했다. 눈치 없이 친절한 사장님이 상냥한 얼굴로 다가왔다.

"네, 어떤 걸로 드릴까요?"

"커피."

"어떤 커피로 드릴까요?"

"아무거나."

난 카페 사장님을 보며 대신 다시 주문을 했다.

"모카프라페로 갖다 주세요."

"네, 금방 갖다 드리겠습니다."

사장님이 주문을 받고 가자 남자가 나를 보며 말했다.

"셀프 아니네."

"원래 셀프야. 사장님이 상냥하니까 주문 받아 주신 거지."

"방금 시킨 거, 그건 뭐야?"

"이 집에서 제일 비싼 거."

그는 재미있다는 듯 미소를 지으며 한동안 나를 빤히 바라보았다. 꼰 다리를 흔들다가 불현 듯 입을 열었다.

"원래 처음 보는 사람한테 이렇게 반말하나?"

"반말하는 사람한테만."

"나보다 나이도 어린 걸로 아는데."

나를 조사하고 온 놈이다.

"당신이 몇 살인지 난 몰라. 시간 지나면 자연스럽게 먹는 게 나이인데 그게 아무한테나 반말해도 되는 벼슬도 아니고."

그는 여전히 다리를 흔들다가 이를 드러내며 웃었다.

"들은 것보다 터프한데?"

"당신한테 평가 부탁한 적 없는 것 같은데, 누가 채점하고 오라고 시켰나?"

그는 또다시 이가 드러날 정도로 웃으며 말했다.

"그건 아니고."

사장님이 모카프라페를 테이블 위에 내려놓고 돌아갔다. 남자는 얼음 조각이 섞여 있는 커피 위에 듬뿍 오른 생크림을 빤히 바라보며 앉아 있었다. 나는 손수 빨대 포장을 벗겨 스푼처럼 널찍하게 생긴 부분을 들어 보였다.

"이걸로 떠먹는 거야. 그다음엔 이렇게 꽂아서 빨아 먹으면 되고."

"번거롭잖아."

나는 어깨를 으쓱해 보이고는 내 앞으로 끌어와 마셨다. 남자는 어이없는 표정으로 바라보다 고개를 끄덕이며 말했다.

"이제 좀 알겠군. 최 회장이 왜 그런 말을 했는지."

'최 회장'이란 말에 나도 모르게 전신이 경직되었다. 난 자연스럽게 보이기 위해서 일부러 생크림을 듬뿍 떠서 한 번에 입에 넣으며 그를 보았다.

"회장님이 손수 보내신 분이셨구먼."

"최 회장이 그러는데 당신 겉모습만 보고 판단하지 말라더군."

"왜 그런 말을 하셨을까?"

"난 알겠는데 뭘."

난 그제야 남자의 얼굴을 자세히 살폈다. 붉은 얼굴을 한 남자는 한눈에 봐도 다부져 보였다. 입고 있는 정장은 잘 어울린다기보다 몸을 억지로 끼워 넣은 듯 어딘지 모르게 어색했고 그런 사실을 본인도 아는지 습관적으로 셔츠 소매를 잡아당겨 내렸다.

가슴근육은 두껍지 않게 넓게 퍼져 있는 반면 등 근육은 광장처럼 넓고 두꺼웠다. 이런 몸매는 그냥 만든 것이 아니라 실전에 적합하게 단련시킨 몸이라는 걸 말해 주지만 배에 적당히 낀 뱃살은 그가 현역 생활을 적어도 현재는 하고 있지 않다는 사실을 말해 주고 있었다.

가장 인상적인 건 자연스럽지 않은 말이었다. 한국에서 오랜 시간 지낸 외국인의 말투랄까. 그의 약간은 어눌한 말투 덕분에 저 무시무시한 몸을 보면서도 간신히 주눅이 들지 않을 수 있었다.

난 커피를 홀짝이며 손을 떨지 않기를 빌었다. 처음에 강하게 나갔다가 약해지는 것만큼 얕보이게 되는 건 없으니까.

남자는 그제야 카페 안을 둘러보며 말했다.

"이런 데서 커피를 마시는군."

"맛있거든."

"난 커피 맛 몰라. 어디든 가면 내 의사하고는 상관없이 커피부터 내와서 마시는 거지."

그렇긴 하다. 믹스커피 회사의 열렬한 마케팅에 대한 열정 덕분에 대한민국 회사라면 어디든지 의무처럼 커피를 사 둔다.

남자는 휴대폰을 꺼내 손가락으로 화면을 몇 번 터치하고는 내 앞에 내려놓았다.

스마트폰 카메라로 대충 찍은 사진이지만 자세히 살피지 않아도 시체 사진이라는 것은 알 수 있을 정도는 되었다. 그것도 시체가 변호사 행세를 하던 '강성기'라는 게 확실할 정도로 선명하게.

사인이 정확히 뭔지는 모르지만 오른쪽 눈알이 반쯤 뽑혀나온 걸 보니 곱게 죽지는 못한 모양새였다. 사진을 옆으로 넘겨 보니 이번엔 광대뼈의 시체 사진이 나왔다. 비교적 온전한 상태의 강성기와는 다르게 광대뼈가 함몰되어서 알아보는 데 시간이 좀 걸렸다.

남자는 내 안색을 살피며 휴대폰을 돌려받아 다시 주머니에 챙겨 넣었다.

"결국 죽었군. 나름 열심히 사는 친구들이었던 거 같았는데."

내 말에 남자는 고개를 끄덕이며 말했다.

"요즘 같은 불경기에 열심히 안 사는 사람이 어디 있어. 안 그래?"

난 커피 잔을 마저 비우고 등받이에 기대며 물었다.

"최 회장이 심부름 보낸 건 알겠고. 뭘 원해?"

남자는 근육 때문에 위로 끌려 올라간 정장 소매를 잡아당기며 말했다.

"이런, 심부름이라고 생각해 본 적이 없는데 듣고 보니 그런 것도 같군."

"최 회장이 내게 무슨 볼일이 남았는지 짐작도 안 가는데?"

"그동안 잠잠히 있다가 왜 요새 여기저기 들쑤시고 다니는지 궁금하다는군."

"그런 적 없는데?"

"최 회장은 그렇게 생각 안 하는 모양이지."

"전화하면 바로 알려 줄 텐데 굳이 사람까지 보냈군."

"나도 고객이 있어야 먹고살지. 자, 이제 들어 보자고. 나도 뭔가 얻어 가야 잔금을 받거든."

고용된 사람이다. 이런 사람들은 웃고 있다고 해서 안심해서는 안 된다. 저 표정 그대로 내 콧구멍에 손을 집어넣어 간을 끄집어낼 수도 있으니까 말이다. 이런 남자와는 힘으로 붙을 일을 만들어서는 안 된다. 무엇보다 사장 늙은이와의 관계도 끊은 마당에 숨길 것도 없잖은가?

"정 사장이 며느리를 찾아 달라고 해서 요 며칠 알아보고 다녔지."

"잠깐만."

그는 품속에서 새로 산 티가 확 나는 싸구려 수첩과 볼펜을 꺼내 적었다. 볼펜이 잘 안 나오는지 수첩에 반복해서 몇 번 긁은 다음에 글씨를 썼다.

"다시 한 번만. 정 사장이라고?"

"정 사장이 누군지 모르는 거야?"

"사회생활은 이번이 거의 처음이라. 외국에서 막 들어왔다 치고 천천히 말해 줘. 정 사장이라고?"

이 자식의 정체가 좀 궁금해지기 시작했다.

"정 사장은 예전에 다이스컨설팅 사장이었지. 지금은 은퇴했지만. 그 사람이 며느리가 없어졌다고 찾아 달라고 하더라고."

그는 열심히 적다가 난감한 표정으로 다시 물었다.

"잠깐만, 은퇴하는 거 때문에 며느리를 잃어버렸다고? 그게 뭔 말이야?"

젠장.

나는 그가 들고 있던 수첩과 볼펜을 달라는 듯 손을 내밀었다. 그가 쭈뼛거리며 건네주었다. 난 말을 하는 대신에 손수 글로 적어 주었다. 내가 쓰는 글을 보던 남자가 픽 웃으며 말했다.

"당신도 글씨 정말 못 쓰는군. 나는 제대로 배운 적이 없지만 당신은 대학까지 나온 사람이 그게 뭐야?"

인간아, 글씨는 학력하고 관계없다고!

"제대로 적지도 못할 거면 수첩은 왜 산 거야?"

"어쩔 수 없잖아. 사회라는 곳에 적응하려면. 내가 있었던 곳은 수첩 같은 건 필요 없었거든."

"군에 있었던 거야? 거기도 수첩은 꼭 필요하지만 말이야."

"거긴 아니야. 비슷한 곳이지."

사장 늙은이가 며느리를 찾아 달라는 부탁을 해서 변호사를 사칭하는 직원을 만난 일까지만 간결하게 적어서 그에게 수첩을 돌려주었다.

"이렇게 순순히 협조해 줘서 고맙군."

"그럴 것도 없어. 정 사장하고는 며칠 전에 관계 끝냈으니까."

"그렇군. 나도 이제 최 회장한테 잔금만 받으면 관계 끝이군."

"행여나 최 회장한테는 내가 순순히 불었다고 하지 말라고. 의심이 보통 많은 인간이 아니거든."

"나도 그 정도 머리는 있지. 그런데 말이야……."

창밖을 주시하던 남자는 길 건너에 잠시 정차되어 있는 승용차에 시선을 고정한 채 말했다.

"잠시만 실례하지."

남자는 밖으로 나가 정차되어 있는 승용차에 다가갔다. 승용차의 뒷문 창문이 열렸다. 군인처럼 짧게 자른 머리의 사내가 얼굴을 드러내며 남자에게 뭔가 말을 했다. 남자는 등을 돌리고 서 있어서 표정을 알 수는 없었지만 사내의 얼굴이 험악하게 일그러지는 것을 보니 좋은 분위기는 아닌 것 같았다.

사내가 손을 뻗자 남자는 그의 팔을 잡아 옆으로 꺾었다. 운전석의 사내가 내리려는 순간 남자는 차문을 걷어차 닫고 주먹으로 창문을 뚫고 그의 머리채를 잡아 창문 밖으로 머리만 끄집어내고는 발로 걷어찼다. 동작이 너무나 간결하고 강력해서 보는 것만으로도 맞는 자들의 고통이 느껴질 정도였다. 저런 동작은 한 번도 본 적이 없다. 나와는 다른 세계의 사람인 것처럼 느껴졌지만 그의 동작은 어딘지 모르게 낯설지가 않았다.

남자는 다시 뒷좌석의 사내에게로 시선을 돌렸다. 사내는 고통에 찬 표정으로 남자에게 손을 들어 보였다. 남자는 주머니에서 만 원짜리 지폐 몇 장을 꺼내 차 안으로 던져 넣고는 다시 카페로 향했다. 조수석에 있던 사내가 밖으로 나오는 것이 보였다. 나는 남자에게 뒤쪽을 향해 눈치를 주었다. 남자는 뒤로 돌아서는 동시에 뭔가를 던졌다. 총을 꺼내던 사내의 이마에 뭔가 꽂히며 주저앉았다. 주변에 있던 행인들이 놀라 비명을 질렀다.

뒷좌석에 있던 사내가 짜증 난 표정으로 남자를 향해 큰 소리를 질렀기에 카페 안에 있던 내게도 그의 목소리가 들렸다.

"쌍! 운전은 누가 하라고!"

남자는 고개를 가로저으며 카페 안으로 다시 들어와 앉았다. 창밖을 보니 뒷좌석에 있던 사내가 차에서 내려 왼쪽 팔을 축 늘어뜨린 채 오른손으로만 길에 쓰러진 사내를 차 안에 집어넣고 있었다.

"저 양아치는 대체 언제 철들려고 저러고 다니는 건지."

"누구야?"

"전 직장 동료."

밖의 사내는 운전석에 늘어져 있는 사람을 발로 밀어서 옆자리로 보내고 자신이 운전석에 앉았다. 왼쪽 팔은 부러진 건지 여전히 덜렁거리기만 할 뿐 움직이지는 못했다. 남자가 사내를 바라보자 사내는 힘겹게 몸을 돌려 오른손을 뻗어 가운데 손가락을 들어 보이고는 차를 타고 사라졌다.

남자는 코웃음을 치고는 휴대폰을 꺼내 어딘가로 전화를 걸었다. 신호가 가는 동안 수첩을 꺼내 내가 글씨를 적었던 곳을 펼쳤다.

"아, 최 부장, 나요."

최 부장이라면 몇 년 전 삼청동에서 최 회장, 진 회장과 회의할 때 본 적이 있다. 최 회장 옆에 바짝 붙어서 수행을 하던 비서 친구. 성씨가 같아서 조카라도 되는 건가 하는 쓸데없는 생각도 했었기에 기억하고 있다.

"정 사장이라는 사람이 며느리 찾아 달라고 부탁했었다는 군. 그래서 찾다 보니 그 변호사 양반을 찾게 된 거고."

잠시 전화기에 귀를 기울이던 남자가 휴대폰을 어깨에 대고는 내게 물었다.

"정 실장이 결혼을 한 거냐고 물어보는데?"

"그건 몰라. 정 사장이 며느리라고 부르니까 그런가 보다 하는 거지."

남자는 휴대폰을 다시 귀에 대고 내가 한 말을 그대로 전했다. 이번에도 남자는 최 부장의 질문을 그대로 전달했다.

"며느리를 찾는 데 왜 당신을 고용했냐는데?"

"그 통화 내가 직접 하면 안 돼?"

"그러면 내가 잔금 받을 명분이 적어지잖아."

이 남자가 어디 있었던 친구인지는 모르지만 보아하니 사회생활 금방 적응할 게 분명하다.

"그건 나도 잘 모르지. 정 사장 인맥은 내가 잘 모르니까. 그보다……."

짜증이 난 관계로 말을 하다 말고 남자에게 또다시 손을 내밀었다. 남자는 안 주려는 듯 상체를 뒤로 했지만 내가 재차 달라는 듯 손을 흔들어 보이자 아쉬운 듯 휴대폰을 건네주었다.

"최 부장님, 방의강입니다. 오랜만입니다."

최 부장의 목소리가 살짝 당황한 기색이 있었지만 금세 사라졌다.

"아, 네, 오랜만입니다."

"그냥 전화해서 물어보면 다 알려 드릴 텐데 뭘 이렇게 번거롭게 해요?"

"그래도 되는 줄 알았으면 그럴 걸 그랬네요."

"제가 최 부장님하고 원수진 일은 없잖아요. 안 그래요?"

"그렇긴 하죠. 저 같은 실무자들이야 위에서 시키는 대로 하는 거니까요."

최 부장, 뻥치는 게 제법 귀여워졌네.

"저도 뭐 하나 물어봅시다. 최 회장님이 이제 와서 제게 관심을 갖는 이유가 뭔가요?"

"최근에 추진 중인 일이 있는데 안테나에 방의강 씨가 나타 났거든요. 회장님 입장에서는 꽤 궁금하셨을 겁니다. 아시다시 피 회장님이 방의강 씨하고는 편안한 관계는 아니었잖아요."

"최 부장님, 시간 되시면 잠깐 좀 내주시죠."

"아니, 뭐 그럴 것까지는 없을 것 같은데요."

"제 집 주변에서 최 회장님 사람들 만나는 거 별로 달가운 일은 아니거든요. 이런 식으로 사람 보내시는 거보다 한번 만 나서 서로 듣고 싶은 거 다 털어놓는 게 어떨까요? 그래야 다시 는 제 집 주변에서 불쾌한 일을 겪지 않을 테니까."

내 말에 앞에 앉아 있던 남자의 눈썹이 꿈틀거렸다. 잠시 말 이 없던 최 부장이 대답했다.

"그러죠. 시간하고 장소는 제가 정해도 되겠습니까?"

"편하신 대로."

난 전화를 돌려주었다. 전화기에 귀를 댔던 남자는 전화가 끊어졌는지 주머니에 넣었다.

"너무 상처받지 말라고. 당신이 불쾌했다는 얘기는 아니니 까."

남자는 픽 웃으며 말했다.

"그러면 다행이고. 그럼 나는 슬슬 잔금 받으러 가 볼까?"

일어서는 남자에게 말했다.

"다시 안 봤으면 좋겠는데, 그렇게 될까?"

남자는 일어서서 나를 보며 어깨를 으쓱해 보였다.

"모르지. 지독한 불경기잖아."

그는 내게 손을 들어 보이고는 밖으로 사라졌다. 저만치 걸어가는 그의 뒷모습을 보며 왜 갑자기 '흰 얼굴'이 떠올랐는지 알 수는 없지만 뭔가 묘하게 유사한 느낌이 있긴 했다. 콕 집어서 말할 순 없지만.

나는 의자 등받이에 몸을 기대며 몸을 편안하게 했다. 긴장으로 굳어 있던 등 근육이 풀어지며 약간의 통증이 느껴지기도 했다. 최 회장 측 사람을 만나자고 한 것이 잘한 일인지는 모르지만 계속해서 낯선 사람들이 나타난다면 불안해서 미쳐 버릴지도 모를 일이었다. 언제나 매듭을 짓는 건 직접 만나서 하는 것이 가장 좋다. 옛날에도 그렇고 지금도 그렇고.

아, 잠깐. 저 자식 돈도 안 내고 그냥 갔잖아!

언쟁
ALTERCATION

정장을 입고 지하철을 타면 생애 첫 입사 면접 때가 떠오른다. 공대 출신은 아니었지만 IT에 관심이 많았던 나는 지원했던 회사도 주로 기술 관련 기업들이었다. 그중 '다오기술'이란 곳이 있었는데 당시만 해도 탄탄한 기술력으로 안정적으로 운영되고 있는 중견 기업이었다.

1차 이력서 심사를 통과했고, 운 좋게도 2차 적성검사도 통과해 3차 면접만 남겨 두었을 때였다. 졸업식 때 입었던 단벌 정장에 넥타이를 매고 지금처럼 지하철에 올랐다. 2호선 방배역에서 내려 서초역 방향으로 한참을 걸었다. 터질 것 같은 심장을 안정시키느라 우황청심환을 두 개나 먹고 예상 질문과 답변을 염불처럼 중얼거리며 긴 거리를 걸었다. 내 면접이 그렇게 허무하게 끝날 줄 알았다면 우황청심환 때문에 거금을 쓰지는 않았을 것이다.

면접은 두 명씩 조를 이루어서 봤다. 면접관 두 명이 근엄한 표정으로 앉아 있었고 나와 함께 들어간 다른 면접자를 번갈아 보고 있었다.

"방의강 씨?"

"네."

"영업이란 뭐라고 생각하시나요?"

예상 질문 1번이 나왔다. 난 침착하게 읊기 시작했다. 외운 티가 나지 않도록 중간중간 말을 잠시 끊는 것을 잊지 않고.

"회사의 목적은 이윤입니다. 영업은 그 목적을 이루는 회사의 최종적인 활동인 만큼 가장 중요하고도 근간이 되는 일련의 활동이라고 생각합니다."

'근간이 되는', '일련의 활동'같이 외운 티가 나는 단어는 쓰지 말걸. 바로 후회했지만 나름 제대로 답변했다고 생각했기에 흐뭇했다. 준비하는 자에겐 높은 승률이 있다!

나의 생각과는 달리 면접관은 이력서에 눈을 처박은 채 아무 반응도 보이지 않고 있었다. 그는 내 이력서를 한참 들여다본 후에 다른 이력서 밑으로 넣었다. 그러고는 내 옆에 있는 면접자에게 상냥한 얼굴로 물었다.

"아버님이 무역 회사를 경영하고 계시군요."

"네, 그렇습니다."

"석사를 다트머스에서 따셨네요?"

"네, MBA 중 제가 원하는 분야는 다트머스에서 가장 체계적으로 가르치기 때문입니다."

"그렇군요. 큰형님은 재정경제부에 계시고, 작은형님은 검사시군요. 재산도 많으시네."

어이, 대체 이력서에 재산은 왜 써 넣은 거냐고. 네가 모은 재산도 아니잖아.

그제야 내 이력서가 그의 이력서 밑으로 깔리게 된 이유를 알 수 있었다. 태어날 때부터 노동자인 나와, 대단한 분들이 가족인 사람에게 공평한 면접을 할 수 있는 사람이 얼마나 있을까.

당시의 어린 내가 생각해도 모든 것이 충분히 납득이 가는 상황이었다.

"큰형님은 언제부터 재경부에서 근무하신 건가요?"

"네, 칠 년 전에 행정 고시에 합격해서……."

그때부터 내 귀는 아무것도 듣지 않았다. 무릎을 딱 붙이고 허리를 쭉 편 바른 자세는 점점 편안한 자세로 변해 갔다. 내가 다리를 벌리고 앉든 의자에 등을 기대고 앉든 면접관들은 관심이 없었으니까. 면접 내용이 그 친구에 대한 것이 아니라, 그 친구의 집안에 대한 것으로 변질되고 있다는 걸 나만 느끼고 있었는지도 모르겠다.

온화한 표정의 면접관 한 명이 다시 공정한 포커페이스 표정으로 바꾸더니 바닥에 깔려 있던 내 이력서를 머리끄덩이 잡아당기듯 불쑥 꺼냈다. 그리고 갑자기 내게 질문을 던졌다.

"영업을 어떻게 하실 건가요?"

다시 몸을 바르게 세우고 대답했다.

"신입 사원인 만큼 배운다는 자세로, 제 역량 향상에 도움이 되도록 상사와 선배가 시키는 모든 일을 온몸으로 열심히 하도록 하겠습니다."

지금 생각하면 이런 대답은 평이하고 지루한 대답이겠지만, 그때만 해도 튀는 사원보다는 성실한 사원을 더 높이 평가하는 시기였기에 꽤 안전한 대답이라고 생각했다. 그런데 의외의 말이 튀어나왔다. 면접관은 여전히 이력서에 시선을 고정한 채 물었다.

"가진 것도 없고, 배운 것도 없으니 한마디로 몸으로 때우시겠다?"

어떤 회사는 일부러 면접자의 성격을 떠보기 위해 네거티브하게 대하는 경우도 있었다. 하지만 그 경우엔 면접 보는 모든 이들에게 까칠하게 대한다. 그래야 공정하게 심사할 수 있으니까. 그런데 내 경우엔 조금 달랐다. 조금 전까지만 해도 면접관은 내 옆자리 친구와 화기애애한 시간을 보내고 있었다고.

"가진 게 없는 건 맞습니다만, 제 생각엔 4년제 대학 나왔으면 배운 게 없는 건 아니라고 생각합니다만."

"요새 사년제 대학 안 나온 사람이 있나요? 석사나 MBA는 되어야 경쟁력이 생기는 거 아닌가요?"

그때의 기분을 지금도 정확히 기억하고 있다. 이력서를 모서리부터 빈틈없이 말아서 새치가 많았던 그 면접관의 누런 눈깔에 찔러 넣고 싶었으니까.

"이 회사에 들어오기 위해 제가 MBA를 딸 필요는 없다고 생각합니다. 저는 돈을 벌기 위해서 입사 지원을 한 것이거든요. 만약 MBA를 땄다면 여기서 이렇게 면접을 보고 있지는 않았을 겁니다."

면접관의 표정이 아직도 생각난다. 열 받았지만 티를 내지 않으려는 그 어색한 표정 말이다. 입사를 포기한 사람에게 면접관은 그냥 지나가는 사람이나 똑같다. 두려울 것도, 무서울 것도, 긴장할 것도 없다는 얘기다.

면접관은 대단한 인내심을 발휘하며 내 옆에 앉아 있는, 잘 나가는 그 친구와 좀 더 대화를 나눴다. 물론 그 이후로 나에게는 단 한마디도 묻지 않았다. 면접관하고 나하고 서로 하나씩 잘못했고 그렇게 퉁 치자고 생각했다. 예의상 면접 도중에 일어서진 않았지만 나의 태도는 이미 안방에서 TV 보는 자세와 다를 게 없는 상태로 바뀌어 있었다.

지금 생각해도 열 받는 것 하나는, 면접관의 말대로 난 지금 쓰레기 인생을 살고 있다는 것이다. 그 개 같은 면접관 자식의 저주에 걸린 것일까? 지금이라도 찾아서 죽여야 할까? 그 빌어먹을 면접관 자식 덕분에 몰랐던 내 능력 하나를 발견했으니까 그냥 살려 두기로 하자. 비록 이 능력 때문에 명줄이 줄었지만.

아군이라는 확신이 없을 때는 언제나 공공장소에서 만나야 한다. 그건 나 같은 부류의 인간들에게는 상식 중의 상식이다. 아무도 없다는 것은 무슨 짓이든 당할 수 있다는 걸 의미한다.

그런 측면에서 보면 최 부장은 상식을 벗어난 짓을 했다. 내게 만나자며 문자로 보낸 주소는 경기도 북부 끄트머리에 있는, 홈페이지조차 운영하지 않는 펜션이었으니까.

무슨 생각으로 나를 그곳으로 부른 걸까? 최 회장과 나의 아름답지 못한 관계를 생각하면 그런 곳에 가지 않아도 이상할 게 하나도 없다. 특히 나같이 체면 따위는 태어날 때부터 결핍된 채로 태어난 유형에게는 말이다. 설마 전화 통화 한번 한 것 가지고 친구라도 된 걸로 착각하는 건 아니겠지? 만약 그렇게 생각한다면 바이러스가 뇌를 반쯤 파먹은 상태인 거다. 하지만 나는 그보다 상태가 더 안 좋은 모양이다. 소풍 가듯 내비게이션으로 주소를 찍고 손수 운전 중이니 말이다.

펜션은 홈페이지도 없는 주제에 멀리서도 눈에 띌 정도로 컸다. 누군가의 퇴직금을 끌어모아서 차린 펜션이라면 진입로라는 개념도 없을 텐데 이건 진입로가 백 미터 정도는 되었다. 진입로를 따라서 늘어서 있는 가로등은 펜션 앞마당까지 친절하게 가이드를 해 주어 길을 잃을 염려는 없었다.

멀리서 펜션 입구에 있던 빨간색 차가 떠나는 것이 보였다. 오늘 손님이 나만 있는 건 아닌 모양이었다. 펜션 앞에 철문이 또 하나 있었고 양복쟁이가 수동으로 문을 열어 주었다. 주차 공간에 차를 세우니 양복쟁이 한 명이 건성으로 목례를 하며 내게 다가왔다. 내가 예상한 그런 그림이어서 최 부장의 창의성에 실망하는 참이었다.

"잠시 소지품 좀 확인해 봐도 되겠습니까?"

이러면 서로 곤란할 텐데. 내가 맨손으로 왔을 리는 없잖아.

"곤란한데요."

양복쟁이의 표정이 미묘하게 변했다. 주변을 둘러보았다. 좀 전에 문을 열어 준 입구의 양복쟁이 한 명을 제외하고는 다른 이들은 보이지 않았다. 실내에도 몇 있겠지만 여기서 소동이 일어나면 다시 차를 타고 도망치면 그만이다. 출구의 철문을 내 차로 부술 수 있을지는 의문이지만.

"이러시면 안으로 들어가실 수가 없습니다."

"그럼 그럽시다."

난 다시 차에 올라타고 갈 것처럼 시동을 걸었다. 그때 휴대폰으로 전화가 왔다. 최 부장이다.

"여보세요."

"안 들어오시나요?"

"저도 들어가고 싶은데 여기 직원으로 보이는 분 때문에 못 들어가겠네요."

"소지품 확인을 거부하셨다고 들었습니다."

"남자가 몸 더듬는 거, 제 취향이 아니라서요."

최 부장의 실없는 웃음소리에 이어 목소리가 이어졌다.

"방의강 씨가 어떤 사람인지 알고 있는데 제가 그냥 만날 수는 없잖아요."

"그건 최 부장님에게도 해당되는 말 같은데. 아닌가요?"

"다르죠."

"누군가의 살가죽을 벗겨야 한다면 손수 해야 하는 사람하고, 입으로 한마디만 하면 되는 사람하고 누가 더 위험하다는 거요? 여기만 해도 대신 해 줄 친구가 최소 네 명은 넘을 것 같은데."

"만나자는 건 방의강 씨가 먼저였습니다. 거기다 약속 시간까지 늦었죠. 만약 다른 사람이 이랬다면 벌써 화냈을 겁니다."

화난 모양이긴 한데 그게 목소리에서는 전혀 느껴지지 않았다. 내가 두려워하는 부류다. 그 동안 최 회장의 그늘에 가려서 이 인간을 만만하게 생각했던 걸 인정해야겠다.

"이제 어떻게 할까요? 난 소지품 검사는 고등학교 졸업하면서 같이 졸업했는데."

"저를 만나실 생각이 있다면 불필요한 물건은 전부 차에 두고 오셔야 할 겁니다."

"최 부장님이 사람들 치우면 저도 소지품 놓고 들어가죠."

"이미 데려온 친구들을 무슨 수로 치우라는 거요?"

"제가 치워 드릴 수도 있는데."

갑자기 최 부장이 말이 없어졌다. 이 무반응이 왠지 두려웠다. 잠시 숨소리만 내던 최 부장이 이윽고 입을 열었다.

"방의강 씨, 당신 너무 거만해졌어. 뭐라도 되는 것처럼 굴고 있잖아."

말이 짧아졌다. 다른 놈 같았다면 바로 반박을 했겠지만 왠지 그래서는 안 될 것 같았다. 불을 피워도 소화기로 감당이 되는 크기까지만 피워야 한다. 최 부장이 한층 낮은 음으로 말을 이었다.

"쓰레기 주제에."

마음 같아서는 욕을 해 주고 싶었지만 말로 표현하지는 않았다. 최 부장은 힘 있고 위험한 놈이었으니까.

"최 부장님, 아주 거친 충고 감사합니다. 맞아요. 제가 생각해도 많이 거만해졌죠. 독도 없으면서 허풍 치는 개구리처럼 말이죠. 그리고 쓰레기인 것도 맞고. 그런데 최 부장님, 한 가지 잊으신 게 있는 것 같네요."

나도 극적인 효과를 위해 말을 잠시 끊었다가 다시 입을 열었다.

"그래봐야 당신은 봉급쟁이잖아. 최 회장한테 잘리면 힘이고 돈이고 한 번에 끝나는 봉급쟁이."

최 부장의 목소리는 들리지 않았다. 그가 어떤 상태인지는 여전히 감을 잡기가 어려웠다.

"야생동물이 울타리 속 동물보다 유일하게 뛰어난 게 자생력이죠. 울타리 밖의 세상은 상상보다 별의별 일이 다 있거든."

"회장님이 건드리지 말라고 했는데, 지금 상태로는 보장을 못 하겠군."

화를 억누른 목소리였다.

"쓰레기 만나러 나오는 것까지 회장님께 보고한 건가요? 하기야 보고 없이 움직이는 봉급쟁이는 세상에 없으니까."

"방의강 씨, 적당히 하지그래? 내 비위 건드려서 좋을 거 없잖아."

"오늘 날려 주신 그 명대사들 말이야, 거울 보면서 당신 자신한테도 그대로 들려줬으면 좋겠어. 뭐라도 되는 것처럼 굴고 있다는 말, 그리고 지금 그거. 내 비위 건드리면 뭐 좋은 거 생기나?"

"서로 지금 봐서 좋은 얘기가 오가지는 못할 것 같군."

"그래, 오늘은 나도……."

말도 안 끝났는데 이 개자식이 전화를 끊었다.

이어폰에 귀를 기울이고 있던 양복쟁이 자식이 나를 똑바로 보며 다가왔다. 최 부장이 어떤 지시를 내렸는지 알 수 없기에 최대한 품속에 손을 넣은 채 창문을 닫았다. 양복쟁이는 창문을 두드렸다. 대화가 가능할 정도로만 창문을 최소한으로 열었다.

"나가는 길로 안내해 드리겠습니다."

정문이 20미터 앞에 보이는데 뭘 안내하겠다는 거냐.

"나가는 길은 알고 있습니다."

"저곳은 입구고 출구는 따로 있습니다."

갑자기 뉴턴이 생각났다. 너무 논리적으로 생각한 나머지 고양이 문을 입구와 출구 각각 한 개씩 두 개를 만들었다는 얘기. 이 집을 뉴턴이 설계한 게 아닌 이상 분명 입구와 출구를 각각 사용하는 이유가 있을 것이다.

"좋아요. 어디요?"

"죄송하지만 차 문 좀 열어 주시겠습니까?"

출구가 내 차 안에 있는 모양이다.

"무슨 일이시죠?"

"출구까지 동행하라는 지시를 받았습니다."

"천천히 갈 테니까 차 밖에서 동행하는 건 어때요?"

경호원은 눈썹 하나 까닥하지 않고 나를 바라보기만 했다. 젠장. 문의 잠금장치를 풀고 옆에 타라는 듯 고갯짓을 했다. 경호원은 가볍게 고개를 끄덕여 보이고는 옆자리에 올라탔다. 그는 올라타자마자 앞을 가리키며 말했다.

"건물 끝에서 우회전하십시오."

불편하지만 한 손은 품속에 넣고 운전할 수밖에 없었다. 양복쟁이도 이 사실을 알았겠지만 개의치 않는 눈치였다. 우회전을 하니 차 한 대만 지나갈 수 있는 좁은 오솔길이 나타났다.

"차가 자주 다니는 길은 아닌 것 같네요."

가운데는 물론 바퀴자국이 있는 곳조차 잡초가 무성히 자라 있었다. 오솔길을 따라 조금 더 가니 낡아 보이는 철문이 나타났다. 딱히 담장이 둘러져 있는 곳도 아닌데 문이 서 있는 것이 조금 웃겨 보이기도 했지만 어쨌든 차가 밖으로 나가려면 이 문을 통과할 수밖에 없었기에 조용히 운전을 했다. 문 앞에 차를 세우니 양복쟁이가 내려 철문을 열어 주었다.

"수고하세요."

양복쟁이는 내가 문을 통과하자마자 철문을 닫고는 내가 시야에서 사라질 때까지 지켜보았다.

"내가 지금 뭘 하고 있는 건지 모르겠네."

어이가 없었다. 여자 친구 집 앞까지 와서 만나지도 못하고 전화로만 실컷 싸우고 나서, 여자 친구의 오빠한테 쫓겨나고 있는 모양새다. 확실해진 것은 이제 최 부장하고도 껄끄러운 관계가 되었다는 것이다. 최 부장은 나에 대한 사무적인 관심이 이젠 개인적인 관심으로 조금은 변했을 것이다.

그동안 난, 내가 친구를 잘 사귀는 스타일인 줄 알았다. 하지만 이젠 인정해야겠다.

난 친구 만드는 데 그다지 소질이 없다는 것을.

길을 잃다.
WRONG TURN

창문을 열었다. 숲의 향이 코를 찔렀다. 깨끗한 공기가 차 안의 먼지와 곰팡이를 쓸어 낼 수 있게 모든 창문을 내렸다. 무 겁게 짓누르고 있던 방검 셔츠도 벗어 뒷좌석에 던져 버렸다.

최 부장과의 대화는 그리 즐거운 편은 아니었지만 덕분에 산중 드라이브도 할 수 있게 되었으니 나쁘게만 생각하지 않기 로 했다. 가끔은 이렇게 맑은 공기를 마시는 것이 지하철만 타 고 다니는 것보다는 훨씬 몸에 좋을 테니까 말이다.

오솔길의 길이는 예상을 훨씬 초월했다. 느린 속도이긴 하 지만 한참을 지나온 느낌인데 구불구불한 길은 아직도 끝이 보 이지 않았다. 정상이라면 최소한 시멘트 도로라도 만나야 하는 데 나올 생각을 하지 않았다. 내비게이션은 하얀 바탕에 차만 홀로 화면 한가운데를 차지하고 있는 게 전부였다. 마누라가 내비게이션을 바꾸자고 했을 때 바꿨어야 했는데.

내비게이션 화면이 까만색으로 바뀌었다. 벌써 밤이 되었다는 의미다. 그딴 잡기 부리지 말고 제발 내비게이션 본연의 기능에나 충실하라고.

산속이라 그런지 주위가 급속도로 어두워졌다. 한밤중에 산속에서 운전하고 있으면 원초적인 두려움과 더불어 차 안에서 느껴지는 아늑함 때문에 묘한 기분이 든다. 정확히 설명하기는 어렵지만 가장 비슷한 느낌을 표현해 보자면, 어릴 때 솜이불을 뒤집어쓴 채 〈전설의 고향〉을 보는 것과 같은 기분이라고 해야 할까. 무섭지만 아늑한 기분 말이다.

하지만 그런 기분도 잠시뿐이었다. 이 빌어먹게도 계속되는 길 때문에 점점 신경이 곤두서기 시작했으니까. 대시보드의 시계는 벌써 저녁 여덟 시를 넘기고 있었다. 이 지겨운 길을 벌써 두 시간이나 달려왔다는 얘기다. 컵라면 40개를 연달아 끓이고도 남을 시간이다.

휴대폰 안테나는 죽어 있고 내비게이션 속의 자동차는 '여긴 어디? 나는 누구?' 이런 상태였다. 은근히 열 받는 이 상황에서 계속 떠오르는 건 최 부장이었다. 일부러 이쪽으로 보낸 것이 틀림없다. 길 끝엔 절벽이라도 있는 모양이다.

"그 개새끼가 이렇게 유치하게 엿 먹일 줄은 몰랐네."

이제라도 차를 돌려서 되돌아가는 게 나을 것 같다. 하지만 길 생겨 먹은 게 차를 돌릴 수 있는 폭이 아니었다. 만약 되돌아가야 한다면 이제까지 온 만큼 후진으로 가야 한다. 난 운전을 잘하는 것도 아니고 레이서는 더더욱 아니다. 모가지를 뒤로 돌려 놔도 두 시간 동안 후진만 할 자신은 없다. 주변을 돌아보았다. 자동차 헤드라이트만 아니면 우주 허공에라도 떠 있는 기분이었다. 어쩌면 불빛이 이렇게 하나도 안 보일까.

그때 길 끝 오른편에 불빛 하나가 언뜻 보였다. 그곳이 뭐하는 곳인지는 모르지만 이곳이 우주가 아니라는 것만 알 수 있다면 그걸로 만족한다.

불빛의 정체는 또 다른 펜션 입구에 서 있는 보안등이었다. 간판이 세워져 있어서 펜션이란 것을 알았을 뿐 사실은 민박집에 더 가까웠다. 관리를 하는 곳 외에는 불이 들어와 있는 창문은 하나도 보이지 않았다. 건물이 낡은 걸로 보아 꽤 오래된 것 같은데 이런 곳이 유지가 된다는 것이 신기할 뿐이었다.

"계세요!"

네 번을 더 부르고 나서야 현관문이 열리며 내 연배쯤 되어 보이는 사내가 약간 땀이 밴 얼굴을 내밀었다.

"어떻게 오셨죠?"

"여기 펜션 아닌가요?"

"아, 네, 펜션 맞습니다."

그는 잠시 내 얼굴을 바라보고만 있었다. 어이, 뭐하다 나온 건지는 모르겠지만 정신 차리라고. 펜션에 손님이 왜 왔겠어?

"아, 죄송합니다! 이리 들어오세요."

현관을 열고 들어가니 가정집 같은 거실이 나왔다. 가운데 소파에 앉아 있자 주인은 수건을 목에 걸고 따뜻한 차를 한 잔 내왔다.

"운동하셨나 봐요?"

"아, 일 좀 하느라고요. 죄송합니다. 손님이 워낙 없다 보니까 가끔 손님이 오셔도 까먹어요."

"그래도 손님이 꾸준히 있으니까 여태까지 경영을 하신 거겠죠."

"에이, 저희 손님 없어요. 회사하고 계약 안 했으면 풀칠하기도 힘들었을 거예요."

"회사요?"

"그 왜 복지 어쩌고저쩌고하는 거 있잖아요. 회사 직원들 공짜로 쓸 수 있게 해 주는 거."

"아, 네. 그런 회사들 있죠. 좋은 회사인가 보네요."

그는 바닥을 가리켜 보이며 말했다.

"사실 이것도 그 회사에서 지원해 줘서 지을 수 있었던 겁니다. 이곳에 내는 조건으로 그냥 지어 준 거죠."

"꼭 이곳에 지어야 하는 이유가 있었나 보죠?"

"그거까지는 생각해 본 적 없는데요. 공짜로 준다는데 물어볼 필요 있나요. 안 그래요?"

"그렇긴 하죠."

"아이고, 제가 너무 말이 많았네요. 사람 만날 기회가 워낙 드물다 보니까……. 방은 몇 인실로 드릴까요? 8인실이 제일 작은 건데."

"저 혼자 그냥 잠만 자고 갈 거라 제일 작은 걸로 주세요."

"이런, 모텔이 아니라 방만 드릴 수는 없는데 괜찮으시겠어요?"

"괜찮습니다. 길 잃은 사람이 잘못이죠."

"길을 잃으셨다고요? 혹시 화이트 펜션에서 나오시는 길인가요?"

최 부장이 있었던 곳 이름이 '화이트 펜션'이었던 것 같기도 하다.

"이름은 잘 모르겠는데 저 반대편에서부터 쭈욱."

"아, 그러셨구나. 길 잃은 분들이 가끔 오시는데 대부분 거기서부터 나오신 분들이 많더라고요. 저도 한 번인가 지나간 적이 있는데 그 펜션에서 나오자마자 왼쪽으로 내려가는 길이 하나 있거든요. 그쪽으로 내려가셨어야 하는데 이정표가 풀에 가려서 잘 안 보이더라고요. 이왕 그렇게 된 거 편하게 드라이브 나왔다고 생각하세요. 산길 따라서 강원도로 넘어올 수 있는 길은 거의 이게 유일하니까요. 사유지라 한산하기도 하고."

예정에도 없는 강원도로 와 버렸구나. 북한으로 안 넘어간 걸 다행으로 여겨야겠다. 여전히 경기도라고 우기는 내비게이션은 오늘부로 숨통을 끊어 놔야겠다.

"자, 이쪽으로 오시죠."

주인은 열쇠를 하나 챙겨 들고 앞장서서 걸었다. 독채 형태로 지어진 펜션 몇 채가 줄지어 있었다. 뒤쪽엔 굴뚝에서 연기를 뿜고 있는 건물도 있었지만 펜션으로 보이지는 않았다.

"여긴 여름에도 쌀쌀해요. 추우시면 보일러 켜시고요."

갑자기 끼어든 목소리에 주인을 돌아보았다. 앞장서 가면서도 그의 수다는 끊임이 없었지만 적막한 것보다는 듣기 좋았다.

"회사 직원들은 얼마나 자주 오나요? 계약했다는 회사."

"사실 거의 안 와요. 불륜 커플이 더 많이 오죠. 저도 사실 궁금합니다. 왜 이런 곳에 펜션을 지었는지. 이 길 따라서 5킬로미터만 더 내려가면 도로가 나오거든요. 저는 거기에 지으려고 했거든요."

"5킬로미터만 내려가면 도로가 나오나요?"

주인은 자신이 실수했다는 표정으로 나를 돌아보며 조심스럽게 물었다.

"그래도 주무시고 가실 거죠?"

조금만 일찍 알았더라면 바로 집으로 직행했겠지만 긴장한 탓인지 몸도 무겁고 해서 자고 가기로 결정했다.

"그래야죠. 늦었는데."

주인은 그제야 안심한 표정으로 펜션의 현관을 열고 먼저 들어갔다.

"스위치는 여기 있고요. 보일러는 지금 켰으니까 금세 따뜻해질 겁니다."

펜션은 겉보기와는 달리 꽤 잘 꾸며져 있었다. 원목 대들보가 가로지른 천장 아래는 전반적으로 황갈색으로 치장이 되어 있어 안정감을 주었다. 소파 맞은편엔 40인치 대형 TV가 벽에 걸려 있어 문명의 테두리 안에 있다는 것을 느끼게 했다.

"여기 먹을 게 있나요?"

"여기에는 없습니다만 출출하시면 제 숙소로……."

주인의 말아 쥔 손 모양을 보니 밤새도록 술 마실 기세다.

"괜찮습니다."

"네, 그럼 편히 쉬십시오."

주인이 나가자 기다리고 있던 정적이 몰려들었다. 환청이 들릴 정도로 조용한 것이 싫어 TV를 켰다. 40인치씩이나 돼 가지고 공중파 3사 채널만 나오는 게 안타까웠지만 정적을 몰아내는 용도로는 충분했다.

주인 말에 따르면 내가 길을 잘못 든 것이라니 최 부장에 대한 의심은 잠시 접어 두기로 했다. 다른 VIP가 오기로 되어 있어서 쓰레기 치우듯 나를 뒷문으로 내보낸 것일 수도 있다는 생각도 들었다. 이러나저러나 기분 더러운 건 매한가지지만.

혹시나 하는 생각에 냉장고를 열어 봤지만 역시 아무것도 없었다. 이럴 땐 거지 같은 곳이라도 모텔이 훨씬 낫다는 생각이 새삼 들었다. 이번엔 찬장을 열었다. 뒤집힌 프라이팬 아래 참치 캔 하나가 있었다. 참치 캔을 까먹으며 지금 이 상황을 정리해 보았다.

우리나라에 있는지도 몰랐던 오솔길을 두 시간 동안 운전해서 도착한 곳은 한 번도 와 본 적이 없는 산골 펜션이고, 이곳에 혼자 와서 남이 버리고 간 참치 캔을 뜯어 끼니를 때우고 있다. 운전한 대목만 빼고는 우리 집에 들락거리는 도둑고양이 삶하고 비슷한 것 같다. 잠시 바람이라도 쐴 요량으로 밖으로 나섰다. 주인 말대로 재킷을 입고 있음에도 꽤 쌀쌀했다.

낮의 일이 떠올랐다. 최 회장이 추진하고 있다는 일도 궁금하고, 그 때문에 변호사 행세를 하던 녀석이 죽은 것과 무슨 연관이 있는지, 그게 또 나와는 어떤 관계가 있는지 새삼 궁금했다. 지금이라도 전화하고 사과할까? 전화한다고 받아 줄 것도 아닐 텐데 뭘. 이번 일로 최 부장이 본격적으로 나를 괴롭히기 시작하는 일만 없기를 기도할 뿐이다.

펜션 앞을 걷다 보니 뒤에 연기를 뿜고 있는 건물이 눈에 띄었다. 유일하게 굴뚝을 달고 있어서 올 때도 눈에 띄었던 건물이다. 한 바퀴 빙 둘러보았지만 창문도 없고 출구도 하나뿐인 것이 딱 창고의 전형적인 모습이었다. 한 가지 특이한 점이 있다면 굴뚝이 달렸다는 거. 누구도 창고에 굴뚝을 달지는 않는다. 온실이 필요한 공간이라도 사람이 직접 사용하는 곳이 아니라면 저렇게 아궁이를 만들어서 온실을 만드는 경우는 없다.

굴뚝이 달려 있는 건물 뒤쪽으로 가자 생각은 나지 않지만 어딘가에서 맡아 본 냄새가 코를 찔렀다. 익숙하지만 유쾌하지 않은 냄새. 중학교 생물 시간에 돼지고기와 머리카락을 태우며 단백질이 탈 때 나는 냄새라며 맡아 본 냄새.

순식간에 오만 가지 상상이 뇌리를 스쳐 지나며 소름이 돋고 등골이 오싹해졌다. 나는 본능적으로 주변의 눈치를 살피며 서둘러 발걸음을 돌렸다. 주변을 둘러보다 건물과 건물을 잇는 작은 길 옆 수풀에 뭔가가 눈에 띄었다. 빛을 발하는 것은 아니었지만 눈에 띄는 형광색의 물건이었다. 잡초를 헤치고 들어가 집어 들었다. 흔히 볼 수 있는 나이키 운동화였다. 젊은 사람들이나 소화할 수 있는 형광색 끈이 묶여진 240밀리미터 사이즈의 여성용 운동화. 어디서 본 듯한 것이었지만 요새 이런 운동화를 어디 한둘이 신고 다니나.

운동화에 묻은 흙을 만져 보니 습기에 젖어 있었다. 건조되었다가 이슬을 맞아 젖은 것이 아니라 지금 내 신발의 그것처럼 묻은 지 얼마 되지 않는 흙. 미세하지만 체취도 머금은 채였다. 주변을 다시 한 번 살피고는 눈에 띄지 않도록 운동화를 멀리 던져 버렸다.

방으로 돌아왔다. 방에 들어와 TV를 크게 틀었지만 머릿속에서 건물에 대한 생각이 떠나질 않았다. 신개념 난방장치가 아닐까? 장작이라면 모를까 열효율도 없는 단백질을 태워서 난방을 하는 장치를 생각하기는 어렵다.

또 하나 걸리는 것은 그 운동화였다. 주인은 분명 근래에 이곳에 온 사람은 나뿐이라고 했다. 그런데 운동화에 묻은 흙의 상태를 보면 하루도 안 지난 상태였다. 남자들 중에도 작은 발이 있기는 하지만 주인의 체구로 봐서 운동화 주인은 아니었다.

철컥.

'철컥'이라고? TV 소리 사이에 들린 소리였지만 분명히 들렸다. 볼륨을 끄고 귀를 한참 동안 기울였지만 그 소리는 다시 들리지 않았다. 다시 볼륨을 높이고 TV를 보다가 문득 든 농담 같은 생각에 혼자 픽 웃었다. 설마 문이 잠긴 건 아니겠지. 만약 그러면 삼류 공포 영화가 되어 버리니까 말이다.

벌떡 일어나 현관문 손잡이에 손을 얹었다. 기대 반 걱정 반으로 말이다.

손잡이를 돌렸다.

잘 돌아갔다.

그럼 그렇지. 그럴 리가 없잖아.

시험 삼아 문을 열었다. 어라?

문이,

안 열린다.

두 번, 세 번 비틀어 돌렸지만, 손잡이가 돌아가기만 할 뿐 문은 여전히 열리지 않았다.

잠깐. 심호흡 좀 하자. 여기서 조금이라도 겁을 먹게 되면 걷잡을 수 없게 되어 버린다.

어릴 때, 길을 걷다가 무서운 생각이 들면 점점 걸음이 빨라지다 결국은 전속력으로 달리게 된다. 그 두려움은 내 맘대로 멈출 수가 없는 것이기에, 숨이 턱까지 차고 관절이 뻐근해져도 집에 도착할 때까지 멈출 수가 없게 된다. 지금 겁을 먹게 되면 뇌까지 영향을 받아 생각까지 하지 못하게 된다.

문을 열기 위해 몇 번 더 시도하고는 마치 관객이 있는 것처럼 연극을 하듯 침착하게 소파로 돌아와 앉았다. 주인을 부르는 인터폰이 있나 둘러보았지만 없었다. 그래 여긴 호텔이 아니라 펜션이니까.

단백질 탄내를 뿜는 창고, 버려진 여성 운동화, 잠긴 문.

공포 영화를 떠올리지 않으려고 노력했다. 지금부터는 상상력보다는 냉철한 분석력이 필요한 시점이다. 방검 셔츠와 나이프를 차에 벗어 놓고 내린 지금 시점에서는 더더욱 그렇다.

일단은 주변의 소리를 놓치지 않기 위해서 TV 소리부터 없앴다. 그다음엔 문의 잠금장치를 좀 더 세밀하게 살피기로 했다. 단순히 고장 난 문고리 때문에 겁먹은 멍청이가 되고 싶지 않았으니까.

문의 잠금장치는 분명 아날로그 방식이었다. 주인도 이곳을 열 때 열쇠로 열었고 안쪽 잠금장치는 배터리가 들어가는 커버나 전선은 없었다. 잠금장치를 돌려 보니 걸쇠가 풀렸다. 하지만 문은 열리지 않았다. 외부에서 물리적으로 잠긴 것이 아니라면 다른 장치에 의해 잠긴 것이 틀림없었다. 이는 곧 고장 따위의 문제가 아니라 누군가 목적을 가지고 날 가뒀다는 뜻이었다.

여전히 난 아무렇지도 않은 듯 행동했다. 영화를 보면 내가 왜 이런 행동을 하는지 알 수 있다. 영화에서 이런 식으로 가둔 놈들의 십중팔구는 카메라로 감시하고 있을 테니까 말이다.

전등을 껐다. 일반 캠코더라면 달려 있을 LED 라이트를 쉽게 찾아내려는 목적과 내가 취침에 들어 무방비 상태라는 것을 (만약 보고 있다면) 보고 있을 상대에게 알리기 위함이었다. TV 불빛에 의지해 소파 옆에 있던 휴지로 나오지도 않는 코를 풀고는 주방 쓰레기통 속에 손을 넣고 아까 버린 참치 캔 뚜껑을 집어 소매에 감췄다.

다시 소파로 돌아와 앉아 무심한 표정으로 TV를 보다가 껐다. 거실 전체가 완전히 어둠에 잠겼다. 적외선 캠코더일 경우를 생각해서 어둠 속에서도 최대한 자연스럽게 행동했다. 생각에 잠긴 듯 턱을 괴고는 시선만 이리저리 굴려 살폈다.

캠코더의 앵글을 생각하며 내가 관음증 환자라면 어디에 설치하는 것이 잘 보일지 생각했다. 지금 이 모든 짓이 혼자 벌이는 생쇼는 아닐까 하는 생각이 들었지만 만에 하나를 대비하는 건 나쁜 일이 아니다. 그 '만에 하나'를 생각한 덕분에 지금까지 목숨이 붙어 있었던 것이니까.

TV 위쪽에 환풍기 두 개가 있었다. 분명히 둘 다 작동하지 않았지만 하나만 덮개가 내려가 있었고 다른 하나는 열려 있었다. 소파에서 일어서기도 하며 시야의 각도를 바꿔 가며 둘러보았다.

보였다. 작지만 빨간 LED 불빛.

내 상상이 점점 현실이 되어 가니 흥미가 생기면서도 겁이 나기 시작했다.

캠코더가 더 있을 게 분명했다. 난 여전히 생각하는 듯 팔짱을 낀 채 펜션 내부를 다 돌아다녔다. 주방 펜 안쪽에 하나. 그리고 화장실 환기구에도 하나 있다. 미친 자식.

다시 불을 켰다.

이번엔 펜션 내부 구조를 살펴볼 차례다.

문을 잠근 주인이 안으로 어떻게 들어올지 모르기 때문이다. 문을 열고 들어오는 뻔한 경우엔 문제가 되지 않는다. 하지만 나도 모르는 출구로 들어오면 그건 많이 곤란해진다. 벽에 손을 대면 주인이 눈치챌 수 있기에 눈으로만 벽을 세밀하게 살폈다. 문이 될 수 있을 정도의 틈이 있는지 확인하고 바닥도 확인했다. 장판이 깔려 있었기에 이어 붙인 곳을 중심으로 살폈지만 특이한 점은 발견하지 못했다. 기억에 이 펜션 건물이 지상에서 높게 지어진 것도 아니었기에 바닥은 일단 배제하기로 했다. 결국 주인은 문을 통해 들어올 생각인 것이다.

다시 불을 끄고 침대로 들어가 누웠다. 이불 속에서 숨겼던 참치 캔 뚜껑을 꺼내 사용하기 편하게 손질해서 쥐었다.

이제 기다리면 된다.

설마 영화 〈올드보이〉처럼 가두는 거 자체가 목적은 아니겠지.

스스로 전의를 계속 불태우며 숨을 고르게 했다.

불빛 때문에 눈을 떴다. 젠장, 잠이 든 모양이다. 어떻게 이런 상황에서 잠이 왔을까?

주변에 사람은 없었지만 펜션 안에 전등이 환하게 밝혀져 있었다.

거실로 나왔다. 주인 놈의 정체도 원하는 게 뭔지도 정확히 모르지만, 한 가지 분명한 것은 내가 자신의 존재를 알아주기를 원한다는 것이다. 대단한 자신감이다. 아니면 꽤 심심한 것일 수도 있고.

난 애써 무시하듯 다시 불을 끄고 침대로 돌아왔다. 그리고 전등 스위치가 있는 곳을 노려보았다. 누구라도 전등 스위치에 손을 대는 순간 내가 확 뛰어나가서…… 곧바로 불이 켜졌다.

내 생각이 멍청했다. 캠코더도 설치하는 마당에 전등 스위치를 밖에도 달지 말란 법이 없잖은가.

계속 누워 있었다. 장난치는 녀석을 가장 재미없게 만드는 것이 무관심이니까.

전등이 꺼졌다 켜지기를 반복했다. 이어서 벽을 두드리는 소리가 들렸다. 내가 반응을 보이지 않을수록 마치 짜증을 내듯 점점 더 심해졌다.

몇 년 전에 봤던 공포 영화처럼, 내가 겁을 먹고 벌벌 떨다가 결정적일 때 뛰어 들어와서 내 몸을 난도질하고 그걸 찍어서 팔 생각이었다면, 오늘 작품은 굉장히 저렴하게 팔릴 듯했다. 천장이 무너져도 사람이 나타나지 않는 한 절대 움직이지 않을 테니까.

드디어 문고리가 돌아가는 소리가 들렸다. 나는 주인 놈이 내 간격 안으로 들어올 때까지 귀에 온 신경을 집중했다.

"주무세요?"

주인의 목소리였다. 내 예상과 다른 주인의 등장에 내심 당황했다.

"주무세요?"

난 막 잠에서 깬 듯한 목소리로 부스스 일어났다.

"무슨 일이세요?"

"아, 주무시는데 죄송합니다. 스위치가 고장 나서 좀 불편하셨죠?"

그런 거였냐…….

주인은 문도 여러 번 열었다 닫는 걸 반복하면서 말을 이었다.

"문은 괜찮으셨어요? 오늘처럼 온도가 좀 떨어지면 유압 때문에 가끔 문이 잘 안 열리거든요. 손님이 워낙 없다 보니까."

맥이 풀렸다. 주인은 미안한 듯한 표정으로 말했다.

"괜찮으시면 잠깐 들어가도 될까요?"

"무슨 일 있나요?"

"아뇨, 다른 게 아니라……."

그는 주머니에서 뭔가를 꺼내려 했다. 난 캔 뚜껑을 쥔 손을 주머니에서 꺼낼 준비를 하며 주인과 거리를 두었다. 주인이 꺼내 든 것은 작은 리모컨이었다.

"습도계 좀 체크하려고요."

그는 보란 듯이 환풍기를 향해 리모컨을 들고 버튼을 눌렀다. 주방과 화장실까지 내가 발견한 LED가 있는 곳은 모두 돌며 설명했다.

"목재로 만든 곳이라 습도가 중요하거든요. 오늘처럼 일교차가 심할 때는 바로 곰팡이가 생겨서 투자 좀 했죠."

그는 사람 좋은 얼굴로 웃으며 일을 마치고 문으로 향하다가 문득 내게 물었다.

"혹시 바둑 둘 줄 아세요? 잠 안 오실 것 같으면……."

"아, 좀 피곤하군요."

"아, 죄송합니다. 제가 주책을 좀 부렸네요. 그럼 주무세요."

그가 나간 뒤에 한동안 기다리다가 문을 열어 보았다. 다시 열리지 않았다. 난 놀란 가슴으로 좀 더 힘을 줘서 당기니 문이 뻑뻑하게 열렸다.

결국 혼자 생쇼를 한 거구나. 나도 모르게 웃었다. 쪽팔림에서 비롯된 웃음.

웃으며 방으로 향하다가 나도 모르게 걸음을 멈췄다. 뭔가 이상한 기분이 들었기 때문이다.

주인은 손님이 자고 있는 방에 들어와, 내가 의심을 품었던 모든 현상을 명쾌하게 설명하고 돌아갔다. 마치 범죄에 대해 변명을 늘어놓는 것처럼. 그리고 주인의 해맑은 설명에도 불구하고 여전히 환풍기의 뒤쪽 건물에서 나는 냄새와 버려진 운동화는 설명이 되지 않았다.

육감이 발동했다. 사람을 죽이다 보면 자연스럽게 얻어지는 생명에 대한 감각.

방문을 천천히 열다가 보디체크를 하듯 온몸으로 부딪혀 열었다. 문 뒤에 느껴지는 묵직한 느낌.

방 안에 중심을 잃고 주춤거리는 복면을 한 괴한이 보였다.

그의 손에 들려 있는 칼을 보자마자 본능이 먼저 움직였다.

그의 품 안으로 뛰어들며 말아 쥔 캔 뚜껑으로 목을 찔렀다.

이어서 놈의 칼을 빼앗아 이번엔 그의 목을 깊게 찔렀다.

뒤쪽에서 현관문이 열리는 소리가 들렸다. 젠장, 문을 잠그지 않은 것이 그제야 떠올랐다.

목을 부여잡고 버둥거리는 놈을 뛰어넘어 방문을 걷어차 닫고는 침대 위로 뛰어 올라갔다.

방문이 부서질 듯이 열리며 또 다른 복면 괴한이 들어왔다.

그의 얼굴을 향해 이불을 펼쳐 던졌다.

칼을 내밀었는지 이불 한가운데가 뾰족하게 각을 이루었다.

침대 옆으로 뛰어내려 '테이크다운' 자세로 놈의 하체를 잡아들어 쓰러뜨렸다.

놈이 휘두르는 칼을 피해 왼쪽 허벅지 안쪽을 찔러 세로로 죽 그어 내리고는 뒤로 물러섰다.

놈은 이불을 걷어 내고 벌떡 일어났지만 무슨 일이 생겼는지 깨닫고는 얼마 버티지 못하고 주저앉았다.

놈의 고개가 숙여지기를 기다려 놈의 손에서 칼을 빼앗아 들고 복면을 벗겼다. 둘 다 주인이 아니었다. 그때 밖에서 인기척이 들렸다. 이게 유인하는 술책이 아니라는 보장은 없었지만 주인을 놓치면 무슨 일을 당한 건지 영원히 알 수 없을 것 같았기에 곧장 달려 나갔다.

저만치 차를 향해 달려가는 주인의 뒷모습이 보였다. 이 거리라면 주인을 놓칠 확률이 더 높았다. 방향을 바꿔 곧장 내 차로 달렸다.

뒷좌석 시트를 젖히고 권총을 꺼내 들었다.

시동 소리와 함께 차가 곧장 나를 향해 달려오는 것이 보였다. 영화처럼 정면에 서서 쏘고 싶었지만 마음뿐이었다.

난 거의 놀란 개처럼 내 차를 방패삼아 몸을 날렸다. 좀 전에 열어 둔 차 뒷문이 파편을 튀기며 부서졌다. 주인의 차는 거칠게 지나갔다.

나는 최대한 다리를 벌린, 꼴사납지만 안정적인 자세를 취하고 총을 쏘았다. 내 예상과는 달리 총소리만 요란하게 날 뿐, 총알은 도망치는 차를 단 한 발도 맞추지 못했다. 하지만 총소리에 놀랐는지 주인의 차는 뒤뚱거리다가 펜션 공터 옆 배수로에 처박혔다.

차는 배수로를 빠져나오려고 굉음을 내며 버둥거렸지만 그럴수록 더 내려갔다. 주인 놈도 운이 없었다. 사륜구동이었다면 금세 빠져나왔을 것을.

차의 후미등에 잠시 불이 들어오더니 돌지 않던 뒷바퀴가 힘차게 돌아가기 시작했다. 난 깜짝 놀라 발작적으로 헛돌고 있는 바퀴를 향해 총알을 쐈다. 이번엔 총알이 바퀴를 제대로 터뜨렸다. 군 미필자도 3미터 거리에서는 뭐든지 명중시킬 테니까.

탄창이 비어 약실이 열릴 때까지 운전석을 향해 총을 쏘고 나서야 주인이 큰 소리로 외치며 손을 들었다.

"그만! 쏘지 마세요! 살려 주세요! 지금 나갑니다! 나갈 테니까 쏘지 마세요!"

난 슬쩍 슬라이드를 앞으로 밀고 당장이라도 쏴 죽일 것처럼 총만 겨누었다. 총알이 없는 걸 광고할 필요는 없었으니까.

주인은 오늘 처음 봤던 모습처럼 땀을 뻘뻘 흘리며 차에서 내려 손을 머리 위로 들었다.

"잘못했습니다. 살려 주세요."

"손가락 깍지 거꾸로 끼고 목 뒤로 넘겨 잡아."

"거, 거꾸로요?"

"손등끼리 마주보게 하고 손가락을 교차시켜. 그다음에 손목을 아래로 모으라고, 멍청아!"

손가락 깍지는 거꾸로 끼워야 훨씬 풀기 어렵다. 놈은 멍청한 머리를 굴려 간신히 시키는 대로 했지만 애원하는 걸 멈추지는 않았다.

"살려 주세요."

"그대로 엎드려."

놈은 엎드리기 위해 손을 풀려고 꿈틀거렸다.

"누가 손 풀래! 그대로 엎드리라고 새끼야!"

"이, 이대로요?"

나는 놈의 뒤로 돌아가 등을 걷어찼다. 손을 풀지 못한 주인 놈은 땅에 얼굴을 처박아야 했다.

"다른 놈 또 누구 있어."

"없, 없습니다!"

주인의 늑골을 걷어찼다. 살짝 금만 가게 할 생각이었지만 감정이 이입되었는지 힘 조절이 쉽지가 않았다. 컥 하는 소리 이후로 꿈틀거리기만 하다 이윽고 비명이 터져 나왔다.

"아까도 나 말고는 아무도 없다고 했잖아."

주인은 숨을 고통스럽게 몰아쉬며 대답했다.

"진짜 아무도 없어요!"

평소에는 죽음 앞에서 냉소적일 수 있을 것 같지만 막상 입에 총구가 물리고 칼날이 목에 닿으면 생각이 달라진다. 본능적으로 절대로 'Cool'할 수가 없다. 그게 가능한 인간은 딱 두

종류다. 사상이 투철하거나, 마약을 했거나.

진실을 토해 내게 하는 건 진짜로 죽을지도 모른다는 생각이 들 정도로 몰아붙여야 한다. 상대방이 그런 생각이 들도록 하는 방법은 간단하다. 실제로 '이러다 죽으면 어쩔 수 없고'의 자세로 조지는 거다.

"그 말에 목숨 걸 수 있어?"

"네, 네! 진짭니다!"

케이블타이는 차에 실려 있었기에 이대로 놈을 두고 차에서 가져오는 모험을 할 수 없었다. 내가 총알이 떨어진 거라도 눈치채면 간신히 잡은 승기를 스스로 놓는 꼴이 된다. 누차 말하지만 난 안전한 것을 가장 좋아한다.

"내가 묶을 게 없어서 그러니까 이해하라고."

주인이 오른손잡이였던 걸 기억해 내고는 칼로 오른쪽 손목 인대를 잘랐다.

"아악!"

왼쪽 손목도 자를 생각으로 붙잡았다가 생각을 바꿨다. 적어도 한 손으로는 지혈을 할 수 있어야 이 상황에 대해서 알아낼 때까지 살아 있을 테니까.

"일어나."

주인은 고통으로 인해 손목을 붙잡고 한참을 꾸물거렸지만 내 재촉에 일어설 수밖에 없었다. 주인을 앞세워 내 차로 이동했다. 주인을 내 시야 안에 두고 차에서 새 탄창과 방검 셔츠를 입으며 물었다.

"혼자 한 일이야, 사주 받은 거야?"

그는 계속 흘러나오는 피를 보며 몸을 떨었다.

"살려 주세요. 이거 피가 너무 많이 나는 것 같아요."

"내가 질문을 두 번씩 하게 되면 네가 살 수 있는 시간은 절반으로 줄어들잖아."

"혼자예요."

"이유는?"

"장기 취급합니다. 제 집에 구급상자 있거든요? 그걸로 좀……."

장기 매매라. 흥미가 생겼다. 장기 매매 사업이 어떻게 되는지 언제나 궁금했었는데. 찡얼거리는 주인을 앞세워 그의 숙소로 향했다. 그는 하얗게 질린 얼굴로 말했다.

"아무래도 피가 너무 많이 흐른 것 같아요. 어지러워요."

장기 취급하는 놈들은 독할 줄 알았는데 이놈은 엄살도 심하고 앓는 소리도 더럽게 많이 한다.

"내가 동맥을 끊어 놓은 것도 아니고 인대 좀 끊은 거 가지고 왜 이렇게 엄살이야?"

"아무래도 동맥을 다친 것 같아서 그래요."

최근 몇 년간 인체에 대해서는 많은 공부를 했다. 의사와는 반대로 주로 어딜 건드려야 죽는지 연구한 게 차이지만.

"전문가 말 믿어. 이걸로 당장은 안 죽어."

몇 시간 놔두면 죽을 수도 있지만.

숙소 문을 열었다. 놈을 앞세워 숙소 구석구석을 살피고 나서야 구급상자를 들고 우리가 차를 마셨던 소파에 앉았다. 주인은 내게 해 달라는 눈빛으로 봤지만 무시했다. 내가 치료해 줄 거였으면 그렇게 만들지도 않았을 거라고.

주인은 한 손으로 부들부들 떨며 치료를 했다.

"그러니까 여기가 장기 공장 같은 곳이야?"

"아뇨, 수술은 다른 곳에서 하고요, 여기는 나머지 처리하는 곳이에요."

"다른 곳 어디?"

"여기서 관리만 해서 저는 잘 몰라요."

"관리자가 그런 것도 몰라?"

"관리자가 무슨 직급 같은 게 아니에요. 말 그대로 관리하는 사람일 뿐입니다. 저는 놈들한테는 그냥 장소만 제공하는 하수인일 뿐이라고요."

"놈들이 누구야?"

피가 안 보이게 되자 차츰 안정되는 모습이었다. 그는 붕대를 감으며 대답했다.

"저도 몰라요. 돈을 입금하고 저는 손님이 없는 날을 문자로 보냅니다. 그럼 와서 작업을 하죠."

"정확히 그 작업이라는 게 뭐야?"

주인은 머뭇거리다 작은 목소리로 대답했다.

"소각이죠."

연기를 내뿜던 건물의 용도를 알았다. 몸서리쳐질 정도로 끔찍하게 느껴지는 한편, 뻔한 방식에 다소 실망한 것도 사실이었다.

"내장 다 꺼낸 시체를 여기서 태우는 거야?"

"소지품도요."

떨어져 있던 운동화가 떠올랐다.

"어디 영화 주워 보고 대충 떠드는 거 아니야?"

주인의 눈빛이 반발하는 듯했지만 곧 사라졌다.

"옛날에나 수술한 곳에서 시체도 처리하고 그랬죠. 지금은 작은 일도 쪼개고 또 쪼개서 일해요. 조직이라는 개념도 없어요. 순전히 계약 관계로만."

혁신적인 수평 조직 형태가 뒷골목에서 활성화되어 있다는 건 참신했다.

"수술은 사람 두 명 누울 공간만 있으면 어디서나 한다고 하더라고요. 요새는 장례용 버스를 개조해서 많이들 사용한다고 하더라고요."

"장례용 버스?"

"다시 말씀드리지만 이건 순전히 들은 겁니다. 일단 재료, 아니 사람이 접수되면 장례식부터 치르는 거죠. 그리고 화장터로 이동하면서 수술 들어가는 거죠. 물건은 휴게소에서 배달차로 옮겨서 전국으로 배달되는 거고요."

"화장터에서 화장하면 여기는 필요 없지 않나?"

"돈이 적게 들거든요."

아이템이 무엇이건 간에 사업은 역시 비용이 키워드다.

"장례식 치르려면 사망자 신분이나 그런 게 있어야 할 텐데 그게 가능한가?"

"돈 많은 고객들이 첫 번째로 원하는 건 자기 몸에 맞는 장기를 찾는 거고, 두 번째는 아무 탈이 없었으면 하는 거죠. 법적으로도 깨끗한 걸로."

부처님이 보리수나무 아래서 한 방에 깨달음을 얻듯이 주인의 말에 느낌이 왔다.

"살아 있는 신분을 사서 그걸로 장례도 치르고 사망신고도 한다더라고요. 그런 건 어디서 나는 건지는 잘 모르지만 대포통장 만드는 거하고는 차원이 다른 거죠."

유령이다.

이런 창의적인 자식들 같으니라고. 유령을 이런 용도로 사용할 줄은 꿈에도 몰랐다.

"저는 형량 거래 좀 될까요?"

이 친구, 뭔가 크게 오해하고 있군. 이제 이 펜션을 지어 줬다는 회사가 최 회장 소유의 회사이기만 하면 내 모든 의문점이 풀릴 거다. 최 부장에게 아쉬운 것도 없어지게 되고.

"제가 아는 정보는 다 말씀드렸으니까 정상 참작을 좀 해서……."

"여기 무상으로 임대해 줬다는 회사는 뭐하는 회사야?"

주인의 눈빛이 달라졌다.

"회사는 정말 아무 관계 없거든요. 회사만큼은 조사 안 하셨으면 좋겠는데."

"왜, 협박이라도 받은 건가?"

"그게 아니라 진짜 관계없거든요. 제가 이런 일 한 거 회사가 알기라도 하면, 전 여기서 다시는 영업 못 하거든요."

대단하다. 이 상황에서 다시 영업을 할 수 있을 거란 생각이 들까?

"다시 영업하시게? 언제?"

"형기 마칠 때까지만 아는 동생한테 맡겼다가 출소하고 나면……. 저 형량이 얼마나 될까요?"

이 자식 봐라? 노후 준비하는 거냐? 나도 아직 없는 노후 계획을?

"그 회사 이름이 뭐야."

"무슨 부동산 개발 회사라는데 거기는 진짜 관계없어요."

"회사 이름."

내가 노려보자 주인은 잠시 일어나 싱크대 서랍을 뒤져서 문서를 꺼내 읽었다.

"'파인서클부동산개발'입니다."

들어 본 적 없는 회사다. 난 그 문서를 챙겨서 주머니에 넣었다. 주인은 안 주려고 했지만 두어 대 맞고 손을 놓았다.

"나가자."

"어디를……."

"뒤에 있는 건물 열쇠 챙겨."

주인은 불편한 기색으로 열쇠를 챙겨 건물로 향했다.

"저는 여기 잘 안 오거든요. 저 가마를 어떻게 작동하는지도 몰라요. 저는 진짜 관리만 했거든요."

건물 자물쇠를 열고 안으로 들어갔다. 작았지만 사람 하나 태우기는 충분한 크기의 불가마가 있었고 그 앞엔 약 1미터 폭의 철재 컨베이어가 설치되어 있었다. 컨베이어 아래 빈 공간엔 여자의 것으로 보이는 물품들이 바구니에 담겨 있었다. 아마도 지금 불타고 있는 사람의 것이리라.

"왜 물건은 같이 태우지 않지?"

"그러면 처리하기가 불편……."

주인은 말을 하다 입을 막고 내 눈치를 힐끗 보았다. 그래, 넌 직접 한 적 없겠지. 어디까지나 관리자일 뿐이겠지.

바구니엔 내가 봤던 운동화가 아니라 검정색 구두가 담겨 있었다.

"열어."

"네?"

"가마, 열라고."

"지, 지금이요?"

"그럼 내일 열까?"

"지금 열면 그다지……."

지금 열면 그다지 아름다운 광경이 아니라는 건 알고 있다. 하지만 들어가려면 문을 열어야 하는 건 당연하잖아. 주인은 눈치를 보다가 컨베이어 벨트에 걸려 있는 장갑을 끼고 한 손으로 가마 문에 달려 있는 레버를 위로 올리고 옆으로 당겼다.

육중한 소리와 함께 문이 열리며 가마 안의 열기가 삽시간에 창고 안을 가득 메웠다.

"올라가."

주인은 놀란 눈으로 나를 돌아보았다. 난 어깨를 으쓱해 보이며 말했다.

"첫째, 난 경찰이 아니야. 둘째, 귀찮아지는 거 싫어해. 그리고 이건 진심으로 궁금해서 물어보는 건데, 네 생각에 네가 살아야 한다고 생각하나?"

주인의 몸이 떨리기 시작했다. 그의 표정으로 봐서는 공포 때문인지, 분노 때문인지는 분간이 잘 되지 않았다.

"이 개새끼!"

분노 때문이었군. 날아드는 주먹을 피하고 그를 뒤에서 움켜잡았다.

"이 개새끼! 죽여 버릴 거야! 죽여 버릴 거야!"

내 팔에 목이 감겨 숨도 잘 쉬어지지 않을 텐데도, 죽여 버린다는 말을 그 이후로도 열 번도 더 외쳤다. 시끄러운 저항은 목이 부러지고 나서야 비로소 조용해졌다.

주인을 컨베이어 벨트 위에 눕히고 몸을 뒤졌다. 지갑과 휴대폰, 담배와 담뱃갑 안에 들어 있는 일회용 라이터가 소지품의 전부였다. 소지품을 챙기고 그를 가마 안으로 밀어 넣었다. 불꽃이 밖으로 밀려 나와 너울거리다 다시 작아졌다.

펜션 안에 뒹굴고 있는 두 구의 시체를 더 태우려면 시간이 좀 필요했기에 그동안 펜션을 뒤져 보기로 했다. 비록 사장 늙은이의 일은 안 하기로 했지만 유령에 대한 단서가 나온 이상 그냥 지나칠 수는 없었다. 내 흔적을 지우는 일도.

주인의 숙소를 뒤지면서 문득 놀란 점은, 장기를 뜯긴 사람들에 대해 단 한 번도 동정하는 마음이 들지 않았다는 것이다. 옛날엔 조금이라도 부조리한 일을 보면 분노하고 불쌍한 사람을 보면 마음이 무거워졌는데 어찌 된 일인지 단서를 찾겠다는 것 말고 다른 생각은 하지 않은 것이다. 심지어 지금 불타고 있는 주인장의 숙소 분위기는 평가하면서 말이다.

고개를 흔들어 버렸다. 언제 생겼는지는 모르지만 불필요한 생각이라고 판단이 되면 하는 버릇이다. 내 상태는 정상이다. 뭐가 불필요한 것이고 뭐가 필요한 것인지 기준이 조금 모호해졌을 뿐.

주인의 숙소는 생긴 것과는 다르게 잘 정리되어 있는 편이었다. 문서들도 계약서와 장부, 계산서 등을 따로 관리해서 둘러보기가 편했다. 아쉬운 것이 있다면 유령에 대해 단서가 될 만한 것은 아무것도 없다는 것이다. CCTV 저장 장치에서 하드디스크만 떼어 챙기고 나머지는 그대로 두고 내가 묵었던 펜션으로 향했다.

문이 열려 있었기에 거실은 제법 쌀쌀했다. 방 안엔 여전히 시체 두 구가 피를 있는 대로 다 쏟아 내고 쓰러져 있었다. 시체를 치우려면 마트에서 우비라도 사 와야 할 판이다.

"대체 어디로 들어온 거야?"

처음 공격한 놈은 내가 현관문을 지켜보고 있을 때 이미 방 안에 들어와 있었다. 어디로 들어온 걸까? 침대에 누웠을 때

유난히 머리가 추웠던 것을 떠올리고는 침대맡의 창문을 살펴보았지만 허사였다. 벽에 가까이 갔을 때 위쪽에서 바람이 느껴졌다. 벽을 반복해서 밀어 보니 바람이 더 많이 유입되는 것이 느껴졌다. 코너를 살피다 손에 걸리는 것이 있어 힘껏 젖혔다. 철컥거리는 소리와 함께 벽면이 뒤로 밀렸다. 벽면 전체가 여닫이 문이었던 셈이었다. 시체 처리만 하는 곳이라면 대체 이런 장치들은 왜 필요했던 것일까? 주인을 불가마에 처넣은 게 처음으로 후회되었다.

내가 묵었던 곳과 구조나 장치나 똑같은 건 다른 펜션 건물도 마찬가지였다. 다만 불가마 건물에서 가장 멀리 떨어져 있는 펜션은 달랐다.

침대는 흐트러져 있고 싱크대는 냄비와 접시로 가득했다. 옷이 걸려 있는 간이 옷장은 사람이 지낸 흔적을 여실히 보여 주고 있었다. 하지만 편안히 지내지는 못했을 것이다. 여기저기 숨겨져 아직도 불빛을 깜빡이고 있는 캠코더들 때문이다.

마지막으로 신발장을 열어 보고는 잠시 멈칫했다. 형광색 끈이 달린 나이키 운동화 한 짝이 놓여 있었기 때문이었다. 불가마 건물 앞에서 주웠던 운동화의 또 다른 한 짝.

이제야 운동화가 낯이 익은 이유를 생각해 냈다.

사장 늙은이가 보여 준 사진 속의 며느리가 신고 있던 운동화다.

늙은이, 당신 참 운도 좋아.

재시작
STARTING OVER

사장 늙은이를 산에서 내려오게 하는 건 여간 어려운 일이 아니었다. 의뢰비를 깎아 주겠다는 말에도 꿈쩍하지 않던 늙은 이가, 15초짜리 동영상 하나로 산을 내려오기로 결정한 것이 다. 1분짜리를 보여 줬으면 네 번을 왕복할 기세다. 내 며느리 가 그런 동영상에 등장했다면 나라도 그러지 않고는 못 배겼을 것이다.

"며늘아기가 확실한가?"

"사장님은 어떻게 보셨는데요?"

"머리카락도 더 긴 것 같고, 팔도 좀 더 긴 것 같은데."

"아닌 것 같아요?"

늙은이는 한숨과 함께 대답했다.

"잘 모르겠네. 자넨 어떻게 생각하나?"

어이, 늙은이, 난 당신 며느리라고 생각했으니까 영상 보고 연락한 거잖아.

"저도 확신은 없지만 현장에서 운동화를 주웠거든요. 사진 속 며느님이 신은 거랑 같은 모델."

늙은이는 다시 한 번 한숨을 쉬었다.

"알겠네. 언제 올 수 있나?"

"예전 사무실 근처 카페에서 뵙죠."

"이쪽으로 오지 않고?"

"차가 없어요."

"왜?"

"고장 났어요."

"렌트를 하지그래."

이 양반 참……

"이번 기회에 바깥세상 구경하시는 것도 좋을 것 같은데."

잠시 망설이던 늙은이가 하는 수 없이 대답했다.

"알겠네."

카페에서 그를 기다리며 태블릿 PC로 동영상을 켰다. 십여 년 전만 하더라도 CCTV 녹화 테이프에서 영상을 추출하려면 전문가에게 맡기지 않으면 힘들었는데 이젠 PC로 클릭 몇 번 만 하면 원하는 부분만 추출할 수 있으니 참 편한 세상이다. 하지만 가끔은 이런 생각이 든다. 편한 게 과연 좋은 건지. 그 어이없는 펜션에서 뜯어 온 하드드라이브만 해도 그렇다. 그게 만약 마그네틱테이프 방식으로 되어 있었다면 내가 이렇게 쉽게 영상을 찾아냈을 수도 없었을 것이고 그러면 며느리를 납치해 간 녀석들 입장에서는 추적을 당하기 훨씬 어려웠을 것이다.

이를 거꾸로 풀어 보면 누구든지 CCTV에 잡히는 시점이 곧 추적을 당하는 시점이라는 것을 의미했다. CCTV는 인권 단체보다 범죄자들이 격하게 반대할 기술인 것이다. 난 아직 젊지만, 때로는 불편한 게 좋다. 적당히 불편하고 적당히 느린 거.

"좀 늦었네."

불쑥 사장 늙은이의 목소리가 끼어들어 왔다. 여전히 구부정하지만 큰 키가 맘에 안 드는 인간이다.

"오랜만에 나오셨는데도 잘 찾아오셨네요."

"그게 동영상인가?"

용건부터 말하는 그에게 태블릿 PC를 건넸다. 남자 둘이 앉아 '동영상'을 보는 건 남들 보기에 그다지 보기 좋은 그림은 아니었지만, 늙은이는 감금되어 있는 며느리의 모습을 보느라, 나는 단서를 찾느라 우리의 표정은 그 누구보다 진지했다.

"이게 어디서 났다고?"

"펜션이요. 장기 털고 남은 시체 태우는 장소."

늙은이의 인상이 찌푸려졌다. 며느리가 엮였기 때문에 나름 자극적이지 않은 단어를 사용하려고 했는데 생각보다 쉽지 않았다.

"너무 부정적으로 보실 필요 없어요. 며느님이 살아 있다는 건 확인했잖아요."

"더불어 장기 매매하고 연관되어 있다는 것도 알게 되었지."

장기 매매 바닥에서 일반인이 살아 있다는 것 자체가 기적이잖아. 그 정도면 희망적인 거라고.

영상 속에서 며느리는 전형적인 감금당한 사람의 모습을 보였다. 놈들에게는 특별 대우였는지 그녀가 있던 펜션에는 사각이 없도록 총 아홉 대의 카메라가 돌아갔다. 심지어는 화장실까지. 물론 이 부분의 영상은 편집했다.

"누가 배후에 있는 건가?"

"좀 천천히 가시죠. 전 아직 사장님 일을 다시 맡겠다고 결정한 적 없어요."

영상에 꽂혀 있던 늙은이의 시선이 내게로 돌아왔다.

"우연히 며느님에 대한 정보를 얻었고 그래서 공유하려는 것뿐이에요."

늙은이는 알 수 없는 표정으로 바라보다 입을 열었다.

"일을 다시 맡지 않겠다는 말인가?"

이 조급한 인간 앞에서 무슨 말을 해야 차분해질까. 내 자식이 감금되어 있는 영상을 보면서 침착할 수 있는 부모가 얼마나 되겠냐만, 본 적도 없는 며느리, 솔직히 며느리인지 아닌지도 아직 불확실한 이런 상황이라면 조금은 차분해질 수 있지 않을까?

"지금 시점에서는 상황을 정리해 볼 필요가 있다는 말씀입니다."

늙은이는 여전히 못마땅한 표정으로 상체를 의자에 기대며 말했다.

"좋아, 정리해 보게."

같이 의논해서 상황을 정리해 보자고 인간아! 난 욱하며 올라오는 감정을 간신히 삼키며 말을 시작했다.

"회사 시절에 사장님이 관리하던 유령 명단이 있습니다. 아드님인 정 실장의 유골은 그 유령 이름으로 보내져 왔고요. 또 며느님은 유령이 사용되는 장기 매매 집단에 잡혀 있습니다."

늙은이는 듣는 내내 불편한 기색을 감추지 않았다. 팔짱을 낀 채 애써 시선을 이리저리 돌렸다.

"저를 쫓는 놈들이 있어서 역으로 추적하니 유령 명단을 취급하는 강성기라는 놈이 나왔고, 며칠 전 제가 살고 있는 동네에 최 회장 비서가 보낸 인간이 나타나서 강성기와 그 똘마니 시체 사진을 보여 줬죠. 둘 다 쓰레기라는 거 외에 공통점은 유령 신분 사용했거나, 사용하려는 놈이었고요."

이 부분은 늙은이도 처음 듣는 부분이라 내게 귀를 기울이는 모습이 보였다.

"그래서 직접 얘기할 생각에 최 회장 비서인 최 부장을 만나러 갔었는데 얘기는 잘 안 됐죠."

"무슨 얘기를 했는데?"

유치하게 전화로 싸운 게 떠올라 얼굴이 붉어졌다.

"그냥, 대화 환경 조성에 대한 의견이 달랐다고나 할까요? 그래서 되돌아오다가 엉뚱한 펜션에 들어갔고, 거기서 CCTV

데이터하고 이걸 발견한 거죠."

그에게 며느리가 신었던 운동화가 든 쇼핑백을 테이블 위에 올려놓았다.

"제 이야기를 들어 보시면 계속 반복되는 단어가 하나 있죠? 유령 리스트, 그게 아무래도 키워드 같다는 생각을 지울 수가 없다는 거죠."

커피를 한 모금 마시고는 사장 늙은이를 똑바로 바라보며 말을 이었다.

"이제 사장님 입장을 좀 듣고 싶습니다."

"무슨 입장 말인가?"

뻔뻔한 저 주둥이에 커피 잔을 쑤셔 넣고 싶은 생각을 간신히 떨쳐 냈다.

"본 적도 없는 제 며느리 때문에 사장님이 두 번이나 죽을 뻔하고, 시체 일곱 구가 새로 생겼다면 저에 대해서 어떤 감정이 들 것 같습니까? 모르긴 몰라도 좋은 감정은 아닐걸요?"

"……."

"다시 일을 하고 말고는 사장님께 달렸습니다."

"뭐라고?"

난 들고 있던 커피 잔을 거칠게 테이블에 내려놓으며 말했다.

"혹시 제가 사장님께 저도 모르는 빚을 졌나요? 아니면 아직도 저를 부하 직원으로 생각하고 계시나요?"

늙은이는 아무 대답도 하지 않고 나를 노려보기만 했다. 아니 노려보고 있는 거라고 생각했다. 사실 육안으로는 뜬 건지 감은 건지도 구분이 안 가서 확신은 없다.

"도와 드리려는 거라는 걸 잊지 않으셨으면 좋겠네요."

"자네 목숨도 달린 일이잖나."

"이 일을 맡지 않았으면 두 번의 죽을 뻔한 고비도 없었을 거라고 생각합니다만. 더구나, 이번 일은 저의 과거 때문이 아니라 사장님이 만든 그 '유령 리스트' 때문이라는 확신이 선 지금은 더더욱 이유를 못 찾겠는데요. 이번엔 사장님이 저를 한번 설득해 보시죠."

"자네 많이 컸구먼."

"사장님이 잘 키워 주신 덕분이죠."

한동안 나와 늙은이는 말없이 노려보기만 했다. 감긴 거나 다름없는 늙은이와의 눈싸움은 내게 절대적으로 불리했기에 내가 먼저 입을 열었다.

"이런 식으로 계속 말장난만 하실 생각이면 저는 먼저 일어나겠습니다. 저는 누구하고는 달리 산에서 유유자적할 시간이 없거든요."

"최 회장이 자네를 노리고 있는데도 관계가 없단 말인가?"

"최 회장이 왜 저에게 관심을 가졌는지가 더 중요하죠. 최 부장 말로는 '최근에' 제가 움직이는 게 최 회장 눈에 거슬렸다더군요. 제가 이 일에 손을 떼고 조용해지면 해결될 일 같은데요."

눈을 부라리고 있는 늙은이에게 손목시계를 보며 태연하게 말했다.

"시간 더 드려 봐야 소용없을 것 같으니 1분 드리죠."

그러고는 입을 다물고 초침만 바라보았다.

"정말 이럴 건가?"

"네. 제 모가지가 간당간당해서 더 이상 남의 편의 봐주기가 힘들거든요."

"우리가 남인가?"

이 늙은이가 유치해지기로 마음먹은 모양이다.

"제 조상 중에 사장님 가문이랑 결혼한 사람 있으면 말씀하세요. 그럼 먼 친척으로 생각할 테니까."

"이노무 자식이……."

난 테이블을 내려쳐 늙은이의 욕지거리를 막았다. 늙은이를 제외한 주변의 손님들이 깜짝 놀라 돌아보았다. 하지만 난 개의치 않고 낮은 목소리로 말했다.

"십초 남았습니다."

이건 허풍이 아니다. 허풍이란 것은 뭔가 얻어 낼 게 있을 때 적당한 타이밍에 외치는 일종의 전략적인 승부수다. 그런데 난 아쉬운 것도 없고, 궁금한 것도 없다. 그깟 빌딩 안 세워도 그만이다. 이대로 회사 다니는 척하며 유유자적 살면 된다. 심심할 거라고? 나의 게으름을 직접 눈으로 목격했다면 십 년이고 백 년이고 충분히 이렇게 살다 갈 수 있는 인간이란 것을 누구나 알게 될 것이다.

"시간 다 됐네요."

재킷을 집어 들고 일어섰다. 내가 출구를 향해 몇 걸음 움직이고 나서야 늙은이의 목소리가 들렸다.

"오십억 주지. 아무 조건 없이."

가던 걸음을 되돌려 늙은이 곁에 서서 대답했다.

"우리 사장님 보청기 하나 해 드려야겠네. 이렇게 말귀를 못 알아들어서 어떻게 하지?"

사장 늙은이가 다시 가려는 내 팔을 붙잡으며 말했다.

"알았다. 일단 앉아 봐."

"놓으세요."

"앉으라고 이 망할 놈아!"

늙은이의 주름 사이사이에서 절박함이 보였다. 늙은이가 가진 돈이면 전국 흥신소를 다 수족처럼 부릴 수 있을 텐데 나에게 이렇게까지 하는 이유가 뭘까? 이제야 궁금해졌다.

난 못 이기는 척하고 다시 자리에 앉았다. 머뭇거리던 늙은이가 무겁게 입을 열었다.

"그 명단, 내가 정 실장한테 줬다."

나도 모르게 눈썹이 꿈틀거렸다. 아비와 아들이 주고받다가 유출된 명단을 내게 덤터기를 씌우려 했다는 자백이었으니까.

"나한테 준 적도 없었고 처음부터 사장님이 가지고 있었죠?"

말없이 고개를 끄덕이는 저 턱주가리를 아래로 잡아 뽑는 상상을 했다.

"제가 지분을 정 실장한테 넘겨줄 때 같이 넘겨준 건가요?"

"아니, 어느 날 치상이가 연락해서 달라고 했네."

"왜요?"

"몰라. 그냥 나중에 다 설명하겠다고만 했으니까."

"그래서 아들 말씀 한마디에 그걸 다 넘겨줬다는 말씀이죠? 어디에 쓸지도 모르면서?"

"스무 개만 보냈어. 너무 몰아세우지 말라고."

"사만 명 학살하고 유령 신분 하나 자살시키는 방식으로 하면, 스무 개니까 팔십만 명밖에 안 죽겠네요. 별거 아니네."

"과장하지 마."

"그렇게 생각하세요?"

"……."

"왜 숨기셨어요?"

"자네 반응이 불을 보듯 뻔했으니까."

"정말 그 이유만으로 제게 얘기를 안 했을까요?"

그는 여전히 불쾌한 낯빛으로 바라보며 말했다.

"그딴 일에 얽히지 않고 내 며느리를 찾고 싶었을 뿐이네."

손도 안 대고 코 풀고 싶다는 얘기였다. 워낙 민감한 문제이기 때문에 다른 놈에게 시킬 수도 없는 일이고. 바로 그것이 코 풀어 줄 호구로 나를 점찍은 이유다.

잠시 아무 말도 하지 않았다. 너무 어이가 없어 말을 이끌어 나갈 힘을 잃었기 때문이다.

"미안하게 됐네."

이대로 계속 일을 맡을지 말지 결정해야 했다. 지금 심정으로는 할 수만 있다면 늙은이 입으로 발이 튀어나오도록 엉덩이를 걷어차 주고 싶었다. 난 심호흡으로 간신히 정신 줄을 붙잡고 말했다.

"좋아요. 그럼 리스트를 정 실장이 최 회장에게 건네줬다고 보면 되겠군요."

"리스트를 직접 받아 간 놈이 망할 치상이 놈인 것만은 분명하지. 최 회장이 왜 유령 리스트가 필요했을까?"

"장기 매매에 유령이 사용되는 거 알고 계세요?"

"장기 매매?"

"어떤 산업이든 고도로 발달하면 결국엔 세분화되기 마련이죠. 가진 게 많아서 삶에 집착이 많은 인간들은 장기 매매 산업에 있어서 아주 훌륭한 고객이고. 만약 백억에 십 년씩 더 살 수 있다면 그 정도는 충분히 지불하지 않겠어요?"

"그건 나도 관심 있군."

적당히 해, 늙은이.

"생명이 연장된 고객들은 그다음이 슬슬 걱정되겠죠. 갈아 끼운 장기 때문에 뒤탈이 생기는 건 아닌지, 법적으로 골치 아파지는 건 아닌지 하는."

사장 늙은이는 그제야 고개를 끄덕이며 대꾸했다.

"그때 장기 팔린 인간을 유령 신분으로 위장한다?"

"그 신분으로 장례를 치러 버리더군요. 법적으로 완전하게 종료되는 셈이죠. 깔끔하게."

말을 하면서도 다시 한 번 현실성을 생각해 봤다.

만약 내가 가진 재산이 수조 원이고 일 년에 천억씩 벌고 있다면, 십 년씩 생명을 연장해 주는 백억짜리 생명수를 구입

할까?

할 수만 있다면 사재기라도 하겠다. 이건 단순히 산술적으로 계산해도 남는 장사다.

생각에 잠겨 잠시 말이 없던 늙은이가 입을 열었다.

"우려했던 일이 벌어졌군."

"무슨 말씀이세요? 알고 계셨단 말인가요?"

"예전에 유령 신분 유지에 들어가는 비용을 계산하다가, 이걸로 수익을 최대한 뽑을 수 있는 게 뭘까 생각한 적이 있었지. 그래서 검토했던 게 클리닉 센터를 열고 종합 검사를 해서 고객에게 꼭 맞는 장기를 찾아 주는 사업이었지."

대단한 늙은이!

"그런데 두 가지 문제가 있었어. 그중 하나가 그런 욕구가 있는 상류층 고객을 어떻게 확보하느냐는 것이었지. 또 하나는, 자네가 비웃을 수도 있지만, 인간의 존엄성을 심각하게 훼손하는 일이었다는 거지."

나도 모르게 콧방귀가 나왔다.

"그럼, 청부살인은 존엄성을 지켜 주는 건가요?"

"최소한 사람을 물건으로 다루지는 않았잖은가."

다이스컨설팅 시절에는 수천만 원을 들여 정기적으로 위령제를 지냈다. 표면적으로는 건설 현장에서 사망한 직원들을 위로하는 것이었는데 사실은 그 회사에서 죽인 많은 사람들과 그들이 관리하는 유령 리스트의 망자들의 넋을 달래는 게 목적이었다.

늙은이의 말을 들으니 나름 이해가 가는 것 같기도 했다. 그 래봐야 둘 다 쓰레기 범죄인 건 똑같지만.

"최 회장이라면 그 두 가지가 크게 문제 될 건 없겠군."

늙은이 말에 동의한다. 최 회장 자체가 이미 부자고 그의 지인들도 모두 비슷한 수준의 자산가일 테니 고객 모으는 건 일도 아닐 것이다. 인간의 존엄성 어쩌고저쩌고하는 건 애초에 고려 대상도 아니었을 거고.

"아무래도 최 회장이 새로운 고부가가치 사업을 찾아낸 모양이군요."

늙은이는 여전히 창밖 길거리에 시선을 둔 채 중얼거리듯 말을 시작하며 나를 돌아보았다.

"최 회장은 사업 때문에 리스트가 필요했다고 치세나. 그렇다면 치상이가 최 회장에게 리스트를 넘겨줄 수밖에 없었던 이유가 뭐였을까?"

"한 가지 외에는 안 떠오르는데요? 지금도 믿기지는 않지만 정 실장이 불타는 사랑에 빠졌다는 가정하에, 최 회장이 며느님을 인질로 붙잡고 명단을 요구했겠죠. 너무 뻔한 스토리라 손발이 오글거리긴 하지만."

업계에서 정 실장은 죽은 척 위장했지만, 사업 때문에 유령 명단을 찾고 있던 최 회장에게 금세 걸려들었을 것이다. 최 회장에게 있어서 정 실장은 집 나간 개였기에 그의 습성에 대해서는 훤히 알고 있었을 테니까.

늙은이는 고개를 끄덕이다 다시 입을 열었다.

"그럼 내게 유골을 보낸 게 최 회장이라는 건가?"

간만에 늙은이의 눈에서 이글거리는 눈빛이 쏟아져 나왔다. 눈앞에 최 회장이 있었다면 갈아 마실 기세였다.

"최 회장은 이미 원하는 것을 다 얻었는데 굳이 사장님을 자극할 이유가 없잖아요. 특히, 사장님이 어떤 사람인지 누구보다 잘 아는 사람인데."

"내가 어떤 사람인데?"

"건드려서 좋을 거 없는 사람인 건 확실하죠."

"……."

"최 부장하고 얘기하면서 느낀 건, 최 회장이 저를 계속 감시해 왔던 게 아니라, 제가 변호사 행세 하던 놈을 만난 이후에 제가 움직이고 있다는 것을 뒤늦게 깨달았다는 겁니다. 최 회장이 사장님께 유골 택배를 보냈다면 제가 사장님과 만나기 전부터 저를 감시하지 않았을까요?"

"아마도."

"최 회장이 유령 리스트를 가지고 있는 것은 확실하지만, 정 실장이나 며느님하고의 연관성에 대해서는 아직 확인해야 할 게 많습니다. 섣불리 판단하면 물먹게 되는 건 우리예요. 다른 놈도 아니고 최 회장이잖아요."

"감이 안 오는군. 손에 넣은 유령 리스트 가지고 자기 사업만 하면 되지, 자네에게 사람을 보낸 이유는 뭘까?"

그 전까지 명확하지 않았던 부분이 늙은이와 대화하면서 점점 선명해졌다. 돌이켜 보면 늙은이와 대화를 하다 보면 스스로 해답을 얻을 때가 많았다.

"유령 리스트에 문제가 생긴 겁니다."

"어떤 문제?"

"변호사 행세 하던 놈이나 똘마니 놈이 죽은 건 유령 리스트 때문일 겁니다. 그건 아무도 알아서는 안 되는 물건이잖아요."

"그 말인즉슨……. 유령 리스트가 노출됐다는 건가?"

난 씩 웃어 보이며 말했다.

"만약 그렇게 됐다면 최 회장에게는 재앙이었겠죠. 그래서 제게 사람을 보냈을 겁니다. 문제는……."

"문제는?"

"그게 며느님 실종과 무슨 관계인지는 여전히 모르는 거죠."

늙은이는 고개를 끄덕이며 손가락으로 테이블을 톡톡 두드리다 물었다.

"이젠 어쩔 셈인가?"

난 주머니에서 냅킨 두 장을 꺼내 테이블 위에 올려놓았다.

"이건 저를 죽이려고 기다리고 있던 놈들 몸에서 찾은 거고, 이건 변호사 행세 하던 놈에게서 얻은 겁니다."

두 번째 냅킨을 두드리며 말을 이었다.

"우선은 이 주소가 어딘지 가 볼 생각이고요. 그다음은 그 장기 매매 조직에 대해서 알아볼 생각입니다. CCTV 찍은 펜션을 지은 곳이 '파인서클'이라는 회사라니까 거기서부터 시작해야겠죠."

"파인서클? 혹시 파인서클부동산개발인가?"

"아는 회사예요?"

늙은이는 고개를 끄덕이며 말했다.

"그곳은 내가 확인하도록 하지."

난 고개를 끄덕이며 자리에서 일어섰다. 늙은이는 나를 올려다보며 말했다.

"내 며느리, 잘 부탁하네."

"저도 부탁 하나 하죠. 머지않아 며느님 때문에 갈등하는 순간이 올지도 모릅니다. 그때 제 뒤통수 때리는 일은 없었으면 합니다."

"그럴 일은 없을 거네. 약속하지."

늙은이는 단호한 표정으로 대답했지만 그게 사실이 될지 아닐지는 아무도 장담할 수 없다는 걸 늙은이나 나는 알고 있다. 그런 상황이 벌어지지 않기만을 바랄 뿐.

함정

PITFALL

외국인 관광객이 서울에 와서 인상 깊은 것으로 수많은 교회와 카페를 꼽기도 한다. 높은 곳에서 서울을 보면 교회 십자가가 얼마나 많이 걸려 있는지 쉽게 알 수 있다. 사랑을 전파하려는 사람들이 많은 건지 세금 혜택이 좋아서 그런 건지는 모르지만 세계적으로 봐도 이렇게 교회 십자가가 많이 걸려 있는 도시는 드물다. 그 뒤를 바짝 따르는 업종이 카페다. 퇴직 후 창업 후보 1순위가 카페라니 1990년대 치킨집만큼 늘어날 모양이다.

내가 들고 있는 냅킨도 그런 카페의 로고가 박혀 있다. 친절하게도 냅킨에 적혀 있던 주소는 이 카페의 주소였다.

오십 평 남짓한 크지도 작지도 않은 공간에 바리스타 혼자 주문을 받고 만들기도 했다. 'CREE'라는 카페 로고가 컵과 냅킨은 물론 테이블과 벽에까지 도배가 되어 있었다. 자기가 지은 이름이 대단히 맘에 든 모양이다.

"어떤 걸로 드릴까요?"

"아메리카노 한 잔이요."

"사천오백 원입니다."

커피가 많이 비싸진 건 알고 있지만 들을 때마다 놀라게 된다. 언제부터 밥값을 지불하면서 커피를 마시게 되었는지 기억은 잘 나지 않지만.

스타벅스 커피가 비싼데도 잘 팔리는 이유에 대해 관계자가 이런 말을 했었다.

"저희는 단순히 커피를 파는 게 아닙니다. 문화를 파는 겁니다."

스타벅스 커피 잔을 들고 돌아다니면 된장남녀라는 비판도 함께 따라다녔지만 이제는 누구도 그런 비판을 하지 않는다. 들끓었던 언론도 입을 닫았고 세상을 뒤엎어 버릴 기세로 떠들던 누리꾼들도 조용해졌다. 이게 한 문화가 다른 문화권에 진입하는 사이클이다. 충격을 받고, 저항을 하고, 결국엔 자연스러워지는. 능력이 되면 마시는 거고 아니면 안 마시면 되는 거고. 문화도 결국 돈의 삼투압 현상으로 침투하는 것이다.

커피를 받아 들고 창가에 자리를 잡았다. 창밖의 풍경은 다를 게 없지만 이렇게 커피를 마시며 바라보면 마치 필터를 낀 것처럼 평화롭게 보인다. 이 평화로움을 충분히 즐기기로 했다. 잠시 후 이 건물에서 어떤 일이 벌어질지 모르니까.

"이 동네 처음이시죠?"

바리스타가 물었다. 카페에는 나 말고 아무도 없었기에 순순히 대답했다.

"네, 처음입니다."

"쿠폰 만들어 드릴까요?"

"괜찮습니다. 지나는 길이라."

난 커피를 마저 비우며 물었다.

"사업 잘되세요?"

그는 픽 웃으며 텅 빈 매장 안을 턱으로 가리켜 보였다.

"불경기잖아요. 가겟세 감당하려면 밤에 대리운전이라도 해야 할 판이에요."

"대리운전도 경쟁이 심해서 마진이 적어졌다더군요. 이젠 카드 결제도 되는 모양인데 수수료 부담까지 하려면 손에 떨어지는 돈은 더 적겠죠."

그는 에스프레소 머신을 닦던 행주를 테이블 위에 내려놓으며 말했다.

"신용 사회, 참 좋죠. 그런데 그놈의 '신용'이란 말만 붙으면 수수료도 같이 따라붙으니 그게 문제죠."

'신용 사회'가 아니라 '수수료 사회'인 것이다.

"손님은 어떠세요? 경기 좋으세요?"

"불경기가 어디 사람 가리나요."

"그래도 불경기 타는 건 선량한 시민들이죠. 손님처럼 뒷골목 분이 아니라."

등골이 오싹해졌다.

조금 전까지만 해도 평화롭던 이곳이 순식간에 맹수 우리 한가운데로 변했다.

찰나의 정적이 영겁처럼 느껴졌다.

시야가 좁아지고 내 심장 소리만 거칠게 들렸다.

'철컥.'

막혀 버린 내 청각을 뚫고 위험한 소리가 들렸다.

본능적으로 바닥을 박차고 일어나 창밖으로 몸을 날렸다. 창문을 깨고 몸을 굴려 밖으로 뛰쳐나올 계획이었다.

매장을 장식하는 통유리가 그렇게 단단한 줄 알았으면 다른 방향으로 피했을 것이다.

창문에 머리를 박고 뒤로 나동그라졌다. 나를 향해 날아든 총알이 나를 대신해 창문을 뚫고 밖으로 뛰쳐나갔다. 손에 잡히는 테이블을 엎어 방패막이로 삼았다. 멍석말이 당하는 마당쇠처럼 몸을 굴려 그 뒤로 몸을 숨겼다.

떨리는 손놀림으로 내 총을 꺼내다가 테이블이 나무로 되어 있는 걸 그제야 깨달았다. 이어서 총소리와 더불어 테이블이 부서져 나갔다. 난 또다시 멍석말이 마당쇠가 되어야 했다. 막아지지도 않는 테이블의 상태를 생각하면 벌판 위를 혼자 구르고 있는 거나 마찬가지였다. 내 쪽도 화력이 있다는 걸 상대에게 알릴 필요가 있다.

대충 방향만 가늠해서 카운터 쪽으로 두 발을 날렸다. 당황해서 다급히 몸을 숨기는 놈의 소리가 들렸다. 그 틈을 노려 큰 소리로 외쳤다.

"바리스타 양반! 5분만 있으면 경찰 올 텐데 계속 괜찮겠어?"

바리스타는 잠시 말이 없다가 대답했다.

"이 동네는 20분은 걸립니다."

"그럼 20분 동안은 총질하자는 얘기요?"

이번에도 말은 없었지만 탄창을 빼고 약실을 비우는 소리가 들렸다. 빈총을 카운터 위에 올려놓으며 바리스타가 말했다.

"그럼 잠깐 얘기하시죠."

바리스타의 얼굴이 카운터 위로 조심스럽게 나타났다. 나 또한 조심스럽게 몸을 일으켰지만 놈처럼 총탄을 비우거나 하지는 않았다. 난 멀쩡한 테이블을 골라 먼저 자리를 잡았다. 바리스타는 조심스럽게 카운터 밖으로 나왔다. 그는 나를 진정시키려는 듯 손을 앞으로 내밀고 다가왔다. 구멍 난 유리창을 본 그는 의자를 집어 들며 말했다.

"잠시만요."

창문을 향해 의자를 집어 던졌다. 금이 가 있던 창문은 요란한 소리와 함께 쉽게 부서져 내렸다.

"이게 총알구멍보다는 설명하기 쉬우니까."

그는 내가 앉아 있는 테이블 맞은편에 앉았다.

"가게 수리비 청구해도 될까요?"

어이, 자네 미쳤나? 이 사람 제정신이 아니구면.

"내가 이랬소?"

"손님 때문에 시작된 일이니까."

"이 양반 아주 재미있는 양반이네. 내가 시체가 됐으면 수리비는 누구한테 청구하려고?"

"어쩔 수 없이 제가 부담하겠죠."

"그건 당신이 알아서 하시고, 총질은 왜 한 거요?"

"몰라서 묻는 겁니까?"

모르니까 묻는 거잖아. 얼른 대답이나 하라고 이 자식아.

"알아야 되는 거요?"

바리스타의 표정이 미묘하게 바뀌었다.

"자기를 죽이려고 혈안이 된 곳에 스스로 걸어 들어왔으면 우연일 리는 없고 뭔가 의도가 있는 거 아니겠어요?"

무슨 말이야? 뭔가 알아내려고 오긴 했지만 이 카페는 아니었는데. 계속 이야기하라는 듯 손을 들어 보였다. 바리스타는 어이없다는 표정으로 말을 이었다.

"펜션을 그렇게 만들어 놓고 아무 일 없을 거라 생각하진 않았을 거 아닙니까."

아, 펜션. 장기 매매 쪽 인간이었군.

"내가 그런 건지 어떻게 알았지?"

"CCTV."

젠장, 주인집 안까지 CCTV가 설치되어 있을 줄은 몰랐다. 바리스타가 말을 이었다.

"여기 왜 온 겁니까? 당하기 전에 다 쓸어버리겠다는 생각이었나요?"

"바리스타 양반, 액션 영화 좋아하지? 내가 그걸 어떻게 하겠소? 1분 전까지만 해도 당신한테 죽을 뻔했잖아."

"안 죽었잖아요. 그게 능력이죠."

"좋소. 이 상황을 어떻게 정리를 할지 얘기해 봅시다."

밖에서부터 목소리가 들렸다.

"아주 난장을 피워 놨군. 실례합니다."

정복 경찰 두 명이 깨진 창문을 통해 말을 이었다.

"이 사장님, 여기 싸움이라도 벌어진 건가요?"

바리스타는 선량한 표정으로 경찰에게 다가갔다.

"아뇨, 어떤 손님이 들어와서 다짜고짜 난동을 피워서요. 아시잖아요. 이 동네 행패 부리는 사람들 좀 있는 거."

"접수하시겠어요?"

"아뇨, 뭐 모르고 그런 건데요 뭐."

"그렇죠? 모자란 놈이 뭘 알겠어요? 그래도 이렇게 재산 피해가 많으셔서 어떻게 하죠?"

"신경 쓰지 마세요. 보험 처리 하면 됩니다."

"그런데 이 근처에서 신고가 들어왔는데, 혹시 뭐 들은 거 없으세요? 총소리 같은 거요."

"총소리요? 서울에서요? 에이 그 무슨……."

난 그들의 대화를 들으며 자연스럽게 주변을 정리하는 척하며 카운터 쪽으로 이동했다. 바리스타가 카운터 위에 올려놓은 권총이 떠올랐기 때문이다. 그들의 대화는 어느새 일상의 대화로 넘어왔다.

"불경기잖아요. 경찰도 요즘 같은 때 더 힘들지 않나요?"

"이럴 때 잡범이 늘죠. 다행히 우리 동네는 범죄 청정 지역이라 덜한데, 신촌 같은 곳은 말도 못 해요. 왜 그렇게들 술 처먹고 싸움질들을 하는지."

총과 탄창을 자연스럽게 집어 서로 부딪혀 소리가 나지 않도록 조심하며 주머니에 챙겨 넣었다. 그때 경찰이 내게 시선을 돌렸다.

"저분은 못 보던 분이시네요? 손님이세요?"

바리스타는 나를 힐끗 돌아보고는 대답했다.

"아는 분이에요. 오랜만에 놀러 오셨는데 이런 일이 생겼네요."

경찰은 나를 빤히 바라보다 말했다.

"안에 좀 둘러봐도 되죠?"

"둘러보지 않으셔도 되는데."

"신고 받고 나온 거라 뭐라도 좀 써 넣어야 하거든요."

바리스타는 불안한 시선으로 날 돌아봤지만 난 괜찮다는 듯 웃어 보이며 카운터에 걸레질을 했다. 경찰은 내게 고개만 살짝 숙여 인사해 보이고는 엉망이 된 매장 안을 둘러보았다.

"그 모자란 놈이 뭘 한 거예요?"

내가 대신 대답했다.

"보시다시피 난리를 쳤죠."

"CCTV 같은 거 없나요?"

이번엔 바리스타가 대답했다.

"저희는 유기농 원두를 사용합니다. 이런 커피를 즐기는 손님들은 전자 기기로 감시당하는 걸 별로 좋아하시지 않죠."

그러고 보니 매장에는 어디에도 CCTV가 보이지 않았다. 적어도 '난 엄청 비싼 CCTV일세!'라고 외치는 듯한 그런 것들은 없었다. 뭔가 의심스럽다는 듯 매장과 우리 두 사람을 둘러본 경찰은 고개를 끄덕이며 돌아서며 말했다.

"제가 그 바보 녀석 만나게 되면 주의 줄게요."

"그러면 감사하겠습니다. 가끔 오긴 했지만 이런 경우는 없었거든요."

"사춘기인가 보네. 그럼 수고하십시오."

경찰이 차를 타고 떠나는 걸 확인한 바리스타는 문을 잠그고 창문의 블라인드를 내렸다. 그는 머뭇거리며 나를 응시했다.

"경찰한테 얼굴 도장도 찍혔겠다. 이젠 안심하고 대화에 집중합시다."

그는 다시 마주 않으며 말했다.

"권총 치워 준 건 고마웠습니다."

"그럴 거 없소. 좋은 총 하나 주운 거니까."

그의 미간에 주름이 잡혔지만 그에 대해서는 아무 말도 하지 않았다.

"얘기를 어디까지 했죠?"

"당신이 날 죽이려고 했던 이유를 말하려던 참이었소."

"그건 아닌 것 같은데요."

쳇, 기억 안 나는 척하더니.

"이 상황을 어떻게 정리할지 상의하려던 참이었소."

"대형 청부회사를 두 개나 박살 낸 분이, 몇 년 동안 잠수 타고 있다가 갑자기 우리 시설에 나타나서는 이유도 없이 시원하게 다 죽여 버렸죠. 그러고는 CCTV 하드 드라이브 하나 들고 사라졌어요. 그거 때문에 체면 구긴 사람이 여럿이고. 문제는 그 사람들이 체면을 목숨만큼 중시하는 사람들이라는 거죠."

"그게 내가 죽어야 할 이유요?"

"그 사람들에게는 충분하죠."

"당신도 그런 사람이오?"

"저는 협력 업체 직원일 뿐입니다. 이제 왜 그런 일을 했는지 얘기해 주시겠습니까?"

내가 말한다고 믿어 줄 리 만무하지만 서로 총질하는 것보다는 대화라도 하는 게 낫다는 생각으로 말을 시작했다.

"펜션에 간 건 우연이었소."

"흥, 우연이라고요?"

마음 상하게 말하네.

"바리스타 양반, 당신이 믿든 안 믿든 내가 상관할 것 같나?"

그는 잠시 응시하다 양손을 벌려 보였다. 나는 말을 이었다.

"날 죽일 생각만 하지 않았으면 모두 살아 있었을 거야. 거기서 하는 일도 몰랐을 거고."

바리스타는 테이블을 손으로 내려쳤다.

"하여튼 그 변태 자식들은……."

그의 말에 어떤 상황인지 이해되었다. 설치되었던 장비들이 일반 CCTV가 아니라 캠코더라는 걸 떠올리고는 확신이 섰다.

"스너프 필름도 취급하는 거였어?"

"우린 영상 사업은 하지 않습니다."

사람 죽이는 걸 촬영해 파는 것도 일종의 영상 사업이라고 할 순 있겠지. 일단은 영상이니까.

"자, 이제 내가 당신네 직원들 손댄 건 해명이 된 것 같은데, 아닌가?"

"손님 말이 사실이라도 이대로 덮기는 어렵습니다."

나도 모르게 상대방의 페이스에 말린 것 같아서 기분이 나빠졌다.

"그건 맘대로 하시고, 궁금한 거 하나 물어봅시다."

난 휴대폰을 꺼내 CCTV 영상에서 추출한 며느리 사진을 보여 주었다.

"이 여자 어디 있어?"

"누구죠?"

"당신네 펜션에 감금되어 있던 여자."

"직원들이 한 일은 저도 잘 모릅니다."

"이 여자만 찾으면 펜션에서 내게 일어났던 일, 없었던 일로 하지."

바리스타는 또다시 코웃음을 쳤다.

"아무래도 지금 손님이 어떤 상황에 있는지 모르시는 것 같군요."

난 품에서 가장 큰 나이프를 꺼내 그의 눈앞에서 만지작거리며 말했다.

"그건 당신도 마찬가지 같은데."

그의 눈에 긴장하는 빛이 역력했다.

"대화로 풀기로 하지 않았나요?"

"바리스타 양반이 자꾸 자극하는 말을 하기 전까지는."

"이래봐야 손님한테 더 불리할 뿐입니다. 내가 죽으면 위에서 가만 안 놔둘 겁니다."

"그런 얘기는 안 해도 돼. 죽는 놈마다 하도 해 대서 잘 알고 있거든."

"……."

"질문을 좀 바꿔서 하지. 사람을 가둬 놓는 경우는 어떤 경우야? 장기를 신선하게 보관하는 건가?"

"거긴 화장터예요. 그냥 시체 처리하는 곳. 그 외의 용도는 없어요."

"그럼 그 여자는 왜 가둬 둔 건데."

"모른다고 말했잖아, 젠장!"

"어이, 누군가 집요하게 물어보면 그런 욕지거리 대신 대답이 될 만할 걸 찾아보는 게 어때? 나 지금 칼 들고 있잖아."

"알았으니까, 진정해요."

"나 지금 엄청나게 진정한 상태야."

그는 테이블 위에 있는 냅킨을 꺼내 연락처 하나를 휘갈겨 써서 내게 내밀었다.

"운반팀 연락처예요. 그쪽이라면 혹시 알지도 모르죠."

변호사 행세 하던 놈에게서 받은 냅킨의 주소와 같은 글씨

체였다. 난 냅킨을 살펴며 물었다.

"당신, 정확히 하는 일이 뭐야?"

놈은 잠시 나를 응시하고는 천천히 입을 열었다.

"전달하는 일을 하죠. 이쪽에서 저쪽으로, 저쪽에서 이쪽으로."

그의 성의 없는 대답을 흘려듣고 바로 듣고 싶은 질문을 했다.

"유령 리스트에 대해서 알고 있는 거 있나?"

그의 표정이 순간 움찔하는 게 보였지만 놈은 아닌 척했다.

"모르는 일입니다."

좀 전에 받은 냅킨 옆에, 이곳 주소가 적힌 냅킨을 나란히 올려놓았다.

"강성기라는 이름으로 변호사 행세하던 친구가 준 거야. 그 친구는 유령 리스트 잘못 건드렸다가 죽은 상태고. 그거 손댔다면 이미 당신도 장담 못 하는 인생을 사는 중이야."

냅킨을 본 바리스타는 잠시 갈등하더니 한숨을 내쉬며 이윽고 입을 열었다.

"이쪽 일도 많이 세분화됐어요. 경찰이 워낙 똑똑해져서 이 바닥도 똑똑해질 필요가 있었거든요. 한 개의 작업이 5단계의 프로세스로 진행된다면 단계별로 각 한 개 팀, 그리고 중계하는 팀 한 개 해서 총 여섯 개의 팀이 꾸려집니다. 팀끼리 서로 대면하는 일은 없고 대포폰으로만 연락해서 일을 처리하죠. 저는…… 그 칼 좀 치울 수 없어요? 지금 다 얘기하고 있잖아요."

난 칼을 품속에 집어넣었다.

"계속해."

"저는 중계팀 역할을 하죠. 말이 팀이지 사실 저 혼자 일하는 겁니다."

"내가 바빠서 그러는데, 유령 리스트에 대한 얘기는 언제 시작하는 거야?"

"지금 합니다, 지금 해요. 쯧. 유령 리스트는 강성기 그자에게서 받았어요. 제게 줄 때는 다른 이름이긴 했는데 어쨌든 그자를 통해서 받았습니다. 그걸 사망 처리 하는 팀에 보냈고요."

"한꺼번에?"

"아뇨, 장기 매매 한 건 처리할 때마다 유령 신분 정보를 하나씩 받았어요. 그것도 VVVIP라고 표기된 건 처리할 때만 명단이 넘어왔어요."

VVVIP? 대체 얼마나 중요한 고객이기에 V가 세 개나 붙는건지.

"장기 매매 건은 누가 가져오는 거야."

"강성기."

젠장, 그 가짜 변호사 자식이 생각보다 많은 일을 처리한 모양이다. 그 친구가 죽어 버려서 그 윗선과의 연결 고리가 끊어져 버린 셈이다. 이게 바로 범죄자들이 점조직을 선호하는 이유다.

"강성기가 죽어서 일감이 떨어졌겠군?"

"다른 고객도 있긴 하지만, 제 입장에서도 VVVIP를 잃은 셈이죠. 그 강성기라는 양반 어떻게 죽었어요?"

"맞아서."

그는 미간을 살짝 찌푸렸다.

"손님이 손본 거예요?"

"난 살려 보려고 했던 쪽이고."

"그럼 누가?"

"거기까지 알 필요는 없잖아."

"저도 알아야죠. VVVIP를 취급하는 사람들이면 분명 높은 자리 있는 사람들일 텐데, 그러면 저도 안전한 건 아니잖아요. 그런 사람들이 맘먹으면 아무나 막 죽일 수 있잖아요."

이놈의 계층은 사람이나 짐승이나, 양지나 음지나 세상 어디에나 있다.

"내 말 들어. 거기까지 알 필요 없다니까."

"무슨 뜻이에요?"

"뒷문 어디야?"

그가 팔을 뻗어 내 뒤쪽을 가리키는 순간 그의 팔을 붙잡아 테이블 위로 내리며 칼을 꺼내 그의 손등에 꽂았다. 칼은 테이블에까지 꽂혀 손을 고정시켰다. 이제 이 동작은 마스터 수준이 된 것 같다.

"아악!"

그가 비명을 지르며 들썩거려 테이블이 뒤집힐 뻔했지만 그의 팔을 잡고 있었기에 곤란한 상황은 면했다.

"이 미친 새끼야! 뭐야 지금!"

난 뻥 뚫린 창문을 의식하며 낮은 목소리로 말했다.

"죽기 싫으면 조용히 해."

그는 입을 악물며 참았다. 그는 식은땀을 뻘뻘 흘리며 창백한 표정으로 말했다.

"이거 뭐하는 짓이야."

난 자리에서 일어나며 말했다.

"심리학적으로 말이야, 공격적인 사람은 딱 그만큼 겁이 많은 거라고 하더군. 두려워서 공격하는 거래. 내가 그래. 겁이 많아."

"대체 이게……."

뒤로 감싸 안아 그의 목뼈를 부러뜨렸다. 나이프에서 손을 떼는 순간 잠시 발버둥을 쳤지만 금세 잠잠해졌다. 놈을 카페에 있는 작은 창고로 옮기고 테이블과 바닥에 흘린 피를 닦았다. 경찰이 날 보긴 했지만 시체가 이곳에서 발견되기 전에는 문제 될 게 없다. 실종 신고 하지도 않은 사람을 경찰이 찾으러 다니지는 않을 테니까.

바리스타의 몸을 뒤져 구형 폰을 꺼내 냅킨에 적어 준 전화번호로 전화를 걸었다. 신호가 몇 번 가고 목소리가 들렸다.

"오랜만이네요."

"처음 뵙습니다."

내 목소리에 상대방은 전화를 끊어 버렸다. 소심한 자식. 난 그가 잠시 생각할 시간을 두고 다시 전화를 걸었다. 처음과는 달리 경계심이 잔뜩 밴 목소리가 들렸다.

"잘못 전화한 건 아닌 것 같은데, 누구요?"

"물건 하나 처리해 줬으면 해서요."

"이 전화, 어디서 났어?"

"사업 인수받았다고 해 둡시다."

"뭔 소리 하는 거야? 잘못 걸었으니까 연락하지 마."

"안전하게 하는 건 좋은데, 돈도 벌어야 할 거 아니야. 일감 받기 싫어?"

"무슨 소린지 모르겠다고."

"계속 딴청 피우면서 전화 안 끊는 이유가 뭘까? 내가 대신 답해 줄까?"

"…… 뭔데?"

"장기 매매, 시체 운반, 시체 처리……."

"그만, 그만! 이 양반이 미쳤나! 조용히 안 해?"

"무식하게 말해서 미안한데, 난 신규 사업자라 은어 같은 거 잘 몰라. 한 가지 말하자면 VVVIP 일감 내가 가지고 있어. 더 말해야 하나?"

잠시 한숨을 내쉰 그가 말했다.

"용건이 뭐야."

"여기 시체가 하나……."

"어허, 이 양반 말 좀 가려서 하라고."

"뭐라고 하든 하여튼 여기 하나 있으니까 처리해 줘."

"VVVIP용이야?"

난 죽어 있는 바리스타를 한 번 힐끗 보고 말을 이었다.

"그건 아니야. 얼마야?"

"뭐야, 가격도 몰라? 당신 짜바리 아냐?"

"내가 경찰이었으면 이렇게 어설픈 흉내는 안 내지 않았겠어?"

경찰은 조직적인 범죄에 대해서는 범죄자보다 훨씬 더 자세한 정보를 갖고 있다. 특히 함정수사를 한다면 이렇게 어설프게 하진 않는다. 상대가 코웃음을 치며 대답했다.

"그렇긴 하네. 오백이야."

사장 늙은이가 붙여 준 시체 처리 인력보다 절반이 싸다. 거래처를 바꿔야 하나 잠시 고민했다.

"현장 정리도 해야 하는데."

"그건 내가 할 일이 아니잖아."

"그러니까 말하잖아. 현장까지 하면 얼마야?"

"…… 진짜 짜바리 아냐?"

"아, 거참! 그렇게 의심스러우면 대비하고 오면 될 거 아냐! 말 안 해도 대비하고 움직일 거 아닌가?"

"평소랑 다른 주문을 하니까."

"신장개업이 뭔 소린지 몰라?"

"…… 좋아, 천이백 선불."

개자식들 더럽게 비싸게 부른다. 이것도 사장 늙은이한테 청구할 테다.

"계좌 불러."

"뭐야? 계좌 정보도 안 넘겼다고?"

"아 거 더럽게 까다롭네, 거! 아, 됐어! 관둬!"

이번엔 내가 먼저 전화를 끊어 버렸다. 그가 전화하기를 기다렸지만 전화가 오지 않았다. 내 배짱이 안 먹힌 모양이다. 매번 성공할 수는 없는 일이니까.

내 휴대폰을 꺼내 사장 늙은이가 소개시켜 준 자에게 전화를 걸었다. 다짜고짜 그의 목소리가 들렸다.

"거봐, 내 명함 받아 두길 잘했잖아."

"그러네."

"하지만 생각보다 연락이 뜸하군. 자주 받게 될 줄 알았는데."

"살생은 안 좋은 거니까."

"이번엔 어디야?"

"여기가……."

그때 대포폰에서 벨이 울렸다.

"잠깐, 다른 전화가 와서."

대포폰을 받았다.

"여보세요."

"좋아, 내가 처리하지."

"선심 쓰는 척하지 마. 지금 다른 곳하고 통화 중이니까."

"인수받은 거래처를 이렇게 막 끊으면 어떻게 해?"

"그럼 잠시만 기다려 봐."

이번엔 내 휴대폰에 대고 물었다.

"천만 원이지? 현장 정리까지 하면 얼마야?"

"오백 더."

이러면 사장 늙은이 소개 인력이 더 비싸잖아. 다시 대포폰을 귀에 댔다.

"얼마까지 깎아 줄 수 있어?"

"지금 혹시 입찰 붙이는 거야?"

"그냥 가격 비교야."

"진짜 이런 식으로 일할 거야?"

"하기 싫으면 빠져."

"아, 잠깐, 잠깐. 그쪽이 얼마 부르는데?"

"천."

"현장 정리까지?"

"응."

"거참…… . 현장 많이 복잡해?"

"유리 조각 몇 개 정도?"

잠시 침묵이 흐른 뒤 목소리가 들렸다.

"그래. 구백에 해 줄게. 그 이하는 안 돼."

"콜."

대포폰을 끊고 내 휴대폰에 다시 귀를 댔다.

"이거 뭐하는 매너야?"

"더 싸게 해 주는 곳이 있어서."

그는 어이없다는 듯 콧방귀를 뀌었다.

"비딩 붙인 거야?"

"이래서 거래처가 많을수록 좋은 거야."

"그래서?"

"다른 곳에 주기로 했어. 그런데 뜨내기로 오래 쓸 곳은 못 되니까, 다음엔 꼭 줄게."

"좋아. 그건 그렇고 취소 수수료 줘."

"뭐? 내가 뭘 했다고?"

"주문했다가 취소한 거잖아."

"지난번엔 출장 나왔다가 취소한 거니까 이해가 가는데 이건 아니잖아."

"전화 취소는 저렴해. 1퍼센트야."

"십만 원? 완전 날강도잖아!"

"내가 정 사장님 일 맡아서 한다는 건 그만큼 깔끔하게 한다는 의미겠지?"

그건 확실히 그렇다. 그 깐깐한 늙은이 입맛에 맞게 일하는 건 보통 일이 아니니까. 그래, 십만 원 쓰자. 거래선 다각화는 비즈니스에서 중요한 일이니까.

"그럽시다."

"그런데 제대로 된 일은 언제 줄 거야? 취소 수수료만 먹고 살긴 힘들다고."

"그렇지. 불경기니까."

"다음엔 제대로 된 걸로 부탁해."

전화를 끊고 매장 의자에 앉았다.

시체 처리하는 놈들이 오기 전까지는 진행을 할 수가 없으니까.

믿는 도끼
STABBED IN THE BACK

이런 상황까지는 예상하지 않았다. 프로는 의뢰받은 일만 하면 되는 것이고, 나는 놈이 프로라고 생각했기 때문이다.

몸싸움 중에 입은 팔뚝의 상처에서 흘러나오는 피는 쉽게 멈추지 않았고 예리한 내 나이프는 놈의 손에 넘어가 있었다. 내 나이프에 베였기에 설상가상이라는 표현도 부족한 심정이다.

놈이 내가 의뢰한 일만 처리할 것이라고 왜 믿었을까? 이건 방심도 아니다. 방심이란 아주 약간의 의심이라도 있어야 성립되는 것이니까. 난 지금 재난을 만난 것이다. 전혀 예측할 수 없는 자연 재난 같은 그런.

의자에 앉아 있는 나를 보며 놈이 입을 열었다.

"그러니까 왜 계약된 일에 입찰을 붙이냐고. 이 업계에서 너 같은 양아치는 처음 본다."

저놈 말에 의하면 시체나 처리하며 살아가는 인간들보다 양아치가 더 나쁜 것이다. 양아치가 그렇게 나쁜 거였나?

"설마 아까 그 일 때문에 이러는 거야?"

놈은 픽 웃으며 말했다.

"그럴 리가. 두 번 청소하기 싫어서 이러는 거야. 세제도 덜 쓰고 좋잖아."

어차피 날 죽일 생각이었다는 말이다. 놈은 매장 기둥에 붙어 있는 'Save the Earth'라 적혀 있는 표어를 가리키며 말을 이었다.

"지구를 살려야지."

나, 나 좀 살려 달라는 말이 목구멍까지 올라왔지만 삼키고 대신 다른 말을 꺼냈다.

"날 왜 죽이려는 거야?"

"계산기 두드려 본 결과지. 평소엔 수익이 많이 남는 쪽을 생각하지만 이번엔 손실이 적은 쪽으로 택한 거야."

"스스로 판단했다는 건가?"

그는 고개를 끄덕이며 말했다.

"왕의 입이 아니라 마음을 읽으라는 말이 있잖아. 미리 움직여 줘야 고객을 감동시킬 수 있거든. 그래야 다음에 더 큰 건을 받을 수 있으니까."

"그 왕이 누구야?"

"왜 이래 진짜."

"곧 죽을 텐데 좀 알려 주지그래?"

그는 또다시 웃으며 말했다.

"당신이야말로 곧 죽을 텐데 정체 좀 밝히지그래?"

"내가 누군지도 모르고 죽이려는 거야?"

"잘 돌아가는 공장에 쥐가 들어와서 망치기 직전인데, 그 쥐 원산지 따지면서 죽이나? 안 그래? 그런데 이젠 잡았으니까 원산지가 궁금해진 거지."

"헤매다가 공장에 잘못 들어온 쥐인 거지."

나를 빤히 바라보던 놈이 입술만 비틀어서 웃었다. 결코 즐거워 보이는 웃음은 아니었다. 그는 어깨를 으쓱해 보이며 말했다.

"그럼 그냥 죽자."

놈이 다가올 때 난 벌떡 일어나 뒤로 물러났다. 놈이 의아한 표정으로 멈칫하다 내 손을 보고는 얼어붙었다. 놈은 내 손에 들려 있는 권총을 황당한 표정으로 바라보았다. 황당한 것은 놈뿐만이 아니었다. 내 주머니에 총이 들어 있었다는 걸 이제 깨달은 나도 황당했다.

전세 역전.

놈의 얼굴에 그제야 비굴한 빛이 돌았다.

"이거 상당히 무안한 상황인데?"

"까먹고 있었어. 칼 버려."

놈은 칼을 내려놓고 발로 차서 내 쪽으로 보냈다. 난 의자에 앉으라는 듯 총을 흔들어 보였다. 그는 어색한 표정 그대로 의자에 앉으면서도 말했다.

"이 작은 동네에서 총이라도 쏠 생각이야?"

"그게 무슨 상관이야. 내가 죽게 생겼는데. 자, 이제 대화 좀 해 볼까?"

"총 들이대고 하는 건 대화가 아니지."

난 상처 난 팔을 흔들어 보이며 말했다.

"시간 없으니까 빨리빨리 얘기하자. 네가 왕이라고 했던 손님이 누구야?"

"그 얘기라면 묻지 마. 소용없으니까."

"프로라 이거야?"

그는 콧방귀를 뀌며 말했다.

"이봐, 내가 이 일을 몇 년째 하고 있는 줄 알아? 그런 겉멋은 애들한테서나 찾아."

"그럼 말 못 하는 이유가 뭐야?"

"밥줄이 끊어지니까. 이 바닥에서 그런 소문 한번 돌면 다시는 발 못 붙여."

난 총을 다시 한 번 흔들어 보이며 말했다.

"뭐 잊은 거 없어?"

"이건 내 목숨 하나가 달린 일이 아니라고."

나의 안위 외에는 생각해 본 적이 없는 나로서는 이해할 수 없는 반응이다. 세상에 태어나 내 목숨보다 더 중요한 일이 있을 수가 있을까?

"그럼 뭐가 더 중요한데?"

그는 잠시 머뭇거리다 말했다.

"내 처자식이 죽어."

아, 그런 문제라면 이해가 간다. 나도 가족 문제라면 평균 이상으로 예민해지니까.

"당신이 발설하면 그 손님이라는 양반이 당신 가족을 몰살시킨다는 거야?"

그는 고개를 끄덕여 보였다. 그의 표정은 사뭇 비장해 보였고 진실해 보였다. 내가 더 물어도 대답하지 않을 기세였다. 난 그의 의지를 확실히 알았다는 의미로 고개를 끄덕여 보였다.

"그래, 이해해. 가족만큼은 살려야지."

난 총을 그의 얼굴을 향해 겨누었다. 놈은 놀란 눈으로 나를 바라보며 다급하게 외쳤다.

"뭐, 뭐하는 거야!"

"뭐가?"

"지금 나 죽이려는 거 아니야?"

"맞아."

"뭐, 뭐야! 이, 이해한다며!"

"이해하니까 이러는 거야."

"그게 무슨 개소리야?"

"손님에 대해서 말하지 않을 거잖아. 그러면 살려 둘 이유도 없지."

"가, 가족 때문이라니까?"

"이해한다고. 나도 당신 가족이 다치는 것은 원치 않아. 그렇지만 당신까지 살려 둬야 할 이유는 없잖아."

난 말하는 게 귀찮아졌다.

"그냥 조용히 가라."

내가 방아쇠를 당기기 직전에 놈은 손을 흔들며 다급하게 말했다. 덥지도 않은데 그의 이마에 맺힌 땀방울이 그의 모습을 더욱 절박하게 보이게 했다.

"파, 파인서클! 파인서클이야!"

귀가 번쩍 뜨였다.

"파인서클부동산개발 말하는 거야?"

이번엔 놈이 당황한 얼굴로 되물었다.

"아는 회사야?"

이제야 꼬인 실타래가 풀리는 느낌이 왔다. 여기저기 널려 있던 것들이 하나로 뭉치기 시작한 것이다.

"거기는 뭐하는 회사야?"

"부동산 관련 회사가 아닐까?"

지금 나한테 묻는 거냐? 이 자식, 갑자기 저렴해 보인다.

난 휴대폰을 꺼내 전화를 걸었다. 상대방은 전화를 받자마자 대뜸 말했다.

"이번에도 취소 수수료만 챙겨 줬다가는 앞으로 같이 일하기 힘들 거야."

"이번엔 확실해."

난 의자에 앉아 있는 놈의 가슴을 발로 밀어 차서 뒤로 쓰러뜨렸다. 누워 있는 그의 이마에 총구를 빈틈없이 밀착시켰다. 총소리가 새어 나가지 않도록 체중을 실어 힘을 주어 그의 이마로 총구를 막았다. 놈이 벗어나기 위해 발버둥 쳤지만 방아쇠를 당기자 이내 잠잠해졌다. 엉망이 된 시체에서 물러서며 말을 이었다.

"시체 두 구. 현장 정리까지 부탁해."

잠시 말이 없던 그가 말을 이었다.

"이번에도 입찰 붙이는 거야?"

난 시체를 한 번 보고는 말했다.

"방금 단독으로 낙찰받았어."

"그래? 그럼 다 해서 이천오백."

청소 좀 하고 자동차 한 대 값을 버는 거다. 생각보다 시체 처리하는 것이 꽤 유망한 직종으로 보였다.

"좋아. 여기 오는 데 얼마나 걸려? 좀 노출되어 있는 곳이라 최대한 빨리 왔으면 좋겠는데."

"30분. 불안하면 시체라도 안 보이는 곳에 옮겨 놔."

뇌수와 핏덩어리로 엉망이 된 가게 바닥을 돌아보았다. 절대로 손대고 싶지 않은 광경이었다.

"그냥 최대한 빨리 와."

난 전화를 끊고 창가의 블라인드를 내리고는 의자에 앉아 기다렸다. 이곳이 정리되는 대로 사장 늙은이와 파인서클부동산개발에 대해 스터디 모임을 가져야겠다.

실마리
THE CLUE

사장 늙은이는 르네상스호텔 카페에 먼저 나와 있었다. 거미가 거미줄에 매달린 이슬을 주워 먹듯이 가늘고 기다란 팔로 커피 잔을 부지런히 입으로 옮겼다. 그는 나를 보자마자 손을 들어 딸기주스를 주문했다. 젠장, 오늘은 몸에 좋은 블루베리를 먹고 싶었는데.

"일찍 나오셨네요?"

"뭐 건진 거 있나?"

어이, 늙은이 앉아서 숨 좀 돌리자고.

"숨 좀 쉬고 얘기하시죠."

"그건 알아서 쉬고, 어서 풀어놔 봐."

난 그러거나 말거나 손을 들고 물을 한 컵 시켜서 마실 때까지 한마디도 하지 않았다. 세상이 다 자기 맘대로 되는 게 아니라는 걸, 세상 다 산 저 늙은이에게 학습시키는 건 어렵겠지?

"요새는 장기 매매 사업도 프로젝트팀 꾸려서 하는 거 아세요?"

사장 늙은이는 읽을 수 없는 표정으로 바라만 보고 있었다. 이 인간에게 추임새를 기대한 내가 등신이다.

"서로 얼굴 보는 일도 없이 대포폰으로만 연락해서 일을 처리하더군요. 이런 시스템이 일반 회사에 도입되면 서류도 필요 없이 잘 돌아갈 텐데 말이죠."

"최 회장이 그 사업을 하고 있는 건 확실한가?"

매장 직원이 딸기주스를 놓고 갈 때까지 기다렸다가 대답했다.

"네."

사장 늙은이는 다음에 이어지는 내 대답을 기다리는 듯 바라보았지만 난 더 이상 입을 열지 않았다. 맨날 나만 먼저 설명 시작하는 것도 맘에 안 들었지만 더 이상 설명할 부연도 없었기 때문이다.

"직접 그 사업을 하고 있는 거라고?"

"그건 사장님이 뭘 알아 왔느냐에 따라 다르겠죠. 파인서클 부동산개발에 대해서는 알아보셨어요?"

사장 늙은이는 상체를 펴며 고개를 끄덕였다.

"페이퍼 컴퍼니야. 아무 실체도 없는 회사."

페이퍼 컴퍼니 뜻은 나도 알고 있다고.

"설마 그게 전부는 아니겠죠?"

"자네가 뭘 얘기하느냐에 따라 달라지겠지."

나 참 환장하겠네.

"사장님, 다시 도시에서 지내기 괜찮으세요?"

"나쁘지 않네. 그건 왜 묻는 건가?"

"다시 산으로 들어가셔서 맑은 공기 마셔야 할 때가 된 것 같아서요. 판단력이 많이 흐려지신 것 같아서요."

사장 늙은이 작은 눈이 더욱 작아졌지만 개의치 않았다.

"사장님이 지금 저하고 정보 흥정할 때가 아니잖아요. 힘을 모아야 할 때라고 내가 말한 것 같은데."

사장 늙은이는 얄밉다는 표정으로 나를 노려보다 고개를 끄덕였다.

"습관이란 게 쉽게 버려지는 게 아니라서 그런 거니 이해하게."

사장 늙은이는 품에서 문서를 꺼내 내밀었다. 파인서클부동산개발에 대한 정보가 요약된 자료였다. 주주 구성과 사업 모델, 매출, 자산 등의 정보가 정리되어 있었다.

"해외에서 부동산을 매입하고 개발해서 되팔거나 임대하는 사업을 하는 것은 알겠는데……. 그게 다잖아요, 이 문서로는."

"최 회장 회사야."

"예상은 했지만 너무 쉬운데요?"

"결론이 쉽지 과정은 쉽지가 않았지. 이십여 개 회사의 돈줄을 따라가고 나서야 최 회장과의 연결 고리를 찾을 수가 있었지."

역시, 자본주의는 돈줄이 목적이자 아킬레스건이다. 끊어내야 살 수 있다는 걸 알면서도 결코 끊을 수 없는 약점. 이 짧은 시간에 스무 개 회사의 돈줄을 찾아내려면 대형 회계 법인 세 개는 돌렸겠지. 그것도 불법적인 방법을 잔뜩 동원한 그런 방식으로.

장담하는데 합법적인 방법으로는 이렇게 단시간 내에 알아낼 수 없다. 그만큼 사장 늙은이의 비용도 많이 들었다는 반증이고.

어이, 당신 진짜 찾고 싶은 모양이군. 그 며느리 말이야.

"그런데 어색한 게 하나 있다네. 아무리 생각해도 어색해."

"뭔데요?"

그는 또 다른 문서를 꺼내 들었다. 제발 한 번에 다 보여 달란 말이다!

약간 불쾌해진 나는 그의 손에서 낚아채듯 문서를 받아 들어 펼쳤다. 스무 개의 회사가 서로 어떻게 연결되어 있는지 단순하게 표현한 다이어그램이었다. 실력 좋은 회계 법인의 보고서인 모양이다.

대부분의 회계 법인은 자신들의 업적을 과시라도 하듯 문서 곳곳에 자신들의 로고를 새겨 넣는데 이 문서는 그런 흔적이 단 한 개도 보이지 않았다. 자신들의 이름이 알려지기를 두려워하기라도 한 듯 치밀하게 빠져 있었다.

"어디가 어색하다는 거예요? 저는 모르겠는데."

사장 늙은이는 그 긴팔을 허우적거려 팔짱을 끼며 물었다.

"자네, 최 회장에 대해서 얼마나 알고 있나?"

돈 많고, 권력을 가지고 있고, 잔인하고, 싸가지 없는 것 정도는 알고 있다.

"글쎄요, 제가 최 회장하고 친한 사이는 아니라서."

사장 늙은이는 허공으로 시선을 돌리며 말했다.

"문서상으로는 분명 최 회장과 연결되어 있는 게 확실해. 은닉을 목적으로 돈줄을 빙빙 돌려서 복잡하게 만든 것도 진실해 보이고. 그런데 말이야……."

사장 늙은이가 싫은 천 가지 이유 중에 열 손가락 안에 꼽히는 것이 바로 뜸 들이기다. 뜸 들일 때의 상대방 반응을 즐기는 건지, 그냥 단순한 습관인지는 모르겠지만 나보다 성질이 조금만 더 급한 상대를 만났다면 진작 목젖을 뜯기고 입으로 피를 질질 싸고 있었을 것이다.

내 인내심이 한계에 다다를 때쯤 사장 늙은이가 다음 말을 했다.

"어색해."

아유, 이걸 그냥 확! 그 말은 이미 여러 번 했잖아!

"최 회장 스타일이 아니야."

그 자식도 스타일이 있었나? 넓은 이마 말고는 생각나는 게 별로 없는 얼굴인데. 난 문서들을 테이블에 내려놓으며 말했다.

"최 회장 회사는 맞는데 최 회장 회사가 아닌 것 같다는 말인가요?"

"그게 뭔 말인가?"

늙은이 당신이 한 말이잖아!

"최 회장 스타일이 아니라면서요."

"그래, 표현하자면 최 회장이 직접 만든 게 아니고 다른 놈이 만들어 준 것 같다고나 할까."

이제야 약간 무슨 말인지 알아듣겠다.

사장 늙은이는 생각이 정리되었는지 제법 또박또박 말을 이었다. 평소가 마약이라도 한 것 같은 느낌이었다면 이번엔 각성제라도 퍼마신 느낌이라고나 할까.

"돈 되는 사업이라면 그걸 추진할 회사는 최 회장이 처음부터 끝까지 직접 챙기지. 오너들의 공통된 특징이기도 하지만, 이번엔 최 회장 작품이 아닌 것 같아."

"짚이는 거라도 있어요?"

"돈줄을 너무 많이 돌렸어."

"원래 그렇게 하는 거 아닌가요?"

"흔히들 그렇게 하지. 추적하다 더러워서라도 포기하게 말이야. 그런데 '돌리기' 기술이 발달하는 만큼 추적 기술도 발달하거든. 바이러스가 나오면, 백신이 나오고, 그다음엔 더 센 바이러스가 나오고 그걸 막기 위해 더 강한 백신이 나오고 하는 것처럼. 끝도 없는 싸움이지. 그럴 땐 어떤 방법이 통하는 줄 아나?"

예전 회사원 시절에 읽었던 SF 소설이 떠올랐다.

수천 년간 싸우던 두 종족이 있었는데 한 종족이 새로운 공격 기술을 개발해 전장에서 써먹는 순간, 상대방은 한 번의 전투 경험으로 금세 방어 기술을 개발해 내서 도저히 승부가 나지 않았다.

그래서 한쪽 종족이 내린 결론은 원시 무기를 사용하는 것이었다. 하이테크 공격을 대비하던 상대방은, 칼과 도끼를 들고 나타난 종족에게 힘없이 무너지며 결국은 전쟁을 끝낸다는 이야기다.

난 고개를 끄덕이며 말했다.

"단순한 방법이 통하겠죠."

사장 늙은이는 제법이라는 듯 입꼬리만 올려 웃으며 말했다.

"그렇지. 실제로 관계없는 회사를 만들면 되는 거지."

더구나 유령 리스트를 가지고 있다면 완벽하게 관계없는 회사를 만들 수 있었을 것이다. 굳이 돈을 들여 가며 복잡하게 돌릴 이유가 없는 것이다.

"그런 간단한 방법이 있는데 왜 꼬리 밟힐 여지를 만든 것일까요? 그것도 그럴싸하게 보이게 꼼꼼하게."

"내가 어색하다는 게 바로 그것일세. 왜 그랬을까? 유령 쓰기가 아까워서? 파인서클이 수조 원짜리 사업의 중추적인 역할을 할 것이란 것을 감안하면 하나 정도는 쓰는 게 당연할 텐데 말이야. 도대체 왜지?"

확실히 어색하다. 내가 최 회장 입장이었다면 계산할 필요도 없이 유령 신분으로 회사를 만들었을 것이다. 복잡한 걸 싫어하는 내 성향을 빼고라도 말이다.

"제가 보기를 세 가지 드릴 테니 선택해 보시겠어요?"

"삼지선다형 문제인가?"

"문제라기보다는 해법인 거죠. 첫째, 최 회장이 노망났다."

사장 늙은이의 표정에 짜증이 올라오는 게 보였다. 그가 듣지 않을 것이 우려되어 바로 다음 말을 이었다.

"둘째, 누군가 최 회장인 척하고 있다."

사장 늙은이의 표정이 잠시 진지하게 바뀌었지만 여전히 답은 아닌 듯했다.

"셋째, 내부의 누군가가 최 회장을 속이고 있다."

빙고. 사장 늙은이의 표정이 날카롭게 변했다.

"내부자가 배신이라도 했다는 말인가?"

"배신인지 아닌지는 알 수 없죠. 원래부터 그런 목적으로 최 회장 수하로 들어갔을 수도 있으니까."

"오호."

사장 늙은이 입에서 저런 감탄사가 나오기는 드물다. 생각하지 못했던 것이 분명하다.

"그럼 자네 말인즉슨, 최 회장의 수하 중 하나가 최 회장을 속이고 일부러 그런 방향으로 유도하고 있다는 말인가?"

"그것도 그런 중요한 일을 도맡아서 진행시킬 수 있을 정도로 최 회장의 신임을 받고 있는 인물이겠지요."

사장 늙은이는 눈을 가늘게 뜨고 나를 바라보다 조용히 입을 열었다.

"자네가 염두에 두고 있는 놈이 누구인가?"

"최 부장."

사장 늙은이의 눈이 이 카페에 들어온 이후로 가장 크게 떠졌다. 그래봐야 1밀리미터 차이의 미세한 변화지만.

"최 회장 오른팔 말인가?"

내게 사람을 보내서 자극한 것도 최 부장이었고, 나를 불러낸 것도 최 부장이었다. 또한 나를 사체 처리 공장으로 사용하던 펜션으로 유도한 것도 최 부장이었다. 우연이란 것이 세 번이나 엮이면 더 이상 우연이 아니라고 했던가.

물론, 최 부장에게 좋지 않은 감정이 남아 있어서 이러는 것도 사실이지만, 그걸 덮어 두고라도 분명 의심이 가는 건 사실이다.

사장 늙은이는 나름 한참 동안 생각하다 입을 열었다.

"그렇게 생각하는 근거는?"

주관적인 근거는 이미 충분히 있다. 하지만 객관적으로 설명할 수 있는 근거는 없다. 그리고 결정적으로, 왜 최 부장이 그들의 사업 모델을 나로 하여금 알아내도록 만든 것인지는 아직 떠오르는 것이 없었기에 말을 할 수가 없었다. 게다가 사장 늙은이에게 패를 다 까 보이는 것만큼 어리석은 짓은 없다.

"없어요. 그냥 감일 뿐이니까."

"그 감이란 것도 조금은 근거가 있어야 하는 거잖나?"

"감은 감일 뿐 오해하지 말자라는 말이 있죠."

"뭔가, 그게?"

"그냥 제 생각이란 말이죠."

"만약 자네라면 거의 이십여 년을 모셔 온 주군을, 그것도 자신을 인정하고 신뢰하는 주군을 배신할 수 있겠나?"

잠시 생각에 잠겼던 우리 두 사람은 거의 동시에 고개를 끄덕이고는 픽 웃었다.

"그래, 자네라면 이십 년이 아니라 이만 년을 모신 사람도 골로 보낼 수 있겠지."

"사장님은 이십만 년을 모신 사람도 배신할 수 있는 분이잖아요."

사장 늙은이는 헛기침을 크게 하고는 다른 말을 꺼냈다.

"좋아, 그럼 최 부장을 한번 건드려 볼 생각인 건가?"

"누가요? 제가요?"

"그럼 누가 또 있나?"

"최 부장 건드리는 게 며느님 찾는 것과 관계된 일이었으면 좋겠습니다만."

사장 늙은이는 미간을 찌푸리며 말했다.

"전혀 똑같지 않으니까 내 말투 이제 그만 따라 해. 그보다 이것부터 확인해 보는 게 좋겠군."

사장 늙은이는 또 품에서 문서를 꺼냈다. 정보를 한 번에 다 풀지 않는 것에 대한 짜증은 둘째치고 저 양복저고리 안에 도대체 얼마나 많은 문서가 꽂혀 있는 것인지 궁금했다.

"그 품 안에 대체 문서가 몇 개가 들어 있는 겁니까?"

"무슨 소리야?"

"아뇨, 그냥 헛소리예요. 그건 그렇고 이건 뭡니까?"

"전에 자네가 준 동영상을 분석하다가 찾아낸 거네."

화물 송장 이미지였다. 너무 흐려서 글씨가 제대로 보이지 않았다.

"이게 뭐예요?"

"며늘아기가 갇혀 있는 방에 있던 박스에 붙어 있었지."

"더럽게 희미해서 알아볼 수가 없잖아요."

"그게 최대한 선명하게 한 거라고 그러더군. 이미지 유추 어쩌고 하는 프로그램이라는데, 그거 하는 데 수천만 원 들어갔어."

컴맹 늙은이를 심하게도 등쳐 먹은 모양이다.

"내 생각엔 최 부장을 건드리는 건 시기상조라고 생각하네. 너무 위험하잖나. 이쪽을 먼저 파 보고 나서 결정하도록 하지."

나도 이번엔 무조건 동의한다. 최 부장 성질을 돋워 놓은 내 입장에선 최대한 피하고 싶은 상황이니까.

"넵, 현명하십니다!"

사장 늙은이의 의아해하는 시선을 애써 외면하며 실눈을 뜨고 송장 이미지의 글씨를 바라보았다. 실눈을 뜨면 흐린 글씨가 좀 더 잘 보일까 해서.

부작용
SIDE EFFECT

나도 동영상을 자세히 살폈다. 사장 늙은이도 자세히 살필 정도로 동영상이 중요한 단서가 될 수 있다면 내가 편집한 부분도 살펴볼 필요가 있다고 생각했기 때문이다. 간만에 노트북을 들쳐 메고 삼청동으로 향했다.

이곳에 오니 옛날 생각이 났다. 재벌 회장을 작업하기 위해 그의 파일을 검토하던 곳도 이곳이었고 최 회장, 진 회장과 함께 회사 지분에 대해 담판을 지었던 곳도 이곳이었다. 그리고 박정길 사장을 통해 정 실장이 보낸 초짜 자객에게 칼을 맞았던 곳도 이곳이었다.

옛날 일이 주마등처럼 스쳐 지나갔다. 좋았던 기억들도 아닌데 왠지 입가에 미소가 지어졌다. 그때는 지금보다는 순수했었던 시절이었다. 손은 이미 더럽혀진 이후였지만 지금처럼 노련하지는 않았으니까 말이다.

카페는 변한 것이 없었다. 적당히 사람이 많았고 적당히 시끄러웠으며 적당한 볼륨의 음악이 흘렀다. 한 가지 달라진 것은 30퍼센트 가까이 인상된 커피 가격이었다. 정부에서 발표하는 물가 상승률보다 소매 물가는 늘 이런 식이다.

벽을 등지고 앉아 노트북을 켰다. '화장실'로 분류된 폴더를 열고 동영상을 켜는 데까지는 1분도 채 걸리지 않았다. 나이프 다음으로 집착을 보이는 것이 바로 이 노트북이었기에, 내 노트북은 늘 최신형이었다. 노트북 모델에 대해 무관심한 마누라는 모델이 바뀌든지 말든지 잘 모른다. 가끔 다 알고 있다는 듯 찔러 보는 말을 하기는 한다.

"흥, 백수 주제에 노트북을 새로 사셨구먼?"

하지만 바꾼 지 오래된 노트북을 사용할 때만 꼭 그렇게 찔러 보았다.

"원래 쓰던 거야."

"속보이는 거짓말은 그만두시지. 이건 못 보던 브랜드야. 원래는 삼성 걸 썼었잖아."

맹세코 내 인생을 살며 삼성 노트북을 사 본 적이 없다. 재벌에 대한 소심한 저항심……이라기보다는 가격에 비해 성능이 너무 떨어졌기 때문이다. 내 돈으로 산 노트북을 쓰면서 자료를 날려 먹지는 않을까, 배터리가 폭발하지는 않을까 전전긍긍 두려워하면서 살고 싶지는 않다.

"난 휴대폰도 삼성 제품은 안 써 봤거든?"

"쳇, 거의 다 넘어왔는데. 지켜보고 있으니까 조심해!"

뭘 지켜봤다는 거고, 뭘 조심하라는 걸까.

어느새 동영상이 돌아가고 있었다. 공교롭게도 화장실 장면이었기에 넘기려 했지만 이건 어디까지나 조사 작업이라는 생각에 키보드에 올렸던 손가락을 다시 내려놓았다.

지친 표정의 며느리는 화장실에 들어와 문을 닫고는 한참 동안 문에 귀를 대고 있었다. 그러고는 옷을 벗고 양변기 위에 앉았다. 이미 알고 있는 사실이기는 했지만 예쁜 여자도 똥은 누며 살아간다는 것을 다시 한 번 확인해야 했다. 더불어 밑을 닦는 건 인간이라면 자세가 모두 똑같다는 것을 새삼 깨달으며 샤워하는 모습을 봐야 했다. 관찰하려는 건 아니었지만 며느리의 몸매가 예상 이상으로 매끈하게 빠졌다는 걸 인정할 수밖에 없었다. 아니, 잠깐. 난 절대로 며느리의 몸매를 예상한 적이 없다. 그러니까 내 말은······.

화면이 흔들린 건 그때였다.

화면이 흔들리며 어두운 곳으로 방향이 바뀌었다. 처음에는 아무것도 보이지 않았지만 이내 녹색의 흑백 화면으로 바뀌며 화면이 환해졌다. 적외선 캠코더의 자동 전환 장치가 작동된 모양이었다.

화면에 보이는 것이 처음엔 무엇인지 잘 알아볼 수가 없지만 점차 사람 얼굴이 근접해서 비추고 있는 모습이라는 것을 깨달았다. 동물처럼 눈에서 뿜어져 나오는 반사광 때문에 어떤 생김새인지 제대로 알아볼 수가 없었다.

내 손가락은 키보드의 스페이스바를 다급하게 눌렀다. 나보다 몸이 먼저 반응했다. 동영상의 정지 화면엔 기척을 최대한 죽이려는 남자의 얼굴이 생생하게 잡혀 있었다. 분명 어딘가에서 본 적이 있는 얼굴이었다. 살집이 붙어 턱 선이 없어진 모습이 뒷골목 인상은 아니었다. 인상이 그 사람의 직업을 말해 주지는 않지만 일반 회사원에 가까운 모습이었다.

다시 영상을 플레이했다. 화면은 빙글 돌아 다시 화장실 안을 비추었고 흑백이었던 화면이 컬러로 바뀌었다. 샤워를 하던 며느리가 이상한 낌새를 알아차렸는지 물을 잠그고 기척을 죽인 채 가만히 귀를 기울이는 모습이 보였다. 1분이 지나고 나서야 다시 샤워를 했다.

내 시선은 여전히 화면을 향해 있었지만 머릿속은 아까 어디서 본 듯한 남자의 얼굴을 떠올리기 위해 애를 썼다.

샤워를 마친 며느리는 수건으로 몸을 닦았다. 그때 화장실 문이 벌컥 열리며 누군가 뛰어 들어왔다. 놀란 며느리는 소스라치게 놀라며 구석으로 몰렸고 침입한 괴한은 완력으로 며느리를 겁탈하려 했다. 며느리는 필사적으로 저항을 했지만 수건 한 장 가지고 막을 수 있는 일이 아니었다.

강간에 저항하는 여자는 평소보다 여섯 배는 강한 힘을 발휘한다고 한다. 하지만 강간하는 남자는 평소보다 육백 배는 강한 힘을 발휘한다는 이야기가 생각났다. 숫자상으로도 여자는 이길 수가 없는 일인 것이다.

축 처진 며느리의 허리를 붙잡고 뒤에서 열심히 율동 중인 괴한이 불현듯 위쪽으로 고개를 돌렸다. 펜션 주인이었다. 이 개자식은 죽으면서까지도 내게 거짓말을 한 것이다. 아 참, 내가 며느리에 대해 물어본 적이 없었던가? 이제 나도 나이가 들었나 보다. 기억이 잘 나지 않는다.

놈 또한 이상한 기척을 느꼈는지 캠코더 쪽을 물끄러미 바라보았지만 다시 격렬한 율동에 집중했다. 격하게 흔들리는 살찐 엉덩이는 꼴 보기 싫어 살의를 일으키기에 충분했다. 놈을 불가마에 쑤셔 넣을 때 산 채로 넣었으면 좋았을걸.

일을 끝마친 놈은 바지를 대충 수습하고는 며느리를 바닥에 버려 둔 채 자리를 떠났다. 한참을 그런 상태로 누워 있던 며느리는 간신히 몸을 일으켜 샤워기의 물을 다시 틀었다. 그리고 구석에 쭈그리고 앉은 채 빗물을 맞듯 샤워기가 쏟아 내는 물을 맞았다.

사장 늙은이에게 보이기 전에 화장실 영상을 통째로 빼 놓은 건 다행이라고 생각했다. 내 며느리가 이런 일을 당하는 모습을 보았다면 피가 거꾸로 흘러 사리 판단을 제대로 할 수 없었을 테니까 말이다.

그때, 불현듯 어둠 속 화면에서 비쳤던 얼굴이 누구의 얼굴인지 떠올랐다. 살집이 붙은, 인텔리처럼 생긴 얼굴의 주인이 떠올랐다. 바로 기억이 안 나는 것이 당연했다. 놈을 본 것은 기껏해야 1분도 안 되는 시간이었으니까.

하지만 내 머릿속은 정체를 기억해 낸 기쁨보다 호기심으로 가득했다. 놈이 왜 거기에 있었던 걸까? 거기서 대체 뭘 하고 있었던 걸까?

노트북을 덮고 가방에 대충 챙겨 넣었다. 어디로 가야 할지 목적지가 생긴 이상 지체할 생각이 전혀 없었다.

카페를 나섰다. 햇살이 강해서 눈썹 위로 손 그늘을 만들어야만 했다. 삼청동 골목은 엄연히 찻길이었지만 폭이 좁았기에 가끔은 무단횡단을 하는 사람들이 있었다. 지금 건너편에서 길을 건너는 저 청년처럼 말이다. 택시를 잡기 위해 길가에 섰다. 저 앞쪽에서 방향등을 켜고 정차하고 있던 택시가 내 수신호를 보고 다가왔다. 택시에 올라탄 나는 휴대폰에 저장해 둔 SCD 서비스의 주소를 기사에게 불러 주었다.

기사가 내비게이션에 주소를 찍었다. 수전증이 있는지 글씨를 찍는 손가락이 심하게 떨렸다. 알코올중독자가 운전하는 택시는 타고 싶지 않은데.

"수전증이 심하신데요?"

내 말에 화들짝 놀란 기사가 되물었다.

"네?"

"알코올중독 같은 건 아니시죠?"

"아, 아닙니다."

뭔가 이상한 느낌이 들었다. 단순한 수전증이 아니라 심하게 긴장한 모습이었다.

도로 쪽의 택시 뒷문이 벌컥 열렸다. 무단횡단을 하던 청년이었다.

내가 뭔가 반응을 보이기 전에 놈은 내 몸을 향해 뭔가를 쑥

내밀었다.

반사적으로 가방을 들어 막았지만 타이밍이 너무 늦었다.

청년이 내지른 칼은 가방 모서리를 맞고 방향이 바뀌었지만 내 몸을 베는 것까지 막기에는 역부족이었다.

기사는 다급하게 택시를 출발시켰다.

칼을 쥐고 있는 청년의 손을 잡아 새끼손가락을 비틀었다.

비명 소리와 함께 칼을 놓친 그가 내게 주먹을 날렸다.

주먹을 피할 공간이 없었기에 나는 고개를 숙여 단단한 앞이마로 그의 주먹을 받아 냈다.

충격이 꽤 컸지만 빼앗은 칼로 놈의 목과 배를 마구잡이로 찌를 정도의 정신은 있었다.

청년을 죽인 칼은 그대로 기사의 목으로 향했다.

기사의 뒷머리를 붙잡고 목에 칼을 들이댔다.

"차 세워!"

그는 시키는 대로 길가에 차를 세웠다.

하지만 뒤따라오던 SUV는 속도를 더욱 내서 택시를 들이받았다.

이건 단순한 접촉이 아니라 의도적인 충돌이었다.

정신을 차려 보니 기사의 목이 칼날에 깊이 베여 있었다.

뒤를 돌아보니 충돌했던 차 안에서 금속 빛이 언뜻 보였다.

몸을 낮추자마자 총알이 택시 안으로 날아들었다.

소음기의 공기 소리와 함께 택시 유리창이 하얗게 부서져 내렸다.

운전석 시트 등받이를 뒤로 젖히고 문을 열어 기사 시체를 밖으로 떨어뜨렸다.

뒤차에서 내린 괴한들이 다가오는 것을 보며 재빨리 몸을 일으켜 운전석으로 들어가 가속페달을 밟았다.

다가오던 괴한들이 당황하며 다시 차로 올라타는 것이 보였다.

문을 닫고 도로를 질주했다.

나를 노리는 게 누구인지 생각해 내려 했지만 잘 되지 않았다. 지나친 아드레날린의 분비는 뇌의 작용을 둔화시킨다. 논리적인 생각보다 감각을 더 발달시킨다.

우회전을 할 때 길을 막고 있는 앞차의 범퍼를 박았지만 그건 지금 문제가 되지 않았다.

뒤를 받힌 차가 열 받은 듯 내 뒤를 따라나섰지만 황소처럼 나타난 SUV에게 들이받히며 길가에 처박혀 더 이상 따라오지 못했다.

SUV는 최대한 차들을 피해 추격해 왔지만 그건 사고가 두려워서라기보다 충돌로 인해 추격이 지연되는 것을 막기 위함이었다.

딴에는 최대한 빠른 속도로 무단횡단을 하는 할머니를 뒤늦게 발견한 나는, 운전대를 급히 꺾을 수밖에 없었다. 개 같은 늙은이 살리려다 내가 죽게 생겼다.

공수해 온 바위로 꾸며 놓은 건물 앞 화단이 코앞으로 다가섰다.

다시 반대로 운전대를 급히 틀었다.

택시가 제 속도를 못 이긴 채 기울어지더니 엎어지며 몇 바퀴 옆으로 굴렀다.

내 인생에 이런 대형 교통사고는 처음이다.

아무 소리도 들리지 않고 사방이 빙글빙글 돌았다.

안전벨트를 풀기도 전에 뒤춤에 꽂아 두었던 총을 찾았지만 차가 구를 때 빠졌는지 아무것도 잡히지 않았다.

그때 깨지고 찌그러진 창문을 통해 양쪽으로 다가오는 남자들의 발이 거꾸로 보였다.

발은 양쪽에 멈춰 섰다.

안전벨트를 풀기 위해 몸을 뒤트는 순간 눈앞으로 뒤춤에 넣어 두었던 권총이 떨어져 내렸다.

허리를 숙여 차 안을 들여다보는 괴한의 시선과 더불어 그의 손에 들려 있는 총이 보였다.

난 머리 위로 손을 들어 떨어진 권총을 집어 들었다.

괴한의 시선과 마주치기 직전, 그의 이마를 향해 총을 쏘고 조수석 쪽 창문으로 총구를 돌려 아직 서 있는 놈의 다리를 총으로 쐈다. 무릎을 꿇으며 주저앉은 놈의 머리가 시야에 확보되자마자 날려 버렸다.

총소리가 사방을 울렸다.

이러고 있을 시간이 없다.

몸무게를 지탱하고 있는 안전벨트는 쉽게 풀리지 않는다. 주머니칼을 꺼내 벨트를 잘라 내고는 뒤집힌 차에서 기어 나왔다.

행인이 많지 않은 곳이기는 했지만 여기저기 휴대폰으로 사진을 찍는 이들이 보였다.

가방으로 얼굴을 가리고 괴한들이 타고 온 차로 옮겨 타고 서둘러 현장을 빠져나갔다.

이십여 분을 운전하고 나서야 한적한 도로에 차를 세웠다. 아드레날린 효과도 끝났는지 여기저기 아파 오기 시작했다. 물론 가장 아픈 곳은 무단횡단 청년이 찌른 옆구리였다. 하지만 병원을 갈 수 있는 상황이 아니었다. 의사들은 칼 맞은 자국쯤은 눈을 감고도 눈치챌 것이고 그러면 바로 경찰에 연락할 테니 말이다.

차 안을 뒤지기 시작했다. 날 노린 놈이 누군지 작은 단서라도 잡기 위해서였다.

시간이 없었다. 택시가 뒤집혀 있는 사건 현장엔 내 지문과 피가 사방에 널려 있다. 거기에 시체까지 네 구가 있을 테니 일급 살인으로 곧 전국에 수배될 것이 뻔하다.

글러브 박스는 물론 트렁크까지 물건을 둘 만한 곳은 다 뒤져 봤지만 권총 한 자루와 총알 한 박스를 찾았을 뿐 아무것도 나오지 않았다. 마지막으로 시트 등받이를 뒤로 젖혀 좌석과 등받이 틈을 살피자 명함 크기의 전단용 광고지가 나왔다.

'특수 배송 전문, SCD서비스.'

이래저래 온통 개자식들뿐이다. 말로는 동경하는 척하더니 결국은 우리 모두 쓰레기일 뿐이다.

쓰레기는 존경이나 자존심 따위는 없다. 한편으로는 속이 편했다. 간만에 0.01퍼센트의 죄책감도 없이 죽일 수 있게 되어서.

며느리 화장실 영상에서 잠깐 나타난 얼굴 주인도 SCD서비스의 그 살집 많은 변호사였다.

안 그래도 그 족속들을 만나러 갈 생각이었다.

차에 다시 올라타고는 SCD서비스를 향해 차를 몰았다.

이번엔 신중함보다 신속함이 더 중요했다. 경찰이 내 존재를 알아내는 것도 시간문제였고, SCD서비스 놈들도 이미 내가 빠져나간 것을 알았을 테니 다시 노릴 것이 분명하기 때문이다.

속전속결.

그것만이 내가 살 길이다.

역습
Counterattack

벽에 기대서서 가쁜 숨을 몰아쉬었다.

심호흡은 심박 수를 줄이는 데 도움이 되었다.

쿵쾅거리는 심장박동은 총구까지 흔들었기에 제대로 쏠 수가 없었다.

벽 코너 뒤로 머리를 살짝 내밀자마자 수십 개의 총알이 날아와 먼지를 뿌렸다.

아까부터 사장 늙은이의 연락으로 진동이 계속 울렸다.

몇 번 울리고 말 줄 알았지만 다섯 명을 죽이고 상대의 총알에 왼쪽 귓불이 날아간 지금까지 진동이 울렸다.

할리우드 영화를 보면 죽음을 목전에 두고도 잘도 여유를 부리던데, 난 당장이라도 심장이 멎을 것 같았다.

그런 상태에서 계속 울리는 휴대폰은 스트레스였다.

휴대폰을 내던져서 끄고 싶었지만 혹시 살아남았을 경우를 대비해서 참고 있는 중이다.

놈들이 자동화기까지 가지고 있을 줄은 몰랐기에 몰아붙이던 내 기세가 한 풀, 아니 세 풀은 꺾여 이렇게 대치 상태가 된 것이다.

발끝에 걸려 있는 시체를 방패삼아 전진할까 했지만 시체를 들 만한 힘이 내게는 없었다. 힘이 빠져 시체를 떨어뜨리기라도 하는 날엔 나도 시체가 될 게 뻔했다.

난 최근에 본 뉴스를 떠올리며 FPS 게임을 하던 기억을 더듬었다.

미군은 최근에 실전용 훈련을 위해 FPS 게임을 도입하는 방안을 추진하고 있다. 그것을 위한 연구 결과가 나왔는데, FPS 게임을 하는 사람들은 일반 사람들에 비해 사물의 움직임에 대한 반응이 네 배 정도 빠르다는 결과다.

게임을 떠올릴 수밖에 없는 이유는 간단하다. 이런 실전 경험을 해 본 적이 없기 때문이다. 거의 이십 년 전에 했던 특전사 훈련 따위는 까먹은 지 오래다.

놈들이 몸을 숨긴 벽 코너와의 거리는 약 십 미터. 게임의 경험을 살려 이 십 미터를 어떻게 극복하느냐가 목숨의 관건이다.

머리를 굴리던 차에 천정에 스프링클러가 보였다. 물이 뿜어져 나오면 놈들이 멈칫하는 데 0.5초. 그 안에 십 미터를 달려가 쏴 죽이면 된다. 그런데, 백 미터를 10초에 뛰는 육상 선수라도 십 미터를 가는 데 1초가 걸린다. 그럼 0.5초가 비게 되고 그 찰나의 시간이면 수없이 많은 총알을 맞아 죽기에 충분한 시간이다. 육상 선수도 아닌 내가 돌파하기 위해서는 최소한 2초는 더 필요하다.

그때 상대방이 몸을 숨기고 있는 코너 벽 쪽에 중형 소화기가 보였다. 그거면 2초는 벌 수 있을 것 같았다.

숨을 크게 들이쉰 나는 총으로 스프링클러를 쏘고 앞으로 달려 나갔다.

그런데 기대했던 물은 터져 나오지 않았다. 그래, 인생이 영화는 아니지. 빌어먹을!

나는 필사적으로 소화기를 향해 총을 쏘며 달렸다. 놈들의 총구가 벽 코너 뒤에서 모습을 드러내는 순간 소화기가 터졌다.

원래 계획은 놈들만 놀랠 목적이었지만 소화기가 터지는 소리는 나까지 깜짝 놀라게 만들었다.

움츠렸던 고개를 돌리는 순간 나를 돌아보는 놈들과 눈이 마주쳤다.

나도 모르게 주저앉으며 벌레를 본 여자들에게서나 나올 법한 목소리로 비명을 지르며 반사적으로 방아쇠를 쉴 새 없이 당겼다.

탄창이 비고 나서야 쏘는 것을 멈췄다. 멋쩍어할 틈도 없이 벽에 바짝 붙어 서서 다시 코너 뒤쪽을 힐끗 보았다.

전에 가 봤던 사무실 입구가 보였다. 저 안에도 놈들이 진을 치고 있을 것이 분명했다. 요즘 사무실 문과 달리 이곳 문은 전부 우중충한 나무로 되어 있어 안쪽이 보이지 않았기 때문에 불안감은 더욱 컸다. 더구나 청부업자 출신인 사장과 본부장이 저 문 뒤에 있다고 생각하니 침이 바싹 타 들어갔다.

산만 한 사장의 덩치와 칼날 테스트로 매끈해진 본부장의 팔뚝을 떠올리면 다리가 풀릴 지경이다. 벽에 몸을 숨긴 채 사무실 문을 바라보았다. 주변은 고요했지만 금세라도 문을 뚫고 총알이 날아들 것 같아 쉽사리 움직일 수가 없었다.

또 휴대폰 진동이 울렸다. 이번엔 휴대폰을 꺼내 들었다.

"전화를 왜 이렇게 안 받나?"

사장 늙은이다. 이 작자는 내가 관 속에 들어가서 전화를 못 받아도 짜증 낼 인간이 분명하다.

"지금 목숨이 왔다 갔다 하는 판국에 전화 받을 새가 어디 있어요?"

"전화를 받아야 도와주든지 말든지 할 거 아닌가. 지금 어디서 뭐하고 있는 건가?"

"얘기하면 도와주시는 겁니까?"

"일단 들어보고."

이 양반이 진짜……. 사무실 문 뒤에서 철컥거리는 소리가 들렸다. 몸을 다시 벽 뒤로 숨기고 마른침을 삼키고는 말했다.

"살려는 것뿐입니다."

내 목소리는 떨리고 있었다. 마치 다른 사람이 말하는 것 같아 나도 모르게 뒤를 돌아보았다. 사장 늙은이는 한동안 듣기 거북한 숨소리만 내며 아무 말도 하지 않았다. 그리고 하는 첫마디가 이거다.

"그럼 건투를 비네."

딸깍.

딸깍? 잘못 들은 줄 알고 한참을 귀를 기울였지만 아무 소리도 들리지 않았다. 기가 막혀서 열도 안 받는다. 하지만 지금은 이럴 때가 아니다.

숨을 깊게 들이쉬었다. 대치 상태가 오래될수록 불리한 건 나였기에 어떻게든 결판을 내야 했다.

"이번엔 일 좀 했군."

갑자기 들린 목소리에 하마터면 총을 쏠 뻔했다. 뒤쪽에서 누군가 대형 마트용 카트를 밀고 나타났다. 사장 늙은이가 소개시켜 준 시체 처리 인력이었다. 그는 시체가 널려 있는 복도를 쇼핑하듯 둘러보며 말했다.

"이게 다 당신이 혼자 한 거야?"

그의 여유로운 모습은 바짝 긴장한 내 모습과 너무나 대조적이어서 이질감이 느껴질 정도였다.

"이제 좀 공장 좀 돌아가는군."

씩 웃는 그의 얼굴 아래로 카트가 보였고, 그제야 그 위에 실려 있는 십 킬로그램짜리 LPG 가스통이 눈에 들어왔다.

"여기는 어떻게 온 거요?"

그는 시체 수를 세며 건성으로 대답했다.

"시체 처리하러 왔지."

나는 사무실 쪽을 힐끗 보고는 말했다.

"아직 다 끝나지도 않았다고."

"그래서 온 거야."

그는 사무실 문 앞까지 거리를 재고는 시체를 피해 조심스럽게 카트를 밀었다. 천천히 굴러가던 카트는 문에 살짝 부딪히며 멈췄지만 예상과는 달리 조용했다.

"내가 일행 데리고 올 동안 다 끝내 놨으면 좋겠어."

갑작스러운 그의 등장에 난 아직도 멍한 상태로 물었다.

"이번 비용 누가 부담하는 거야?"

"내가 아닌 건 확실해."

그는 대충 대답하고 저만치 사라졌다.

한쪽 손으로 귀를 막고 사무실문 앞에 있는 LPG 가스통을 향해 총을 쏘았다. 잘 안 맞았다. 게임에서는 백발백중이었는데. 하지만 내 총소리를 신호로 사무실 안으로부터 총소리가 빗발치기 시작했다.

벽 코너로 몸을 숨기고 양손으로 귀를 막았다.

잠시 후, 뜨거운 열기와 함께 내장을 울리는 폭발이 일어났다. 복도 유리창이 산산이 부서지고 천장의 석고보드가 사방으로 파편을 날리며 부서져 나갔다.

나는 지체하지 않고 권총을 앞세워 거대한 짐승의 아가리처럼 뻥 뚫린 사무실을 향해 달려 들어갔다.

폭발에 밀려 주저앉은 자들이 보이는 대로 머리에 총을 쏘았다.

그때 사장실 문이 열리며 누군가 총을 쏘며 뛰어 나왔다.

본부장이다.

폭발력으로 캐비닛에서 떨어진 경찰의 진압용 방패가 보였다. 예전에 사무실에서 봤을 땐 왜 이런 물건이 여기 있는지 의아했지만 지금은 고마울 뿐이었다. 방패를 덥석 집어 들고 몸을 감쌌다. 하지만 총알을 맞은 방패의 모서리가 힘없이 떨어져 나갔다. 이런 젠장, 방탄이 아니었다니!

응사를 하며 방패를 앞세워 본부장에게 달려들었다. 본부장은 맞부딪히지 않고 사장실 안쪽으로 피했지만 나의 내달리는 속도가 더 빨랐기에 본부장은 부딪히는 충격을 고스란히 받아 낼 수밖에 없었다.

그의 단단한 근육질 몸이 방패를 사이에 두고 그대로 느껴졌다.

방패로 그의 상체를 짓누르며 노출되어 있는 다리에 총을 쏘았다.

이어 방패 밖으로 팔을 접어 그의 머리를 향해 방아쇠를 당겼지만 철컥 소리만 났다.

빈총 소리에 질끈 감았던 눈을 번쩍 뜬 본부장이 몸을 뒤틀어 방패 아래 깔렸던 팔을 빼 냈다.

빠져나온 그의 손에 총이 들려 있는 것을 보고 심장이 덜컥 주저앉았다.

그가 나를 향해 총구를 돌리는 순간, 벌떡 일어나 방패의 부서진 모서리로 그의 목을 있는 힘껏 내리찍었다. 본부장은 나를 향해 총을 쏘았지만 운 좋게 맞지 않았다.

내리찍을 때마다 방패의 부서진 조각이 사방으로 튀었다.

본부장의 얼굴이 뭉개져 알아보기 힘들게 된 것을 확인하고 나서야 그만두었다.

방패를 내려놓고 전에 앉았던 그 소파에 몸을 묻었다. 폭발로 나간 전기 때문에 사장실 내부가 잘 보이지 않았지만 창밖의 가로등 불빛에 기대 희미하게 식별할 수 있었다.

소파에 앉은 채 아직도 떨고 있는 몸을 진정시켰지만 쉽게 가라앉지 않았다. 갑자기 울린 휴대폰 진동에 깜짝 놀랐다. 사장 늙은이다. 이번엔 반드시 내가 먼저 말해야지.

"살아 있구먼."

젠장, 이번에도 선수를 빼앗겼다.

"네, 덕분에."

"오호, 이제야 예의가 좀 생긴 모양이군."

"예의가 아니라 사실이에요. 사장님이 사람 안 보냈으면 죽었을 겁니다."

"내가 사람을 보내? 무슨 소리야?"

갑자기 한기가 느껴졌다. 마치 친구들끼리 하는 귀신 이야기를 듣는 듯했다. 분명 산에 함께 갔던 일행인데, 나중에 그 당사자로부터 산에 함께 가지 못해서 미안하다는 전화를 받는다는 그런 류의 이야기.

"그 청소하는 친구, 사장님이 보내신 게 아니라고요?"

사장 늙은이는 잠시 끊었다가 말했다.

"자네가 어디 있는 줄 알고 보내겠나."

"그거야……."

분명 사장에게는 나나 여기 상황에 대해서는 한 마디도 하지 않았다. 하지만 GPS라든가 그런 걸로 알아낼 수…… 있을 리가 없다. 사장 늙은이의 컴퓨터 관련 지식을 생각한다면. 그럼 누굴까?

"지금 어디 있는 건가?"

"SCD서비스요."

"SCD서비스라면 옛날에 SD서비스 출신이 하는 회사 아닌가? 거긴 뭣하러?"

"알고 계셨어요?"

"안테나는 계속 돌리고 있었으니까."

"오늘 낮에 단서를 하나 찾아냈습니다. 며느님 동영상에서 SCD서비스 고문 변호사를 봤거든요."

"그럴 리가. 난 프레임 단위로 살폈네. 놓치는 부분이 있을 수가 없어."

"제가 본 건 Director's Cut이라고 해 두죠."

"…… 영상 일부를 안 보여 줬다 이건가?"

"그래야 했습니다. 그건 제 말을 믿어도 좋아요. 어쨌든 그걸 확인하려고 이곳으로 오는 길에 못 보던 놈들에게 테러를 당했습니다."

"TV에 삼청동에서부터 추격전 벌인 택시 때문에 난리던데 그거하고 관계있나?"

젠장, TV에 나올 정도의 뉴스거리였구나.

"설마 제가 수배되거나 하진 않았죠?"

"아직은. 하지만 곧 뜰 것 같더군. 서울에서 총격전으로 시체 네 구가 생겼으면 보통 일은 아니니까."

"총 맞은 건 두 구뿐이에요. 나머지는 칼로 했고."

"네 명이 죽었다는 게 핵심이지. 그래서 열 받은 관계로 쳐들어가서 다 죽인 건가?"

"살려고요. 한 번 테러한 놈들은 두 번 세 번 계속할 수 있으니까."

"…… 그거 참 위험하군."

"위험하죠. 제가 분명 노출이 된 거고……."

"자네 자체가 위험하다고."

이건 또 무슨 괴변이냐. 테러당한 건 난데 내가 위험인물이라고?

"무슨 말씀이세요?"

"누군가 자네를 건드리면, 그와 관련된 것들은 죄다 죽여 없애겠다는 거 아닌가?"

"꼭 그렇다기보다는 제가 안전하다는 확신이 서려면 어느 정도……."

"그 어느 정도가, 어느 정도인데? 한 백 명 정도 죽이면 안전하다고 생각할 건가? 아니면 천 명?"

늙은이가 또 오버를 한다. 절간에 틀어박혀 지낸 이후로는 틈만 나면 설교다. 설교를 빨리 끝내는 방법은 하나뿐이다.

"네, 조심하죠."

"이건 그냥 조심하고 말 그런 문제가 아니잖나."

내 마누라도 아니고 대체 내가 왜 이런 대응을 일일이 해야 하는 걸까.

"사장님 말씀은 나중에 몰아서 듣겠습니다. 일단 할 일부터 하시죠."

사장 늙은이의 긴 한숨이 들렸다.

"그래, 이젠 어떻게 할 생각인가?"

"변호사를 찾아서 사정을 들어봐야겠죠."

"변호사 머리통은 안 날린 모양이군."

그 생각은 못 해 봤다. 난 깜짝 놀라 사무실과 복도를 역으로 이동하며 시체들을 확인했다.

"혹시 지금 시체 중에 변호사가 있나 없나 확인하고 있는 건가?"

귀신같은 늙은이. 이젠 짜증날 지경이다.

"다행히 없네요."

"내가 준 그 배송장에 적혀 있는 건 확인해 봤나?"

"그럴 정신이 없었어요."

"알겠네."

"사장님, 그 시체 처리하는 친구, 사장님이 보내신 게 아닌 거 확실하죠?"

"내가 농담할 기분이 아닌 건 자네도 충분히 알고 있지 않나? 이만 끊겠네."

사장 늙은이와 통화를 끝내자마자 휴대폰 주소록을 뒤져 전화를 걸었다. 일을 하고 있는 중이었는지 상대방은 가쁜 숨을 몰아쉬며 전화를 받았다.

"곧 보게 될 텐데 그새를 못 참고 전화를 했나?"

일감이 많아서 기분이 좋아진 것일까? 목소리가 어딘지 모르게 약간 들떠 있는 듯했다.

"일 다 끝났어. 언제 올 거야?"

"이미 와 있어. 여기 밖에 것들부터 빨리 처리해야 하니까."

"그럼 지금 밖이야?"

"선적장. 아, 참 여기 사람 하나 주워 놨으니까 확인하고 어떻게 할 건지 결정해."

"살아 있어?"

"응, 난 살아 있는 건 취급 안 하니까 직접 보고 결정해."

걸음을 빨리해 선적장으로 이동했다. 두 명의 일꾼과 함께 시체가 담긴 바디 백을 카고 트럭으로 옮겨 싣고 있는 그의 모습이 보였다. 하지만 그들을 제외하고는 살아 있는 사람이 보이지 않았다.

"어디 있어?"

그는 턱으로 구석을 가리켰다. 바닥에 놓여 있는 바디 백은 애벌레처럼 꿈틀거리다가 가만있기를 반복하고 있었다. 바디 백의 지퍼를 내렸다.

"후아!"

큰 숨소리와 함께 누군가 벌떡 일어나 앉았다. SCD서비스 사장이 입에 재갈을 문 채 상기된 얼굴로 빤히 바라보다 나를 알아보고는 화들짝 놀랐다. 난 시체 처리업자를 돌아보며 물었다.

"어디서 주운 거야?"

"주차장."

차를 타고 도망치려는 걸 붙잡은 모양이다. 이번엔 잔뜩 긴장해 있는 사장에게 시선을 돌렸다.

"나한테 왜 그랬어요?"

잠깐, 이거 어디서 많이 듣던 대사 같은데…….

"그건 제가 하고 싶은 말입니다."

사장은 쑥대밭이 된 사무실 쪽을 바라보며 말을 이었다.

"저희한테 왜 이러시는 겁니까! 저희가 무슨 죄가 있다고 다짜고짜…….

SUV에서 주운 명함 크기의 광고지를 꺼내 흔들어 보였다. 낮에 공격당한 일이 새삼 떠올라 화가 나 그의 얼굴에 집어 던지며 말했다.

"뻔뻔한 거야, 아님 몰라서 묻는 거야?"

"모르니까 묻는 거 아닙니까! 제가 이 회사 일으키는 데 몇 년이 걸린 줄 아세요? 그걸 이렇게 한순간에 다…….

나이프를 꺼내 입안에 쑤셔 넣었다.

"오늘 낮에 죽을 뻔했어. 이 정도면 설명이 충분한가?"

그는 눈알만 굴리다가 머리를 뒤로 물러 입에서 나이프를 빼내며 말했다.

"저희하고 관계없는 일입니다. 그깟 광고 찌라시 한 장 때문에 저희가 그런 거라고 확신하는 건 너무한 거 아닌가요?"

일리 있는 말이다. 하지만 죽을 뻔했다고! 죽을 뻔한 놈한테

서 논리를 기대하는 게 너무하는 거 아닌가?

"그래, 당신 말도 일리가 있어. 어디에 뿌렸는지도 모르는 전단지 달랑 한 장 들고 와서 누군가 다짜고짜 따지면 어이없기도 하겠지. 그럼 천천히 따져 보자고. 내가 전에 이곳에 왔을 때는 인원이 훨씬 적었어. 그런데 오늘은 인원이 엄청나게 많더군. 게다가 사무 인력은 한 명도 보이지 않고. 이 선적장만 해도 그래. 트럭도 물건도 한 개도 없는 게 우연일까? 오늘 일하러 나온 거 보면 휴무일은 아닌 것 같고."

사장은 눈알을 굴리며 대답했다.

"작가님이 우릴 깨러 온다는 소식을 들었습니다. 저희 입장에서는 준비를 안 할 수가……."

"희한하군. 현장에 있던 놈은 한 놈도 살려 두질 않았는데 누가 그런 정보를 줬을까?"

"그냥 전화 한 통 날아와서 저희한테 조심하라고만……."

"그러니까 그게 누군데?"

"자기 할 말만 하고 끊어 버려서 저도 잘 모릅니다."

만약 사장의 말이 사실이라면 그의 입장에서는 보통 억울한 일이 아니다. 나라도 그런 전화를 받았다면 준비를 안 할 수가 없었을 것이다. 누군가 나를 이용해서 SCD서비스를 없앨 생각이었다면 제대로 머리를 쓴 것이다.

사장의 말이 사실이라면 낭패다. 하지만 이곳의 변호사가 파인서클부동산개발의 장기 매매 사업에 연루되었다는 사실은 변함이 없다.

흥분했던 마음이 가라앉으면서 머릿속이 점점 복잡해지기 시작했다.

난 그에게 귀를 바짝 대며 우리끼리만 들릴 수 있는 작은 목소리로 물었다.

"변호사 지금 어디 있어?"

"내 변호사요? 자기 사무실에 있지 않을까요?"

"거기가 어딘데?"

"내 주머니에……. 그 친구가 뭐 잘못했나요?"

그의 안쪽 주머니를 뒤져 휴대폰을 꺼냈다.

"이름이 뭐야?"

"윤원영이라고 찾으면 됩니다. 근데 그 친구가 뭐 잘못한 거라도 있나요?"

"이제부터 알아보려고."

뒤에서 시체 처리 인력의 목소리가 들렸다.

"시체는 다 실었는데, 어떻게 할까?"

돌아보니 일꾼들이 카고 트럭의 짐칸 문을 한쪽만 닫고 기다리고 있었다. 그는 다가와 내 곁에 서며 말을 이었다.

"알지? 난 살아 있는 건 취급 안 하는 거."

난 사장을 돌아보았다. 그의 말이 사실인지 아닌지는 중요하지 않다. 내 안전을 위협받았고 살아남기 위해서라면 백 번이고 천 번이고 똑같이 할 생각이다.

"미안하게 됐소."

사장이 놀란 눈으로 나를 올려다보기도 전에 총소리와 함께 그의 이마에 구멍이 뚫렸다.

"에이, 칼로 하지, 지저분해지게 이게 뭐야."

시체 처리 인력은 일꾼들을 향해 손을 흔들어 보였고 그들은 사장 시체를 도로 바디 백 안에 집어넣고 트럭에 싣고는 짐칸 문을 잠갔다. 그들은 이쪽을 향해 인사를 하고는 곧바로 트럭을 몰고 출발했다.

"이제 건물에 쏟은 피만 빨아내면 다 되는……."

그는 미소 띤 얼굴로 나를 돌아보다 우뚝 표정을 굳혔다. 내가 겨눈 총을 보며 조용히 말을 이었다.

"지금 뭐하는 거야?"

"안전한 대화를 하자는 거지."

"당신만 안전한 대화인 거야? 기껏 돌파구도 마련해 주고 시체도 치워 줬는데 이러기야?"

"고맙긴 한데, 문제는 아무도 시킨 적이 없다는 거지."

"알아서 해 주는 게 문제라는 거야?"

"당신이 돈 받고 일하는 프로가 아니라면 괜찮았겠지."

그의 미간에 주름이 생겼다. 내가 물었다.

"누가 의뢰한 일이야?"

그는 숨을 크게 내쉬며 말했다.

"말하기 곤란한 거 알잖아. 말해도 안 믿을 거고. 안 그래?"

"청부업자도 아니면서 뭘 이렇게 깐깐하게 굴어?"

그는 내가 들고 있는 총을 힐끗 보고는 말했다.

"청부업도 해. 불경기잖아."

그는 말을 마치기도 전에 빠른 동작으로 내 총을 향해 손을 뻗었다.

권총을 빼앗는 동작은 의외로 쉽다. 슬라이드가 달려 있는 자동 권총의 경우 슬라이드를 뒤로 잡아 뽑아서 아예 총을 불능 상태로 만들 수도 있고, 총을 쥐고 있는 손목을 몸 쪽으로 꺾으면 구조적으로 손가락이 펴지게 된다. 그때 총을 빼내는 방법이 있다.

놈은 내 손목을 노렸다. 동작이 상당히 빨랐기에 미처 손쓸 방법이 없었다. 대신 몸을 바깥쪽으로 한 바퀴 빙글 돌려 손목이 안으로 접히는 걸 막았다. 비록 코끼리 코를 하고 제자리에서 도는 듯한 추한 동작이었긴 하지만 목숨이 걸린 일이라면 아름다움 따위는 잊게 된다.

손목 꺾이는 건 막을 수 있었지만 놈이 파고들며 권총의 슬라이드를 잡아 뽑는 것까지는 막을 수가 없었다.

한 번씩 움직임을 주고받은 우리는 풀쩍 뛰어 거리를 두고 물러섰다. 이번엔 내가 먼저 입을 열었다.

"갈수록 수상해지는군."

"나도 안전한 대화가 필요하니까."

"그럼 이제 의뢰인에 대해서 얘기해 줄 건가?"

그는 어깨를 으쓱해 보이며 말했다.

"믿을지는 모르겠지만 당신을 해치려는 쪽이 아니고 살리려는 쪽이야. 당신이 여기를 쑥대밭을 만들 테니 죽지 않도록 지원하고 뒤처리를 하라더군."

죽은 SCD서비스 사장과 이자의 말 중에 공통분모는 딱 하나다. '그 누군가'다.

내가 이곳을 쳐들어올 것을 알고 있었거나, 쳐들어오도록 만든 장본인은 따로 있다는 것이다. 다른 사람의 장기말이 된 건 몇 년 만의 일이라 기분이 아주 서서히 더러워졌다.

어쩌면 그 인간이 자객을 보내 날 공격하고는 SCD서비스에 누명을 씌웠을 수도 있다. 그래서 내가 이들을 다 처리하도록 만들었을 수도 있다.

이이제이以夷制夷.

오랑캐로 오랑캐를 무찌르는 아주 전통 깊은 전략 말이다.

하지만 여전히 풀리지 않는 것은 도대체 왜 그랬냐는 것이다.

놈은 손목시계를 보면서 말했다.

"같이 갈 데가 있어."

"난 없는데."

내 뒤쪽으로 향하는 놈의 시선을 보고 불안해졌다. 거의 동시에 오금에 격한 충격이 느껴지며 무릎을 꿇었다. 트럭을 타고 다 떠난 줄 알았던 일꾼 한 명이 남아 내 머리에 총을 겨누고 있었다.

그는 내 머리에 총을 겨눈 채 권총 손잡이를 잡은 손가락을 가만히 두지 못하고 계속 쥐었다 폈다 반복하며 내 주변을 돌아다녔다.

"어, 어떻, 어떻게 할까요?"

지독한 말더듬이다. 일꾼은 불안한 시선으로 힐끗거리며 물었다. 나를 물끄러미 바라보던 그는 내 앞으로 다가왔다.

"정중하게 모시라고 했는데 그러기엔 좀 위험해서 어쩔 수 없었어."

"살아 있는 건 취급 안 하는 거 아니었어?"

"몇 번을 말해. 지독한 불경기라고."

그가 내지른 주먹에 시야가 노랗게 변했다. 누군가 내게 원하는 게 있다는 사실을 떠올리며 당장 죽지는 않겠다는 안도감에 마음 편히 기절했다.

빌어먹을.

소강
THE LULL

언젠가 정 실장이 술 한잔하고 취해서 내게 이런 말을 했던 적이 있다.

"넌 참 쉬운 놈이다. 어디를 어떻게 건드리면 어떤 반응이 나올지 알 수 있거든. 그래서 내가 널 선호하지."

정 실장에게 있어 '선호'라는 말은 도구나 방법 등에 대해 주로 사용하는 말이다. 그의 말대로 나를 잘도 이용해 먹었지만 내가 감정을 갖고 있는 인간인 이상, 모든 것이 그의 뜻대로 될 리가 없는 것이다.

그럼에도 아직도 세상을 자기 맘대로 주무를 수 있다고 생각하는 인간들이 많은 모양이다. 지금 이렇게 나를 납치해 온 것을 보면 말이다.

"깨어났나?"

난 사실 SCD서비스 건물에서 이곳까지 오는 도중에 두 번을 더 깨어났다. 그때마다 일꾼 녀석이 때려서 기절시키는 바람에 세 번째부터는 그냥 눈을 감고 있었다. 대부분 기절시키려면 턱을 때리는데 일꾼 녀석은 기술이 없는 건지, 그런 사실을 모르는 건지 눈을 때리는 바람에 기절은커녕 고통 때문에 정신이 더 맑아졌다.

당연히 묶여 있을 거라 생각했던 내 예상이 빗나갔다. 난 자유롭게 풀려 있었고 맘만 먹으면 놈들에게 저항할 수도 있는 상태였다. 하지만 그럴 생각은 없다. 첫째, 그 '누군가'는 나를 필요로 했고, 둘째, 내가 이들을 물리칠 수 있을 거란 생각은 애초에 하지도 않았다. 여태까지 난 실력이 아니라 운으로 용케 살아온 거니까.

시체 처리하는 인간이 내 앞으로 아이스커피를 내밀었다. 일회용 컵에 새겨진 스타벅스 로고가 왠지 마음을 편안하게 해주었다.

"당신을 뭐라고 불러야 할까?"

"청소반장."

주방용 세제 이름으로 불리길 원하는 인간은 처음이다. 난 잠시 머뭇거렸지만 죽일 거면 진작 죽였을 거란 생각에 커피를 단숨에 비웠다. 카페인이 들어가니 머리가 맑아지는 느낌이다.

그제야 주변을 둘러보았다. 창고 같은 삭막한 곳이 아니라 일반 사무실이었다. 방이 넓거나 화려한 것은 아니지만 청록색의 파티션이나 어두운 갈색의 책상 등 회사원 시절 지겹게 봐

왔던 전형적인 사무실 모양새였다.

"조금만 기다려. 곧 도착할 테니까."

"당신 직업이 뭐야? 그냥 돈 되는 건 다 하는 건가?"

청소반장은 어깨를 으쓱해 보이며 말했다.

"사업하는 사람들 다 똑같지 않나?"

"정 사장이랑 일할 정도면 안정적으로 운영하고 있을 것 같은데."

그는 커피를 만지작거리며 대답했다.

"이쪽 업계도 삼합회 놈들 때문에 밥 먹고 살기 힘들어졌어. 언제부터인가 쏟아져 들어와서는 돈 되는 거면 뭐든 하지. 멋진 놈들⋯⋯."

그는 자조적인 웃음을 보이다 갑자기 화난 어조로 말을 이었다.

"시체 하나 처리하는 데 원가가 얼마인 줄 알아? 운반해야지, 소각해야지, 현장 정리도 해야지, 인건비만 해도 수백만 원이야, 수백만 원. 그런데 중국 놈들은 조건만 맞으면 그걸 단돈 백만 원에도 해 줘."

나도 궁금해졌다.

"말도 안 돼. 백만 원에 해 준다고? 어떻게?"

"내가 얼마나 어이가 없었겠어. 당연히 구라 치는 거라고 우겼지. 그래도 혹시나 해서 일 들어왔을 때 그놈들한테 연락을 했거든. 이것저것 꼬치꼬치 캐묻더라고. 뭐로 어디를 어떻게 맞은 거냐. 머리냐 몸통이냐. 피는 몇 리터나 쏟았냐⋯⋯. 그런 걸 청소하는 놈이 알아서 뭐하게? 뭐 현장이 더러우면 일 안 받을 거야?"

"그러더니?"

"그러더니 시체 두 구였는데 백오십만 원 부르더라고."

"천오백만 원 아니고?"

"나도 잘못 들은 줄 알고 물어봤는데, 백오십만 원이라는 거야. 나야 이미 선금 받았겠다. 손해 볼 거 없으니까 오라고 했지. 그런데 더 웃긴 건 겨우 시체 두 구 치우는 데 다섯 놈이나 왔다는 거야. 다섯 놈이면 인건비만 대체 얼마야? 그게 말이 돼?"

"대체 비결이 뭐야?"

"그 너구리 같은 자식들이 얘기할 것 같아? 절대 안 가르쳐 줘."

"그래서 못 알아낸 거야?"

그는 씩 웃으며 말했다.

"시체 밥 먹은 지가 벌써 십 년째야. 결국은 알아낼 수밖에 없지. 들어 봐. 사업 모델이 기가 막혀."

청소반장의 이야기는 꽤 길었다. 하지만 전혀 지루하지 않았다. 누군가 살아가는 방식을 듣는 건 그만큼 나의 생존력을 높이는 것이기 때문에 본능적으로 끌렸다. 그런 측면에서 봤을 때 삼합회의 생존력은 보통을 넘는 것이다.

그들이 시체를 거의 실비만 받고 처리해 줄 수 있는 이유는, 그들 뒤에 시체를 사고파는 '시체 시장'이 있기 때문이다.

내가 알고 있는 시체의 용처는 대학병원에 교육용으로 기부

하는 카데바가 전부다. 하지만 그들의 세계에서는 좀 더 다양한 용도로 사용되는 모양이다. 청소반장의 사업이 아주 신선한 시체를 확보할 수 있다는 점을 감안하면 약간의 냉동 장비만으로도 장기를 매매할 수 있게 된다. 게다가 삼합회 놈들은 시체를 한약재와 화장품 재료로 팔아넘기기도 한다고 한다.

그런 수요처가 있다는 것이 놀라울 뿐이지만 어쨌든 그들의 시체 처리업 진출은, 시체도 얻고 돈도 버는, 시장 논리에 의한 자연스러운 현상인 것이다.

격해진 청소반장이 큰 소리로 말했다.

"대체 어떤 미친놈들이 시체로 화장품을 만드느냐 말이야. 그게 제정신으로 할 수 있는 일이야? 그날 이후로 마누라한테 유기농 화장품만 쓰라고 했다니까."

이 친구가 결혼은 했구나.

"애는 몇 살이야?"

갑작스러운 내 질문에 청소반장이 빤히 바라보다 좀 낮은 톤으로 대답했다.

"없어. 이런 일 하면서 애를 낳는 건 윤리적이지 못하다고 생각했거든."

"와이프도 알아?"

"그냥 내게 문제 있는 걸로만 알고 있어. 당신은?"

"나도 같지. 애가 없는 이유는 좀 다르지만."

"왜 안 갖는 거야?"

"애 키우는 게 싫어서."

그는 무슨 이상한 소리를 들은 것 같은 얼굴로 되물었다.

"애 키우는 게 싫다고? 그럼 결혼은 왜 한 거야?"

"애 낳으려고 결혼하는 건 아니잖아."

그는 입을 비쭉이며 고개를 끄덕였다.

"그렇긴 하지."

그때 청소반장의 휴대폰이 울렸다.

"네, 오셨어요? 건물 뒤쪽에 '곰탕집 전용'이라고 쓰인 주차장에 그냥 주차하시면 됩니다."

그는 전화를 끊고는 뭔가 담겨 있는 지퍼백을 내게 건넸다. 탄창이 분리되어 있는 권총이었다.

"고객 보호 차원에서 주는 거야. 그것도 정 사장이 보증한 고객이니까."

"이래도 되나?"

"권총 주지 말라는 내용은 계약에 없었거든. 웬만하면 그 총 꺼내지 않았으면 좋겠어. 힘 있는 사람 같으니까 말 잘 듣고."

픽 웃으며 사무실 밖으로 나가는 그를 보며 재빨리 권총을 꺼내 탄창을 끼우고는 장전해서 뒤춤에 꽂아 넣었다.

조금 기다리자 문이 열리며 건장한 체격의 남자가 들어왔다. 얼굴에 나 있는 자잘한 흉터와 방을 둘러보는 눈매가 경호원처럼 보였다. 적당히 긴장하고 적당히 여유 있는 그런 얼굴. 그가 내 몸을 수색하려는 듯 다가서자 누군가 안으로 들어서며 말했다.

"됐어. 그분은 몸 건드리는 거 별로 안 좋아하시지."

납치를 해 온 만큼, 내가 비무장일 거라는 걸 알고 하는 쇼맨십이 분명했다.

경호원이 옆으로 비켜서자 생각지도 못한 인물이 서 있었다.

"오랜만입니다, 방의강 씨."

그가 누군지 알아본 순간 온몸이 팽팽하게 긴장했다.

경호원이 문을 닫는 소리마저도 너무 예민하게 느껴져 눈이 찡그려질 정도였다. 그는 맞은편 소파에 자리를 잡았다.

"결국은 이렇게 보게 되는군요."

침착한 목소리만큼이나 표정도 침착했고 빈틈 또한 없어 보였다.

"그러네요, 최 부장님."

최 회장의 오른팔, 그리고 경기도 펜션에서 나와 함께 전화로 티격태격했던 바로 그 최 부장이었다. 그는 손목을 흔들어 흘러내리는 명품 시계를 말아 올리며 입을 열었다.

"직접 본 건 이 년 만인가요?"

"이 년 육 개월 만이죠."

나를 한 번 훑어본 그가 말했다.

"그때보다 몸이 더 단단해진 것 같군요. 하시는 운동이라도 있나요?"

너 같은 놈들 만날까 봐 이종격투기 체육관 다닌다.

"골프 안 하는 건 확실하죠."

"좋은 운동인데 아쉽네요. 같이 필드도 나가면 좋을 텐데."

이런 피상적인 대화를 하는 와중에도 내 머릿속은 빛의 속도로 연산을 하고 있었다. 최 부장이 내게 무슨 볼일일까? 원하는 게 뭘까?

최 부장이 다시 말을 이었다.

"방의강 씨와 대화가 필요한 시점이라고 생각했습니다. 지난번의 일도 그렇고…… 우리 사이가 그다지 매끄럽지는 않은 것 같아서요."

"사실 나쁠 것도 없었죠. 얘기를 많이 해 본 적도 없었으니까."

그는 픽 웃으며 동의한다는 듯이 고개를 끄덕였다.

"그렇죠."

그는 손목시계를 힐끗 보고는 말을 이었다.

"제가 왜 따로 모셨는지 궁금하실 겁니다."

그래 인간아. 궁금해서 뇌가 간지러울 지경이라고. 어서 말해, 어서!

"그전에 궁금한 거 없으신가요? 질문하실 게 많을 것 같은데."

먼저 정보를 빼내고 그에 맞춰서 내줄 정보의 수준을 정하려는 전략이다. 하지만 개의치 않는다. 내가 하려는 질문은 질이나 양과는 관계없는 것이니까.

"테러한 놈들, 최 부장님이 보낸 사람들인가요?"

"어휴, 처음부터 너무 센 질문이군요."

이것에 대한 답변만 들으면 다음에 내가 할 질문은 단 하나만 남게 된다. 최 부장은 입을 꾹 다물고 있는 나를 보고 얼굴에서 웃음기를 걷어 내며 말했다.

"맞아요."

이런 개 같은 자식을 봤나. 수십 조각으로 썰어 죽여도 시원
찮을 대답을 거침없이 하는구나. 힘센 놈들은 저게 부럽다. 어
떤 상황에서도 당당할 수 있는 거.

"하지만 그게 최선책이었습니다."

그게 최선책이 아니라 지금 이것이 차선책인 거겠지. 내가
그때 죽었으면 죽은 대로 네놈은 분명 다른 꿍꿍이를 부리고
있었을 테니까. 이번엔 내가 물었다.

"SCD서비스가 최 부장님에게 무슨 잘못이라도 했나요?"

"그거에 대해서는 제가 질문을 드려야겠군요. 왜 그동안
SCD서비스를 찾지 않은 거죠?"

"그건 무슨 말입니까?"

그는 미소를 띠며 말했다.

"그 펜션 동영상, 방의강 씨가 가져갔잖아요."

최 부장은 내가 생각하는 것보다 더 깊게 담겨 있는 것 같았
다. 어쩌면 해답이 지금 이 순간 다 풀릴지도 모른다는 생각이
들었다.

"분명 그 영상에서 SCD서비스가 관련되었다는 걸 알아차렸
을 텐데 왜 그동안 안 찾아간 거죠?"

"그건 나중에 봤습니다. 공교롭게도 SCD서비스를 찾아가는
길에 테러를 당했죠."

최 부장은 깜짝 놀란 듯 눈을 크게 떴다가 웃으며 말했다.

"제가 괜한 수고를 했군요."

"그렇지는 않을 겁니다. 제가 그런 일을 당하지 않았다면 조용한 방식으로 일 처리를 했을 거고, SCD서비스는 오늘도 영업을 할 수 있었겠죠. 왜 그렇게까지 몰아붙인 거죠?"

"어차피 잘라야 할 싹이었습니다. 내 힘 안 들이고 처리할 방법을 활용했을 뿐입니다."

내 표정에 감정이 드러난 모양이다. 최 부장은 미안하다는 듯 손을 들어 보이며 말을 이었다.

"방의강 씨는 프로니까 이해해 주실 거라 믿습니다."

"그 생활 떠난 지 오래되어서 제가 잊은 모양이네요. 썩 유쾌하지는 않네요."

"다행히 제게 기분 풀어 드릴 만한 소식을 하나 가지고 있죠."

그는 품에서 몇 장의 사진을 꺼내 내게 내밀었다. 선명하지 않은 것이 동영상에서 캡처한 사진인 듯했다. 모자를 눌러쓴 남자가 집 대문 앞에서 서성이는 모습과 대문을 넘으려는 모습이 찍혀 있었다. 문제는 그 집의 모습이 내 집과 똑같이 생겼다는 것이었다. 대문 밖으로 삐져나온 잡초와 파란색 지붕이 내 집이라는 걸 그대로 증명하고 있었다.

머리가 뜨거워지고 심장이 팔딱거리며 호흡이 가빠졌다. 온몸이 부들거려 사진을 제대로 쥐고 있을 수가 없었다. 나도 모르게 테이블을 내리치며 잡아먹을 듯 최 부장에게 말했다.

"맹세하는데 내 가족 건드렸다가는, 남은 평생을 너와 관련

된 모든 인간을 죽이면서 보낼 거야. 네 가족, 네 친척, 네 친구, 네 상사, 그리고 저 경호원까지 싸그리 다!"

내 흥분한 모습에 경호원이 당장이라도 날 제압할 듯이 꿈틀거렸고 최 부장은 손을 들어 경호원의 움직임을 막았다. 그는 침착한 모습이었지만 돌변한 내 모습에 적잖이 당황한 듯 한동안 말이 없었다.

최 부장은 내가 떨어뜨린 사진을 자기 앞으로 모으며 말했다.

"내가 기분 풀어 드릴 만한 소식이라고 하는 말 못 들었어요? 이렇게 흥분부터 하면 내가 말을 할 수 없잖아요."

"지금부터는 말 잘하는 게 좋을 거야. 지금 최대한 정신 줄 잡고 있는 거니까."

내 반말이 거슬렸는지, 아니면 태도가 맘에 들지 않았는지 최 부장의 눈썹이 꿈틀거렸다.

"화날 수는 있을 것 같은데 그렇다고 이런 식으로 막 나가는 건 곤란하지 않나? 당신, 정신 차리지 않으면……."

총을 꺼내 경호원의 머리통을 날리고 권총 손잡이로 테이블을 내리쳐 박살 냈다. 예상치 못한 권총의 등장에 최 부장의 눈이 튀어나올 듯 커졌다.

"최 부장, 내가 지금 뻥카 날리는 거 같나? 내 가족으로 협상할 수 있을 줄 알았어? 이용하고 싶으면 철저히 나만 이용했어야지, 가족을 건드려? 가족 목숨 구해 줬다고 생색이라도 내면 내가 친절할 줄 알았냐, 이 개새끼야!"

그는 아무 말도 하지 않고 놀란 표정으로 나를 바라만 보고 있었다. 표정은 여전히 침착해 보였지만 몸은 사시나무 떨듯이 떨고 있었다. 그제야 알았다. 최 부장이 침착해서 그런 표정을 한 게 아니라, 원래 생긴 게 침착한 것처럼 생겼다는 걸.

최 부장도 결국은 평범한 월급쟁이인 것이다. 어떤 사유로 이렇게 발을 들여놓게 된 것인지는 모르지만 머리는 엄청나게 쓰지만 몸은 쓰지 않는, 그런 평범한 사무직 회사원이었던 것이다. 그는 몸은 떨면서도 침착한 목소리로 말했다.

"알아들었으니까 이제 그만 자리에 앉는 게 어떻소?"

이번엔 그의 침착한 목소리가 나를 당황하게 했다. 일개 회사원 따위가 이런 극한 상황에서도 어떻게 저렇게 침착할 수 있는 걸까? 뒤통수가 갑자기 근질근질해졌다. 회사원 시절 보고서를 올릴 때 중요한 것을 빼먹고 올릴 때와 똑같은 느낌이었다. 흥분하는 바람에 뭔가 내가 놓치고 있는 것이 분명했다.

화는 있는 대로 다 냈는데 상대방이 저렇게 나오면 상당히 겸연쩍어지고 면이 안 선다. 이런 상황에서 바로 고개를 숙이고 들어가면 나만 없어 보이는 인간이 되는 것이다. 에라, 모르겠다. 이쪽 세계에 발 들인 순간 자존심도 팔아먹었다.

"알아들었다니 이만 자리에 앉겠소."

내 말에 최 부장도 약간 당황한 듯했다. 아니, 그보다 "뭐 이런 게 다 있어?" 이런 표정이었다. 최 부장은 쓰러져 있는 경호원을 보며 말했다.

"막 나가는 사람인 줄은 알았는데 이 정도일 줄은 몰랐어."

"경호원이 당신 살린 셈 치자고. 좀 전까지만 해도 제어가 잘 안 되어서 저 친구 없었으면…… 우리 둘 다 힘들었겠지. 한쪽은 죽어서 힘들고, 한쪽은 죽여서 힘들고."

최 부장은 부서진 테이블 위에 있던 사진을 집어 들며 말했다.

"분명히 말할 수 있는 건 내 연출 작품이 아니란 거야. 누군가 당신 가족을 노렸고 난 그걸 막았지."

"노리는 건 누구고, 당신은 그걸 어떻게 알게 된 거야?"

최 부장은 라이터를 꺼내 사진을 태우며 말했다.

"그 전에 한 가지 약속을 좀 해 줬으면 좋겠어."

난 말하라는 듯 그를 빤히 바라보았다. 최 부장은 재가 된 사진을 손바닥에 올려 허공으로 띄우며 말을 이었다.

"나를 위해 일을 좀 해 줬으면 좋겠어."

조금 전까지만 해도 자신을 죽이려던 사람에게 저런 말을 할 수 있는 걸까? 나 같은 새가슴은 절대로 그렇게 못한다. 난 예전에 겪었던 일을 떠올리며 대답했다.

"최 부장님, 지금 그 말, 점점 더 내 의심을 살 거란 생각은 안 들어? 나 같은 놈에게는 너무 뻔한 수법이거든."

"어떻게 보일지 알아. 그럼에도 내가 이렇게 말하는 건, 내 말이 모두 사실이기 때문이지."

"설득시켜 봐."

최 부장은 고개를 좌우로 흔들며 말했다.

"이봐, 방의강 씨. 내가 맘만 먹으면 당신 와이프를 볼모로 잡고 일을 시킬 수도 있다는 생각 안 들어?"

"그럴 수도 있겠지. 하지만 그렇게 안 하고 있잖아. 이유가 뭘까?"

담판의 기본적인 수칙대로 응대했다. 질문에는 질문으로 대응하는 아주 단순한 방법.

"그 이유가 뭐라고 생각하는데?"

"그건 당신이 알지."

그는 말문이 막혀서인지 아니면 짜증이 났는지 잠시 입을 다물었다. 그는 팔짱을 끼고 있다가 말했다.

"좋아, 내가 당신을 설득시키려면 뭘 어떻게 해야 하지?"

오, 좋은 시도다. 벽을 만나면 돌아가는 것도 방법이지만 돌아가는 길마저 막혀 있을 땐 이렇게 정면 돌파하는 법이다. 이럴 땐 적당히 받아 주며 정보를 얻어 내는 게 정석이다. 사장 늙은이와 상의한 결론을 그에게 던지기로 했다.

"당신, 왜 최 회장 배신한 거야?"

아주 짧은 순간이었지만 그의 동공과 콧구멍이 커진 것을 알아챘다. 엄청난 연기파 배우가 아니라면 정곡을 찔렸을 때의 당연한 반응이었다. 그러고는 다시 예의 그 침착한 표정으로 돌아오는 모습에 더욱 확신하게 되었다. 아니면 말고의 심정으로 가끔은 이렇게 찔러 보는 것도 좋은 방법이다.

"그게 무슨 소리야?"

난 기댔던 상체를 앞으로 세우며 말했다.

"최 부장님, 날 설득시킬 수 있는 방법을 물어봤었잖아. 그래서 지금 알려 주고 있는 거고."

그는 짐짓 여유로운 척 입가에 미소까지 짓고 있었지만 머릿속은 그렇게 여유 있지는 않을 거라고 생각했다.

"글쎄, 난 그런 적 없었던 것 같은데?"

자기방어 기재 발동. 자신의 일을 마치 제삼자의 일인 것처럼 거리를 두려는 심리적인 반응이다. 이건 확신이 없는 경우보다는 자신이 그랬던 사실에 대해 조심스럽게 접근할 필요가 있을 때 나오는 현상이다.

이번엔 최 부장이 내게 질문을 던졌다.

"왜 그렇게 생각하는 거지?"

"당신하고 최 회장의 오래된 관계를 생각하면, 내가 근거 없이 이런 말을 막 던질 수 있겠나?"

"근거가 뭐지?"

난 나도 모르게 실소가 나왔다. 최 부장의 대화 방식이 점점 유치하게 느껴졌기 때문이다.

"최 부장님, 나에 대해서 얼마나 알고 있는지 모르지만, 난 아주 기초적인 신뢰도 없는 사람하고는 일 안 해. 당신이 내 가족에 대해 언급을 한 것부터 일단 단추를 잘못 끼운 거지."

"난 도와준 거라고 말했잖아."

"배우자가 죽으면 십중팔구 범인은 배우자라는 거 알고 있지? 내 입장에서는 당신이 범인일 가능성이 가장 커. 적어도 지금 시점에서는."

"당신이 믿지 않으면 나로서도 방법은 없어."

"바로 그거야. 그래서 우리 사이를 풀어 나갈 방법을 지금 내가 제시하고 있는 거라고. 내가 가족에 대해 얼마나 예민하게 생각하는지 알면 다시는 이런 장난 칠 엄두도 못 낼 거야."

이 말은 진심이고 사실이다. 가족을 위협하는 사진을 보여 준 것만으로도 벌써 한 명이 죽었으니까.

"내가 장난친 게 아니라니까!"

침착했던 최 부장이 사무실에 들어온 이후 처음으로 큰 소리를 냈다. 내게는 좋은 징조다. 최 부장에게 그동안 하고 싶었던 결정적 한마디를 했다.

"침착해. 진정하라고."

아, 저 침착 덩어리 낯짝에 이 말을 얼마나 하고 싶었는지! 약간은 상기된 표정으로 나를 노려보는 최 부장에게 말을 이었다.

"내가 필요한 건 딱 두 가지뿐이야. 정 사장 며느리가 어디 있냐는 것과 정 실장을 죽인 게 누구냐는 거지. 둘 중 하나만이라도 내게 제시할 수 있으면 난 언제든 당신이 하려는 일에 대해서 상의할 용의가 있어."

듣고만 있던 최 부장이 말했다.

"둘 다 나는 모르는 일이야."

"그럼 더 이상 대화할 이유가 없군. 당신 대신에 SCD서비스를 쓸어 줬으니 이걸로 서로 신세 진 건 없는 걸로 하자고."

일어서는 내게 그가 침착하지만 다급한 어조로 입을 열었다.

"진 회장과 일하고 있어."

내 귀를 의심했다. 잘못 들은 줄 알았다.

"뭐라고?"

"진 회장하고 일하고 있다고."

급 흥미가 생겼다. 흥미 정도가 아니다.

진 회장은 최 회장과 오랜 라이벌 관계다. 몇 년 전 내가 최 회장의 지분을 가져올 때, 그를 견제할 목적으로 끌어들인 것도 진 회장이었다. 그런 진 회장을 위해 최 부장이 일을 하고 있다는 얘기다. 다른 자도 아니고 최 회장의 오른팔인 최 부장이 말이다.

사장 늙은이와 나는 최 부장의 배신까지는 유추해 냈지만 진 회장의 등장은 생각도 못 하고 있었다.

나는 다시 자리를 잡고 앉았다. 본능적으로 주변을 살피고는 작은 목소리로 물었다.

"어떻게 된 거야?"

최 부장이 쓴웃음을 지으며 말했다.

"이제 관심 좀 생기나?"

"진 회장과 최 회장 사이에서 줄타기하는 기분이 어떤 건지 나만큼 아는 사람은 없을 테니까."

"그렇지. 그리고 당신은 그걸 멋지게 해냈고. 그래서 당신 도움이 필요한 거야."

"진작 솔직하지 그랬어."

"당신이라면 그랬겠어?"

물론 아니다. 나는 웃으며 고개를 좌우로 흔들었다.

"거봐."

최 부장은 자리에서 일어나 문을 두드렸다. 그러자 두 명의 또 다른 경호원이 들어왔다. 내 위협에도 굴하지 않던 이유가 저거였나.

내가 경호원을 죽이고 난동을 피우는 동안에도 이들은 사무실에 들어오지 않았다. 아마도 최 부장의 지시가 있었을 것이다. 최 부장을 죽였다면 사무실을 나서는 순간 벌집이 되었을 거란 생각을 하니 등골이 오싹해졌다. 늦었지만 최 부장이 자신의 목숨을 담보로 나와의 대화를 시도한 것으로 그의 절박함을 어렴풋이 느낄 수 있었다.

최 부장은 그들에게 뭔가 다른 지시를 내렸고 그들은 고개를 끄덕이고는 죽어 있는 시체를 대충 수습해서 들고 나갔다. 들고 나가는 동안에도 적의를 갖고 나를 보거나 하는 자는 아무도 없었다. 그들의 그런 모습이 왠지 더 두렵게 느껴졌다.

다시 자리로 돌아온 최 부장은 힘 빠진 미소로 말했다.

"내가 좀 난처해졌어."

먹이사슬 최고층에 있는 이들 사이에서 노는 초식동물들은 인생이 난처하다.

최 부장은 심호흡과 함께 내게 입을 열었다. 난 그의 말을 하나도 빼놓지 않으려는 자세로 경청했다. 다른 이도 아니고 진 회장과 최 회장의 이야기였기 때문이다.

그들이 인생에 끼어들면, 그게 누구든 인생이 스펙타클하게 돌아가게 되고 좋지 않은 결말로 끝나게 된다. 그곳에서 살아남은 내가 스스로 대견하게 여겨질 정도다.

"좋아, 최 부장. 당신 얘기 듣기 전에 먼저 두 개만 물어보지. SCD서비스의 변호사 하는 친구 말이야."

"그래, 알지."

"알아?"

"인사 한번 한 정도야. SCD 사장이 인사 올 때 한번 데리고 온 적 있거든. 그 친구는 왜?"

"내가 좀 험하게 다룰지도 몰라서."

최 부장은 픽 웃으며 대답했다.

"그 친구에 대해서는 잘 몰라. 어떻게 되든 당신 맘이야."

난 고개를 끄덕이고 다음 질문으로 넘어갔다.

"정치상 실장 일에 대해서는 알고 있지?"

최 부장의 표정이 굳으며 고개를 끄덕였다.

"전에 당신하고 통화하고 나서 확인 좀 해 봤지. 사실인 것 같더군. 최 회장도 개인적으로는 씁쓸하게 생각하고 있어."

이 말만 들어서는 최 회장이나 최 부장의 짓인지 아닌지 판단이 서지 않았다.

"정 실장한테 여자가 있었던 건 알고 있었나?"

그는 픽 웃으며 대답했다.

"정 사장이 찾고 있다는 며느리를 말하는 거라면 사실 믿기 힘들어. 그냥 좀 오래 갖고 놀던 거겠지. 그 인간이 그럴 리 없다는 건 당신이 더 잘 알잖아."

"그런데 정 사장은 그렇게 믿고 싶어 해. 그래서 찾고 있는 거고. 며느리 어디 있는지 알아?"

타인에게 남의 며느리가 어디 있는지 물어보는 게 좀 이상하긴 했지만 지금 그런 걸 따질 때가 아니다. 최 부장은 아무렇지도 않게 고개를 가로저었다.

"하지만 혹시나 알아내게 되면 말해 주지."

"그럼 고맙겠군. 지금의 나에게는 가장 중요한 일이니까. 자, 그럼, 이제 얘기를 들어 볼까?"

"이 모든 일은 내가 시작했어. 하지만 이렇게 번지게 될지는 몰랐지."

전체 그룹의 자금을 좌지우지하는 최 부장의 입에서 저런 말이 나오게 될 줄은 몰랐다. 그가 통제하지 못한 사유는 분명 하나밖에 없다. 그보다 힘센 사람.

유언을 듣는 자세로 진지하게 최 부장의 말에 귀를 기울였다. 자근자근 말하는 최 부장의 모습이 팔십 넘은 노인네로 보였다.

장담하는데 최 부장은 지금 이 순간, 세상에서 가장 불행한 친구다.

이 년 전에 내가 최 회장과 진 회장 사이에 끼어 있었던 것처럼.

사실
THE FACT

　결론부터 말하면 최 부장과 손을 잡기로 했다. 내가 그를 돕는 동안 가족에 대한 안전과 적지 않은 수고비를 계약서로 보장받았다.

　두 탕 뛰는 걸 병적으로 싫어하는 사장 늙은이가 이 사실을 알게 되면 또 한 소리 하겠지만 나로서는 손해 볼 것이 없는 장사이기에 안 할 이유를 찾는 게 더 어려웠다. 더구나 최 부장이 원하는 것도 사장 늙은이의 일에서 크게 벗어나지 않는 범주 안이었기에 수락하는 게 어렵지 않았다.

　사장 늙은이도 확실히 양반은 못 된다. 휴대폰에 그의 전화번호가 떴다.

　"지금 뭐하고 있나?"

　이 늙은이의 어투는 신경을 긁는 옴므파탈의 매력이 있다.

단 한마디로 순식간에 기분이 잡친다.

"뭐하고 있을 것 같은데요?"

"왜 또 대답이 이리 삐딱해?"

"그 말투 좀 어떻게 못 하세요?"

"내가 뭘 어쨌다고 이래?"

"사장님 말투에는 많은 게 담겨 있는 것처럼 느껴지거든요. 감시, 독촉, 무능력에 대한 비판 등등."

"자격지심일세."

주둥이를 확!

"무슨 일로 전화하셨어요?"

"돈 주는 의뢰인이 고용인에게 진행 사항 체크도 못 해?"

난 아직 한 푼도 받은 기억이 없다고 이 늙은이야.

"변호사 만나러 갑니다."

"드디어 이혼하는 건가?"

이런 미친 늙은이를 봤나. 이혼하기를 바라기라도 한 거야?

"그 동영상에 나왔던 변호사요."

"아, SCD서비스 고문 변호사 말인가? 그놈을 이제 찾으러 가는 거야?"

"이제 찾으러 가냐고요? 어제 죽을 뻔한 사람한테 할 말은 아니잖아요."

"죽었으면 이런 말을 뭐하러 하겠나. 안 그래?"

죽었다면 내 관에 대고 지껄였겠지.

"진행 사항 알았으면 이만 끊죠."

"내 며느리 위치를 알아냈네."

걸음을 멈추고 휴대폰에 귀를 기울였다.

"알아냈다고요?"

"정확히는 아니지만 누가 알고 있는지는 알아냈지."

"누가 알고 있는데요?"

"윤원영."

어디서 들어본 이름이다.

"그게 누군데요?"

"자네가 찾고 있는 놈. SCD서비스 고문 변호사."

생각났다. SCD서비스 사장이 이마에 구멍 나기 직전에 토했던 이름이다.

"진짜예요?"

"그래서 독촉하려고 전화한 거네."

아닌 것처럼 굴더니 독촉 전화 맞네. 난 다시 걷기 시작했다. 윤원영 변호사만 찾으면 일단 십억이 확보된다.

"어떻게 알아냈어요?"

"그건 나중에. 내가 알아낸 이상 그놈도 눈치챘을 가능성이 높아. 서둘지 않으면 잠수할 수도 있어."

SCD서비스를 박살 내 놓은 지금은 더욱 그렇다.

"내 십억 날리지 않으려면 서둘러야겠네요."

"무슨 십억?"

"며느리 찾아 오면 십억이라고 계약했잖아요."

"그건 곤란하게 됐군. 절반은 내가 스스로 알아낸 거니까."

이 양반이 장난하나…….

"사장님이야말로 제가 차린 밥상에 숟가락 얹는 꼴이잖아요. 어차피 제가 변호사 만나면 다 튀어나올 정보인데 이렇게 추잡스럽게 나올 거예요?"

"…… 어서 서두르게."

또 일방적으로 전화를 끊었다. 사장 늙은이에 대한 분노가 윤원영 변호사 놈에게 돌아가지 않길 빌며 발걸음을 재촉했다.

솔직히 내 관심사는 윤 변호사가 그들 사업에서 어떤 역할을 하고 있냐는 것보다, 남의 화장실에서 캠코더를 들고 대체 뭘 하고 있었냐는 거다.

차라리 맞은편 집 화장실을 몰래 찍는 거라면 관음증이라고 이해할 텐데, 납치 감금당한 사람의 화장실을, 게다가 납치한 놈도 모르게 몰래 찍고 있는 거라면 그 이상의 뭔가가 있지 않고는 그런 모험을 할 리가 없지 않은가. 그것도 캠코더를 설치해 둔 것도 아니고 직접 들고 촬영까지.

윤 변호사는 생각보다 여유로워 보였다. 조사한 바에 의하면 그의 사무실이 있는 이 건물도 윤 변호사의 소유라고 했다. 그는 잘 빠진 건물 주차장에서 차 트렁크에 골프채 가방을 싣고 있었다.

함께 일하던 회사 사람들이 단체로 재난을 당했는데 저렇게 한가할 수 있다는 게 놀라웠다. 아니면 소식을 아직 못 들은 걸까? 청소반장이 청소를 깨끗이 했다면 못 들었을 수도 있다.

아무리 그래도 이건, 본인이 처한 상황에 비해 너무 한가해 보인다.

마네킹이 입고 있던 걸 세트로 벗겨 왔는지 기본적으로 코디는 봐 줄 만했지만 호떡을 엎어 놓아 둔 듯한 저 모자만큼은 참기가 힘들었다.

"그 모자 벗으면 안 돼요?"

나도 모르게 말이 튀어나갔고 윤 변호사가 나를 돌아보며 말했다.

"뭐요?"

예전에 SCD서비스에서 잠깐 봤을 때는 몰랐지만 이제 보니 키도 크고 체구도 꽤 컸다. 이 몸으로 그 좁은 환기구에서 캠코더를 들고 촬영을 했다니.

"아, 아무것도 아닙니다. 골프 가시나 보네요?"

그는 나를 빤히 바라보다 되물었다.

"혹시 제가 어떻게 만난 분이신지……."

모르는 척이 아니라 진짜 못 알아보는 눈치였다.

그게 유리한지 불리한지, 그리고 그걸 어떻게 이용하는 게 좋을지 생각했다. 이왕 이렇게 된 거 최 부장에 대해서 떠보기로 했다.

최 부장은 내게 SCD서비스와도 거래를 했었고 사장이 최 부장에게 인사하러 올 때 윤 변호사와 함께 왔었던 적이 있어서 안면은 있다고 했으니까 좋은 기회였다. 최 부장과 일시적으로 손을 잡긴 했지만 나에게 있어서 최 부장은 아직 회색분자다.

어느 쪽인지 노선이 불분명한 자.

"CH홀딩스 최 부장님 소개로 찾아왔습니다."

최 부장이라는 말에 확 변하는 윤 변호사의 태도에, 최 부장의 사회적 지위가 어느 정도인지 대략 짐작이 되었다.

"아, 그렇습니까!"

그는 깍듯하게 돌변하여 내게 꾸벅 인사를 건넸다. 이봐, 이봐. 최 부장은 아니니까 이렇게 부담스럽게 굴 필요는 없다고.

그는 이내 손목시계를 보고는 여전히 웃는 얼굴이었지만 난처한 표정으로 말했다.

"제가 지금 선약이 있어서……. 혹시, 골프 좋아하십니까?"

어이, 내 어딜 봐서 골프를 좋아할 거라고 생각했냐? 그는 내 복장을 아주 빠르게 위아래로 훑어보고는 말을 이었다.

"괜찮으시면 차로 같이 이동하시면서 얘기하시는 건 어떨까요?"

나야 좋지. 낯선 사람을 자기 차에 함부로 태우는 거 아니라고 엄마한테 안 배웠냐?

"저는 상관없습니다."

"아, 그럼 잘됐네요. 자, 타시죠."

내가 조수석에 먼저 자리 잡고 앉아 실내를 살폈다. 실내도 촬영이 되는 양면 촬영 블랙박스가 전면에 부착되어 있었고 좌우 상단 구석에 위장이 잘된 스파이 캠코더가 설치되어 있었다. 혹시나 하고 글로브박스 아래를 만져 보았다. 작은 몸체가 달린 케이블형 소형 캠코더가 잡혔다. 이 캠코더의 용도는 하나밖에 없다. 렌즈의 방향이 조수석에 여성을 앉혔을 때의 은밀한 곳을 정확하게 향해 있었기 때문이다. 이 자식 진짜 관음증 환자였군. 젠장, 난생처음 카메라의 집중 조명을 받는 곳이 사타구니일 줄은 꿈에도 예상 못 했다.

차 안이 거대한 몰래카메라 스튜디오인 것을 생각하면 자신 있게 나를 차에 태운 이유를 알 수 있었다. 하지만 캠코더가 날아드는 총알까지 막아 주진 못한다는 당연한 사실은 잊은 모양이다.

"자리 불편하시면 등받이 조정하시고요. 혹시 더우세요? 에어컨 켤까요?"

전형적으로 친절한 태도. 내게 친절하게 대하는 사람을 심문하는 건 약간 부담스럽다. 죄책감보다는 경험상 이런 사람들은 돌변하면 태도가 더욱 매섭기 때문이다.

"아니 괜찮습니다."

승차감 좋은 세단은 미끄러지듯 도로 위를 달리기 시작했다. 그는 선루프를 열며 말했다.

"오늘 날씨가 너무 좋네요. 이런 날은 골프를 꼭 쳐야 제 맛이죠. 그래서 부킹 예약도 제가 손수 합니다. 예약할 때부터 즐거워지거든요."

골프가 그렇게 재미있나? 스포츠는 직접 해 보기 전엔 재미를 논하지 말라는 말이 있긴 하지만 서양식 자치기가 그렇게 재미있어 보이지는 않는데.

"저는 필드 나갈 땐 이런 맑은 날보다는 약간 흐린 날씨를 좋아하거든요. 자외선도 덜 받고 좋잖아요."

이 양반은 법 공부만 한 모양이다. 자외선은 흐리건 맑건 상관없이 햇빛을 쐬는 동안엔 고스란히 맞게 된다. 오히려 흐린 날 자외선이 더 강하다는 연구 결과도 뉴스에서 본 적이 있다.

"썬 블록 크림, 좋은 거 많이 나왔잖아요."

"그걸 바르면 얼굴이 허옇게 돼서 영 품위 없어 보이거든요."

아, 품위. 난 그런 거 잊고 산 지가 언제인지조차 잊었다. 이런저런 쓸데없는 이야기를 하던 윤 변호사가 물었다.

"최 부장님은 잘 지내시죠?"

"네, 잘 지내시죠."

"최 부장님하고는 알고 지낸 지 얼마나 되셨나요?"

"이 년 반 정도 됐습니다."

"최 부장님 참 좋은 분이죠? 맺고 끊는 게 확실한 분이잖아요."

"글쎄요. 저는 주로 사석에서 만난 사람이라."

난 의도적으로 '사석'이란 말과 '사람'이라고 지칭하여 최 부장과 나의 레벨을 동일 선상에 맞추었다. 윤 변호사는 지금 최 부장이 하느님인 것처럼 떠받들고 있었고 나도 그런 대접을 받는 게 유리하니까.

"아, 그러세요? 저희랑은 식사도 같이 안 하시려고 하셨는데."

나도 너랑은 밥 먹고 싶지 않아.

"제가 어떻게 도와 드리면 되겠습니까?"

이제 본론을 말할 때가 되었다.

"SCD서비스하고 일하고 계시죠?"

약간은 흠칫한 모습이었지만 이내 웃으며 대답했다.

"뭐 별건 아니고 연 단위로 계약해서 법무 검토 해 주는 일을 하고 있죠. SCD서비스 관련된 일인가요?"

"아뇨, 변호사님에 대한 겁니다."

"저요?"

휴대폰을 꺼내 며느리 사진을 보여 주며 그의 표정을 살폈다. 단 한 개의 표정도 놓치지 않겠다는 각오로. 처음엔 평온한 얼굴이었다가 그다음엔 경색이 되었다. 그리고 바로 이어서 입가에 미소를 지었다. 하지만 변하지 않는 건 눈빛이었다. 놀라고 당혹스러운, 마치 범죄 현장을 들킨 것 같은 그의 불안한 눈빛만큼은 미소로도 감출 수가 없었다.

"이게 누구죠?"

"제가 아는 분의 며느리 되십니다."

그의 눈빛이 더 심하게 흔들렸다. 웃으면 감기는 눈으로 눈빛을 가리려는 건지 더 심한 미소로 말했다.

"아, 네. 그런데 혹시 무슨 일 때문이신지……."

계속 오리발을 내미는 놈의 면상을 보며 발끈했지만 아직 본색을 드러낼 때는 아니었기에 나도 미소로 화답하며 대답했다.

"이분이 실종됐습니다."

"아……. 거참 안타까운 일이네요. 그럼 지금 사람 찾고 계시는 중인가요?"

"그런 셈이죠. 한 성격 하시는 분이라 시키면 해야 해서요."

"그런데 왜 저를 찾아오신 거죠? 기분 나쁘게 들진 마십시오."

아무래도 터놓고 얘기해야 대화가 될 것 같다.

"그야 변호사님이 며느리를 본 적이 있으니까 찾아온 거죠."

"네? 무슨 말씀이신지 잘……."

"펜션에서 몰카 찍으신 적 있잖아요. 며느리가 펜션 관리자한테 당하는 모습을 고스란히 촬영하셨던데."

윤 변호사의 침 삼키는 소리가 내 귀에까지 들렸다.

"윤 변호사님이 거기서 뭘 하고 있었던 건지도 궁금하지만, 왜 그 영상이 펜션 관리자 방의 하드 드라이브에 저장이 되어 있었던 건지 더 궁금합니다."

침을 한 번 더 삼킨 윤 변호사는 나를 대하는 전략을 바꾸기로 한 모양이다. 한 톤 높았던 목소리가 굵어지며 서늘한 어조로 말했다.

"당신 뭐하는 사람이야."

"남의 며느리 찾는 사람이야. 그 여자 지금 어디 있어?"

"몰라."

난 잠시 말을 끊었다가 다시 입을 열었다.

"그 여자 시아버지 되는 사람 말인데, 성격이 정말 지랄 같아서 별명이 그냥 '지랄님'이야. 아랫사람들이 막 부를 순 없잖아. 빚을 지면 꼭 갚고 어떤 때는 빚이 없어도 갚아. 당신이 하느님처럼 생각하는 최 부장이 모시는 최 회장이, 이 양반하고 같은 레벨이라고 보면 돼. 실제로 같이 일하기도 했었고. 그 양반이 핏줄이 엄청 당기는지 며느리 찾으려고 혈안이 되어 있어. 나 같은 사람들을 과연 몇 명이나 풀어서 찾고 있을까? 다행히 그 양반한테 며느리가 당한 영상은 아직 안 보여 줬어. 당신이 그거 찍고 있는 걸 그 양반이 알게 되면 어떻게 될지 상상도 하기 싫어. 제대로 말하고 목숨이라도 건지는 게 어때?"

"지금 협박하는 거야?"

"아직 그 펜션이 어떻게 됐는지 모르는 모양이군. 거기 쑥대밭 됐어. 거기서 일하던 애들 다 죽여 버렸어, 그 양반이."

윤 변호사의 눈이 커졌지만 여전히 확신은 못 하는 눈치였다.

"몰랐던 모양이네? 그럼 SCD서비스 박살 난 건 알고 있어? 그것도 그 양반이 하룻밤 새 그렇게 한 거야."

그의 눈이 더욱 커졌다. 이번엔 감추고 말고 할 여유도 없던 모양이었다. 그는 휴대폰을 꺼내 어딘가로 전화를 걸었다. 한참을 귀에 대고 있었지만 아무도 받지 않는 모양이었다. 그는 이어서 몇 통의 전화를 더 해 봤지만 결과는 마찬가지였다. 그가 점점 더 허둥대는 것이 눈에 띄게 보였다. 그는 또 다른 곳에 전화를 해서 조용히 말했다.

"이 과장, 지금 SCD서비스에 가서 나한테 전화해. 당장."

윤 변호사는 긴장한 얼굴로 운전에 열중했다. 속도가 점점 올라가는 게 아마도 운전보다 더 복잡한 생각으로 가득한 것 같았다.

"속도 좀 줄여. 당신이랑 같은 차 안에서 죽고 싶지 않다고."

"그, 그 양반이 왜 SCD서비스를 그렇게 한 거요?"

"나 때문에. 당신이 촬영했다는 이야기는 빼고 그냥 SCD서비스가 관계된 것 같다고만 말했거든."

"……."

"SCD서비스는 관계가 없는 건가? 당신 개인적으로 엮여 있었던 거야?"

그는 묵비권을 행사하기 시작했다. 자신이 보낸 부하 직원으로부터 보고 받기 전까지는 한 마디도 하지 않을 생각인 모양이다. 그건 현명한 생각이다. 나라도 실제 확인하기 전까지는 아무 말도 하지 않을 게 분명하다.

윤 변호사는 차가 서울을 빠져나간 이후에도 입을 열지 않았다. 이것저것 물어봤지만 입을 굳게 다물고 있었기에 나도 같이 입을 다물었다. 이럴 때 스마트폰 게임은 유용하다. 야구 게임을 하고 있는데 은근히 중독성이 있어서 50게임에 35승으로 1위를 달리고 있다.

윤 변호사의 전화벨 소리가 울렸다. 사실을 말했기에 불안하지는 않았다. 다만, 청소반장이 너무 깨끗이 치워서 어떤 사고가 났던 사실조차 눈치채지 못하게 만들어 놨을까 봐 그게 불안했다.

윤 변호사는 연신 '응'을 반복하며 듣고만 있었고 표정은 지금까지와 큰 차이가 없었다. 그의 근육 없는 매끈하고 하얀 팔이 애처롭게 보였다. 저런 팔로는 지난 몇 년간 단련을 해 온 내 완력을 당해 내지 못할 테니 말이다.

그 뒤로도 '응'을 약 사십여 번을 한 뒤에 전화를 끊은 윤 변호사의 얼굴엔 핏기가 하나도 없었다. 나는 스마트폰 야구 게임에서 13점을 앞서고 있었기 때문에 도중에 끝낼 수가 없었다. 그래서 게임에 시선을 둔 채 물었다.

"이제 확인됐나?"

그는 여전히 아무 말도 하지 않았다.

"그러게 SCD서비스하고 연락도 자주 하고 지내지 그랬어. 진작 알았으면 잠수 탈 수 있었을 텐데."

"내가 어떻게 하면 되겠소."

내게 살랑거릴 땐, 한 대만 쥐어박아도 술술 불 것 같은 이미지였는데 의외로 침착했다.

"잠깐만……."

야구 게임을 19대 6으로 마무리 짓고 그를 바라보았다.

"우선은 며느리 행방에 대해서 얘기해야 해. 그다음엔 당신이 알고 있는 정보를 가지고 판단해 보자고."

"내가 만약 그 여자 행방에 대해 모르면 어떻게 할 생각이오?"

"내가 만약 지금 당신을 죽이겠다면 어떻게 할 생각이야?"

"…… 그 여자 행방을 정말 몰라도 그렇게 되는 거요?"

"그냥 운이 없다고 생각하고 받아들이거나, 아니면…… 최대한 도움이 될 만한 이야기를 지어서라도 내게 말해 줘야겠지."

"살려 줄 생각은 있는 거요?"

"나는 그렇지. 하지만 그 양반 생각은 다를 수도 있고."

사장 늙은이는 이미 충분히 괴물이었지만, 윤 변호사에게 있어서는 악마와 같은 존재여야 한다. 그래야 내게 기대서 힘 안 들이고 협조를 받을 수 있을 테니까 말이다.

윤 변호사는 갈등하는 표정으로 한동안 말을 하지 않다가 자동차 방향을 돌렸다. 그렇게 입을 다문 채 운전을 해서 국도로 진입해 한가해 보이는 카페 앞에 차를 세웠다.

"차나 한잔하고 갑시다."

그가 먼저 내리는 것을 확인하고 차에서 내렸다. 그와 나는 약속이나 한 듯 창가에서 떨어진 안쪽 구석에 자리를 잡았다. 이런 곳은 대부분 서빙을 해 준다. 언제부터인가 카페에서 서빙을 받으면 어색해졌다. 셀프서비스에 지나치게 익숙해진 모양이다.

아이스아메리카노가 나오길 기다려 그가 나직한 목소리로 입을 열었다.

"그 여자, 지금쯤 해외로 넘겨졌을 거요."

뜬금없이 외국이 튀어나왔다.

"해외?"

"운반책에게 넘어간 지 삼 일 정도 됐거든."

이놈 말이 사실이라면 큰일이다. 한국을 벗어나면 찾을 가망성이 없는 거나 마찬가지인 것이다.

"운반책이 어디 있는데?"

"대림동. 하지만 거기서 바로 처리하는 건 아니고 인천에 넘겨주는 걸로 알고 있소. 밀항 조직은 인천에 있거든."

"왜 넘긴 거야?"

"내가 넘긴 게 아니라 펜션 관리자가 넘긴 거요. 원래는 그래서는 안 되는 거였소."

무슨 말인지 알아듣기가 어려웠다.

"변호사 양반, 말 좀 정리해서 할 수 없어? 변호사 언변이 왜 이래?"

"한 달 전쯤에 펜션을 조사해 달라고 의뢰를 받았소."

"누가?"

그는 망설이다가 대답했다.

"국윤재 이사."

나는 처음 들어 보는 이름이었다.

"그게 누군데?"

이번엔 그가 황당한 표정으로 내게 되물었다.

"국 이사를 모른다고?"

"내가 세상의 모든 국 이사를 다 알 수는 없잖아."

그는 아주 작고 짧게 콧방귀를 뀌었다. 아마 자신도 모르게 나온 것일 테지만 막상 내 귀에 들리니 기분이 안 좋아졌다.

"그 콧방귀 한 번만 더 하면 코뼈 부러질 줄 알아."

갑자기 매섭게 돌변한 내 태도에 그는 움찔하며 커피로 목을 축였다.

"국 이사가 누구야?"

"진 회장 쪽 사람이오. 이쪽 사업 총괄자지."

진 회장이라는 이름이 요새 들어 자주 거론된다. 최 부장의 입에서 그리고 이자의 입에서.

"이쪽 사업이라는 게 정확히 뭐야?"

"그건 당신도 알잖소. 그…… 사람…… 장사 하는 거."

윤 변호사는 이쪽 일에 아직 적응이 안 되어 보였다. 적응이 안 되었다기보다 거부감이 큰 것 같은 언행이었다. 그는 다시 말을 이었다.

"국 이사가 자기 사람이 실종됐는데 아무래도 그 펜션에 있는 것 같다고. 아무도 모르게 조사를 해 달라는 거였소."

그래서 거기에 캠코더를 들고 들어간 것이군.

"그런 일이라면 다른 전문가도 많을 텐데 왜 하필 당신에게 의뢰한 거지?"

"국 이사가 그러길 원했으니까."

내가 국 이사였다면 곱게 자란 티가 팍 나는 이런 동네 아저씨에게 그런 일을 맡기진 않을 거다.

"SCD서비스에 맡겼으면 편했겠지. 거기엔 이런 일 전문가가 많으니까. 그런데 SCD서비스는 진 회장의 일을 공식적으로 맡아서 처리하는 업체였소. SCD서비스가 나서면 진 회장이 직접 나섰다고 최 회장이 생각할 거고, 그렇다고 아예 다른 업체를 쓰기에는 위험부담이 너무 컸고. 그래서 변호사인 나에게 부탁했던 거요. 변호사들이 입이 무거운 건 다 아는 사실이니까."

누가 입이 무거워? 지금 술술 불고 있는 인간은 검사였던가?

"그래서 갔던 거요. 그 펜션에."

"그럼, 그 국 이사가 자기 사람이라고 했던 게 그 여자라는 얘기야?"

윤 변호사는 고개를 끄덕였다. 할렐루야. 드디어 여자의 정체에 대해서 알 수 있게 되었다. 윤 변호사는 습관처럼 주변을 다시 한 번 확인하고는 상체를 앞으로 기울여 속삭이는 듯 말했다.

"국 이사가 파인서클부동산개발에 집어넣은 직원이지."

사장 늙은이와 내가 확인한 바에 의하면 파인서클부동산개발은 최 회장의 회사다. 거기에 진 회장의 사람이 직원으로 들어가 있었다는 얘기다. 상황이 점점 재미있어지고 있다. 이번엔 내가 말했다.

"일종의 산업스파이 같은 건가?"

그는 고개를 끄덕이고는 대답했다.

"그렇소."

"그런데 그게 들통 난 거군."

"사실 최 부장은 내가 펜션에 다녀간 걸 알고 있었소."

"최 부장이 협박한 건가?"

윤 변호사는 한숨과 함께 고개를 끄덕이며 대답했다.

"여자 목숨은 보장할 테니 못 찾았다고 보고하라고 했소. 난 시키는 대로 할 수밖에 없었고."

누구 말을 들어야 할지 모를 땐 눈앞에서 칼 들고 있는 놈 말을 들어야 하는 거다.

"그런데 중국엔 왜 보낸 거야?"

"나한텐 살려 둔다고 했지만, 최 부장 속을 내가 어찌 알겠소? 증거를 안 남기고 실종시키려는 수작일지도 모르지."

"그런 거라면 한국에서도 충분하잖아."

윤 변호사는 숨을 한 번 크게 쉬며 혐오하는 표정으로 말했다.

"사람 몸뚱이 하나로 얼마를 벌 수 있는 줄 알고 있소?"

그런 건 계산해 본 적 없다. 그의 표정은 거의 토할 듯이 더욱 일그러졌다.

"특히 그렇게 예쁘고 젊은 여자로는 한 번에 삼십억을 벌 수 있소."

그는 속이 울렁거리는 듯 점원에게 얼음물을 시켜 단숨에 들이켜고는 말을 이었다.

"암시장 장기 매매에 대해서 얼마나 알고 있소?"

난 배우는 학생처럼 고개를 가로저었다. 그는 더욱 작고 가라앉은 목소리로 말했다.

"우리나라에서 장기는 고가에 거래되고 있소. 상상을 초월하지. 이 눈, 안구만 얼마인 줄 아시오? 이억 삼천이오."

나도 모르게 내 눈을 만졌다. 그는 말을 이었다.

"심장 팔억, 간 사억, 신장 삼억. 치아나 위, 창자, 쓸개, 심장동맥까지 합하면 사람 몸 하나에서 장기만 십팔억이 생긴단 말이오. 십팔억이."

상품 가격 리스트를 읊듯 말한 윤 변호사는 잠시 숨을 골랐다. 그의 표정은 세상에서 가장 비위 상하는 음식의 냄새를 맡은 것처럼 일그러져 있었다.

"하지만 그게 끝이 아니오. 시체의 살을 발라내서 인육으로 팔아먹고 있소."

인육. 사람의 몸에서 발라낸 고기.

난 순간 충격을 받아 멍한 표정으로 앉아 있었다.

청소반장이 말했던 한약재와 화장품 재료로 쓰인다는 것도, 이것에 비하면 인도적으로 느껴질 정도였다.

"세상엔 정력에 좋다고 인육을 먹는 놈들이 있다고 들었지. 그중 최고로 치는 게 아이나 이삼십 대 여자들 인육이오. 이걸 먹기 위해 재력가들은 수억 원을 지불하기도 하지. 그 시장이 이제 한국으로 들어온 거란 말이오."

난 꿈을 꾸고 있는 것 같았다. 윤 변호사의 혀 하나로 지옥에 발을 들여놓은 기분이었다.

"2004년에 외국인 지문 등록을 폐지한 직후부터 해외 범죄자들이 우리나라에 쏟아져 들어온 거지. 그 빌어먹을 인권 단체의 지랄 맞은 오지랖 때문에 우리 국민들이 먹혔단 말이오."

그의 눈에 핏발이 섰다. 같은 범죄자 주제에 선량한 척하기는. 자신이 흥분했다는 걸 깨달았는지 다시 숨을 고르고 말을 이었다.

"지금은 지문 등록을 다시 하고 있긴 하지만, 뭐, 아무튼 이제, 그 여자 하나로 삼십억을 어떻게 벌 수 있는 건지 알겠소?"

그는 구역질이 난다는 듯 입가에 묻은 물을 거칠게 닦아냈다.

"그걸 알게 된 이후로 골프를 하루라도 치지 않으면 살 수가 없소. 가만있으면 자꾸 떠오르거든."

그렇게 열심히 골프를 했기에 SCD서비스가 박살 난 것도, 내가 자신을 찾고 있다는 것도 모르고 있었던 모양이다. 이게 윤 변호사의 쇼맨십이건 아니건 간에 내게 영향을 미친 것은 사실이었다. 나 또한 기분이 매우 더러워져 있었으니까.

"두 가지 청이 있소."

내가 좀 친하게 느껴진 모양이다. 이젠 청도 한다.

"살려 주시오. 지금까지 내가 한 말들이 국 이사 귀에 들어가는 날엔, 난 죽은 목숨이오."

"그러면 말을 하지 말지 그랬나?"

"진 회장이 쓰던 SCD서비스를 그렇게 대놓고 쓸어 낸 걸 보면 당신 뒤에 있다는 그분도 세력가라는 생각에서 그랬소. 무엇보다 난…… 이런 더러운 일엔 끼고 싶지 않소. 진 회장이건 최 회장이건, 그런 빌어먹을 일을 사업으로 하겠다는 양반들 얼굴을 더 이상 보고 싶지 않소. 그게 무슨 사업이오? 안 그렇소? 그런 개돼지만도 못한…… 쌍노무 새끼들."

그의 욕지거리에 나도 모르게 움찔했다. 나조차도 진 회장이나 최 회장에겐 쌍욕을 해 본 적이 없기 때문에.

"두 번째 청은 뭐요?"

"우리나라 사람들이 인육으로 제공되는 일이 없도록 그놈들을 막아 주시오."

이봐, 난 산타클로스 할배가 아니잖아. 막 소원 빌고 그러면 안 되는 거야.

"차라리 경찰에 신고하는 건 어때? 당신이 알고 있는 거면 가능할 것 같은데."

"나 같은 일회용 인력에게 증거 같은 걸 가지고 있게 할 것 같소? 게다가 경찰 내부에도 사람이 있어서 난 아마 입도 떼기 전에 죽을 거요."

그 말은 맞다. 진 회장이나 최 회장의 무형 인프라는 대한민국 전반에 걸쳐 있다고 해도 과언이 아니니까.

"이제 어떻게 할 생각이오?"

그는 판결을 기다리는 피고인의 표정으로 나를 바라보았다. 팔짱을 끼고 잠시 생각해야 했다. 어떻게 일을 진행해야 할까.

"난 그 여자를 찾는 게 우선이야. 여자 찾는 거 도와주면 살려 주는 건 물론 잠수 탈 수 있게 도와주지."

"정, 정말이오?"

"필요하면 계약서 써 주지."

계약서라면 사장 늙은이 덕분에 거부감이 없다.

"그럼 내가 뭘 어떻게 도와 드리면 되겠소?"

"우선 대림동으로 가서 그 운반책을 만나야겠지."

그는 고개를 끄덕이고는 어딘가로 전화를 걸며 일어섰다. 그의 모습을 보며 오늘 들은 얘기들을 사장 늙은이에게는 어떻게 전해야 할지 고민했다. 며느리가 진 회장의 스파이라는 것도 그렇고, 곧 있으면 해체되어 해외 전역으로 뿔뿔이 흩어질 예정이라는 말을 전해야 할까? 지금으로서는 판단이 잘 서지 않는다.

운반책
Transporter

대림동에 도착한 윤 변호사는 길 건너편에 차를 대고 맞은편 양꼬치 전문점을 가리켰다.

"저기가 놈들 아지트요."

가게 안은 손님이 한두 테이블 정도 있었고 그 앞에 남자들이 쭈그리고 앉아 담배를 피우며 담소를 나누고 있었다. 그 모습은 평화롭게 보인다기보다 행인들에게 위압감을 줄 수 있는 약간은 험악한 모습이었다. 그런 풍경은 그 가게뿐만이 아니라 골목 전체에 걸쳐 펼쳐져 있었다.

"면을 트려면 꼭 저 가게에 가야 되오. 그 이후엔 전화로만 통화해도 상관없지만 첫 거래는 꼭 대면을 해야 하지."

"위험해 보이는데."

"밖에 나와 있는 녀석들은 괜찮소. 안에 있는 놈들이 위험하지."

그러니까 꼭 들어가야 하는 거냐고 이 양반아. 딱 봐도 무서 웠기에 차에서 내리고 싶은 생각이 들지 않았다. 난 시선을 고 정한 채 휴대폰을 꺼내 들었다. 신호가 한참 가고 최 부장이 전 화를 받았다.

"지금 통화하기 좀 곤란해. 짧게 말해."

"대림동에 있으니까 백업해 줘."

"대림동?"

윤 변호사를 힐끗 보고는 대답했다.

"당신하고 뜻을 같이하는 사람이 있어서 도움 좀 받는 중이 야. 그런데 좀 위험할 것 같아서."

한숨 소리가 들리고는 말이 이어졌다.

"내게도 중요한 일인 게 좋을 거야."

"중요해."

잠시 숨만 쉬던 최 부장이 입을 열었다.

"좋아. 주소 찍어 보내."

최 부장에게 주소를 문자로 찍어 보내고 차에서 가게를 계 속 지켜보자 윤 변호사가 입을 열었다.

"조금 전에 누구랑 통화한 거요?"

"나하고 사생활 공유할 정도로 친해진 거요?"

그는 머쓱해진 표정으로 다시 입을 다물었다.

가게 앞에 앉아 있던 남자 하나가 우리를 빤히 바라보더니 벌떡 일어나 다가왔다. 나는 시선을 떼지 않고 입술도 최대한 안 움직이도록 하며 윤 변호사에게 물었다.

"저거 왜 저래? 왜 오는 거야?"

"그건 나도 모르지."

"위험한 거 아냐?"

윤 변호사가 나를 빤히 보며 말했다.

"당신 겁 많다는 소리 못 들어봤소?"

못 들어봤다. 왜냐면 겁 많은 걸 누구보다 내 자신이 잘 알고 있었으니까.

남자는 내가 앉아 있는 쪽으로 와서 창문을 두드렸다. 나는 대화만 할 수 있을 정도만 창문을 내리려 했지만 빌어먹을 윤 변호사가 활짝 열어 버렸다. 왜 운전석에서 조수석 창문을 마음대로 조정하게 만들어 놓은 거냐고.

남자가 우리를 위아래로 훑어보며 물었다.

"뭐하는 양반들인데 계속 감시하고 있어?"

중국어 억양이 섞인 한국말로 말을 이었다.

"왜 계속 여기서 쳐다보고 있는 거냐고. 뭐 문제 있어?"

창틀을 집고 있는 팔뚝엔 싸구려 문신이 새겨져 있었고 머리는 이발소에서 깎은 티가 나는 짧고 각진 스포츠형 머리를 하고 있었다. 나이는 고생 많이 한 얼굴을 감안해도 삼십대 중반쯤.

내가 말하기 전에 윤 변호사가 먼저 말했다.

"이언관 씨 만나러 왔소."

변호사 이 양반, 적극적인 건 좋은데 손발이 참 안 맞는다.

지원 인력이 오기도 전에 끌려 들어가게 생겼다.

윤 변호사의 말에도 남자의 태도는 여전히 곱지 않았다.

"연락은 하고 온 거요?"

"윤변이라고 하면 알 거요."

남자는 가게 쪽을 바라보며 중국어로 뭐라고 말했고 그 말을 들은 사람이 가게 안으로 쏙 들어갔다. 남자는 말도 없이 나와 윤 변호사를 번갈아 바라보고 있었고 우리 또한 그를 바라보고 있었다. 세상에 이렇게 불편한 시간은 내 인생에 있어서도 몇 번 없었다. 1초가 한 시간처럼 느껴졌다.

영겁의 시간이 지난 후, 가게에 들어갔던 남자가 툭 튀어나와 큰 소리로 뭐라고 말했다. 남자는 우리에게 시선을 떼지 않은 채 손수 차 문을 열어 주며 고갯짓으로 신호를 주었다. 할 수 없이 차에서 내려 내키지 않는 걸음으로 가게로 향했다.

"당신 실수하는 거야."

가게에 거의 다 왔을 때 윤 변호사에게 말했지만, 뒤따라오고 있는 건 윤 변호사가 아니었다. 뒤를 돌아보니 윤 변호사는 여전히 차에 앉아 걱정스러운 표정으로 바라보고 있었다. 저런 개자식을 봤나! 들어가라는 듯 조심스럽게 손을 흔드는 윤 변호사의 손모가지를 날려 버리고 싶었다.

뒤따라오던 남자가 내게 결코 좋지 않은 인상으로 또다시 턱짓을 했고 나는 도살장에 끌려 들어가는 소처럼 걸었다. 가게 안에서는 양꼬치 특유의 냄새가 더 강하게 풍겼다. 남자는 나무로 만든 계단을 따라 이층으로 올라갔다. 희한하다. 분명

밖에서 봤을 때는 단층 건물이었던 것 같은데.

이층 식당 한가운데에 넓은 테이블에 앉아 튀긴 생선을 통째로 놓고 먹고 있는 자가 보였다. 윤 변호사가 말한 '이언관'이란 자일 것이다.

리복 트레이닝복 차림이었는데 신발은 워커를 신고 있다. 분명 패션에는 관심이 없거나 센스가 없는 사람이리라. 그는 나를 힐끗 봤지만 맨손으로 생선을 집어 먹는 걸 멈추지는 않았다. 어쩜 먹어도 저렇게 지저분하게 먹을 수 있는 것인지, 거울 보며 연습이라도 하는 것 같았다. 저 손으로 악수를 청하면 나도 모르게 손 대신 칼을 내밀지도 모를 일이다.

그는 음식을 씹는 중간중간 내게 말을 걸었다.

"운반할 게 있다고요?"

아, 윤 변호사…… 대체 나 모르게 저놈에게 뭐라고 말을 한 거냐. 내게 최소한 귀띔은 해 줘야 하잖나. 윤 변호사를 살려 줘야겠다는 믿음이 점점 없어지고 있다.

그는 손가락에 묻은 생선 살을 빨아 먹으며 말을 이었다.

"어제 운송 업체 하나가 폐업을 했지요. 갑자기 왜 문을 닫았는지는 아무도 몰라. 중요한 건 오늘부터 영업을 안 한다는 거지요."

그는 생선 뼈를 정성스럽게 발라 먹고 테이블 위에 아무렇게나 팽개치고는 말을 이었다.

"건물은 새로 청소라도 한 것처럼 깨끗한데 사람이 하나도 없어. 원래 청소는 새로 입주할 때나 하는 거잖아요. 폐업하면서 청소하는 경우는 없거든. 그런데 깨끗해. 아주 깨끗해. 심지어는 문 잠근 자물쇠까지도 새거야. 그런 걸 보면서 선생님 같은 일반 사람들은 이렇게 생각하잖아요. 아, 이 집 참 깨끗하네. 그렇죠? 그런데 우리 같은 놈들은 무슨 생각이 드느냐 하면 '야, 이 집 식구들 싹 다 죽었구먼.' 이런 생각을 해. 왜 그런지 알아요? 핏자국만큼 닦아 내는 거 어려운 게 없거든. 어떤 때는 닦아 내는 것보다 새로 칠을 하거나 부수고 새로 짓는 게 훨씬 빠를 때가 있어요. 그 정도로 피는 잘 안 닦여. 그게 왜 그러냐면 피에 철분 성분이 있어서 그래. 화가들 중에도 왜 있잖아, 철가루 섞어서 그림 그리는 사람들."

어쩌면, 이언관이라는 작자는 SCD서비스 얘기를 하고 있는지도 모른다. 긴장이 되기 시작했다.

"내가 지금 무슨 말을 하는 거냐면, 지금 이쪽 분위기가 안 좋다는 거예요. 무슨 말인지 알겠어요?"

"그래서 일을 안 받겠다 이거요?"

언관은 약간 놀랍다는 듯 눈을 뜨고는 나를 바라보았다. 주변에 서성이고 있는 부하들 또한 곱지 않은 시선으로 나를 바라보았다. 그는 먹던 생선 접시를 한쪽으로 치우고, 세탁한 지 오십 년은 되어 보이는 수건에 손을 대충 닦고 입을 열었다.

"그게 아니라 그만큼 먹고살기가 힘들어졌다는 거지요."

언관은 그제야 자신의 맞은편 의자를 가리키며 말했다.

"앉으시죠."

여기저기 출처를 알 수 없는 얼룩이 가득한 의자에는 손도

대고 싶지 않았지만, 앉지 않겠다고 버티면 분위기가 험악해질 것 같아 순순히 자리를 잡았다.

"그런데 듣기로는 운반할 물건이 있는 게 아니라 찾을 물건이 있다고 하던데."

그의 표정과 말투가 등골을 오싹하게 만들었다. 알 수 없는 불안감이 발끝에서부터 시작되어 등골을 지나 머리로 올라와 퍼졌다.

"그 여자 찾아서 뭐하게?"

윤 변호사, 이 새끼가!

내가 멍청했다. 윤 변호사 널, 내가 본 최고의 명배우로 임명한다. 이 빌어먹을 자식아.

언관의 말을 신호로 곁에 있던 부하들이 내게 달려들어 못 움직이도록 어깨와 팔을 움켜잡았다. 덩치는 왜소했지만 완력이 대단해서 쉽게 움직일 수가 없었다.

"지금 묻고 있잖아. 그 여자 찾아서 뭐하게? 구출이라도 하게?"

"그 여자 어디다 넘겼어?"

그는 기가 막힌다는 듯 코웃음을 치며 말했다.

"지금 내가 질문하고 있잖아. 찾아서 뭐하게? 그보다 뭐하는 생선이야? 아니, 너 뭐하는 선생이야? 사람 찾아 주는 일 하시나? 아니면 죽이는 일 하시는 건가? 윤변이 아무래도 당신이 SCD서비스 폐업한 거하고 관계가 있는 것 같다고 잘 좀 처리해 달라고 하던데, 그 말이 맞아? SCD서비스 선생이 그랬어?"

여기서 살아 나갈 수만 있다면, 윤 변호사, 넌 내가 직접 죽인다.

"내가 그런 게 아니야."

언관은 나를 빤히 바라보다 자리에서 일어섰다.

"그럼 누가 그런 건데? 선생 뒤에 그 권세가 양반이 그런 거야?"

윤 변호사 이 자식은, 도대체 언제 이런 시시콜콜한 것까지 다 일러바친 거지? 내가 계속 붙어 있었는데 대체 언제?

그는 주방으로 보이는 곳에 들어가더니 뭔가를 들고 나왔다.

"서로 대화를 하면 쉽게 풀릴 일인데, 사람들이 대화를 잘 안 해. 그래서 결국은 꼭 안 좋게 끝나. 사람 관계는 그러면 안 되는 건데."

그의 손에는 네모반듯한 주방용 칼이 들려 있었다. 야채는 물론 닭 뼈나 소갈비뼈까지 통째로 절단하기 쉽게 제작된 칼이다. 손 때가 많이 타 지저분한 손잡이와는 달리 칼날만큼은 예리하게 날이 서 있었다.

나도 모르게 몸이 떨리기 시작했다. 본능적으로 나를 붙잡고 있던 손들을 뿌리치려 했지만 오히려 내 양팔을 붙잡아 탁자 위에 올려놓았다. 그제야 테이블 위에 나 있는 수많은 칼자국이 눈에 들어왔다. 칼자국 틈은 검붉게 물들어 있어서 이곳에서 무슨 일이 있었는지 단번에 알 수 있었다.

심장이 미친 듯이 뛰었고 속이 뒤집히기 시작했다. 머릿속은 하얗게 비어 버렸고 순식간에 흘러나온 땀으로 온몸이 젖었다. 내가 발버둥 칠수록 놈들에게 붙잡힌 팔은 더욱 강하게 조여들었다. 난 참지 못하고 테이블 위에 구토를 했다.

칼을 들고 다가오던 언관이 인상을 찌푸리며 뒤로 물러섰다.

"밥 먹는 식탁에 이게 무슨 짓이야?"

언관이 부하에게 눈짓을 하자 걸레를 꺼내 내가 더럽혀 놓은 테이블을 문질러 닦고, 스프레이 타입의 세제로 한 번 더 닦아 냈다. 동작으로 보아 한두 번 해 본 솜씨가 아니었다.

내 안에 있던 원래의 내가 정신을 번쩍 차리며 그에게 큰 소리로 외쳤다.

"살려 주세요!"

언관은 칼을 든 손을 늘어뜨린 채 테이블 옆에 서서 말했다.

"안 죽여. 살려 줄 거야. 다 늙은 남자는 죽여 봐야 돈만 더 들어. 누가 그런 것인지만 얘기하면 된다니까 뭘 이렇게 버텨?"

나도 말하고 싶다. 팔이 잘리지만 않는다면 백 번이고 천 번이고 말하고 싶다.

그런데 내가 그 장본인이라고 죽어도 말할 순 없다. 내 말을 믿을 리가 없기에 거짓말한다며 저 무식하게 생긴 칼로 내 손목은 물론 발목도 날려 버릴 것이다. 반대로, 내 말을 만약 곧이곧대로 믿는다면 목을 잘릴 게 분명하다.

사장 늙은이라고 덮어씌울 수도 있지만, 그에 대해 이들에게 설명을 하려면 언제적 이야기부터 시작해야 할지 감도 오지 않는다. 절에서 지내며 실종된 며느리를 찾는 전직 살인청부업자 늙은이라고 설명하면 알아들을까?

언관은 칼을 치켜들었다가 뜸 들이는 것도 없이 내 팔을 향해 내리찍었다.

나는 놀이터 그네에서 떨어진 아이처럼 큰 소리로 비명을 질렀다. 그 왜 있잖아. 요들송처럼 뒤집어지는 목소리.

"아직 안 잘랐어."

칼이 내 손 바로 앞에 박혀 있었다. 차라리 이대로 기절을 했으면 좋겠다. 내가 지금 여기서 뭘 하고 있는 건지, 갑자기 꿈을 꾸는 것처럼 느껴졌다. 팔짱을 끼고 나를 바라보던 놈이 다시 칼을 뽑아 들었다.

"안됐네, 선생. 손 없이 살기 힘든 세상인데."

이번엔 정말 자를 생각인지 칼을 높이 치켜들었다. 사람의 뼈는 생각보다 단단해서 저렇게 세게 내리치지 않으면 잘리지 않는다. 난 또다시 비명을 지르며 눈을 질끈 감았다. 그때 놈의 목소리가 들렸다.

"저 새끼 뭐야?"

누군가 이곳에 들어온 기척이 느껴졌다.

그때부터 때려 부수는 소리와 함께 사방이 아수라장으로 변했다.

나를 붙잡고 있던 놈들도 가세했지만 그 한 명을 막아 내기에는 역부족이었다.

그는 아무것도 들지 않은 채 칼을 휘두르는 놈들을 순식간에 처리했다. 영화나 만화에서도 본 적이 없는 간결하지만 치명적인 동작으로 그들을 제압했다.

언관 또한 그의 상대가 되지 못했다. 어떻게 한 건지는 모르지만 어깨 넓이가 반으로 줄었고 칼을 들었던 팔은 길게 늘어져 거의 바닥까지 닿을 지경이 되었다.

신음하며 바닥에 뒹굴고 있던 놈들의 턱을 한 번씩 걷어차니 이내 잠잠해졌다. 이제 비명을 지르고 있는 건 언관뿐이었다. 내가 말리기도 전에 그놈 또한 턱을 걷어차이고 잠잠해졌다.

"오랜만이야."

누군가 웃는 얼굴로 구석에 주저앉아 거의 울고 있는 내게 말했다.

우리 동네 카페에서 만났던, 최 부장이 보냈던 그 붉은 얼굴의 남자였다. 그가 보통 인물은 아니라고 짐작했지만 이 정도일 줄은 몰랐다. 그를 볼 때마다 '흰 얼굴' 기천이 자꾸 떠오르는 이유를 모르겠다.

'붉은 얼굴'이 내민 손을 잡고 일어섰다. 팔을 잘린다는 공포에 아직도 오금이 저려 똑바로 서 있을 수가 없었다.

"당신, 바지에 오줌 쌌어."

이런 젠장. 이 나이에 바지에 오줌을 싸다니.

"여기 좀 앉아."

그가 친절하게 의자를 꺼내 주었다. 난 후들거리는 다리로 간신히 의자까지 걸어가 앉았다. 그는 좀 전까지만 해도 칼을 들고 설치던 언관이 앉았던 자리에 앉아 나를 바라보았다.

"최 부장이 보내서 왔어."

최 부장의 지원 인력이었구나. 넘어지고 나서 엄마 품에 안겨 우는 것처럼 이 '붉은 얼굴'의 품에 안겨 울고 싶었지만 나이가 그걸 간신히 막아 주고 있었다.

그는 주변에 널브러져 있는 놈들을 보며 물었다.

"뭐하는 놈들이야?"

난 그제야 말문이 트였다.

"몰라. 중국인 아니면 조선족이겠지. 지들끼리 중국말로 지껄였거든."

'붉은 얼굴'은 뭔가 못마땅한 표정으로 말했다.

"중국말 쓰면 다 중국인인가?"

그의 싸늘한 말투에 움찔했다. 왠지 화난 느낌이다.

"그런 건 아니지만…… . 내가 뭐 잘못했어?"

내 물음에 그는 팔짱을 끼며 대답했다.

"편견이 느껴져서."

"편견?"

그는 누워 있는 놈들을 가리키며 말했다.

"뭐하는 놈들이냐고 물었는데 인종으로 답했잖아."

나도 모르게 말문이 막혔다. 어쩌면 무의식적으로 차별을 하고 있었는지도 모른다는 생각이 들었다.

"불쾌했다면 미안하군. 그런 의미는 아니었어. 하지만 중국은 몇백 년 동안 조선을 아랫것 취급을 해 왔으니 비긴 셈 치자고."

'붉은 얼굴'은 콧방귀를 뀌며 반문했다.

"역사까지 들먹일 일인가?"

그냥 순순히 사과하고 싶지 않았을 뿐이다. 난 바로 화제를 돌렸다. 불리할 땐 언제나.

"저놈들, 밀항 브로커야."

그는 픽 웃어 버리며 말했다.

"그래, 과거의 우리들이나, 현재의 당신들이나 거기서 거기지. 유치하기는 마찬가지지만."

"말투 때문에 한국인은 아니라고 생각했어. 중국인이야?"

"그래, 한족이야."

이번엔 그가 테이블을 탁 두드리며 화제를 바꿨다.

"최 부장이 당신 지원해 주라는데, 뭘 지원해 주면 되는 거지?"

"이미 충분히 지원해 줬어."

"아, 그럼 이제 난 퇴근하면 되는 건가?"

"두 가지만 더 도와줘."

"뭔데."

"큰일은 아니야. 어쨌든 오늘 신세 진 거 잊지 않을게."

"돈 받고 한 건데 뭘. 그래도 그렇게 생각해 주면 고맙고."

"꼭 갚을게."

그는 기분 좋은 듯 엄지를 들어 보이며 물었다.

"뭘 해 줄까?"

"자물쇠가 필요해."

일단은 이곳을 벗어나서 언관을 심문해야 한다.

아, 그 전에 바지 먼저 갈아입고.

퀴즈왕
KING OF QUIZ

바지 좀 벗어 달라는 내 요청에 '붉은 얼굴'은 불같이 화를
내고는 주변 매장에서 거지 같은 면바지를 하나 사다 주었다.

옷을 갈아입고 제일 먼저 해야 할 것은 그곳을 청소하는 것
이었다. SCD서비스 때처럼 이곳의 일이 다른 곳에 새어 나가
기라도 하면 사장 늙은이의 며느리 찾는 일은 더욱 어려워질
것이기 때문이다.

계단 난간으로 아래를 내려다보니 예상대로 가게 일층에도
기절해 있는 놈이 여럿이었다. 어디를 어떻게 맞은 건지 30분
이 지나도록 깨어나지를 않았다.

"내 손목 자르려고 했던 놈, 차에 실어 줄 수 있어?"

"뭐? 내 차에?"

"윤 변호사 차 타고 와서 내 차는 없어."

"저 더러운 놈을?"

"최 부장이 나 지원하라고 보냈다며."

그는 갈등하는 표정으로 쓰러져 있는 놈을 바라보다 무슨 생각에선지 주방을 가리고 있는 커튼을 뜯어냈다. 하지만 이내 짧은 비명과 함께 화들짝 놀라며 커튼을 떨어뜨리고는 머쓱해진 표정으로 테이블 위에 있던 휴지에 대충 손을 문질러 닦았다.

"어떻게 걸레를 커튼으로 쓸 수가 있지?"

그는 맘에 안 든다는 듯 나를 흘겨보았지만 난 애써 못 본 척했다. 그는 기절해 있는 언관의 발목을 잡고 짐짝을 끌듯 아래층으로 질질 끌고 내려갔다. 언관의 머리가 계단에 통통 부딪히는 소리가 멀어질 때쯤 휴대폰을 꺼내 청소반장에게 전화를 걸었다.

"고객님, 요새 엄청 바쁘시다면서요."

우리 둘 다 이젠 최 부장 쪽 일을 한다는 공통점이 있어서 그랬는지 전보다 부쩍 말도 많아졌고 친하게 굴었다. 물론 난 그럴 생각이 없다.

"청소 좀 부탁해."

"뭐? 벌써? 아니 얼마나 됐다고 청소를 또 해?"

"대림동이야."

"물량이 얼마나 되는데?"

"일곱. 아니, 여섯."

그는 난처한 듯 숨을 내쉬며 대답했다.

"고객님, 일감 많이 주시는 건 좋은데 우리도 공장 돌릴 시간을 좀 줘야 할 거 아냐. 하나 태우는 데 시간이 얼마나 걸리는 줄 알아?"

"그렇게 됐어. 좀 전에 죽을 뻔해서 마음에 여유가 없어. 그냥 좀 해 줘."

"정산은 누가 하는데."

"최 부장."

"봉 하나 잡으셨구먼. 알았어."

전화를 끊고 주방에서 칼을 꺼내 와 기절한 녀석들의 목을 한 놈씩 찔렀다. 왼쪽으로 타고 올라오는 대정맥을 끊어 놓기 위해 왼쪽 쇄골에서부터 턱 밑까지 깊게 찔러 베었다. 이러면 피가 많이 나와서 청소반장이 질색하겠지만 확실히 하기 위해서는 어쩔 수 없었다.

흘러나오는 피를 피해 계단 아래로 이동하면서 아래층에 있는 놈들마저 처리하고 가게 밖으로 나섰다. '붉은 얼굴'이 사다 준 자물쇠로 문을 잠그고 열쇠를 입간판 아래 숨겨 두고는 청소반장에게 문자로 보냈다.

가게 앞에 세워져 있는 '붉은 얼굴'의 차 문을 열려고 하는 순간 '딸깍' 하는 소리와 함께 차 문이 잠겼다.

"지금 문 잠근 거야?"

'붉은 얼굴'은 창문을 통해 물었다.

"그 오줌 싼 바지 들고 내 차에 탈 생각은 아니겠지?"

검은 비닐 봉투에 담겨 있는 내 바지와 나를 번갈아보며 재차 물었다.

"설마 그럴 생각은 아니지?"

오줌 한 번 쌌다고 십만 원짜리 바지를 버리란 말이야?

"봉투에 넣었잖아."

그는 단호한 태도로 고개를 가로저었다.

"안 돼. 이 차가 얼마짜리인 줄 알아?"

한 발짝 물러서서 차를 보았다. 그제야 독일제 고급 세단이라는 것을 알아보았다.

"절대 안 돼."

"오줌 한 번 쌌다고 할부도 안 끝난 새 바지를 버릴 순 없잖아."

"내 차는 할부가 34개월이나 남았어."

"좋아, 그럼 트렁크에 넣어서 갈게."

잠시 생각하던 그가 트렁크를 열었다. 모터 돌아가는 소리와 함께 트렁크가 천천히 열렸다. 비싼 차는 뭔가 달라도 달랐다.

열린 트렁크 속에는 김장용 대형 비닐 덩어리가 보였다. 자세히 보니 김장 비닐에 감긴 언관이 죽은 듯이 누워 있었다. 행여 다른 사람이 볼까 두려워 재빨리 비닐봉지를 던져 넣고 트렁크를 닫았다. '붉은 얼굴'은 그제야 차 문을 열어 주었다.

"김장 비닐로 포장한 건 너무한 거 아냐? 그래도 사람인데."

"아까 그놈 옷 봤어? 싸구려 트레이닝복에 찌든 때가 번들거릴 정도였다고. 난 지금 몸이 가려운 것 같아."

'붉은 얼굴'의 자동차 사랑 때문에 차 안에 있는 그 어떤 것도 손댈 수가 없었다. 그래서 팔짱을 끼고 윤 변호사를 어떻게 잡아야 할지 생각했다.

최 부장과 윤 변호사가 안면이 있는 사이라는 걸 감안하면 나에 대한 윤 변호사의 태도는 이해하기가 어렵다. 나를 아군으로 생각할 순 없겠지만 최 부장과 내가 같이 일하고 있는 사이라고 밝혔음에도 이렇게 팔아 버릴 생각을 했다는 건, 윤 변호사 뒤에도 분명 비빌 언덕이 있다는 의미다. 그것도 큰 언덕.

진 회장 측의 국 이사에게 일을 받고 있는 입장이기 때문에 나를 최 회장의 사람이라고 생각하고 적대시했을 수도 있지만, 내가 만약 윤 변호사의 입장이었다면 최 회장의 사람을 이렇게 함부로 대하지는 않았을 것이다. 혹시 있을지도 모를 후환 때문에 말이다.

그런데 놈은 그 혀 하나로 날 사지로 걸어 들어가게 했다. 그리고 '처리'해 달라고 놈들에게 미리 귀띔까지 해 놓았다. 다른 건 몰라도 놈의 그 혀는 분명 어떻게 할 생각이다.

"다 왔어."

이런저런 생각에 잠겨 있는 동안 '붉은 얼굴'의 차는 윤 변호사 사무실 근처 공영 주차장에 도착했다. '붉은 얼굴'은 트렁크에서 발버둥 치고 있는 언관의 턱주가리를 쳐서 또다시 기절시켰다. '붉은 얼굴'은 내 차로 짐을 옮겨 싣고는 내게 명함을 내밀었다.

명함엔 아무것도 없이 '김태환'이라는 이름과 휴대폰 번호만 인쇄되어 있었다.

"김태환? 중국식 이름 맞아?"

"한국 이름 하나 지었지. 알겠지만 업계 특성상 명함 아무한 테나 안 주는 거 알지?"

난 갑자기 기천의 싸늘한 유머가 떠올라 픽 웃으며 말했다.

"오늘 고마웠어. 꼭 갚을게."

'붉은 얼굴' 태환도 씩 웃으며 말했다.

"기대하지."

그는 엄지를 들어 보이고는 차를 타고 사라졌다.

난 박정길 사장에게 받은 케이스를 꺼내 마취제와 주사기를 꺼냈다. 태환처럼 기술 좋게 기절시킬 자신이 없었기 때문에 마취제를 투여하기로 했다. 윤 변호사를 찾는 일이 더 시급하기 때문이다. 마취제 양을 가늠하다가 그냥 다 투여하기로 했다. 어차피 예닐곱 시간은 걸릴 테니, 그게 놈에게도 훨씬 인도적일 거란 생각이 들었다. 그러다가 못 깨어나면 말고.

윤 변호사가 내비게이션으로 찍었던 컨트리클럽으로 방향을 잡았다. SCD서비스가 다 날아간 판국에도 골프를 하러 떠난 위인이었으니 아마 예정대로 골프장으로 갔을 것이다.

진작에 윤 변호사가 보통 인물이 아니란 것을 깨달았어야 했다. 그 신뢰 가는 면상과 혀 때문에 내가 잠시 방심을 했고 그 대가로 손목이 날아갈 뻔했다. 인간이 어류보다 나은 점은 같은 실수를 반복하지 않는 것이다. 가끔은 사소한 실수를 반복하는 인간들도 있지만 이렇게 지옥을 한번 경험하고 나면 반복은 하고 싶어도 할 수가 없다.

윤 변호사를 잡으면 혀부터 자르고 시작하고 싶지만 그러면 아무런 정보도 얻을 수가 없기 때문에 일단 그것은 자제하기로 했다.

컨트리클럽은 가 본 적이 없다. 그래서 로비가 6성급 호텔보다 더 예쁘게 만들어져 있을 거란 생각을 못 했다. 실내 온도나 습도도 적당하고 풀 냄새가 적당히 나는 것이 꽤나 쾌적하게 만들어 놓았다. 나도 골프 취미를 가져 볼까.

"안녕하세요."

"안녕하세요. 부킹 예약한 분 중에 윤원영이라는 분을 찾고 있습니다. 제가 좀 늦어서요."

"네, 잠시만요."

이곳 주차장에서 이미 놈의 차가 있는 것을 확인했지만 확실히 하고 싶어서 다시 확인을 했다. 직원은 잠시 PC를 조작하고는 화사한 미소와 함께 말했다.

"네, 이미 게임 들어가셨네요."

살인 교사해 놓고 골프를 하러 오다니, 대단한 자식 같으니라고. 직원은 나를 짧게 훑어보고는 말했다.

"장비를 혹시 안 가져오셨으면 렌탈도 가능합니다."

"괜찮습니다. 어차피 늦어서 게임도 못 하는데요. 감사합니다."

난 로비 소파에 가서 자리를 잡았다. 마음 같아서는 당장 필드로 뛰어나가 홀에 그 자식 머리를 꽂아 놓고 싶었지만 보는 눈이 많기 때문에 기다리기로 했다. 하지만 마냥 기다릴 수도 없는 일이다. 트렁크 속에 잠들어 있는 언관이 질식이라도 하면 아까운 패 하나 버리게 되는 것이니까.

난 언관에게서 빼앗은 휴대폰을 꺼내 윤 변호사 연락처를 찾아 문자를 보냈다.

긴급. 연락 바람.

게임에 집중하는 중인지 바로 소식은 없었지만 곧 전화가 걸려 왔다. 걸려 온 전화를 끊어 버리고 문자를 다시 보냈다.

통화 불가능. 지금 대림동으로.

평소 그들이 어떤 대화체로 문자를 주고받는지 모를 때는 최대한 짧고 간결하게 보내는 것이 가장 좋다. 예상대로 문자가 왔다.

이제 나인 홀입니다. 무슨 일인지?

두 사람이 꽤 친분이 있었던 모양이다. 난 잠시 생각하다 문자를 다시 보냈다.

놓쳤음. 대책 필요.

이번엔 문자가 한참 있다가 왔다. 아마도 많은 고민이 되었겠지.

바로 가겠습니다.

좋아. 나도 자리를 털고 일어나 주차장으로 향했다. 올 때 점검해 둔 CCTV 사각지대를 찾아 차를 가까이 대고 마취제를 담은 주사기를 준비하고 기다렸다. 잠시 기다리니 땀을 흘리며 골프 가방을 멘 윤 변호사가 주차장에 모습을 드러냈다. 비 맞은 땡중처럼 뭔가 계속 중얼거리는 꼴이 보통 불만이 있는 게 아닌 모양이었다. 불만 사항이 게임을 중단했다는 것인지, 나를 놓쳤다는 문자 때문인지는 직접 물어봐야 알 것 같다.

그가 사각지대에 들어서자마자 그의 오금을 걷어찼다.

"아악!"

무릎이 꺾여 주저앉은 그가 나를 바라보기도 전에 눈을 가리고 목에 주사기를 꽂았다. 서늘한 약 기운이 전신에 퍼지며 정신을 잃었다. 하지만 난 곧바로 후회했다. 윤 변호사 몸무게가 못해도 90킬로그램은 넘을 것 같았기 때문이다. 놈을 차로 옮기며 든 생각은 근력 운동을 더 해야겠다는 것이었다. 나이를 먹으니 허리에도 무리가 좀 오는 것 같다.

혹시 누가 볼지도 몰라 하지 않아도 되는 연기까지 했다.

"형님! 괜찮으세요? 그러니까 필드에 나오지 말자니까 그러네."

누가 보지 않아도 좋다. 남들이 보기에 가장 자연스러워야 하는 게 중요하니까. 녀석을 뒷좌석에 골프 가방과 함께 구겨 넣고 바로 출발했다. 놈의 차는 나중에 찾아가기로 하고.

서울을 벗어나면 좋은 게 버려진 공간이 꽤 있다는 것이다. 마을에 있는 폐가는 일단 제외시켰다. 외지인이 들어오면 마을 사람들은 귀신같이 알게 되고 외지인의 일거수일투족을 15분 이내에 온 동네에 방송하기 때문이다. 우리 같은 음지 인간들이 마을에서 두려워해야 하는 건 바로 그런 인적 네트워크다. 그런 면에서 보면 서울 같은 대도시들이 활동하기가 편하다. 사람은 바글거리지만 남에게 절대로 관심을 가지지 않는 그런 세상.

휴대폰으로 이곳에서 가까운 폐 공장을 찾아냈다. 폐쇄된 공장이나 집을 찾아다니는 취미가 있는 사람들의 블로그를 보면 그런 곳을 찾는 건 아주 쉽다. 인터넷 세상 만세.

딱 봐도 폐 공장이라는 걸 알 수 있는 건물 뒤편으로 돌아 들어갔다. 멀리서 누군가 볼 수도 있기 때문에 건물 안까지 차를 집어넣었다. 블로그에는 이곳에서 가끔 CF 촬영도 한다는 것이 맘에 걸렸지만 촬영이 자주 있는 것도 아닐 테니.

트렁크를 열고 언관의 몸에 쓸데없이 많이 감겨 있는 김장 비닐 일부를 잘라 쇠기둥 아래 깔고 그 위에 윤 변호사를 끌고 와 쇠기둥에 묶었다. 준비를 하나하나 하다 보니 분노의 감정은 약해지고 점점 차분해졌다. 일부러라도 윤 변호사의 괘씸한 태도를 떠올리고 분노를 끌어올리려고 했지만, 부지런히 움직여 가빠진 숨 때문에 분노하기도 쉽지 않았다. 결국엔 집도를 하는 의사의 마음으로 차분한 상태로 윤 변호사에게 자극제를 투여하게 되었다.

정신이 천천히 돌아온 윤 변호사는 잠에서 깨어나듯 부스스 눈을 떴다. 주변의 사물이 명확하게 눈에 들어오지 않는지 흐리멍덩한 눈빛으로 주변을 둘러보다가 나를 바라보았다.

내가 누구인지 알아보는 데도 시간이 걸렸지만 놀란 그의 표정으로 보아 알아차린 모양이었다.

"윤 변호사, 잘 잤어?"

윤 변호사는 잘난 혀로도 할 말을 아직 찾지 못했다. 묶여 있는 몸과 바닥에 깔려 있는 비닐을 확인하고는 그제야 풀어내려고 몸부림쳤지만 풀릴 리가 없었다. 보이스카우트 출신이라 매듭은 아주 귀신같이 잘 매거든.

"무사하셔서 다행입니다. 걱정을 얼마나 했는지……."

너무 걱정돼서 골프 치러 나오셨어요? 뻔뻔함이 신의 경지에 이른 인물이다. 어느 분야든 경지에 이른 사람은 함부로 대해서는 안 된다고 배웠는데 이를 어쩐다?

공손해진 그의 말투로 그가 지금 어떤 상태인지 짐작이 갔다. 놈의 뻔뻔한 말 덕분에 차분해졌던 속이 다시 일렁였다.

"덕분에 무사했지. 그 덕관인지 언관인지 그놈에게 팔 잘릴 뻔한 거 말고는."

"가셨던 일은 잘되셨어요?"

"이제부터 잘될 거라고 생각해."

"언관이 그 자식이 흉악한 놈이긴 한데 선생님이라면 충분히 제압할 수 있을 거라고 믿고 제가……."

이렇게 훌륭한 혀를 가지고 있는 놈을 꼭 죽여야 하나? 없애 버리기엔 너무 아까운 재능이다.

"말 가려서 해. 지금 내 차 트렁크에서 이언관이가 자고 있거든."

그는 흠칫 놀라며 입을 다물었다. 난 그 앞에 쭈그리고 앉아 이야기하려다가 다리가 저려서 금방 일어서며 물었다.

"낮에 카페에서 나한테 늘어놨던 말, 어디까지가 진짜야?"

"전부 진짜입니다, 전부!"

"양심에 가책을 느껴서 빠지려고 했다는 부분은 빼고?"

"그것도 사실입니다."

"에이, 그건 아니지. 그랬다면 나를 죽이려고 했겠어? 안 그래?"

"맹세코 그럴 줄은 몰랐습니다. 그 여자를 넘긴 게 이언관이니까 그곳으로 안내한 것뿐이라니까요."

"이언관 씨는 그렇게 말 안 하던데? 윤변 말로는 여자를 찾고 있다던데 왜 찾는 거냐, SCD서비스 쓸어 버린 게 너 같다고 처리해 달라는데 윤변 말이 맞는 거냐고 그러던데."

"그거 거짓말입니다! 그 자식 타고난 거짓말쟁이라고요! 변호사인 제 말보다 배우지도 못한 무식한 자식 말을 더 믿겠다는 겁니까?"

이번엔 윤 변호사가 큰 실수를 했다. 일단 내 경험상 못 배운 사람보다 배운 사람들이 거짓말에 더 능하다는 것과, 또 하나는 이언관이 자고 있지 않다는 사실.

열어 뒀던 차 트렁크 뚜껑을 들어 올리고 입에 물려놨던 재갈을 빼내자마자 언관의 입에서 거친 욕설이 튀어나와 공장 안을 떠돌아 다녔다.

"윤변, 이 쇠스케 같은 새끼! 대갈통 따개 버리겠어!"

잘 알아들을 수도 없는 욕설이 한 바가지 쏟아져 나왔다. 그의 서슬 퍼런 욕설을 뒤집어쓴 윤 변호사의 퍼렇게 된 얼굴을 감상하는 게 나쁘지 않았다.

그 모습을 잠시 지켜보던 나는 TV를 끄듯 트렁크 뚜껑을 닫았다. 이번엔 욕설이 나를 향해 쏟아져 나왔지만 방음이 꽤 잘되는 관계로 소리가 뭉개져 잘 들리지 않았다.

"표현이 격하긴 했지만, 이언관 씨는 당신이 거짓말하는 거라잖아."

아주 짧게 갈등한 그는 본격적으로 내게 어필을 시작했다.

"저 자식은 연변에서 들개처럼 굴러먹던 놈이라고요. 우리나라 들어와서 우리 국민들을 외국에 보내는 아주 개 같은 자식이라고요. 저런 놈들은 죽어야 한다고요!"

윤 변호사에게 다가가 그의 다리를 툭툭 차며 말했다.

"국민 그만 팔아먹어, 새끼야."

싸늘해진 내 말투에 윤 변호사는 흠칫하며 입을 다물었다. 언관의 말처럼 당장 '대갈통을 따개 버리고' 싶었지만 꾹 참고 물었다.

"그 여자 어디에 있는지 말해."

"저는 모른다니까요, 그건 저 자식이…….."

나는 품속에서 애용하는 나이프를 오랜만에 꺼내 들었다. 대갈통을 한 번에 '따개 버릴' 수 있는 익스트리마 제품 중에 가장 묵직한 놈이다. 베어 죽인다기보다 쪼개 죽이는 용도의 나이프. 나이프를 손에 들고 입을 열었다.

"그러니까, 넌 모른다는 거야?"

"저는…….."

윤 변호사의 눈동자가 미친 듯이 굴렀다. 내게 뭐라고 얘기해야 살 수 있는지 궁리하는 모습이 역력했다. 똑같이 칼을 치켜든 인간 앞에 있는데 누구는 바지에 오줌을 지렸는데 윤 변호사는 아직 멀쩡했다. 내가 겁이 많은 건지 아니면 위압감이 언관보다 작은 건지 알 수 없었지만 어느 쪽이든 내게는 불편한 진실이었다.

윤 변호사는 마음을 굳혔는지 입을 열었다.

"인천에 있는 운송 조직에 넘겼다고 알고 있습니다!"

"확실한 건 아니란 말이군."

난 칼을 치켜들었다. 언관이 내게 했던 것을 떠올리며 최대한 비슷하게 흉내를 냈다. 윤 변호사의 눈이 튀어나올 듯 커지며 다급하게 외쳤다.

"인천항 근처에 사무실이 있습니다!"

"인천에 항이 한두 개야?"

"제가 아는 건…….."

난 다시 트렁크를 열었다. 이번엔 언관을 일으켜 앉혀 윤 변호사와 마주 볼 수 있게 했다.

"쇠스케 같은 새끼! 죽여 버리겠어!"

또다시 흥분하는 언관을 진정시킬 필요가 있었다. 나이프의 넓은 옆면으로 그의 따귀를 때렸다. 날이 얼굴에 닿았는지 실선이 생기며 피가 흘러나왔다. 미안, 그럴 생각은 아니었어.

"조용히 좀 해."

언관은 부라린 눈으로 '감히 어딜!'이란 표정으로 나를 바라보았다. 이런 부류들이 가끔 있다. 당장의 처지보다는 과거의 영광스러운 순간이 습관이 되어 버린 부류. 나와는 달리, 어릴 때부터 대장만 했던 모양이다.

"이 새끼가……."

언관의 입에서 반사적으로 욕이 튀어나왔고 반대편 뺨에 똑같은 상처가 새로 생겼다. 이번에도 미안. 생각보다 칼날 옆면으로 뺨만 때리는 게 쉽지가 않네. 언관의 눈은 여전히 분노로 이글거렸지만 더 이상 입을 나불거리지는 않았다.

"이제부터 퀴즈를 낼 거야. 이기면 살려 준다. 만약 지면, 분위기상 말 안 해도 알겠지? 그 여자 지금 어디 있어."

"그 여자는 지금……."

윤 변호사의 말을 가로 막았다.

"정답을 맞히려면 먼저 자기 이름을 외치고 해. 안 그러면 상대편으로 기회가 넘어갈 거야."

말이 끝나자마자 윤 변호사가 다급하게 소리를 질렀다.

"원영! 지금 인천 사무실에서 다음 배편을 기다리고 있는 중입니다!"

"그건 아까 한 거잖아. 더 확실한 정보 없어?"

"제가 아는 건……."

그때 언관이 슬그머니 입을 열었다.

"언관."

그의 말에, 나와 윤 변호사는 동시에 돌아보았다. 절대로 이 게임에 응하지 않을 것 같던 그였기에 다음 말이 더욱 궁금했다.

"인천 제2국제터미널 앞에 화물 배송 사무소가 있어. 배편은 오늘 밤에 마련될 거고."

그래 이 정도는 되어야 구체적이지.

"정확히 몇 시야?"

"밤 11시."

"인천항에는 늦어도 밤 10시면 배편이 없는 걸로 알고 있는데?"

"어선으로 움직일 거야. 오징어잡이 배."

인천에도 오징어잡이 배가 있었나? 고등학교 땐 지리 수업 시간에 자는 편이라 잘 기억이 나지 않았다.

"주소 불러."

언관은 생각보다 쉽게 주소와 배가 움직이는 장소도 술술 불었다. 그걸 그대로 휴대폰에 녹음을 하고는 나이프로 언관의 얼굴을 똑바로 가리키며 다시 물었다.

"이게 만약 틀린 정보라면 반칙패가 되는 거야. 이거 확실해?"

"확실해."

"그 말에 목숨 걸 수 있나?"

"이미 걸고 있잖아."

그의 흐트러짐 없는 눈빛을 보며 고개를 끄덕였다.

휴대폰을 꺼내 들고 청소반장에게 또 전화했다. 이번엔 결코 친절하지도 친한 척하지도 않은 목소리였다. 그는 숨 가쁜 목소리로 짜증 냈다.

"이런 젠장! 숨 좀 돌리자 숨 좀!"

"지금 좀 바쁜 모양이네?"

"그럼 안 바쁘게 됐어? 대정맥은 건드리지 말라고 그렇게 부탁했는데 이게 뭐야? 내 말 무시하는 거야? 지금 알바까지 고용해서 쓰고 있다고. 이제 내가 어떤 상황인지 감이 와?"

"미안한데 일거리가 또 있어."

"아, 몰라. 당분간 당신 일은 안 받아."

"너무 야박하게 굴지 말자고. 원래 사업이란 한가할 땐 한가하다가 바쁠 땐 또 정신없이 돌아가잖아."

"해도 너무하잖아. 어떻게 가는 곳마다 시체냐고. 당신 무슨 정신 감정 같은 거 받아야 하는 거 아냐? 미친 거 아니냐고. 프로가 아니라 그냥 살인마하고 뭔 차이야?"

청소반장의 말에 잠시 말문이 막혔다. 그가 막 던진 말에 내가 충격을 받을 줄은 몰랐다. 내가 살인마? 살려고 발버둥 치는 것뿐인데……. 살인마라고? 내가?

말이 없어진 내 상태를 눈치챘는지, 나를 몇 번 더 부르던 청소반장이 누그러진 목소리로 말했다.

"심하게 들렸으면 미안해. 그렇게까지 말할 생각은 아니었는데 워낙 바쁘니까. 일 특성상 최대한 빨리 처리해야 하는데 물량도 많고 해서……."

"아니야. 바쁘게 해서 미안해."

"미안하게 목소리가 왜 그렇게 힘이 없어. 해 주면 되잖아. 대신 시간이 좀 걸리니까 최대한 처리하기 편하게 해 줘."

"그래, 고마워."

"당신 처음 봤을 때는 소문을 안 믿었는데, 이젠 좀 믿을 수 있겠군."

"무슨 말이야?"

"사실 당신에 대한 소문은 우리 업계에도 알려져 있었거든. 정 사장이 당신 지원해 주라고 일 맡겼을 때는 사실 긴장을 좀 했었는데 SCD서비스 때 뭔가 좀 어설퍼 보여서 역시 다 헛소문이라고 생각했었지. 그런데 이번에 보니 내가 잘못 봤군. 당신 진짜 물건 맞는 것 같아."

"다 헛소문이야."

"겸손 떨기는. 여기 이놈들 운송만 하는 놈들이 아니야. 살인청부도 하고 우리같이 청소도 하는 놈들이야. 업계에서는 꽤 거친 놈들로 소문이 나 있었거든. 그런 놈들을 혼자 이렇게 해 놓다니 대단해. 그런데 보스가 안 보이네? 이언관이라고……."

"지금 옆에 있어."

"그럼 치워 달라는 게 혹시?"

"맞아. 거기에 한 개 더."

"역시, 그런 거였군. 대단해!"

내가 한 게 아니라고 인간아. 난 시계를 보고는 말했다.

"당신 바쁜 거 아니었어?"

"아, 그래. 하여튼 정리만 잘 해 놔."

"그래, 고마워."

왠지 모를 더러운 기분으로 전화를 끊었다. 내가 살인마라고 생각해 본 적이 한 번도 없었다. 일을 위해서 살기 위해서 그런 것일 뿐 결코 불필요하게 그런 적은 없었다. 단 한 번도. 알 수 없는 억울함이 가슴에 맺혔다.

"너 이 새끼 결국 둘 다 죽이려는 속셈이지?"

내가 통화하는 모습을 옆에서 지켜보던 언관이 입을 열었다. 이죽거리는 꼴이 보기 싫어 그를 트렁크에서 거칠게 끌어 내렸다. 바닥에 턱이 부딪히는 바람에 이빨이 부러져 나왔지만 개의치 않았다.

"이 쇠스케 같은 새끼!"

그 '쇠스케'가 무슨 뜻인지 모르니 욕으로 느껴지지도 않았다. 그의 몸을 감싸고 있던 비닐을 풀어 얼굴을 감쌌다. 내 팔을 자르려고 했던 걸 떠올리면 똑같이 팔을 잘라 버리고 싶었지만 청소반장의 간곡한 부탁 때문에 포기했다.

비닐에 감긴 채 발버둥 치는 그의 턱을 몇 번 내려쳐 얌전하게 만들고는 뒤에서 그의 목을 감싸 안은 채 힘을 주어 비틀었다. 뼈가 어긋나는 익숙한 느낌이 팔에 전해졌다. 만약을 대비해 머리를 180도로 돌려 남아 있을지도 모르는 신경을 확실히 끊어 놓았다. 시체가 되어 늘어진 그의 모습을 보면서도 쉽게 죽이는 것에 대한 아쉬움이 계속 남았다.

그 모습을 고스란히 봐야 했던 윤 변호사는 입에 거품을 물고 살려 달라고 빌었다. 그 잘난 혀로.

"살려 주세요! 아는 거 다 말씀드릴게요! 살려 주세요! 먹여 살릴 처자식이 있어요! 낼모레면 학교에 들어간다고 들떠서 좋아하는 딸이 있어요! 살려 주세요!"

"공감이 안 가. 난 자식이 없거든."

"그 여자! 그 여자가 왜 그렇게 된 건지 궁금하시지 않나요? 살려 주시면 다 말씀드릴게요!"

목숨을 위협받는 상황에서 나는 어떻게 반응했었는지 떠올려 봤지만 좀처럼 기억이 나지 않았다. 이미 죽일 마음을 가지고 있는 상대에게 정보로 협상을 하려고 하면 딜레마에 빠지게 된다. 특히나 죽이려는 상대의 목숨에 직결되지 않는 정보는 더더욱.

"네가 정보를 풀든 안 풀든 죽일 생각이야. 어떻게 할래? 말하고 죽을래, 그냥 죽을래?"

그가 깨닫지 못하고 있는 것 같아 내가 먼저 말해 주었다. 아무렇지도 않게 사람을 사지로 보내고 골프를 치러 가는 이런 종자들은 딜레마에 빠져야 독기가 오른다. 그 독기는 엉뚱한 곳으로 불똥을 튀기기도 한다. 윤 변호사의 표정이 표독스럽게 변했다. 그 혀로는 날 설득할 수 없다는 것을 뒤늦게 깨달은 것이다.

"이 개새끼! 날 죽이면 곱게 못 죽을 거다! 네 마누라부터……."

그의 입을 칼등으로 후려쳤다. 이빨이 부서져 나오고 피가 봇물 터지듯 쏟아져 나왔다. 금기어를 말하면 누구든 가만두지 않는다.

"네 가족을 내가 어떻게 할 거란 생각은 안 해 봤어?"

"내가 죽는 판에……."

너덜거리는 입으로 말을 꺼냈다가 뭔가 실수했다는 걸 깨달은 듯 입을 다물었다. 사람은 위급하면 본성이 나온다. 본인이 죽는 상황이면 가족 안위 따위는 안중에도 없는 그런 종자였군. 이제야 놈이 사이코패스일지도 모른다는 생각이 들었다. 멀쩡한 외모, 술술 나오는 달변, 그리고 자신 외에는 아무도 생각하지 않는 무한 이기주의. 사이코패스의 요건은 다 갖추고 있다.

일반인에게 사이코패스에 대해 잘못 알려져 있는 게 하나 있다. 사이코패스는 살인을 저지르는 것보다 죄책감 없이 사기를 치는 성향이 더 강하다. 그 속임수로 인해서 누군가의 인생이 완전히 파괴되어도 아무렇지도 않게 거짓말을 할 수 있는 것이다. 그럼 살인을 즐기는 놈들은 뭐냐고? 그건 그냥 사이코인 거고.

윤 변호사는 비웃는 표정으로 말을 바꿨다.

336

"내가 죽으면 국 이사가 그냥 둘 것 같아? 진 회장이 어떤 사람인 줄 알면 넌 무서워서 바지에 오줌 쌀걸?"

다급하니까 엄청 유치해진다. 하지만 바지에 오줌을 싼다는 말에는 움찔했다.

"국 이사가, 진 회장이, 널 끝까지 찾아서 너는 물론 네 가족까지 몽땅……."

그의 입을 또 한 번 후려쳤다. 찢어진 입술이 더욱 너덜거리게 되었다.

"그러니까 날 죽이는 게 국 이사라는 거야, 진 회장이라는 거야? 대체 어느 쪽이야? 헷갈리잖아."

"그러니까 구기사가 너들 둑, 둑, 둑일 거라고!"

윤 변호사는 날아간 이빨과 걸레가 된 입술 때문에 부정확한 발음으로 발악했다. 그냥 죽여도 되지만 왠지 모를 오기가 생겨 한 방을 먹인 후에 끝내고 싶어졌다.

"최 부장이 진 회장하고 같이 일하고 있는 거 알고 있나?"

윤 변호사의 눈이 커졌다. 역시 몰랐던 모양이다.

"그리고 난 네가 생각하는 만큼 진 회장하고 사이가 나쁘지 않아. 진 회장이 최 회장 지분의 거의 절반을 갖게 해 준 게 바로 나거든."

놈이 놀라는 모습이 통쾌했다. 그 통쾌함 때문에 하지 말아야 할 유치함의 선을 넘고 말았다.

휴대폰을 꺼내 '진 회장'이라고 찍힌 그의 휴대폰 번호를 놈에게 보여 주었다.

"네가 진 회장과 진짜 친하면 휴대폰 번호쯤은 알고 있겠지?"

물론 놈이 알 리가 없다. 진 회장의 휴대폰 번호는 이런 쭉 정이에게까지 알려질 만큼 그렇게 헤픈 정보가 아니니까. 난 여기까지만 해야 했다. 하지만 이상한 오기가 날 유치하게 만들었다.

난 마치 진 회장에게 전화를 하는 것처럼 하며 사장 늙은이에게 전화를 걸었다. 늙은이의 걸걸한 목소리가 들렸다.

"안 그래도 궁금해서 연락할 참이었네."

"안녕하세요, 진 회장님. 별일 없으시죠?"

"……."

"혹시 윤원영이라고 아십니까? 변호사 하는 친구인데."

윤 변호사의 표정을 힐끗 살폈다. 예상대로 당혹스러움이 고스란히 표정에 나타났다. 사장 늙은이의 짜증 섞인 목소리가 들렸다.

"이게 지금 뭐하는 짓인가?"

"모르신다고요? 국 이사는 잘 알고 있는 것 같던데."

"자네 지금 장난치는 거면 당장 그만둬. 지금 내가 그럴 기분이겠나?"

"아, 그래요? 알겠습니다. 그럼 이만 끊겠습니다."

"대체 지금 뭐……."

사장 늙은이의 목소리가 높아지기 시작할 때 전화를 끊고 윤 변호사를 돌아보았다.

"너 같은 거 잘 모르는 거 같던데. 내가 알기로 네가 하느님

처럼 섬기는 국 이사도 진 회장 오른팔은 아니거든. 그냥 직원
이지.”

“이 개 띠발대끼! 뻥티디마! 개다딕아! 두둥이를 확 띠더 둑
일 거라고, 이 띠발대끼야!”

청소반장 미안해. 윤 변호사만큼은 깨끗하게 보낼 수가 없
게 됐어. 칼 손잡이를 해머처럼 쥐고 그의 얼굴을 내리쳤다. 반
복해서 때리면서도 그가 들을 수 있을지 없을지 확신은 서지
않았지만 하고 싶은 말은 했다.

“네가 그렇게 구하고 싶은 국민들은 내가 구할 테니까, 넌
맘 편히 떠나서 지옥에나 떨어져. 반복해서 뜯어먹히면서 영원
히 살라고, 이 개자식아!”

때리다가 흥분했는지 그의 얼굴이 알아볼 수 없을 정도로
뭉개졌지만 몇 번을 더 내리치고 나서야 그만두었다. 그제야
청소반장의 부탁이 떠올라 재빨리 비닐로 놈을 감싸서 피가 바
닥에 떨어지는 걸 막았다.

“네가 퀴즈 왕이다, 새끼야.”

난 그들을 가지런히 모아 폐 물품 사이에 밀어 넣고 차에 올
라탔다.

다음 행선지는 인천이다. 시간이 빠듯해 조금도 지체할 수
없었다. 오늘밤 11시가 지나면 며느리를 구할 기회는 다시 오
지 않을 테니.

준비

ARE YOU READY?

인천으로 가는 도중에 사장 늙은이의 전화가 몇 통 걸려 왔다. 청소반장의 '살인마'라는 말에 기분이 가라앉아 전화를 받지 않았다. 몇 번 울리던 휴대폰으로 문자가 날아왔다.

이번에도 안 받으면 남은 오억마저 그냥 날아갈 줄 알아.

남은 오억마저? 남은? 이 늙은이가 진짜 자기 멋대로다. 난 바로 전화를 걸었다.

"누구 마음대로 오억이에요? 자꾸 계약을 엿처럼 맘대로 바꾸면 저 일 못합니다."

"누가 며느리 위치를 알고 있는지 내가 알려 줬잖아."

"숟가락 얹기 없다고 말씀드렸잖아요. 그리고 윤원영이는 제대로 모르고 있었어요. 정보는 다른 놈한테 얻었죠."

"그래? 그럼 지금 그곳으로 가고 있는 건가?"

"네, 시간이 없어요."

"거기가 어딘가?"

"얘기 안 할 겁니다. 또 숟가락 얹을 거잖아요."

"농담이었어. 그러니까 어서 말해."

그 어떤 때보다 진지하게 말했으면서 농담이었다고?

"잠시만요."

휴대폰의 녹음 버튼을 누르고 말을 이었다.

"자, 됐습니다. 고객님과의 대화 내용이 녹음될 수 있으니 이점 양해하여 주시기 바랍니다."

"그 말투 뭔가?"

"통신비밀보호법에 근거해서 녹음하고 있다는 내용을 고지 하는 겁니다. 의무거든요."

"좋아, 숟가락 얹지 않을 테니까, 어딘지 말하게."

"숟가락을 얹지 않겠다는 말씀은, 십억을 고스란히 다 주겠 다는 말씀이죠?"

"그렇다니까, 뭘 자꾸 물어?"

"녹음할 때는 분명하게 해야 하니까요. 위치는 때 되면 말씀 드리죠."

"뭐야? 자꾸 이럴 건가?"

"이만 끊습니다."

시간이 늦어질수록 통행량이 많아져 점점 속도가 줄었다.

이제 몇 시간 남지 않아 점점 더 초조해지기 시작했다.

핸즈프리를 귀에 꽂고 청소반장에게 전화를 걸었다. 이번엔 애써 밝은 목소리로 받았다.

"고객님, 오늘은 전화를 자주 주시네요."

"지금 어디야?"

"대림동 끝내고 폐 공장으로 이동하고 있어. 주소가 아니라 좌표를 찍어 줘서 좀 당황했는데 금방 찾겠더군. 정말 좋은 세상이야. 그런데 무슨 일이야? 설마 그새……."

"아니야, 좀 물어볼 게 있어서."

"다행이군. 뭔데?"

"인천 여객터미널에서 밀항하는 조직 혹시 알고 있어?"

"1터미널이야 2터미널이야?"

"2터미널."

"거기라면 한 군데 알고 있긴 한데……. 거긴 왜?"

"알아볼 게 있어서."

"흠. 뭘 할지는 모르지만 안 하는 게 좋을 것 같은데?"

"왜 그래?"

"원래 밀항만 하던 조직이었는데 대가리 바뀌고 한 삼 년 전부터 갑자기 자란 조직이야. 그런데 워낙 안 좋은 소문이 도는 놈들이라."

"안 좋은 소문?"

"인신매매로 컸다는 소문이 있어."

난 또 뭐라고.

"그런 놈들이야 인신매매 같은 건 그냥 부업으로 하는 거 아니야?"

청소반장은 마치 금기시되는 것을 누설하는 것처럼 작은 목소리로 말했다.

"사람 장사를 한다는군."

뭐야 이 인간. 인신매매를 우리말로 풀면 사람 장사잖아. 왜 이래?

"사창가에 넘기고 그런 게 아니라, 진짜 사람 장사. 내장 뽑아 팔고 살 발라서 팔아먹는 그런 거."

윤 변호사가 대림동으로 안내하기 전, 카페해서 했던 말이 떠올랐다. 듣는 것만으로도 기분 잡치는 그 인육 얘기들. 그의 말이 사실이라면 제대로 짚었다는 생각이 들었다.

"인육 장사를 한다는 거야?"

"젠장, 그 표현은 좀 안 했으면 좋겠어. 어감만으로도 기분이 더러워진다고."

동감이다.

"그래서?"

"해외 조직하고 유통망이 연계되어 있어서 수출을 주로 한다는군. 이쪽도 한류 바람인지 한국 여자아이들이 상등급 품이라 돈 많은 놈들이 선호한대. 나름 틈새 시장인 거지."

순간적으로 헛구역질이 나왔다. 내가 살고 있는 세계와 다른 세상의 얘기 같아 현실감이 느껴지지 않았다.

"아직까지 못 찾고 있는 실종 아동은 대부분은 그렇게 된 거지. 오춘원 알지? 그 개새끼."

오춘원이라면 피해자의 집까지 따라 들어가 살해하고 살을 몇백 조각으로 발라 놓은 잔인함 때문에 매스컴에서 크게 떠들었던 유명한 살인범이다.

"인육 공급하는 그런 흉악한 놈들을 백정이라고 부르는데 공급이 달리면 그렇게 막무가내로 조달하기도 한다더군."

"그래서 얼마 버는데?"

"팔백 정도."

리스크가 제일 높은 일을 하는 놈인데 대가는 겨우 팔백만 원이다. 그걸 받으려고 사람을 죽이는 놈도 놈이지만, 장기만 팔아도 사람 하나에 십팔억을 버는 세계에서 박해도 너무 박한 금액이다.

"그러니까 거긴 안 건드리는 게 좋을 것 같아. 조직 성장의 필수 조건 알지? 복수는 제대로 해 줘야 안 밟히고 클 수 있는 법이거든. 당신이 만약에 거기서 살아남아도 놈들이 그냥 두지 않을 거야. 조직이 워낙 방대하거든. 게다가……."

"또 뭐야?"

"국내 큰손하고도 거래하고 있다는 소문이 있어. 해외 쪽 단속이 심해져서 내수로 방향을 돌린 모양이야."

이쪽 분야에서 머리에 떠오르는 큰손은 최 회장과 진 회장 둘뿐이다. 최 회장은 원래 쓰레기인 줄 알았지만 진 회장도 이쪽 사업을 눈독 들이고 있다는 최 부장의 말에, 진 회장이 내게 남겼던 나쁘지 않은 인상을 수정해야 했다.

"무슨 생각이야? 그놈들하고 엮인 일 있어?"

"정 사장이 말 안 해?"

"나 같은 외주 용역한테 무슨 말을 하겠어. 정 사장하고 관계된 일이야?"

"이젠 내 일이야. 어쨌든 정보 고마워."

"오늘 또 일거리 만드는 건 아니지?"

"어쩌면."

"사정 좀 봐줘. 애들이 초주검이 됐어."

"보수는 내가 따로 더 챙겨줄 테니까 하는 김에 몰아서 하자."

"얼마 줄 건데?"

머릿속으로 순간적으로 손익을 계산하고 말했다.

"삼억."

잠시 말이 없어진 청소반장이 대답했다.

"더 도울 일 있으면 바로바로 말해. 바로 도와줄 테니까."

"이번에도 가스통 들고 오게?"

"내 생각이 맞는다면 이번엔 가스통 가지고는 힘들 거야. 최저 중에 최저. 밑바닥 뚫고 내려간 삶을 사는 애들이 어떤지는 알잖아."

"쉽진 않겠지."

청소반장은 그 어느 때보다 진지한 목소리로 말했다.

"쉽지 않은 정도가 아니야. 조심하라고."

장난이 아니라는 걸 알고 있다. 살인청부 인생에 처음 발을 들여놓은 그 이후로 가장 힘든 시기가 될 거라는 걸 느낌으로 알았다.

나는 애써 톤을 높여 말했다.

"나도 애국이란 걸 한번 해 보고 싶어서."

전화기 너머로 키득거리는 소리와 함께 목소리가 들렸다.

"뭐? 애국? 지랄하네……. 아, 미안. 나도 모르게 그만."

"욕 주고받을 사이는 아니잖아."

"미안해. 하지만 딱 그 느낌이야. 손발이 오그라들었거든. 우리 같은 쓰레기 인생끼리도 레벨이 따로 있는 건지는 이제 알았네."

그의 자조적인 말에 나도 잠시 말을 멈췄다. 쓰레기 인생도 분명 레벨이 있다. 같은 살인을 해도 인육을 팔기 위한 살인은 윤리적이지 않은 거라고, 그건 더 저질의 인생이라고 믿고 싶었다. 내 인생이 그들과 동급이라는 것은 견딜 수가 없기 때문에.

"리사이클이라고 하자. 적어도, 이번만큼은 악당들 없앤 거잖아. 이 정도면 재활용품 정도는 되지 않나?"

잠시 말이 없던 청소반장이 대답했다.

"이젠 영웅 놀이야? 어린이들을 위해서라도 그런 말은 하지 마. 쓰레기나 재활용품이나 버려지는 건 똑같으니까."

갑자기 짜증이 몰려왔다. 막히는 도로도 짜증 나고 청소반장의 목소리도 짜증 나서 더 이상 통화하고 싶지 않았다.

"그래, 당신 말이 맞다. 이만 끊자."

"더 웃긴 건, 그 버려지 새끼들 대가리가 한국인이라는 거지."

"이만 끊자고."

"물량이 얼마나 될 것 같아?"

"가 봐야 알지, 쯧."

나도 모르게 그에게 짜증을 내며 전화를 끊었다. 정말이지 그럴 생각은 아니었다. 적어도 청소반장이 틀린 말을 한 건 아니었으니까.

정체되던 도로가 갑자기 뚫렸다. 길은 언제나 점차 뚫리는 것이 아니라 이렇게 갑자기 뚫린다. 그래서 정체되는 이유도, 뚫리는 이유도 알 수가 없다. 그냥 뚫리면 뚫리는 대로, 막히면 막히는 대로 달리는 것 말고는 달리 할 수 있는 일이 없다.

지금 시간은 밤 9시. 내비게이션이 예상한 도착 시간은 한 시간이었다. 이대로라면 어쩌면 며느리를 놓칠 수도 있을 거란 생각이 들었다. 다시 휴대폰을 집어 들었다. 비록 휴대폰 없는 세상에서 태어났지만, 이젠 휴대폰 없는 세상은 상상도 할 수 없다.

주머니에서 '붉은 얼굴' 태환에게 받은 명함을 꺼내 들었다. 신호가 몇 번 가고 그의 목소리가 들렸다.

"늦은 시간에 웬일이야?"

처음 하는 전화인데도 마치 몇 번 한 것처럼 전화를 받는다. 캐릭터 희한하다.

"의뢰하려고."

"어떤 일인데?"

업종을 안 가리고 하는 이런 타입이 의뢰하기는 참 편하다.

고용주 입장에서는 턴키로 일을 맡기는 게 관리하기엔 더 없이 편하니까.

"그전에 질문 하나 할게."

그가 장난스럽게 반문했다.

"채용 전에 하는 면접 같은 거야?"

난 그에게서 처음 받았던 인상 그대로 질문했다.

"당신 군인 출신이지?"

그가 멈칫한 것이 전화기 너머로도 느껴질 정도로 대답이 없었다.

"내겐 중요한 일이라서 그래."

"비슷한 일을 했지."

이쪽에서는 자신의 경력을 부풀리면 부풀렸지 감추는 법이 없다. 최대한 잘나가는 것처럼 보여야 잘 팔리니까. 하지만 이자는 자신의 출신을 명확히 밝히지 않는다. 오히려 철저히 숨기는 편이다. 이런 모습 또한 '흰 얼굴' 기천을 닮았다. 대체 정체가 뭘까?

"그럼 잘됐군."

"무슨 일인데 그래?"

"전쟁."

또다시 말이 없어졌다. 그에게 생각할 시간을 주기 위해 나도 입을 다물었다.

"얼마나 심각한 일인데?"

"밀항 조직에서 사람 하나 구출하는 거야."

"······ 낮에 대림동에서 당한 걸 봐서는 당신 혼자서는 무리일 것 같은데?"

알았으니까 자꾸 아픈 곳 찌르지 말란 말이다.

"그러니까 당신한테 전화한 거지."

"그런 건 보통 경찰이 하지 않나?"

"경찰도 믿을 수 없는 상황이야."

또다시 말이 없어진 그가 입을 열었다.

"어디로 가면 되나?"

"인천 제2여객터미널."

"너무 멀어."

지금 그게 문제가 아니잖아!

"그렇게 멀지도 않아."

"얼마 줄 건데?"

이런 경험은 처음이라 감이 오지 않았다. 그래서 조심스럽게 말했다.

"한······ 일억 정도?"

"좋아, 장비를 좀 가져갈 건데, 그건 실비 정산이야."

"어떤 건데?"

"전쟁에 필요한 거."

"실비가 이억씩 들거나 그러진 않겠지?"

"많이 들어 봐야 일이천. 쉽게 끝나면 몇십으로 끝날 수도 있고."

"좋아. 2터미널 입구에서 보자고."

전화를 끊자마자 빗방울이 떨어지기 시작했다.

요새 맑은 날만 계속돼서 가뭄인가 했는데, 장마는 장마인 모양이다.

일을 이렇게 크고 심각하게 만들 생각은 아니었다.

사장 늙은이의 며느리만 찾으면 다른 건 아무래도 상관없었다. 그 생각은 지금도 마찬가지다. 다만, 며느리 찾는 데 방해가 되면, 그리고 그로 인해 부딪혀야 한다면 부딪힐 수밖에.

차창에 부딪혀 부서지는 빗방울을 보니 불현듯 김동인 선생의 〈붉은 산〉이 떠올랐다. 주제넘게도 '삵'의 인생에 나를 대입시켜 봤지만 역시 그건 무리다. 민족애로 만주의 지주에게 덤벼들었던 '삵'과 달리, 난 돈을 받고 계약에 의해 움직이고 있는 프리랜서일 뿐이다.

정말 그뿐이다.

정말.

폭풍 속으로
INTO THE STORM

태환이 코웃음을 치며 말했다.

"전쟁이라고?"

이건 내 예상과도 너무 달랐다. 이곳에 들어온 지 10초 만에 모든 게 끝났다.

"가져온 장비가 다 부끄럽네."

주변 사무실들의 불이 다 꺼진 인천 제2여객터미널에 도착한 지 15분 만에 태환이 도착했다. 그는 볼링 백을 어깨에 메고 내 차로 옮겨 탔다.

"비도 오는데 생각보다 길이 안 막히네. 어디로 가면 돼?"

그의 단단한 모습을 보니 점점 줄어들던 자신감이 다시 부풀었다. 도로 맞은편 건물 뒤쪽의 좁은 도로를 가리켰다.

"저 골목 인쇄소 건물 이층이야."

"언제 진입할 거야?"

진입? 가끔씩 쓰는 단어를 보면 군 출신이 확실하다. 우리나라에 외국인 용병 부대가 있었나? 난 손목시계를 보며 쉽게 결정하지 못했다. 이제 50분밖에 남지 않았기에 최대한 서둘러야 했지만 입이 떨어지지 않았다. 내가 손을 떨고 있다는 걸 그제야 깨달았다. 태환도 그걸 봤는지 픽 웃으며 가방에서 옷을 하나 꺼내 내게 건네며 말했다.

"걱정 마. 새 바지 하나 준비해 왔으니까."

아무래도 이 빌어먹을 인간한테 돌이킬 수 없는 약점 하나 잡힌 것 같다.

"자, 들어갑시다."

태환이 먼저 차에서 내려 사무실을 향해 앞장서 걷기 시작했다. 나도 나이프와 권총의 상태를 확인하고 심호흡을 하며 그의 뒤를 따라나섰다.

"당신이 먼저 들어갈 거야?"

앞서 걸으며 태환이 물었다.

"원래 고용주는 일 끝나면 들어가는 거야."

"너무한 거 아냐? 밀항 조직이라며. 그쪽 애들이 얼마나 거친 줄 알아?"

말은 그렇게 하면서도 태환의 발걸음은 어딘지 모르게 자신에 차 있었다. 자신감을 지나 왠지 신 나서 떠드는 것 같은 느낌이었다. 콧노래를 흥얼거리는 걸 보니 내 느낌만은 아닌 모양이다. 새로운 유형의 변태였구나. 점점 걸음이 빨라지는 그에게 내가 물었다.

"어느 부대에서 복무했던 거야?"

"몰라도 돼."

"싸움 좀 잘한다고 무시하는 거야? 이래봬도 난 특전사 출신이야."

태환은 비웃는 표정으로 나를 쓱 돌아보며 말했다.

"그래서 특전사 식으로 싼 거야?"

"그게 무슨……. 아, 진짜! 요도가 잠깐 열려서 그런 거 가지고 계속 그럴 거야?"

"관심 끄고 괄약근 운동이나 열심히 해. 깊이 알면 다쳐."

사무실 건물이 지척으로 다가오자 그는 조용히 뛰기 시작했다. 소리도 내지 않고 어떻게 저렇게 빠르게 뛸 수 있는지 내 상식으로는 이해가 가지 않는 동작이었다.

내가 사무실 계단 입구에 도착하기를 기다려 그가 수신호로 먼저 진입하겠다는 표시를 했다. 나야 고맙지.

불이 아직 켜져 있는 이층 사무실 좌우에 기대섰다. 그가 수신호로 내게 뭔가를 신호했지만 뭔 뜻인지 하나도 알아볼 수가 없었다. 태환이 짜증스러운 얼굴을 하고 육성으로 말했다.

"노크하라고, 노크!"

내가 노크할 것도 없이 안에서 말소리가 들렸다.

"누구요?"

나는 문고리를 잡아 돌렸지만 잠겨 있었다.

"선적시킬게 있는데, 아직 영업 안 끝났죠?"

"내일 오쇼."

퉁명스러운 대답이 돌아오자마자 태환이 문고리를 발로 밀어 차며 안으로 돌격해 들어갔다. 짧은 순간 정적이 흘렀고 안에서 각자의 일을 하고 있던 네 명의 남자가 놀라며 바라보았다.

그들이 덤비는 것도, 태환이 덮치는 것도 순식간이었다. 태환은 그들에게 주먹과 발을 날리며 차례로 쓰러뜨렸지만 내 눈엔 거의 동시에 쓰러진 것처럼 보였다. 그때 결심한 게 있다. 태환만큼은 적으로 만들지 말자고.

태환은 한 놈을 제외하고는 나머지는 모두 혼절시켰다. 그는 놈을 소파에 손수 앉히고 나를 돌아보고는 코웃음을 치며 말했다.

"전쟁이라고? 가져온 장비가 다 부끄럽네."

생각보다 너무 쉽게 끝나 버려서 얼얼했지만 그렇다고 며느리를 찾은 것도 아니기에 침착하게 소파에 앉은 놈을 테이프로 묶고 심문을 시작했다.

"다 알고 왔으니까 묻는 말에 간결하게 대답해. 오늘 국외로 밀항시킬 계획 있지?"

"너 이 새끼, 우리가 누군 줄 알고……."

나이프를 꺼내 날의 옆면으로 그의 뺨을 후려쳤다. 언관 때와는 달리 이번엔 피를 내지 않았다. 뭐든 연습하면 되는 거구나.

"다 알고 왔다고 좀 전에 말했잖아. 밀항시킬 사람들 지금 어디 있어."

"지금 무슨 말 하는 건지 모른다고 새끼야!"

"시간 자꾸 끌래? 내가 좀 급해서 널 봐줄 여유가 없어. 빨리 말해."

"모른다고! 알아도 내가 대답을 할…… 아악!"

그의 오른쪽 허벅지에 칼을 꽂았기에 말을 잇지 못했다. 칼을 비틀자 그의 비명이 더욱 크게 터져 나왔다.

"11시에 출항 계획 있잖아! 어디에 있어!"

이놈, 충성심이 강한 건지 그냥 독종인 건지 모르지만 잘 버티고 있다.

"내 배를 갈라 봐라, 내가 말하나!"

훌륭한 놈. 난 칼만 봐도 술술 불 텐데. 떨고 있는 놈의 귀를 잡고 칼날을 댔다가 생각을 바꿔 칼등의 톱날을 댔다. 칼질보다는 톱질이 좀 더 아프니까.

"진짜 말 안 할 거야?"

놈은 부들부들 떨면서도 나를 노려만 볼 뿐 입을 열지 않았다. 할 수 없이 톱질을 시작했다. 놈이 비명을 지르며 몸부림쳤지만 나를 방해하기에는 역부족이었다.

책상을 뒤지던 태환이 나를 불렀다.

"이것 좀 봐."

태환은 미간을 찌푸린 채 톱질하고 있는 나를 바라보다 생각난 듯 말을 이었다.

"아무래도 여기 같은데?"

놈의 귀를 자르다 말고 태환을 돌아보았다. 그는 잠겨 있는 철제 서랍의 자물쇠를 뜯어내고 폴더 형태의 문서를 꺼내 들고 있었다. 표지에 지난 날짜가 적혀 있는 폴더를 받아 들어 펼쳤다.

태환은 못마땅한 듯 인상을 찌푸리며 말했다.

"인육 장사치가 진짜 있었군."

문서에는 이름과 나이, 성별이 적힌 명단과 순번, 날짜, 금액이 적혀 있는 문서가 묶여 있었다. 그 문서 뒤로 사진이 있었는데 스냅 카메라로 대충 찍은 듯 화질은 좋지 않았다.

공사를 할 때, 고용주에게 작업 내용을 증명하기 위해 그 과정을 사진에 담아 고용주에게 제출하기도 한다. 지금 이 폴더에 담겨 있는 사진들은 그것과 유사했다. 대상이 공사판이 아니라 사람이란 것이 다를 뿐.

사진엔 타일로 뒤덮인 빈 욕탕에 나무판자를 걸쳐 놓는 장면부터 시작했다. 그 판자 위에 벌거벗긴 여자들을 차례대로 엎어 놓고 엉덩이와 등에 손바닥만 한 도장을 찍었다. 다음 장엔 남자 하나가 찍혀 있었는데 놈은 끝이 구부러진 칼을 들고 여자들을 향하고 있는 모습이었다. 공포에 질린 여자들의 표정에 형언할 수 없는 참담함이 느껴졌다. 놈은 엎드린 여자의 머리를 위로 젖히고 왼쪽 목을 깊고 길게 베었다. 분수처럼 뿜어져 나오는 피는 욕탕 하수구를 통해 흘러나갔고, 차례를 기다리며 그런 모습을 옆에서 지켜볼 수밖에 없는 여자들의 표정이 내 머릿속에 각인되었다.

폴더를 태환에게 재빨리 건네고 화장실로 달려가 구토를 했다. 낮부터 먹은 것이 없어 게워 낼 것도 없었지만 배가 아플 정도로 구역질은 쉽게 멈춰지지 않았다.

입을 행구며 거울을 바라보았다. 면도할 때 빼고는 잘 봐지지 않던 거울이 오늘따라 선명하게 충혈된 눈을 비추고 있었다.

"아무래도 여기 같은데?"

사무실로 돌아가자 태환이 이번엔 메모지를 건넸다. 시간과 장소를 볼펜으로 대충 적은 쪽지였다. 난 쪽지를 들고 귀가 잘리다만 놈 앞에 내밀었다.

"여기야?"

놈의 표정을 자세히 살폈다. 대답할 리가 없을 테니 그의 표정에서 읽어 내야 했다. 놈의 눈빛이 흔들렸다. 그리고 대답 또한 늦게 튀어나왔다. 다 불고 목숨을 구걸할지 짧은 순간 갈등한 결과다. 자신의 생명 앞에서 인간은 누구나 다 똑같다.

"몰라!"

"여기군."

반쯤 잘린 그의 귀를 잡아 뜯어 비명을 지르는 그의 입에 쑤셔 넣었다.

"인육 좋아하지?"

그 모습을 지켜보던 태환이 인상을 찌푸리며 먼저 나가 있겠다는 손짓을 하고는 자리를 비웠다. 메모지에 적힌 장소는 이 시간이면 15분이면 도착하는 거리다. 내게 시간이 조금은 있다는 의미다.

놈이 뱉어 내지 못하도록 그의 입에 테이프를 감아 돌렸다.

"식인 풍습의 최고봉이 뭔지 아나? 셀프 카니발리즘이지. 자기 살 뜯어 먹다 과다출혈로 뒈지는 거."

몸부림치는 놈이 잘 볼 수 있도록 기절해 있는 놈들을 소파 앞 테이블 위에 한 명씩 올렸다.

"뜯어 먹을 때 피 안 흘리는 법 아나? 아참, 그건 잘 알고 있지?"

사진에서 본 것과 똑같이 엎어져 기절해 있는 놈의 머리를 잡아들어 젖히고 목에 칼을 깊게 찔러 넣었다가 위쪽으로 긁어 올리며 빼냈다. 엄청난 양의 피가 쏟아져 나와 소파에 묶여 앉아 떨고 있는 놈의 신발을 적셨다. 시체가 된 놈을 발로 밀어 차 옆으로 떨어뜨리고 다음 놈을 테이블 위에 올렸다.

"어때? 내 자세. 잘하고 있는 건가?"

다음 놈도 똑같은 방식으로 처리했다. 세 번째 놈은 언제 정신이 들었는지 내게 달려들었지만 곧장 목에 칼이 박혀 얼마 버티지 못했다. 피가 번들거리는 칼을 들고 놈에게 다가섰다.

"어디가 잘못된 거냐? 어디가 어떻게 망가졌기에 이렇게 살 수 있는 거냐고. 대답해! 대답하라고!"

놈의 허벅지를 스무 번쯤 찌르고 나서야 내가 놈의 입을 막아 놨다는 걸 깨달았다.

"아, 쏘리. 너무 열이 받아서 깜빡했어."

놈의 입에서 테이프를 뜯어내자마자 놈은 귀를 뱉어 내며 외쳤다.

"난 그냥 일꾼이야! 여동생이 둘 있는데 그년들 학비 대려면 어쩔 수가 없었다고! 나 같은 놈 받아 주는 건 이곳밖에 없는데 나보고 어쩌라고! 대체 어쩌라고! 나보고 뭘 더 어쩌란 말이야! 나 같은 놈한테 바라는 게 왜들 그렇게 많은 거냐고! 대체 왜!"

놈은 악다구니를 쓰고 나서 눈물이 맺힌 눈으로 부들거리며 나를 노려보았다. 그의 모습에 입을 다물 수밖에 없었다. 이런 인생도 사연이 있고, 이런 인생도 마음속에 쌓인 것이 많은 거구나.

"이렇게밖에 살 수 없었다면, 진작 그냥 죽지 그랬냐."

그의 목에 칼을 깊게 꽂았다가 비틀어 빼냈다. 놈의 눈물과 피가 식은땀과 뒤엉켜 피어올랐다.

사무실 책상 서랍을 뒤져 필요한 문서들을 빠르게 챙겼다. 사실 자세히 살펴볼 시간이 없어 가방에 대충 쓸어 담아 밖으로 나섰다.

밖으로 나와 고여 있는 빗물에 손과 칼에 묻은 피를 씻어 내고 신발을 닦아 냈다.

팔짱을 끼고 내 차 옆에서 우산을 쓰고 있던 태환이 말했다.

"그 상태로는 내 차 절대 안 돼."

또 차 타령이다.

"내 차로 가려고 했어."

그와 나는 곧장 메모지에 적힌 장소로 이동했다. 오늘따라 유난히 길에 차도 보이지 않고 고요했다.

"헷갈려."

태환의 말이었다.

"아무리 봐도 헷갈려."

"뭐가."

"당신 말이야."

난 더 이상 묻지 않았다. 나에 대한 타인의 생각 따위 듣고 싶지 않았다. 그리고 스스로 생각하고 싶지도 않았다. 그래서 일부러 말을 돌렸다.

"여기서 좌회전인가?"

"내비에 나오잖아."

에라, 이 눈치 없는 인간아. 태환은 잠시 잠자코 있다가 물었다.

"최 부장이 보여 줬던 사진 있지? 당신 집 노린 놈 사진. 그거 내가 찍은 거야. 그 자식, 나한테 아주 작살났어. 말 그대로 작살."

"갑자기 그 말은 왜 하는 거야?"

"당신 기분이 좀 좋아질까 해서."

"왜, 안 좋아 보여?"

"아까 꽤 화나 보여서. 무섭더라고."

"그럴 리가. 그냥 일하는 건데 뭘."

그는 나를 돌아보았지만 아무 말도 하지 않았다.

"여기 같은데?"

목적지 도착을 알리는 내비게이션의 알림이 나타난 지 5분 정도가 지나서야 목적지를 찾을 수가 있었다. 헤드라이트를 끈 상태였기에 붉어 보이는 하늘의 빛에 기대 식별할 수밖에 없었다.

태환은 몸을 앞으로 기울여 유리를 통해 위쪽을 바라보며 말했다.

"저기 같은데?"

"저 창고 같은 큰 건물?"

"아니 그 옆에."

그 옆엔 민가로 보이는 집이 하나 있었다. 제법 큰 삼층 집이었는데 일반 가정집 대문 대신에 차량 통행용 철창문이 설치되어 있는 것 말고는 특징 없는 집이었다.

"난 저 창고 같은데?"

"나라면 저 집에 가둬 놓겠어. 퇴로가 많거든."

전문가의 말을 들어서 손해 보는 일은 매우 드물기에 그냥 그의 말을 따르기로 했다. 철창문 안쪽 마당에 서성이는 그림자가 보였다. 집 쪽에 시선을 둔 태환이 입을 열었다.

"구출하려는 게 여자야 남자야?"

"여자. 그건 왜 물어?"

"여자는 도주할 때 손이 많이 가니까."

"그거 성차별 발언 아니야?"

픽 웃고 마는 태환의 모습에, 난 사장 늙은이의 며느리를 떠올리며 중얼거렸다.

"육상 선수 출신이길 바라자고."

그는 볼링 백을 들고 차에서 내렸다. 차 문이 열렸다는 경고음을 최소화하기 위해 나도 재빨리 내리고 차 문을 닫았다. 차

문을 잠그려고 차 키를 들어 올린 내 팔을 태환이 붙잡았다.

"여기서 삑삑거리게?"

아. 무안해진 나는 슬그머니 차 키를 주머니에 넣으며 물었다.

"이젠 어떻게 해야 하지?"

"진입, 은닉, 탐색, 구출, 도주."

오, 이렇게 들으니 엄청 쉽게 들린다. 태환은 그놈의 보물가방에서 뭔가를 꺼냈다. 소음기가 달린 권총과 경기관총이었다. 그것들을 어깨에 메고 커다란 전투용 나이프를 꺼내 다리에 부착했다. 마지막으로 망원경과 비슷하지만 훨씬 복잡해 보이는 장비를 눈에 대고 집을 살폈다.

"하나, 둘, 셋…… 마당에 두 명, 일층에 세 명, 이층에 두 명, 삼층에 한 명. 일층에 사람들이 있긴 한데 뭉쳐 있어서 몇 명인지는 확인하기 어려워."

뭉쳐 있는 건 아마도 납치된 사람들일 것이다. 그들 중에 며느리도 있겠지. 그놈의 며느리를 드디어 만날 수 있다는 생각에, 마치 연예인을 만나는 것처럼 잠깐 들떴지만 곧 정신을 집중했다.

"내가 먼저 들어가서 문 열어 줄 테니까, 그때 들어와."

그는 말을 남기고 예의 그 소리 없는 질주로 나는 듯이 집을 향해 뛰었다. 그는 달리는 속도를 줄이지 않고 담을 가볍게 뛰어넘었다. 아주 작은 소음이 들리고 대문이 스르르 열렸다.

태환이 남긴 볼링 백을 들고 최대한 빠르고 조심스럽게 마당으로 진입했다.

"이건 왜 들고 왔어?"

"들고 오라는 뜻 아니었어?"

그는 뭔가 말을 하려다가 귀찮은 듯이 내 손에서 볼링 백을 빼앗아 마당 구석에 던져 두었다. 그는 내게 작은 리모컨 하나를 쥐어 주며 말했다.

"내가 삼층부터 훑고 내려올 테니까, 당신은 일층 문 앞에서 기다렸다가 안쪽이 소란스러워지면 이걸 눌러."

"뭔데?"

그는 씩 웃으며 대답했다.

"매직. 입구가 활짝 열릴 거야. 멍청하게 입구 앞에 서서 누르지 말고 문 옆 벽에 붙어 서서 눌러. 안 그러면 몸도 같이 열리는 수가 있으니까."

말 참 정들게 한다.

"뛰어 들어와서 날 도와주면 돼."

"총 쓸 거야?"

"놈들이 뭘 들고 있는지에 따라서."

나도 권총을 꺼내 안전장치를 풀었다. 태환이 놀란 얼굴로 물었다.

"당신도 총이 있었어? 어디서 난 거야?"

"이베이."

그는 고개를 가로젓고는 건물 뒤편으로 사라졌다.

태환이 말한 대로 집 현관으로 다가갔다. 현관에 작은 장치가 붙어 있는 걸 확인하고 문 옆 벽에 붙어 섰다. 심장 박동 소리가 나팔처럼 귀에 울려 퍼지기 시작했다. 며느리를 만나면 너무 반가워서 껴안고 뒹굴지도 모르겠다.

그때 현관문이 벌컥 열렸다. 태평한 모습으로 담배를 물고 나온 놈은 다른 나라 말로 마당을 향해 뭐라고 외쳤다. 아마도 밖에서 보초를 서고 있던 동료를 부른 모양이다. 큰일이다.

몇 번을 더 부른 그가 이상한 낌새를 챘는지 허리춤에서 칼을 꺼내 들고 낮은 계단을 서서히 내려왔다. 놈이 쓰러져 있는 동료를 발견하면 큰일이다. 뭔가 조치를 해야 한다는 건 머릿속에서 이미 깨닫고 있었지만 몸이 쉽게 움직여 주지 않았다.

그때 안에서 그릇이 깨지는 요란한 소리가 들렸다. 태환이 진입을 한 모양이었다.

그것을 신호로 밖에 나와 있던 놈의 폐를 뒤에서 나이프로 찔렀다. 허파가 뚫려 비명 대신 쇳소리를 내며 쓰러졌고 난 열려 있는 문을 통해 호기롭게 집 안으로 뛰어 들어갔다.

두 명의 남자가 나를 돌아보았는데 그중 한 명은 소파에 앉은 채였고 다른 한 명은 바닥에 떨어져 깨진 유리컵 조각을 빗자루로 쓸어 담고 있는 중이었다.

망했다.

착각했다.

놈들의 눈에 불이 들어오더니 잡아먹을 기세로 달려들었고 겁이 덜컥 난 나는 총을 꺼내 그들을 쏘았다.

난 소음기 따위는 없다.

총소리가 고막을 찢을 기세로 울려 퍼졌고, 한쪽 방문이 열리더니 한 무리의 사내들이 쏟아져 나왔다.

또 망했다.

뭉쳐 있던 사람들이 납치된 사람들이 아니었다.

닥치는 대로 그들에게 총을 쏘았다. 그때 다리가 뜨끔하더니 이어서 배에 불덩이가 들어오는 게 느껴졌다.

그대로 주저앉았다. 그제야 나를 둘러서 있는 놈들이 한눈에 들어왔다. 동양인뿐만 아니라 아랍인과 흑인, 백인도 섞여 있었다. 이젠 범죄 조직도 글로벌하게 굴러가는 모양이다.

영어로 대화하는 소리가 점점 가까워지더니 그들 중 권총을 쥐고 있는 놈이 앞으로 나서며 내 머리를 향해 총을 겨누었다.

개새끼, 왜 하필 그때 물 컵을 떨어뜨리고 지랄이야.

눈을 질끈 감았다. 이젠 당당하게 눈 뜨고 죽을 때도 됐건만 이런 순간은 늘 적응할 수가 없다.

슉! 하는 소리와 함께 내 얼굴에 뜨끈한 액체가 쏟아졌다.

그 소리는 이어서 연속적으로 울렸고 나를 제외한 모든 이들이 총알에 맞아 널브러졌다.

"왜 벌써 들어왔어?"

태환의 목소리였다. 내가 들어오고 싶어서 들어온 거 아니라고.

그는 쓰러진 놈들 중에 아직 의식이 있는 자들을 골라 확인 사살을 하고는 일층을 돌아다니며 방을 모두 확인했다.

"혼자 한번 해 보고 싶었던 거야?"

그런 생각은 아버지 정액주머니에 살던 시절부터 결코 해 본 적이 없다. 그는 이제 막 10시 45분을 넘어서는 시계를 보고 말을 이었다.

"아무도 없어. 아무래도 헛다리 짚은 것 같은데 이제 어쩔 생각이야?"

그제야 총에 맞은 내 상태를 확인한 태환이 다급하게 나를 들쳐 메고 마당으로 달려 나왔다. 거의 패대기치듯 내려놓고 구석에 던져두었던 볼링 백에서 구급약을 꺼내 응급처치를 했다.

"총 처음 맞아 보는 거야?"

나는 노랗게 된 얼굴로 고개를 끄덕였다. 그는 익숙한 손놀림으로 응급처치를 하며 말을 이었다.

"기절할 것처럼 아프다가 조금 있으면 엄청나게 추워질 거야."

이미 춥다. 턱이 덜덜거리는 소리가 내 귀에까지 들렸다.

"추워지는 게 극에 달하면서 팔다리에 감각이 없어질 거야. 그다음 단계가 사망이지."

기운 북돋아 줘서 고맙다, 이 고마운 자식아!

그는 나를 들쳐 메고 가방을 든 채 차를 향해 걷기 시작했다.

"다리는 괜찮아 보이는데 배에 맞은 건 확신이 없어. 간에 맞은 건 아니니까 살 수 있는 확률이 높아. 창자가 뚫렸으면 그 것도 골치 아픈 건 마찬가지인데 희한하게 창자는 잘 안 뚫리 거든. 요리조리 지들이 알아서 피한다고 해야 하나?"

제발 그만. 더 이상 듣고 싶지 않다고. 명이 더 빠르게 단축

되는 것 같다.

그때 집 옆에 있던 큰 창고 문에 붙어 있던 노란 등에 불이 들어오며 문이 열렸다. 문이 열리자마자 승합차 한 대가 미친 야생마처럼 튀어 나와 어딘가로 질주하기 시작했다.

빌어먹을. 내가 창고 같다고 그랬잖아!

태환은 반사적으로 내 차를 향해 뛰기 시작했다. 나는 없는 힘을 끌어 모아 주머니에서 차 키를 꺼내 버튼을 눌렀다. 태환이 차 문고리를 잡고 당겼지만 잠겨 있었다. 그제야 아까 차 문을 잠그지 않았던 게 떠올랐다.

"빨리 열어!"

사경을 헤매는 환자를 이렇게 구박해도 되는 거냐고.

그는 나를 뒷좌석에 대충 던져 놓고 운전석에 올라타 승합차가 달려간 방향으로 달리다가 우뚝 멈추며 말했다.

"현관에 붙인 폭탄은 어떻게 했어?"

뭘 어떻게 해. 그냥 붙어 있겠지. 태환은 짜증스러운 표정으로 차를 돌려 다시 집 쪽으로 향했다.

"리모컨 작동 거리가 10미터밖에 안 된다고!"

그는 내 주머니에서 리모컨을 꺼내 창밖에 내밀고 눌러 대며 운전을 했지만 폭탄은 터지지 않았다. 차가 거의 대문 안으로 들어서고 나서야 폭음과 함께 터졌다. 그는 차를 다시 돌려 승합차 추격에 나섰다.

꼭 그놈의 폭탄을 터뜨려야 했냐.

"군용 모델이라 안 터뜨리면 경찰한테 바로 뒤를 밟히게 된

다고. 그리고 까닥 잘못 건드렸다가는 괜한 사상자만 생긴다
고.”

예, 예. 그러시군요. 그러니까 진작 내말대로 창고 먼저 쳤
으면 쉽게 끝났을 거 아니냐고!

비포장도로를 달릴 때는 차가 뒤집힐 것 같지만 인접 도
로를 타니 흔들림은 적고 속도는 더욱 빠르게 붙었다. 뒷좌석
에 누운 채 진지한 얼굴로 운전하는 태환의 얼굴을 봤다. 그놈
의 돈이 뭔지, 당신도 참 피곤한 인생 살고 있구나.

“따라잡았어, 따라잡았어.”

그는 주문을 외듯 말을 반복하며 승합차를 바짝 따라붙었다.

나는 아까 맞은 진통제 기운을 빌려 몸을 일으켰다.

20여 미터 앞에서 뒤뚱거리며 달리는 낡은 승합차가 보였다.

승합차는 다시 포장도로를 벗어나 한참을 달렸다. 비포장도
로의 거친 노면에 척추가 부러지지 않을까 걱정이 됐다.

승합차가 꺾어 들어간 마지막 코너를 따라 도니 어두운 바
다가 모습을 드러냈다.

좁은 해변의 우측 끝에 사설 선착장이 있었고 그 옆에 버스의
열 배는 되어 보이는 대형 선박이 불을 밝히고 정박해 있었다.

“저게 오징어잡이 배라고?”

태환은 어이없는 표정으로 중얼거리며 운전에 열중했다.

모래 때문에 운전이 쉽지는 않았지만 그것조차 태환은 좋은
실력으로 해내고 있었다.

승합차는 쉬지 않고 달려 선착장에 도착해서야 멈췄다.

뒤를 쫓던 내 차 앞 유리에 총알구멍이 났다.

태환은 방향을 돌리지 않고 창밖으로 손을 내밀어 응사를 하며 그대로 진격해 들어갔다.

할부도 안 끝난 내 차가 총알을 온몸으로 받아 내며 달렸다.

알몸으로 승합차에서 내려 배로 끌려가는 여자들이 멀리 보였다.

태환도 여자들을 봤는지 총 쏘는 것을 멈췄다.

차에는 더 이상 남아 있는 유리가 없을 정도로 총알은 더욱 거세게 날아들었다.

총알은 태환의 어깨를 스치며 피를 냈지만 그는 아랑곳하지 않고 선착장까지 밀고 들어가 승합차를 들이받으며 멈췄다.

튀어나온 에어백을 나이프로 찢어 버리고는 총을 꺼내 들고 차에서 내려 승합차 뒤로 몸을 숨겼다.

나 또한 그를 따라 내려 승합차에 뒤에 몸을 숨겼다.

진통제와 함께 맞은 모르핀의 영향이 아니면 절대 할 수 없는 미친 짓이었다.

놈들은 선박 위 갑판을 바쁘게 뛰어다니며 줄을 풀고 닻을 올리는 등 출항 준비에 여념이 없었다.

"다리 걷히면 끝이야."

놈들은 선착장과 선박 사이에 연결되어 있는 다리를 접어 올리려고 분주히 움직이고 있었다.

태환은 고요하게 조준을 하고는 두 발을 연속 쏘았고 다리를 올리던 인부 하나가 바다에 빠졌다.

그는 경기관총 하나를 내게 건네며 말했다.

"달려갈 테니까, 엄호해."

그는 달려 나가려고 잔뜩 웅크리고 있다가 모르핀으로 흐리 멍덩해진 내 팔을 붙잡으며 진지하게 말했다.

"나한테 쐈다가는 죽을 줄 알아."

예, 예. 어떻게 되겠지요 뭐.

그는 걱정스러운 표정으로 나를 바라보더니 큰 소리로 셋을 외치며 앞으로 튀어나갔다.

그의 동작에 맞춰 선박을 향해 총을 쏘았다.

특전사 훈련 때도 이렇게까지 총을 쏴 본 적은 없다.

선박은 다리가 걷히지도 않았는데 뱃머리를 돌리기 시작했 다. 태환은 선착장에서 미끄러지며 멀어지는 다리를 타고 배 안으로 달려 들어갔다. 나도 벌떡 일어나 배를 향해 뛰기 시작 했다.

왜 그랬는지 모른다.

배가 선착장과 멀어지면서 내가 뛰어오른 다리가 바다로 떨어져 내렸다. 간발의 차로 도약해 배의 난간을 간신히 붙잡 았다.

태환은 매달려 있는 나를 끌어 올리며 신경질적으로 말했다.

"왜 왔어!"

"오지 말라고 하지도 않았잖아."

"이러다 당신 진짜 죽는다고."

오, 내 걱정을 그렇게나 한 거야?

그는 휴대폰을 꺼내 들고는 갑판 위 짐 뒤로 몸을 숨기며 말했다.

"아무래도 안 되겠어. 계좌 이체부터 해."

"뭐를 해?"

"입금부터 하라고. 당신 죽으면 누구한테 청구해?"

역시 그런 거였군.

"지금?"

"스마트폰 있을 거 아냐!"

야, 인간, 그러는 거 아니다.

가부좌를 튼 모양새가 입금하기 전에는 한 발자국도 움직이지 않을 기세였다.

다시 한 번 말하지만 스마트한 세상이 결코 좋은 것만은 아니다.

태환은 자신의 폰으로 입금된 것을 확인하고는 만족한 표정이 되어 말했다.

"자, 그럼 일하러 가 볼까?"

달면 먹고 쓰면 뱉는 이 매정한 자식!

저만치 내달리고 있는 녀석의 등짝에 총을 쏘고 싶어졌지만 그러지는 않았다.

막상 배에 오르는 데 성공하긴 했지만 뭘 해야 할지 몰라 잠시 그대로 숨죽이고 있었다.

잠시 후, 갑판 위에서 총소리가 들렸다. 총소리는 가까이서 들으면 귀청이 날아갈 정도로 큰 소리인데 좀 멀리 떨어져 있으면 생각보다 소리……나 감상하고 있을 때가 아니다.

태환이 이동한 반대편으로 돌아갔다. 출입문을 열고 조심스럽게 선실 안으로 들어섰다. 아마도 작은 페리 선박을 개조해 만든 모양이다. 밖에서는 태환이 여기저기 들쑤시고 다니는지 총소리가 쉬지 않고 울렸다.

인기척에 몸을 숨겼다. 구석 방 문이 열리며 두어 명의 사내가 권총과 작살 총을 들고 선실의 좁은 복도를 통해 달려 나갔다. 그들이 튀어나온 방문을 조심스럽게 열었다. 열려 있는 해치와 함께 아래로 향하는 계단이 눈에 들어왔다.

항상 지하로 향해 있는 계단을 보면 발을 내딛는 순간 뭔가가 물어뜯을 것 같은 공포심이 있었다. 별것도 아닌 공포영화가 대체 뭔지.

난 개처럼 엎드려 머리를 먼저 처박고 아래층을 살폈다. 복도 등 때문에 복도의 양 끝이 잘 보였다. 잠시 귀를 기울여 기척을 느껴 보았지만 밖에서 들리는 총소리 빼고는 아무 소리도 들리지 않았다.

조심스럽게 계단을 따라 내려갔다. 복도에 있는 방문마다 모두 열어 보았지만 모두 비어 있었다. 그때 복도 끝에 있는, 두꺼워 보이는 해치 방식의 철문이 보였다. 붓을 겨드랑이에 끼고 바른 것 같은 지저분한 페인트칠이 되어 있는 육중한 철문이었다.

해치 손잡이를 잡아 돌렸다. 금속끼리 긁히는 소리 때문에 잠시 멈췄다가 다시 돌려 열었다.

문이 열리며 퀴퀴한 냄새가 쏟아져 나왔다. 안에서 중국말이 들렸다. 서로 하는 대화라기보다 내게 하는 말인 듯했다.

지금 서 있는 곳보다 안쪽이 1미터 정도는 낮았기에 이번에도 엎드려서 안쪽을 확인해야 했다. 내가 문 뒤에 몸을 숨기고 안쪽을 보는 순간 놈과 눈이 마주쳤다. 반사적으로 원숭이 소리처럼 고주파 음으로 비명을 지르며 탄창이 빌 때까지 총을 쏘았다.

그때 어딘가에서 희미하게 여자들의 비명 소리가 들렸다.

난 안으로 뛰어 들어가 주변을 살피고는 죽은 놈 외에는 아무도 없다는 것을 확인하고 문을 닫았다. 여기저기 쌓여 있는 짐짝들 사이에서 유독 큰 나무 상자가 눈에 들어왔다. 그것을 세게 두드렸지만 아무소리도 들리지 않았다.

박스 곁에는 비닐로 된 A4 사이즈의 팩이 붙어 있었는데 그 안엔 '파인서클육류가공공사'를 수신처로 한 물품 송장이 들어 있었다. 그 안엔 여러 가지 정보가 담겨 있었지만 가장 눈에 띄는 것은 '육류가공품'이라고 적힌 품목이었다. 문서를 비닐 팩째로 뜯어 품속에 챙기고 짐 사이에 놓여 있던 크로우바crowbar를 집어 박스 틈에 밀어 넣고 뚜껑을 뜯어냈다.

악취와 함께 여자들의 비명 소리가 들렸다. 한 평 남짓한 우리에 여섯 명의 여자들이 서로를 부둥켜 않고 공포에 떨고 있었다.

난 빠르게 그들의 얼굴을 한 명씩 확인했다.

있다.

그녀가 있다.

여기저기 멍과 검댕이 묻어 있었지만 분명히 그녀다.

순간 눈물이 핑 돌았다. 이유는 모른다.

드디어, 사장 늙은이가 그렇게 찾던 며느리를 찾았다.

협상
NEGOTIATION

    사실 여자들을 다 데려갈 생각은 아니었다. 의뢰받은 일이 아니기 때문인 것도 있지만 내 몸 하나 챙기기도 힘든 이런 상황에서 벌거벗은 사람 여섯을 데리고 나가는 건 집단 자살행위밖에 안 됐다.

    난 며느리를 한쪽 구석으로 끌고 가서 작은 목소리로 말했다.

    "실랑이 벌일 시간 없어요."

    "그럼 이대로 다 죽게 내버려 두겠다는 거예요?"

    며느리의 목소리는 내가 상상했던 안내 방송 목소리는 아니었지만 어딘지 모르게 똑 부러지는 구석이 있었다.

    "다시 돌아와서 구하겠다는 거요."

    "지금 그냥 나가면 되잖아요."

    응급처치한 내 배와 다리를 가리켜 보이며 말했다.

"그럴 수 있는 상태가 아니라니까."

"그럼 저도 안 가요."

만난 지 2분 만에 쥐어박으며 욕하고 싶은 인간이 여기 하나 더 생겼다.

그때 해치가 돌아갔다. 여자들은 본능적으로 몸을 숨겼고 나 또한 짐 뒤에 몸을 숨기고 총을 겨누었다. 문을 열고 머리만 내민 것은 태환이었다. 그는 머리를 다시 감추고 큰 소리로 외쳤다.

"지금 들어갈 테니까, 쏘지 마!"

쏠 총알도 없어.

태환은 다시 조심스럽게 머리를 내밀고 안으로 들어섰다. 그가 멀쩡한 모습을 보니 나도 모르게 반가웠다.

태환은 주변을 돌아보다 알몸인 여자들을 발견하고는 혼자 얼굴을 붉히며 고개를 돌렸다.

"걸칠 만한 걸 찾는 게 좋겠군."

나는 그제야 여자들이 알몸이라는 것을 인지하고는 급 어색해졌다. 목숨이 경각에 달린 지금 그깟 알몸이면 어떠냐는 생각도 들었지만 내 몸은 동의하지 않는 모양이었다. 짐 뒤에 몸을 더 숨기는 여자들을 보면 그녀들 또한 같은 생각인 모양이다.

"밖은 어때?"

"정리했어. 안전해."

안전하다는 그의 말에 맥이 풀리며 다리에 힘이 빠졌다. 주저앉는 나를 며느리가 부축했다.

"괜찮아요?"

난 모든 게 귀찮아져서 고개를 끄덕이는 것으로 대답을 대신했다. 나를 물끄러미 바라보던 태환이 생각난 듯 입을 열었다.

"지금 공해상까지 나와 있어. 되돌아갈 방법을 찾아야 해."

"선장 있을 거 아냐."

태환은 약간 난처한 표정으로 대답 대신 어깨를 으쓱해 보였다. 이 인간, 아무래도 선장까지 죽인 모양이다.

"난 옷가지 좀 찾아볼 테니까 되돌아갈 방법 좀 생각해 봐."

"내가 무슨 방법이 있겠어?"

그는 씩 웃으며 말했다.

"당신, 전략기획실 출신이잖아."

전략기획실이란 곳이 드라마마냥 만능 부서인 줄 아는 모양인데, 엑셀 작업 외엔 기억나는 일이 하나도 없다.

태환이 해치를 열고 나가는 순간 뭔가에 얻어맞고 다시 안으로 떨어졌다. 충격이 컸는지 태환의 얼굴이 심하게 일그러졌다.

누군가 계단을 따라 걸어 내려왔다.

"아무도 못 나가."

분명 어디선가 들어본 목소리였다. 어디서 들었는지 기억을 더듬기도 전에 태환이 벌떡 일어나 놈에게 달려들었다. 난 어수선한 틈을 타 며느리와 함께 여자들이 몸을 숨기고 있는 곳으로 가서 같이 몸을 숨겼다.

그들의 움직임은 내가 여태껏 한 번도 본 적이 없는 움직임이었다. 내가 더욱 놀란 것은 이종격투기 대회에 나가면 세계 챔피언이라도 할 것 같은 태환을 상대로 전혀 꿀리지 않고 격투를 벌이고 있는 상대 남자였다.

놀란 것은 나뿐만이 아닌 모양이었다. 격렬하게 싸우다가 잠시 소강상태가 되어 거리를 두고 서 있는 그들도 놀란 얼굴이었다. 등을 돌리고 있어서 누군지 알 수는 없었지만 그 또한 놀라긴 마찬가지인 모양이었다.

태환의 목소리가 먼저 들렸다.

"용병단 출신인가?"

"역시 그쪽 출신이었군."

익숙한 저 목소리.

태환과 그는 팽팽한 긴장감을 유지한 채 위치를 바꾸며 말했다.

"이거 참 난감하군."

"익숙해지는 게 좋아. 이런 상황은 점점 늘어날 테니까."

그들의 위치가 완전히 바뀌고 나서야 상대방의 얼굴을 볼 수 있었다.

이런 세상에. 세상 참 좁다.

이제야 태환을 볼 때마다 기천이 떠오른 이유를 어렴풋이 알 수 있었다.

"잠깐!"

내가 앞으로 나섰다. 태환은 고개도 돌리지 않은 채 내게 말했다.

"당신이 낄 자리가 아니야."

하지만 난 태환 곁에까지 다가가 상대방을 불렀다.

"오랜만이야, 기천 씨."

노란 불빛은 그의 하얀 얼굴을 노랗게 물들이고 있었고, 이름을 불린 기천 또한 놀란 얼굴로 나를 돌아보았다.

"당신이 여기는 웬일이야?"

저 살인마 정신병자가 이렇게 반가울 줄은 몰랐다. 난 중재하듯 그들 사이에 서서 말했다.

"서로 인사해. 이쪽은 기천이라고 몇 년 전에 내게 도움을 줬던 사람이고, 이쪽은 태환이라고 지금 도움을 주고 있는 사람이지."

기천이 입을 열었다.

"지금이 통성명할 상황은 아닌 것 같은데."

난 기천에게 말했다.

"나한테 당신 어시스트 1회 쿠폰 있는 거 기억하나?"

멍한 얼굴로 나를 멀뚱히 바라보던 기천의 얼굴이 갑자기 찌푸려졌다.

"이런 젠장……."

저 살인마 사이코도 어딘지 모르게 순진한 데가 있다. 나였다면 그냥 기억 안 나는 척했을 텐데. 아니면 농담이었던 것처럼 무시하거나.

"그 쿠폰 지금 쓸 거야. 여기서 나가는 거 도와줘."

"계약 중이라 지금은 곤란해. 계약 어기면 일이 잘 안 들어와."

"전에도 어긴 적 있잖아."

"……."

"이젠 이런 일 안 하고 살겠다면서 해외로 뜨더니 내가 해준 돈, 벌써 다 떨어진 거야?"

"도박은 나하고 안 맞는다는 걸 뒤늦게 알았지."

"뭐? 백이십억을 다 해먹었다고?"

그 말에 잠자코 있던 태환이 눈을 동그랗게 뜨며 나를 돌아보았다. 아, 젠장. 저 눈빛 하나만으로도 태환이 무슨 생각을 하는지 알 수 있었다. 누구는 총알받이로 뛰는 대가로 일억 받는데 누군 백이십억 이라니. 120배의 급여 차이는 대통령도 발끈할 수밖에 없는 숫자다.

난 그 마음 다 안다는 듯 눈을 감아 보이며 태환에게 말했다.

"그때는 내가 초보라서 셈이 좀 약할 때였어."

내 말에 기천도 동의한다는 듯 고개를 끄덕이며 말했다.

"그런데 이런 곳엔 무슨 일로 있는 거야?"

"진 회장, 최 회장, 그 인간들하고 엮였어."

"여전히 거물들하고 사이좋군."

기천은 팔짱을 끼며 고개를 끄덕이고는 말을 이었다.

"난 지금 계약 중인데 당신은 쿠폰을 쓰겠다고 하는군. 당신이라면 어떻게 하겠어?"

"나라면 예전처럼 하겠지. 받은 계약금이 얼마인지는 모르겠지만."

기천은 오랜만에 보는 특유의 거만한 미소를 지으며 말했다.

"아, 그거."

기천의 거만함은 예전이나, 백이십억을 날린 지금이나 변한 게 없다. 왠지 카페에서 쿠폰으로 커피 사 먹으면서 돈 내는 더러운 기분이 들었다.

더러운 기분을 최대한 삭이며 말했다.

"나도 그동안 사정이 있어서 옛날처럼은 못 줘. 삼억이 최대치야."

태환의 눈이 또 커지는 게 주변 시야로 느껴졌다. 난 태환을 돌아보며 말했다.

"당신도 삼억. 괜찮지?"

태환은 아닌 척했지만 기분이 좋아진 듯 어깨를 으쓱해 보이며 뒤로 물러섰다. 하지만 기천은 오히려 한 걸음 앞으로 나섰다.

"차이가 좀 많이 나는군."

실제로 기천의 얼굴은 굳은 것을 지나 언짢은 표정이었다. 돈은 남녀노소를 막론하고 사람을 망친다. 그런 측면에서 보면 난 거의 보살이나 다름없다.

"그 이상은 쥐어짜 봐야 똥밖에 안 나와. 어떻게 할지 결정해. 그 돈이면 여기 있는 모두가 행복해질 수 있지만, 거절하면 그게 누구든 한쪽은 불행해지겠지."

잠시 고민하던 기천이 입을 열었다.

"모두가 행복해지는 데 오천 정도는 더 쓸 수 있겠지?"

이 개자식이 나를 쥐어짜는구나. 사장 늙은이에게 받기로 한 십억에서 청소반장 삼억, 여기 있는 이 두 화상에게 삼억 오천씩 나눠 주고 나면 나는 개털이다. 대체 난 여기서 뭘 위해 이러고 있는 것인가. 하지만 일단은 살고 봐야 하니까.

"그러자, 그럼."

내 말에 기천은 고개를 끄덕이며 길을 터 주었고 태환은 옷가지를 구하러 밖으로 나섰다.

기천과 나는 잠시 짐에 몸을 기대고 앉아 대화했다.

이상하게도 이 사이코하고는 대화하는 게 편하다.

내가 먼저 물었다.

"지금 이러고 있을 시간 있는 거야?"

그는 손목시계를 보며 말했다.

"아직 10분 정도 있어. 내가 첨병이거든. 10분 후에도 내가 나가지 않으면 아마 배를 침몰시킬 거야."

"침몰시켜? 누가?"

"밖에 어선 여섯 척이 포위하고 있어. 나도 그거 타고 들어온 거고."

"그럼 지금 위험한 거 아냐?"

"물론."

특유의 이 태평한 낯짝을 치고 싶어졌다.

"어떻게 빠져나갈 생각이야?"

"아직 생각 안 해 봤어."

"뭐야?"

"내가 죽이러 왔지 내보내려고 온 건 아니었잖아."

그의 말도 일리가 있긴 하다.

"무장했어?"

그는 아무렇지도 않게 고개를 끄덕이며 말했다.

"그중 한 척에는 50미리 기관총도 실려 있어. 어느 배인지는 모르지만 스팅어 한 대 싣는 것도 봤고."

'스팅어'라면 어깨에 걸쳐 메고 쏘는 휴대용 미사일이다. 그걸로 이 배의 연료통을 쏘면 폭발은 당연하고 침몰은 덤이다.

"대체 누구한테 고용된 거야?"

"그건 말하기 곤란해."

"계약도 파기한 주제에."

"그래도 최소한의 예의는 지켜야지. 확실한 건 한국인은 아니라는 거."

"이제 국제적으로 노는구나."

"이젠 글로벌 시장을 봐야지. 양지 시장만 커지는 게 아니라고. 음지 쪽은 더 빠른 속도로 크고 있거든."

태환이 걸레 같은 옷들을 들고 와 여자들에게 나눠 주고는 무기를 점검하며 말했다.

"좋게 나가긴 다 틀렸어. 포위당했어."

이미 알고 있다고. 태환은 권총 약실을 확인하며 기천에게 물었다.

"어느 부대 출신이야?"

"개화."

"테러 부대? 난 화룡 출신이야."

태환의 말에 기천이 고개를 가로저으며 말했다.

"우리 둘 다 바다에서 힘쓰긴 틀렸군."

그들의 뜻 모를 대화를 뒤로하고 머리를 열심히 굴렸다. 쥐구멍에도 언젠가는 볕 들 날이 있겠지만 당장 볕이 들지 않으면 죽는 쥐도 있다. 지금 내가, 우리가 그렇다.

10분 안에 생각해 내지 못하면 우린 죽는다.

탈출
ESCAPE

　기천은 거만하고 뻔뻔한 기질 그대로, 천연덕스럽게 연기도
잘했다.

　그는 둘러싼 어선들을 향해 올라타도 좋다는 수신호를 보내
고는 갑판 여기저기에 죽어 있는 선원들의 시체를 바다에 던졌
다. 나와 태환 또한 시체들과 함께 바다에 버려졌다.

　바다의 장력은 생각 이상으로 강해서 등부터 떨어진 난 엄
청난 통증을 감내해야 했다. 총알을 맞은 곳에 충격이 더해져
하마터면 비명을 질러 모든 일을 그르칠 뻔했다.

　어선이 배를 빙 둘러싸고 엄청나게 밝은 조명으로 사방을
비추고 있었다. 어선 한 척은 기천이 던진 시체에 다가가 꼬챙
이로 찔러 확인까지 하고 있었다.

　"따라와."

태환은 유령처럼 소리 없이 다가와 어선의 불빛을 피해 조용히 헤엄치기 시작했다. 평영이었기에 조용히 헤엄을 치다 보니 속도가 영 나지 않았다.

"빨리 좀 와."

빌어먹을. 공해상 한가운데 바닷물에서까지 구박을 받을 줄은 꿈에도 몰랐다.

"최선을 다하고 있는 거라고."

평영이란 걸 감사하게 생각하라고. 만약 접영이었으면 나비와 같은 그 화려한 동작에 놀란 다국적 범죄자들에게 벌집이 되었을 테니까.

우리가 타고 있던 배 뒤에 숨어 어선의 동태를 살폈다.

어선은 두 척을 제외하고 모두 배에 다가가 기천이 줄사다리를 내려 주기를 기다렸다.

나와 태환 또한 그들이 배 위로 올라가기를 기다렸다. 그들이 승선하기 시작하자 태환 또한 움직이기 시작했다.

"내가 신호하면 위쪽으로 바로 신호 보내."

잠시 후에 있을 난리를 생각하니 바짝 긴장이 되어 목이 말랐다. 사방이 물 천지인데 정작 마실 물은 없다는 게 유감이었다.

배에 다가서 있는 어선에는 한 명씩만 남고 모두 사다리에 달라붙었고, 그 뒤에 두 대의 어선이 멀찌감치 떨어져 불빛을 비춰 그들을 지원했다. 떨어져서 지원하던 어선 한 척 근처에서 물소리가 들렸다. 이윽고 불빛을 비추던 등이 두 번 깜빡였다. 놈들은 그것을 대수롭지 않게 생각했지만 내게는 황금과 같은 신호였다.

난 위를 향해 손짓을 했고 선박에 매달려 있던 구명보트에 올라탄 채 지켜보고 있던 며느리가 줄을 끊었다.

줄이 풀리는 날카로운 소리가 난 직후 요란한 소리와 함께 바다에 구명보트가 떨어졌다. 떨어지는 동안 기우뚱거리긴 했지만 다행이 뒤집히지 않고 그대로 안착했다. 그 충격에 여자들의 비명 소리가 들렸다.

그것을 신호로 태환이 어선에 있던 50미리 기관총으로 멀리 떨어져 있는 또 다른 어선을 향해 발포했다. 다른 어선들로부터 간헐적으로 응사하는 소리가 들렸지만 50미리 기관총의 위력 앞에서는 무용지물이었다.

그와 동시에 배 위에서는 기천과 놈들 사이에서 총격전이 벌어졌다. 내 임무는 구명보트의 노를 저어 최대한 멀리 피하는 것이었다. 여자들의 도움을 받아 구명보트에 간신히 몸을 실은 나는 손가락이 발가락이 되도록 노를 젓기 시작했다. 며느리가 돕겠다고 나섰지만 혼자서 젖 먹던 힘까지 짜내어 노를 젓기로 했다.

대학 MT 때 물놀이를 하며 얻은 '어부의 아들'이란 별명으로 자기암시를 하며 손에 물집이 생기도록 저었다. 배 위에서 우리를 발견한 무리가 총알 세례를 퍼부었다.

태환의 엄호 사격으로 불상사는 면했지만 구명보트가 점점 흐물거리기 시작했다. 총알에 구멍이 뚫린 모양이다. 우리가 배로부터 어느 정도 멀어졌을 때, 멀리 떨어져 있던 또 다른 어선에서 '슉' 소리와 함께 커다란 불꽃이 배를 향해 곧장 날아가는 것이 보였다. 선체 옆면을 뚫고 들어간 미사일은 곧이어 커다란 폭음을 내며 폭발했다. 열기와 후폭풍 때문에 우리 모두 비명을 질렀지만 심하게 흔들리는 거 외에 다른 피해는 없었다.

유일하게 멀쩡한 태환의 어선이 우리를 향해 다가왔다. 어선의 선장실엔 기천이 앉아 운전을 하고 있었다. 배 운전은 언제 배운 거냐.

"이쪽으로 옮겨 타요."

나와 태환은 여자들이 어선으로 옮겨 타는 걸 도왔고 그동안 기천은 선장실 안에서 샤워를 막 끝낸 것처럼 수건으로 머리를 말리고 있었다. 저 인간에게 더 이상의 도움을 바라는 건 무리일 거다.

마지막 사람이 배에 올라타자 기천은 어선을 다시 출발시켰다. 태환은 여자들에게 물을 나눠 주고는 기분이 좋은 건지 나쁜 건지 알 수 없는 표정으로 나를 향해 엄지를 들어 보였다.

긴장이 풀린 여자들의 울음소리가 하나둘 터져 나오기 시작하더니 곧이어 초상집처럼 바뀌어 버렸다. 태환은 약간 당황한 듯 나를 바라보았지만 나도 울고 싶은 마당에 뭐 어쩌라는 거야.

기천은 인상을 찌푸리며 열어 두었던 선장실 창문을 닫아 버렸다.

새벽녘에 우리 앞에는 해경이 나타났다. 태환이 걱정스러운 얼굴로 나를 돌아보았다. 그제야 우리가 타고 있던 게 중국 어선이라는 것을 깨달았다.

"해경한테 이걸 다 어떻게 설명하지?"

결코 나쁜 짓 한 것도 아닌데 경찰에게 할 말을 걱정해야 하는 우리 처지가 처량하게 여겨졌다.

선장실 창문이 열리고 기천이 고개를 내밀며 말했다.

"난 인터폴 수배 중이라 못 들어가."

이건 또 뭐야. 대체 해외에서 무슨 짓을 하고 돌아다니는 거야?

해경의 경비정 네 척이 경고 방송 없이 다가오고 있었지만 뾰족한 수가 떠오르지 않았다. 우리의 사정을 모르는 여자들은 손까지 흔들며 환호하고 있었다. 저 거지꼴을 하고 국적도 모를 어선에 타고 있으면 한국말을 해도 해경이 쫓아낼 수도 있겠다는 생각이 들었다.

"뾰족한 수 없어?"

기천이 독촉하듯 물었지만 나라고 매번 방안이 떠오를 리는 없다.

"생각 중이야."

진짜 생각만 하는 중이었다. 속사정 모르는 언론이 끼어들기라도 하면 까딱하다가는 국제분쟁으로까지 번질 우려가 있는 일이었기에 신중에 신중을 기할 수밖에 없었다.

기천이 이번엔 태환에게 물었다.

"어이, 화룡. 당신은 방안 없어?"

태환은 기천에게 대답하는 대신 나에게 말했다.

"나한테 오천만 더 주면 해결할 수도 있는데."

돈 귀신 기천이 놈에게 그새 물든 모양이다.

"당신까지 왜 이래? 죽게 생겼는데 그냥 말해 주면 안 돼?"

"그게 나로서도 쉬운 일은 아니라 공짜로는 못 해."

저 대단한 인간 같으니라고. 그나저나 오천만 원을 어디서 구하지? 돈 나올 곳이라고는…… 난 애원하듯 기천을 바라보았고 그는 짜증 난 표정으로 나를 노려보다가 신경질적으로 고개를 끄덕이고는 선장실 창문을 닫아 버렸다. 방금 눈빛 하나로 5천만 원을 구했다. 난 좀 능력자 같다.

꼴 보기 싫은 태환을 돌아보며 말했다.

"좋아, 해결해 봐."

태환은 고개를 끄덕이고는 메고 있던 방수 팩에서 안테나가 긴 위성 전화기를 꺼내 어딘가로 전화를 했다. 여전히 우린 공해상이었고 우리나라 영해를 침범하지 않았기에 해경은 우리 앞에서 주시만 할 뿐 다른 행동은 하지 않았다.

태환이 호언장담을 한 지 한 시간이 다 되도록 계속 기다릴 수밖에 없었다. 여자들 또한 구출의 기쁨도 잊은 채, 우리에게 무언의 항의를 하는 시선을 계속 보냈다. 거지 같은 옷을 입은 며느리가 더 이상 기다리지 못하고 내게 다가왔다.

"지금 뭘 기다리는 거예요?"

"구세주요."

"지금 농담이 나와요?"

내가 지금 농담하는 걸로 보이나?

"봐요. 지금 공해상에 거지 같은 옷차림으로 다 썩은 배를 타고 있어요. 해경 눈에 우리가 뭐로 보일 것 같아요?"

"좀 더 접근해서 한국 사람인 걸 밝히면 되잖아요."

난 무의식적으로 기천과 태환을 돌아보며 대답했다.

"사연이 있는 사람들도 있는 법이니까 조금만 더 기다려 봅시다."

"도대체 뭘 기다리는 거예요?"

어제 아침부터 지금까지 먹은 거라곤 물 몇 모금이 전부였기에 살짝 짜증이 났다.

"난 뭐 기다리고 싶어서 기다리는 줄 알아요?"

"그럼 지금 뭐하는 건데요?"

"이봐요. 내가 당신 찾으려고 어떤 고생을 했는지 모르죠?"

"구해 준 건 고마워요. 그런데 여기서 말라 죽어서는 아무 소용 없잖아요."

확실히 말할 수 있는 건, 이 몇 시간 바다 위에 있다고 말라 죽진 않는다는 것이다.

"얘기는 나중에 합시다. 내가 지금 허기도 지고 부상을 당해서……."

어찌 된 일인지 해경의 경비정이 뱃머리를 돌렸다. 그들이 저만치 사라져 갈 때 육지로부터 크기가 조금 더 큰 또 다른 경비정이 나타났다.

경비정은 속도를 줄이며 다가왔고 계급이 있어 보이는 중년의 남자가 우리를 훑어보고는 큰 소리로 외쳤다.

"김태환 씨가 누구요?"

태환이 손을 들어 보이자 휴대폰과 태환을 번갈아 보던 그가 손짓만으로 신호를 보냈다. 해경들은 배 사이에 다리를 놓고 여자들을 실었다. 여자들이 다 타고 나자 태환이 먼저 경비정에 올라 기천과 나를 돌아보았다. 나는 사다리에 올라 경비정으로 옮겨 탔지만 기천은 여전히 선장실에서 나오지 않았다. 힘껏 소리를 질러 기천에게 물었다.

"안 탈 거야?"

"난 못 간다니까! 그리고 할 일이 있어!"

"나중에 하면 되잖아!"

기천은 손을 흔드는 것으로 대답을 대신했다. 경비정은 기천의 배와 서서히 멀어지기 시작하더니 커다란 호를 그리며 다시 공해상 쪽으로 나아가기 시작했다.

멀어져 가는 어선을 보며 태환에게 물었다.

"아까 어디다 전화한 거야?"

태환은 파도를 일으키며 달리는 어선에 시선을 고정한 채 말했다.

"최 부장."

최 부장? 나도 알고 있는 그 최 부장?

"최 부장이라고?"

어이가 없었다. 천연덕스럽게 고개를 끄덕이는 태환의 얼굴을 바라보고 있을 수밖에 없었다.

내 표정을 빤히 바라보던 태환이 그제야 씩 웃으며 말을 이었다.

"낙장불입."

기천의 몫에서 주는 것이니 내 입장에서 손해 본 건 없지만 그렇다고 당한 느낌까지 지울 수는 없었다. 비웃는 듯한 태환의 면상을 보고 싶지 않아 고개를 바다로 돌려 버렸다.

바닷바람이 기분 좋게 살에 닿아 부드럽게 부서졌다.

육지에 가면 밥부터 먹어야지.

옛날이야기
OLD STORY

비는 오지 않았지만 하늘은 구름을 잔뜩 머금고 있어서 금세라도 비를 뿌릴 듯했다.

이렇게 후덥지근한 날씨에 아이스아메리카노마저 없었다면 어떻게 버텼을지. 이 맛있는 아메리카노의 맛을 서른이 지나서 알게 되었다는 것도 약간은 아쉬울 정도다. 창밖으로 습도 높은 불쾌한 날씨에도 불구하고 다닥다닥 붙어 다니는 커플이 보였다. 저런 모습은 십 년 전에도, 이십 년 전에도 똑같다. 정도의 차이만 약간씩 있을 뿐.

아이스아메리카노와 호두파이 하나. 이게 내가 느끼는, 내 삶에 몇 개 남지 않은 소소한 즐거움이다. 창밖으로 고급 세단이 멈춰 섰다. 최 부장이다.

이번 장소는 최 부장이 먼저 정했다. 전에 납치당한 채 미팅을 했던 것에 비하면 엄청나게 진보한 것이다. 그래, 최 부장. 우리처럼 애매한 관계는 공공장소가 제격이지.

거의 다 녹은 아이스아메리카노 얼음물을 마저 비울 때 최 부장이 안으로 들어섰다. 자기가 장소를 정해 놓고도 어색한 곳이었는지 주변은 물론 천정까지 훑어보며 내게 다가왔다.

"많이 기다렸나?"

"별로."

최 부장은 자리에 앉아 카운터를 향해 손을 들었다. 그렇게 백날 손들어 봐야 파리만 날릴 거다. 이 카페가 어떤 방식인지도 모르고 장소를 잡은 거였나. 약간 창피해진 나는 고개를 숙이고 작은 목소리로 말했다.

"셀프야."

"뭐라고?"

"셀프라고."

"셀프?"

에이, 젠장. 사다 주고 만다.

"뭐 마실 건데?"

"시원한 아이스커피 한 잔?"

"기다려."

내가 직접 가서 주문을 하고 그 앞을 배회하며 기다리다가 'Pick up'이라고 쓰인 쪽에서 아이스아메리카노를 받아 최 부장 앞에 내려놓았다. 그 모습을 쭉 지켜본 최 부장이 씩 웃으며 말했다.

"고마워."

이 자식 눈치가 마치……. 셀프라는 거 처음부터 알고 있었던 거였어? 뭐 이런 유치한 자식이 다…….

"고생 많았다면서."

"조금."

"대체 배 타고 어딜 가려던 거야?"

"어딜 가려고 했을 것 같아?"

그는 픽 웃어 버리며 손을 휘저었다.

"내가 놀고 있었던 건 아니란 거 알잖아. 경찰, 기자, 해경까지 당신 뒤치다꺼리하는 데 얼마가 들어간 줄 알아?"

경찰? 기자? 그건 뭔 소리야?

내 표정을 빤히 보던 최 부장이 어이없다는 듯이 말했다.

"전혀 기억을 못 하는 거야? 아니면 모른 척하는 거야?"

해경은 잘 알지. 그때 일만 생각하면 아직도 생돈 오천만 원이 나간 것 때문에 잠이 안 올 지경이니까.

"경찰하고 기자는 뭔데?"

"나 아니었으면 서울 한복판에서 추격전하면서 총질로 네 명을 죽여 놓고 이렇게 한가하게 커피를 마실 수 있을 것 같아?"

"그거, 당신이 수습한 거야?"

"그럼 누가 해? 내가 연출했다고 했잖아."

그 일 직후에 난 분명 사장늙은이에게 수습을 부탁했고 대형 사건이라 수습 비용이 많이 들 거라고 하고는 거액을 내게 청구……. 이런 빌어먹을 늙은이 같으니라고! 낙장불입이란 말을 반복할 때 눈치챘어야 했다.

"난 그 일 말고도 정리할 일이 많았었어. 엄청 바빴지. 회사 정리 준비하느라."

"회사를 정리해? 그만둔다는 말이야?"

그는 또다시 알 수 없는 미소를 지으며 대답했다.

"그만두게 만든다는 말이야. 서류는?"

가방에서 두둑한 봉투를 건넸다. 주둥이에 감겨 있는 실을 풀어 펼쳤다. 봉투가 부채꼴처럼 벌어지며 여러 개 문서가 펼쳐졌다. 최 부장은 서류 몇 개를 집어 눈으로 살피며 물었다.

"어디서 구한 거야?"

"인천항 사무실, 그 썩어 가는 배 그리고…… 아 그냥 여기 저기."

"무슨 대답이 그래?"

"귀찮아. 대답할 의무는 없잖아."

그는 잠시 못마땅한 얼굴로 나를 힐끗 보고는 다시 서류로 눈을 돌렸다. 이번엔 내가 질문을 던졌다.

"서류 내용이 아주 재미있던데?"

그는 흠칫하듯 나를 봤다.

"본 거야?"

"왜, 안 돼?"

그는 잠시 나를 바라보다 어깨를 으쓱해 보이며 다시 문서를 살폈다.

"뭐가 재미있었는데?"

"파인서클이 부동산 개발만 하는 게 아니던데."

그는 입꼬리만 올려 웃으며 서류를 봉투에 다시 넣고 허공을 향해 손을 들어 보였다. 웨이터를 부르는 듯한 저 동작이 날 또 창피하게 만들었다. 이 자식 또 날 부려먹으려는 개수작이라면 꿈도 꾸지 마라.

내 생각과는 달리 카페 밖에서 대기하던 수행원이 다가와 그의 곁에 섰다. 손 하나로 하인을 부리는 시대가 아직도 안 끝났다니. 수행원은 말없이 가방을 들고 소리 없이 나갔다. 그는 매장 밖으로 나가더니 타고 온 차를 타고 어딘가로 향했다.

"당신 똘마니, 차 타고 가 버렸는데?"

"30분 뒤에 올 거야."

"당신은 뭐 타고 가려고?"

"30분 동안 당신하고 기다리면 되지."

"서류도 넘겼겠다, 난 지금 일어설 생각인데?"

"'파인서클'이라는 그룹, 안 궁금해?"

궁금해 죽겠다. 내가 목을 걸고 간신히 견뎌 온 판이 어떻게 돌아갔던 건지 말이다. 하지만 내 삐딱한 성격은 안 그런 모양이다.

"별로."

"파인서클이라는 곳은, 이미 알아냈겠지만 유령 회사야."

최 부장은 내 의지와 상관없이 이야기를 시작했다. 그것도 다 아는 지겨운 이야기를.

"표면적으로는 최 회장의 회사들인데, 실제 소유주는 누구인지 알아?"

"진 회장이겠지."

그는 애매하다는 듯 고개를 갸우뚱하며 대답했다.

"그렇게 볼 수도 있고 아닐 수도 있고."

"당신이야말로 대답이 왜 그래?"

"대부분 정답은 문제에 있는 거 알고 있지?"

이렇게 말 빙빙 돌려 가면서 하는 인간들을 별로 좋아하지 않는다.

"계속 그딴 식으로 말하면 30분 동안 안 놀아 준다."

"성격 참 급하기는. 말 그대로 '유령' 회사라니까."

최 부장이 '유령'이라는 말을 강조했다. 그제야 느낌이 왔다. 사장 늙은이와 내가 알고 있는, 죽은 자의 살아 있는 신분을 의미하는 바로 그 '유령'을 말하는 건가?

"유령이라면…… 바로 그 '유령'을 말하는 거야?"

최 부장은 고개를 끄덕였다. 어딘지 모르게 뻐기는 느낌이 있었지만 그 부분은 그냥 무시하기로 했다. 궁금했기 때문이다.

사장 늙은이와 내가 파인서클부동산개발에 대해 상의할 때 사장 늙은이가 이런 말을 한 적 있다.

"내가 어색하다는 게 바로 그것일세. 왜 그랬을까? 유령 쓰기가 아까워서? 파인서클이 수조 원짜리 사업의 중추적인 역할을 할 것이란 것을 감안하면 하나 정도는 쓰는 게 당연할 텐데 말이야. 도대체 왜지?"

그런데 지금 최 부장은, 우리 예상과는 달리 파인서클 소유주의 신분으로 '유령'을 썼다고 말하는 것이다. 아, 궁금하고 복잡하다. 대체 왜 그렇게 소유주를 빙글빙글 돌린 것일까? 그런 나의 질문에 최 부장은 대단하다는 듯 눈을 크게 뜨고 고개를 끄덕이며 말했다.

"거기까지 알아낸 거였어? 대단하군."

"파인서클부동산개발이 최 회장 소유의 페이퍼 컴퍼니인 것도 알겠고, 소유주를 숨기려는 것처럼 겉보기엔 빙글빙글 돌린 것도 알겠어. 하지만 뒤를 밟힐 수 있을 정도로만 꼬아 놓은 것도 알겠고, 그걸 당신이 했다는 것도 알겠어. 그런데 당신이 왜 그랬는지는 모르겠어. 유령이 실소유주라며 굳이 최 회장이 소유주인 것처럼 해 놓은 이유도 모르겠어. 뭐가 어떻게 된 거야?"

"30분 같이 놀아 줄 마음이 생겼나?"

"대체 이유가 뭐야?"

"그렇게 해야. 최 회장, 진 회장 다 엿 먹일 수 있었으니까."

이건 또 뭐야. 최 회장 오른팔인 놈이 진 회장하고 붙어먹은 척하더니, 그것도 아니었나?

"진 회장 쪽도 아니었나?"

"나이가 마흔 중반을 넘어서니 이런 생각이 들더군. 대체 언제까지 다른 놈 엉덩이나 닦아 주며 살아야 하는 건지. 아니, 언제까지 그렇게 살 수 있을지 말이야."

당신 나이가 마흔다섯이 넘었어? 그동안 반말한 거 사과할게. 동안이라 그랬어. 하지만 이제 와서 존댓말하는 것도 우습잖아. 안 그래?

"그래서?"

그는 커피를 한 모금 마시고 말을 이었다.

"칠 년 전에, 중국 톈진으로 가족여행 갔던 거 얘기한 적 있던가?"

그럴 리가 없잖아. 우린 엄밀히 말하면 지금이 딱 세 번째 보는 거라고.

"가족여행을 갔다가 아이를 잃어버렸어. 그 이후로 못 찾았지."

너무 덤덤하게 말해서 어떤 반응을 보여야 할지 몰랐다.

"유, 유감이야."

"고마워. 한국 경찰과 중국 공안이 모두 헤매고 있을 때 사설탐정을 고용했어. 그리고 아이의 행방에 대해서 조사를 시켰지. 칠 년 동안 하루도 쉬지 않고. 그 친구에게 들어간 돈만 수억은 될 거야. 아이 찾는 일이, 그리고 못 찾았다는 보고를 받는 게 당연하게 받아들여질 때쯤 아이가 사망했다는 비보를 들고 나타났지. 중동의 작은 시골에서 칠 년 전의 사망 기록을 찾아낸 거야. 뇌물을 수천만 원을 처먹이고 받아 낸 아이의 마지막 흔적이었지."

최 부장의 눈시울이 붉어졌다. 하지만 아무리 기다려도 눈물은 나오지 않았다. 메말라 버린 건지 기억이 희미해져서인지는 알 수 없었다.

"탐정이 내게 서류를 건네면서 마음 굳게 먹고 열어 보라더군. 사모님에게는 절대 보여 주지도 말고. 최 회장 밑에서 이십 년을 별의별 짓을 다 하며 살아온 나야. 그런 내가 감당하지 못할 일이 어디 있겠어? 적어도 그땐 그렇게 생각했어. 문서를 열자마자 탐정의 말을 들을 걸 그랬다고 후회했지. 눈을 감은 아들의 얼굴이 찍혀 있는 사진이었어. 사진에 아들 얼굴만 찍혀 있어서 확대 사진이라고 생각했어. 그런데 그게 아니더라. 아이 머리만 남아 있더라."

최 부장의 눈시울이 더욱 충혈되더니 이윽고 눈물이 한 방울 떨어졌다. 그는 누가 보기라도 할까 봐 두려워하는 것처럼 재빨리 훔쳐 내고 말을 이었다.

"몸은 남아 있는 게 뼈밖에 없었어. 내장도 없이, 살이 발라진 뼈만 덩그러니 남아 있는 거야. 도축당하고 남겨진 가축처럼 말이야. 사망 추정 시간을 보니 우리가 가족여행을 간 그 기간이었어. 어떻게 그 짧은 시간 동안 우리 애가 중동까지 넘겨질 수가 있었던 걸까? 우리 애가 발견된 나라가 다르니 당연히 한국 경찰과 중국 공안 모두 손을 놓았지. 그때 바로 깨달았지. 이건 법적으로는, 공식적으로는 해결할 수 없는 문제구나."

최 회장의 온갖 더러운 일을 수습하고 다닌 최 부장이라면 그렇게 생각할 수밖에 없을 거라고 생각했다. 그의 영혼은 다른 곳을 헤매고 있는 것처럼 멍한 시선으로 말을 이었다.

"하지만 어떻게 시작해야 할지 방법을 몰랐어. 아무것도 모르는 애를 아무렇지도 않게 죽이는, 그런 시궁창 인생들을 어떻게 찾아야 할지 방법을 몰랐지. 그러다 언젠가 최 회장이 내게 했던 말을 떠올렸어. 사냥 방법이 꼭 쫓아가는 것만 있는 게 아니다. 유인하는 것도 사냥의 한 방법이다."

그의 말에 나도 격하게 동의했다. 사냥의 목적은 사냥감을 잡는 것에 있지 그 방법은 제한된 것이 없다. 총을 쏴서 잡든 욕을 해서 죽이든 잡기만 하면 되는 것이다.

"내가 가장 잘할 수 있는 것을 이용해서 놈들을 끌어내기로 했지. 불안정한 놈들의 사업 구조가 취약점이라면 그걸 안정적으로 바꿔 주면 달려들 거라고 생각했어. 그리고 적중했지. 꾸준한 공급과 수요는 모든 납품 협력 업체들이 희망하는 사항이니까."

최 부장이 또다시 다르게 보였다. 처음엔 최 회장의 단순한 똘마니로. 그다음엔 힘 좀 가지고 있는 최 회장의 똘마니로. 그리고 지금은 대단히 똑똑한 최 회장의 똘마니로. 아쉽지만 뭘 해도 최 회장의 똘마니란 사실은 변치 않는다.

"처음엔 문서와 프로세스만으로 놈들을 유인할 생각이었어. 실제로 시체를 만들어 내서는 안 되니까. 그런데 어느 날 최 회장이 부르더군."

나는 마른침을 삼켰다. 최 회장이 부른다면 그게 뭐든 심장이 덜컹거렸다.

"요새 뭐하고 다니는 거냐고 묻더라고. 망설이다가 회장이 말리면 그만두겠다는 생각으로 다 털어놓았지. 내 얘기를 다 들은 회장이 고맙게도 이렇게 말하더라. '다른 사람 일도 아니고 최 부장 일인데 내가 그냥 둘 수 있나. 할 수 있는 데까지 해 봐라.' 너무 고마워서 평생 목숨 바쳐 일하겠다고 마음속으로 맹세를 했지."

그는 기가 막힌다는 듯 혼자 픽 웃고는 말을 이었다.

"나도 내가 그렇게 순진한 놈인지 처음 알았어. 최 회장이 어떤 인간인지 그 누구보다 잘 아는 내가 그렇게 순진하게 생각하다니."

"최 회장이 또 뒤통수를 쳤군."

"맞아. 그래서 당신이 나보다 백배는 더 낫다는 거야. 페이퍼 컴퍼니를 만들고 사업 모델을 만들고, 온갖 네트워크와 자금을 이용해서 놈들을 수면 위로 끌어올리는 데까지 성공했지. 이제 한 방 먹일 준비를 하려고 할 때 최 회장이 또 부르더니, 나보고 이 일에서 손을 떼라더군."

"사유는?"

"비용을 너무 많이 썼다는 것과 일이 너무 커졌다는 거."

"그건 사유가 아니라 명분이잖아."

"그건 나중에 알았지. 돈이 너무 많이 들었으니 이쯤에서 정리를 하자는 거였어. 물론 난 목표가 목전에 있으니까 조금만 더 도와 달라고 사정했고. 내 생전 최 회장의 그렇게 냉정한 낯짝은 처음이었어. '이백억 썼으면 충분하잖아. 이제 접어. 더 이상 토 달지 마'라고 하더군."

복수하기 위해 쓴 돈치고는 많긴 많다.

"내 돈이 아니라 최 회장 돈이고, 그만큼 쓰게 해 준 것도 대단한 거라고 생각했지. 그래서 페이퍼 컴퍼니를 다시 정리하려고 했지. 그런데 최 회장이 혹시 모르니까 놔두라고 하더군. 연간 십억씩 들어가는 회사를 말이야. 이상한 느낌이 들었지. 돈이라면 환장하는 인간이 쓸데없이 돈만 먹는 회사를 그렇게 그냥 '만약'을 위해서 놔둘 리가 없거든."

"그래서 조사를 했더니. 최 회장이 그 사업을 실제로 하려는 거였군."

최 부장은 울분을 참는 듯 눈을 지그시 감았다 뜨며 말했다.

"하려는 게 아니라 했지. 지금도 일부는 돌아가고 있고. 생명 연장이라면 똥이라도 퍼먹을 돈 많은 늙은이들을 대상으로 하면 금광이나 다름없는 사업이었거든. 아프리카엔 부족의 영혼을 흡수하는 의식으로 식인을 했고, 중국엔 건강과 정력을 위해서 갓 태어난 애를 탕으로 끓여 먹기도 했지. 감이 오지 않아? 재력과 영생. 법적으로 아무 문제 없이 그 돈 많은 늙은이들과 딱 맞는 사람을 찾아서 장기는 만약을 위해 보관해 두고, 인육은 보양식으로 제공한다면 그 늙은이들 반응이 어떨 것 같아?"

"생각만 해도 토 나와."

"이 세상엔, 보통 사람의 상식으로는 상상도 할 수 없는 개자식들이 수도 없이 많아. 최 회장 그 개새끼 밑에서 개처럼 일하는 나지만 이번만큼은 동의할 수 없었지. 죽은 내 아이를 위해서도 이것만큼은 그냥 둘 수 없었어. 그래서 최 회장에게 속물처럼 인센티브를 얘기하며 다시 사업을 맡게 해 달라고 했지."

"최 회장이 그렇게 순순히 허락했을 인간이 아닌데?"

"그래서 진 회장을 끌어들인 거야. 최 회장에 맞설 만한 사람은 그 인간밖에 없었으니까. 돈에 환장한 걸로는 둘째가라면 서운해하는 인간이기도 하고."

"그래서 내가 구해 준 문서는 어떻게 쓰이는 거야?"

"유통망은 당신이 작살을 내 났으니 이제 난 내 싸움을 해야겠지. 내 싸움은 이제부터니까 자세한 건 말할 수 없어. 하지만 문서들이 결정적인 역할을 할 것이란 거는 확실해. 내가 그렇게 설계했으니까. 위험한 무기에는 자폭장치를 달아 두는 것처럼."

"그럼, 이제 그 자폭장치를 쓰면 다 해결되는 건가?"

"세상이 그렇게 우습게 보여? 절대 그렇게 쉽게 끝나지 않아. 말했잖아. 이제 시작이라고."

"정말 쉽지 않겠는데?"

"그래도 해야겠지. 나중에 아들 앞에 아버지의 이름으로 당당히 서려면."

최 부장의 표정은 그 어느 때보다 비장해 보였다. 대사가 영화 제목에서 차용한 것이 작은 흠이지만. 잠시 커피를 응시하던 최 부장이 고개를 들며 쓸쓸한 표정으로 말을 이었다.

"왕을 죽이는 가장 쉬운 방법이 뭔 줄 아나? 왕이 되어 자살하는 거야."

그의 뜻 모를 말을 곱씹고 있을 때 카페 밖에 최 부장의 세단이 되돌아와 정차했다. 어떻게 알았는지 최 부장은 고개도 돌리지 않고 일어서며 말했다.

"계좌로 사례비 조금 넣어 뒀어."

"가는 길에 챙긴 것뿐이야. 사례비 받을 정도는 아닌데."

"내 말을 믿고 일해 준 대가야. 내 신용에 대한 가치라고 생각해 둬."

"월급쟁이가 돈이 어디서 난 거야? 대출이라도 받은 거야?"

최 부장은 처음으로 소리 내어 웃으며 대답했다.

"그 이백억을 내가 다 썼을 것 같나?"

그는 장난스럽게 곁눈질로 바라보며 손가락을 흔들어 보이고는 카페 밖으로 나섰다. 멀리 떠나는 세단을 보며 그가 벌일 싸움이 어떻게 전개될지 상상했다. 아마도 파인서클의 실마리를 일부러 풀어서 최 회장을 압박하고, 회사 곳곳에 자기 사람들을 심어 놓은 진 회장은 저 문서로 압박을 할 생각인 모양이다. 하지만 어떻게 할지는 나로서는 알 수가 없다.

최 부장의 세단이 완전히 보이지 않게 되기를 기다려 재빨리 휴대폰을 꺼내 들었다. 스마트한 세상엔 궁금한 걸 즉시 확인해 줘야 예의다.

은행에 접속해 계좌를 조회해 보았다. 입금액에 '0' 아홉 개가 아주 정갈한 자세로 나란히 박혀 있었다. 최 부장, 앞으로 만날 일이 있다면 당신 커피는 오만 잔까지는 무조건 내가 사도록 하지.

카운터로 가서 새로운 커피를 주문했다.

"이 집에서 제일 비싼 걸로!"

시아버지와 며느리

Father-in-law, Daughter-in-law

매장에서 받은 드라이아이스 말고도 아이스박스를 얼음으로 가득 채웠지만 아이스크림은 점점 형태를 잃어 갔다. 사장 늙은이가 아이스크림을 먹고 싶다는 말에 어쩔 수 없이 가져가긴 하지만 이건 좀 아닌 듯하다. 이런 찜통더위에 차 안에서 세 시간을 버틸 수 있는 아이스크림이 얼마나 되겠냐 말이다.

재킷까지 껴입고 팔뚝에 소름이 돋도록 에어컨을 세게 켰지만 아이스크림을 지킬 수 있을까 걱정이 되었다. 아직 사장 늙은이로부터 돈을 못 받았기 때문에 조금이라도 책잡힐 일을 하고 싶지 않았다. 그에게 책잡히면 입금이 미뤄질 거고, 그러면 청소반장과 태환에게 정산 독촉 전화를 더 받아야 하니까.

협박과 앓는 소리는 번갈아 듣다 보면 정신이 혼미해질 때가 있다. 특히 기천이 그 자식은, 수신자 부담 국제전화로 거의 매일 괴롭혔기에 내 돈으로 먼저 정산을 해 버렸다. 자본주의 사회는 진상을 부려야 이익을 보는 더러운 사회다.

빌어먹을 기천 진상, 빌어먹을 자본주의.

돈만 입금되면 이딴 늙은이 상종도 안 할 생각이다.

산사 주차장, 정확히 말하면 조금 평평한 평지에 차를 세웠다. 이곳은 내가 그 개고생을 하기 전이나 후나 다름없이 똑같이 한가하고 평화롭기 그지없다. 한 가지 달라진 점이 있다면 평소엔 비어 있던 주차장에 못 보던 빨간색 스포츠카 한 대가 주차되어 있다는 것이었다. 사장 늙은이 것인가? 만약 그렇다면 못으로 차 문과 보닛에 '돈 내놔'라고 문신을 새겨 주지.

"왔나?"

툇마루에 앉아 있는 사장 늙은이가 보는 둥 마는 둥 하며 내게 손짓을 했다. 그 앞에 레이디 정장으로 말끔하게 차려입은 처음 보는 여자가 앉아서 나를 보며 밝게 인사했다. 그렇게 밝게 인사하지 마. 저 아래 세워 놓은 빨간 스포츠카 주인이라는 것은 알겠지만 정작 당신이 누구인지는 모른다고.

"잘 지내셨어요?"

"아, 네……."

나의 어색한 인사에 사장 늙은이가 여자에게 말했다.

"저 친구, 사람 얼굴을 잘 인식 못 하는 장애가 있어. 그 뭐더라? 안면…… 안면…….."

안면인식장애, 안면인식장애! 그런데 난 그런 거 없단 말이다, 이 늙은이야!

"정말요? 안 그러신 것 같은데?"

사장 늙은이는 손을 흔들고는 여자에게 말했다.

"아가, 나 아이스크림이 먹고 싶은데 사다 줄 수 있겠니?"

내가 들고 있던 아이스크림 박스를 흔들며 말을 하려고 하자 늙은이가 손을 들어 내 말을 막았다. 여자는 눈치채지 못하고 사장 늙은이에게 물었다.

"아이스크림이요? 어떤 거요?"

"숫자 들어가는 베 어쩌고 하는 아이스크림."

"아, 그거요? 시내에서 본 것 같아요. 다녀올게요."

사장 늙은이의 '아가'란 말에 주차장으로 향하는 저 미녀가 며느리란 것을 그제야 깨달았다. 난 놀란 얼굴로 며느리 쪽을 가리키며 사장 늙은이를 보았고 그는 고개를 끄덕였다.

"그래, 내 며느리야."

말도 안 된다. 그땐 정말…… 사람은 상황에 따라 바뀌는 동물이니까. 그땐 옷도 없었고 화장도 없었고, 무엇보다 더럽게 냄새 나는 그냥 여자 사람이었으니까.

"몰라보겠는데요?"

"예쁘지?"

"사진보다 실물이 훨씬 낫네요. 자요, 아이스크림. 그런데 며느님한테 아이스크림 심부름은 왜 또 시킨 거예요?"

그는 아이스크림 박스를 한쪽에 내려놓으며 말했다.

"자네하고 단둘이 할 얘기가 있어서."

"돈이 없다는 둥 이런 소리면 안 들으랍니다."

"며늘아기 얘기야."

"며느리 이름이라도 알려 주시게요?"

사장 늙은이는 나를 한심하다는 표정으로 바라보며 물었다.

"여태 며늘아기 이름도 못 알아낸 건가?"

"서류상 이름이야 진작 알아냈죠. 그런데 그게 실명일 리가 없잖아요. 사장님도 그렇게 생각하시니까 모른다고 했던 거 아니에요?"

사장 늙은이는 콧방귀를 뀌며 마지못해 말했다.

"제법이구먼."

제법 같은 소리하고 있네. 며느리 실명 따위 하나도 안 궁금하다고. 생각 같아서는 건어물 낯짝을 구워 버리고 싶었지만 며느리와의 단란한 시간을 보내고 있는 늙은이를 위해 분위기를 맞춰 줬다.

"며느님과의 훈훈한 얘기라면 아이스크림 먹으면서 하죠. 안 그래도 거의 녹아서……."

"죽여 주게. 며늘아기."

그 순간 아이스크림을 먹고 싶다는 생각도, 십억 원을 빨리 받아 내야겠다는 생각도 순식간에 날아가 버렸다.

"지금 뭐라고 하셨어요?"

"며늘아기 죽여 달라고."

이 양반이 괴짜처럼 굴기는 하지만 이 정도는 아니었다. 틀림없이 치매가 온 것이다. 모든 병이 그렇긴 하지만 치매란 병은 특히나 주변 사람들을 힘들게 한다.

"사장님, 그 말을 한 달이나 지난 지금에서야 하는 이유가 뭡니까? 이럴 거면 내가 그 개고생을 한 유일한 이유가 없어지잖아요."

사장 늙은이는 표정 없는 얼굴로 먼 산을 바라보며 대답했다.

"이래저래 확인을 해야 했거든."

"그래서 뭘 알아내신 건데요?"

"알아낸 건 없다네. 알고 있는 걸 확인한 거지."

"그 말이 그 말……. 우, 싸!"

화를 해소하는 요가 호흡법으로 호흡을 고르게 하고 말을 이었다.

"확인하신 게 뭔데요?"

"아들, 치상이를 죽인 게 며늘아기라네."

이제 막장 드라마로 가는구나. 아니, 누군가 죽으면 가장 먼저 의심해야 하는 게 배우자라는 통계를 보면 이게 정상인 건가?

"왜 죽인 거죠?"

"용도가 그거였으니까."

야구로 치면 며느리의 용도는 정 실장을 상대하는 '원 포인트 릴리프' 투수인 셈이다. 유령 리스트가 유출된 것도 이 시점이었을 것이다. 어떤 상황인지 머리를 굴리느라 정신없던 내게 사장 늙은이가 한숨과 함께 입을 열었다. 갑자기 불어 닥친 구취 때문에 머릿속으로 하던 셈이 날아가 버렸다.

"최 회장 밑에서 일하는 최 부장 알고 있나?"

난 그냥 고개를 끄덕이는 것으로 대신했다. 내가 아는 척을 하면 그게 사장 늙은이에게 어떤 영향을 미칠지 확신할 수 없었기 때문이다.

"최 부장이 자기 일에 치상이를 끌어들였더군. 치상이 놈이 냉정한 것 같긴 하지만 은근히 정의심이 강하거든."

정의심 같은 소리하고 있네. 천하의 정 실장이 정의의 사도라고? 그럼 난 이순신 장군이다. 어이가 없네. 세상의 모든 아비, 어미는 똑같은 모양이다. 자기 자식이라면 아주 작은 것도 엄청나게 부풀려서 생각하는 모양이니까. 정 실장이 아버지인 사장 늙은이에게 총질을 해 댄 것에 비하면, 사장 늙은이의 자식 사랑은 남달랐다.

"사람 장사 하는 걸 막겠다는 최 부장의 요청에 도움을 주기로 한 거지. 물론 공짜는 아니었겠지. 그놈이 무보수로 일할 놈인가?"

그건 정확히 보고 있구먼.

"최 회장을 꺾기 위해서 일시적으로 진 회장과 손을 잡은 게, 최 부장이 저지른 여러 실수 중에 제일 큰 실수지."

윤 변호사에게 들은 말이 떠올랐다. 며느리를 파인서클부동산개발에 박아 둔 것이 바로 진 회장이었다는 사실을.

"최 부장 그 친구가 생각은 야무지게 한 건 확실하네. 최 회장은 회사 소유주로, 진 회장은 사업 프로세스 소유주로 만들어서 둘이 자멸시킬 생각이었지. 최 부장의 도움으로 진 회장은 SCD서비스를 이용해서 파인서클의 곳곳에 침투할 수 있었지. 그런데 최 회장이 그걸 눈치채지 못할 리가 있나. 물론 최 부장의 짓인지는 모르고 최 부장에게 SCD서비스를 지우라고 한 거지. 최 부장이 치상이에게 도움을 요청한 게 이 시점이지. 진 회장과 최 회장에게 의심도, 미움도 사지 않고 SCD서비스를 지워야 했거든. 최 회장에게 들킨 이상 그냥 둘 수도 없는 일이고.”

이제 감이 왔다. 정 실장이 했어야 했던 일을 내가 한 거다. 이번 판은 철저히 최 부장의 장기말이 되어 놀아난 꼴이었다. 놈이 준 십억이 갑자기 적게 느껴졌다.

“최 부장이 진 회장을 너무 쉽게 봤어. 치상이가 진 회장을 충분히 상대할 수 있으리라 오판한 거지. 덕분에 공연히 말려든 치상이만 목숨을 잃은 거고. 치상이 그놈이 그렇게 쉽게 당할 줄 누가 알았겠나…….”

허공을 바라보며 잠시 말을 멈췄던 사장 늙은이가 다시 말을 이었다.

“치상이가 그리되었으니 치상이 위치의 대타가 필요했겠지. 최 부장 입장에서는 당연히 자네 말고는 떠오르는 사람이 없었을 거네. 자네 정도는 되어야 진 회장이나 최 회장의 의심을 면할 수 있었을 테니까.”

정 실장이 아니었다면 내가 그렇게 됐을 것이다.

사장 늙은이의 말을 들어 보니 펜션에서의 일도 SCD를 쓸어버리는 것과 비슷한 이유에서 벌어졌을 거란 생각이 들었다.

"펜션에서의 일도 같은 이유에서였을까요?"

"내 생각이네만 펜션은 그놈들 사업에서 꽤 중요한 역할을 하는 곳이었지. 예민한 곳인 만큼 최 부장이 진 회장과 최 회장을 충돌시키기에 최적의 장소란 말이지. 아마도 며늘아기를 그 곳에 보낸 것이 최 부장일 거네. 진 회장 사람을 희생양으로 최 회장의 시설에 보낸 것만큼 확실한 이간질이 있겠나? 그 한가운데 자네를 보내서 진 회장이나 최 회장에게 혼란을 준 것이고."

이간질이 목적이었다면 신의 한수가 분명했다. 진 회장 입장에서는 최 회장을 자극하면서 직접 며느리를 구출하는 모험은 피할 수밖에 없었을 것이다. 그래서 윤 변호사를 보내 신변만 확보했을 것이고. 그때 윤 변호사가 촬영한 영상은 최 회장과 시시비비를 가릴 때 사용할 목적도 있었을 것이다. 그 사이에서 앞잡이 노릇을 나도 모르게 내가 했다는 게 꽤나 불쾌했다.

"그럼 정 실장 유골을 보내온 건 누굽니까?"

"누구겠나? 다 얘기를 해 줬는데도 모르겠어?"

최 부장은 정 실장을 대신할 대타가 필요했을 것이다. 그 대타로는 아주 쉽게 나를 떠올렸을 것이고. 나는 곧 정 실장의 투영 인물이었을 테니까 말이다. 내가 놈의 장기말이 되는 것에 가장 크게 기여한 것은 다른 누구도 아닌 사장 늙은이다.

"최 부장이 그랬다는 걸 택배를 받자마자 알았지."

"그럼 다 알고도 저에게 연락하신 겁니까?"

사장 늙은이는 알 수 없는 표정으로 나를 돌아보며 대답했다.

"확인이 필요했으니까."

아이스박스로 늙은이의 머리를 얼마나 내려쳐야 죽일 수 있을지 생각했다. 코를 막고 아이스크림을 강제로 먹여 질식사를 시켜 버릴까? 하지만 그럴 수 없다. 돈을 받지 못했으니까.

"다른 건 다 그렇다 쳐도 한 가지만큼은 용서할 수 없는 게 있네."

사장 늙은이의 눈에 처음으로 불꽃이 일어나는 게 보였다.

"치상이 시체를 이용해 나를 끌어들인 최 부장도 그럴 만한 입장이다 치고, 지시를 받아 치상이를 죽인 며늘아기도 그렇다 치자고. 하지만 이 모든 걸 이용해서 치상이의 재산까지 먹으려고 한 진 회장은 용서가 안 돼. 치상이 놈이 그 재산을 갖기 위해 어떤 짓을 했는지 자네가 가장 잘 알고 있잖나?"

물론이다. 그 돈을 먹으려고 제 아비에게 총질까지 해 댄 인간이다. 정 실장은 곧 그 재산이었고, 그 재산은 곧 정 실장인 것이다. 사장 늙은이에게는, 재산을 빼앗아 간다는 건 정 실장의 모든 것을 빼앗는 것과 같은 것이다.

"며느님을 이해한다면서 죽이려는 거예요?"

"며늘아기가 진 회장의 양녀로 입적이 되어 있었네. 내가 손을 써서 상속되는 걸 막아 놓긴 했지만, 만약 재산이 며늘아기에게 가면 그게 곧 진 회장 것이 되는 것은 식은 죽 먹기 아니겠나? 여자애 하나 죽이는 건 진 회장에겐 일도 아닐 테니까. 그걸 끊으려는 것이네. 그리고 진 회장 같은 말종하고 사돈 맺을 생각도 없고. 며늘아기는 이래저래 죽을 목숨이니 너무 아까워하지 말게."

재산을 위해서는 딸로 만들 수도 있고, 딸을 죽일 수도 있다.

"치상이 놈의 사랑까지 이용한 걸 용서할 수가 없는 거네."

그의 메마른 눈가에 물방울이 맺혔다가 이내 사라졌다.

사장 늙은이가 용서할 수 없는 게 무엇인지 이제야 어렴풋이 느껴졌다.

결국, 권세가 대단한 사장 늙은이조차도 진 회장과 최 회장은, 건드릴 수 없는 저 위의 높은 존재들인 것이다.

몇 년 전에 내가 담판을 짓고 줄다리기를 하던 인간들이 이렇게 무서운 인간들이었다는 생각에 새삼 등골이 서늘해지며 오금이 저려 왔다.

저 아래 아이스크림 박스를 들고 올라오는 며느리의 모습이 보였다. 사장 늙은이는 손을 흔드는 며느리에게 같이 손을 흔들어 주며 내게 말했다.

"불쌍한 아이니, 고통 없이 끝내 주게."

이게 세상이다. 내가 살고 있는 세상.

난 회사원 시절부터 궁금했던 걸 사장 늙은이에게 물었다.

"전부터 궁금한 게 있는데, 왜 부자들은 다 쓰지도 못할 재산을 가지고도 돈을 더 탐내는 거죠?"

사장 늙은이는 나를 쓱 돌아보고는 다시 며느리를 바라보며 대답했다.

"그냥 그렇게 태어난 거지. 옷을 사 입고, 맛있는 것을 사 먹어서 행복해지려고 돈을 버는 게 아니라, 돈 버는 게 그냥 행복한 거네. 식욕, 성욕, 수면욕처럼 인간의 기본적인 욕구처럼 그런 자들은 물욕이 본능적인 욕구인 거야."

"이해가 안 가네요."

"애쓰지 말게. 머리로 알 수 있는 게 아니니까."

밝은 얼굴로 씩씩하게 올라오는 며느리를 지켜보며 사장 늙은이에게 물었다.

"입금은 언제 하실 거예요? 며느리 찾았으니 십억에, 정 실장 죽인 범인도 찾았으니까 또 십억, 배후도 알아 왔으니까 이억 추가해서, 도합 이십이억 되겠습니다."

"그건 내가 이미……."

"아, 숟가락 얹기 없습니다."

"숟가락이 아니라 사실을 말하는 거잖나."

"그럼 며느님 처리는 직접 하시는 걸로."

사장 늙은이는 눈을 크게 뜨고 나를 돌아보며 말했다.

"자네, 상종 못 할 인간이로구먼! 나보고 패륜을 저지르라는 겐가?"

"저 말고 사장님 얘기 들어 줄 사람이나 있어요?"

"…… 알았어, 알았어. 하지만 이억은 못 줘. 배후는 내가 자네에게 설명해 준 거니까."

"콜."

"다녀왔습니다!"

밝고 씩씩한 며느리의 인사를 받은 사장 늙은이는 그 작은 눈을 찌그러뜨려 활짝 웃으며 자리를 청했다.

"새아기 다녀오느라 고생했다. 찾는 데 어렵지는 않았어?"

"어렵기는요. 시내 입구에 바로 있던걸요. 뭘 좋아하실지 몰라서 제가 그냥 체리 맛하고……."

여느 집 시아버지와 며느리처럼 정답게 얘기하는 모습을 잠시 감상하기로 했다.

사장 늙은이도, 나도 다시는 느낄 수 없는 사람다운 풍경일 테니까.

불현듯, 이제부터 시작이라며 호기롭게 일어서던 최 부장의 모습이 떠올랐다. 지금쯤 주검이 되어 어딘가에 처박혀 있을 그를 생각하니 우울해졌다. 마치 나의 미래를 보는 것 같아 도저히 덤덤해질 수가 없었다.

휴대폰이 울렸다. 청소반장이다. 전화를 끊어 버리고 그 자리에서 청소반장과 태환에게 입금했다. 입금 사실을 문자로 보내자 두 사람 모두에게 '감사합니다, 고객님'이라며 회신이 날아왔다.

사장 늙은이도 며느리와의 대화가 좋았는지 좀처럼 말을 멈추지 않았다.

영원히 그렇게 행복할 것처럼.

_ END